U0566041

老舍
作品精选

赵子曰
离婚

老舍——著

人民文学出版社

图书在版编目(CIP)数据

赵子曰；离婚/老舍著. —北京：人民文学出版
社,2017(2021.5 重印)
(老舍作品精选)
ISBN 978-7-02-012219-6

Ⅰ.①赵… Ⅱ.①老… Ⅲ.①长篇小说-小说集-中
国-现代 Ⅳ.①I246.5

中国版本图书馆 CIP 数据核字(2016)第 297584 号

责任编辑　卜艳冰　邱小群
封面插画　杨　猛
封面设计　李苗苗

出版发行　人民文学出版社
社　　址　北京市朝内大街 166 号
邮政编码　100705

印　　制　上海盛通时代印刷有限公司
经　　销　全国新华书店等

字　　数　312 千字
开　　本　890 毫米×1240 毫米　1/32
印　　张　12.75
版　　次　2017 年 2 月北京第 1 版
印　　次　2021 年 5 月第 5 次印刷

书　　号　978-7-02-012219-6
定　　价　49.00 元

如有印装质量问题,请与本社图书销售中心调换。电话:010-65233595

出版说明

为纪念老舍先生逝世五十周年，特别推出"老舍作品精选"丛书。

老舍先生是中国现代文学史上的文学大家，其行文习惯和用词可能与当下的规范不一致，为尊重历史原貌，一律不作改动。

目录

赵子曰

第一

1

　　钟鼓楼后面有好几家公寓。其中的一家，字号是天台。天台公寓门外的两扇三尺见长，九寸五见宽，贼亮贼亮的黄铜招牌，刻着："专租学员，包办伙食。"

　　从事实上看，天台公寓的生意并不被这两面招牌限制住：专租学员吗？遇有空房子的时候，不论那界人士也和学生们同样被欢迎。包办伙食？客人们除非嫌自己身体太胖而想减食去肉的，谁也不甘心吃公寓的包饭；虽然饭费与房租是同时交柜的。

　　天台公寓的生意也并不因为履行招牌上所说的而减少：唯其不纯粹招待学生，学生才来得更踊跃，唯其饭食不良，住客们才能享受在别个公寓所享不到的利益。例如，拿两件小事说：客人要叉麻雀，公寓的老板就能请出一两位似玉如花的大姑娘作陪。客人们要喝酒，老板就能供给从京北用猪尿脬运来的，真正原封、漏税的"烧刀子"。

　　天台公寓住着有三十上下位客人，虽然只有二十间客房。因为有两位客人住一间的，而没有一位住两间的。这二十间客房既不在一个院子里，也不是分作三个院子，折衷的说，是截作两个院子；往新颖一点说，是分为内外两部。两部之中隔着一段粉板墙，上面彩画一些人物鬼狐。有人说画的是《聊斋志异》上的故事。不幸，还没遇见一位敢断定到底画的是《聊斋》上那一段。

内外两部的结构大大的不相同：外部是整整齐齐的三合房，北、南、西房各五间；内部是两间北房，三间西房，（以上共二十间客房。）和三间半南房是：堆房、柜房、厨房和厕所。

公寓老板常对有考古癖的客人们说："在公寓开张以前，这本来是两家的房子，中间隔着一堵碎砖砌的界墙。现在那段粉板墙便是界墙的旧址。"此外，他还常含着泪说："拆那堵界墙时候，从墙基发现了一尊小铜菩萨。他把那尊菩萨卖了三块洋钱。后来经别人一转手卖给一个美国人，竟自卖了六百块大洋。"到如今那群有考古癖的人们，想起来就替公寓老板伤心，可是很少有追问那尊小菩萨到底是那一朝代的。

因为有这样的结构，所以客人们管外部叫"紫禁城"，内部叫"租界"。一因其整齐严肃，一因其散落幽静。证之事实，"紫禁城"和"租界"两个名词用得也颇俏皮恰当，外部的房屋齐整，（十五间中甚至于有两间下雨不漏水的！）租价略高，住客们自然的带一些贵族气象。内部呢，地势幽僻，最好作为打牌喝酒的地方，称为租界，信为得体。就是那半间厕所，当客人们不愿见朋友或债主子的时候，也可以权充外国医院，为，好像，政客们的托疾隐退之所。

2

关于天台公寓的人物的描写实在是件难事。一来，住客们时来时去，除了几位没有以常搬家为一种运动的习惯的，很少有一住就是一年半载的。二来，一位客人有一位的特别形体的构造，和天赋的特性；要是不偏不向的细说起来，应当给他们一一的写起传记来才对。

而且那一本传记也不会没有趣味，因为那一个人的生命都有一种特别滋味的。里院王大个儿的爱唱《斩黄袍》，外院孙明远的小爆竹似的咳嗽，王大个儿半夜三更的唱《斩黄袍》，以抵抗孙明远的连珠炮响的咳嗽，……就是这些小事也值得写一本小说；再往小里说，崔老板的长杆大烟袋，打杂的李顺的那件短袖长襟宽领缺钮的蓝布大衫，也值得描写一回。然而，取重去轻，我们还不能不简单着写：虽然我们明知道天台公寓的真象决不像我们所写的这样粗简。当我们述说一个人或一件事的时候，我们耳边应当挂着王大个儿的《斩黄袍》和孙明远的咳嗽；眼前应当闪映着崔老板的大烟袋，和李顺的那件在历史上有相当价值的蓝布大衫。这样，我们或者可以领略一些天台公寓的复杂情况了。

老太太买柿子是捡大个儿的挑，历史家写历史是选着红胡子蓝靛脸的人物写，就是小说家也常犯这路"势力眼"的毛病；虽然小说家，比老太太和历史家聪明一些，明知道大个儿的柿子未必不涩，红胡子蓝靛脸的人们未必准是英雄。无论怎么说吧，我们不能不由天台公寓全体的人物中挑出几个来写。

3

天台公寓的外部以第三号，五间北房当中的那一间，为最大，公认为天台公寓的"金銮殿"。第三号的主人也俨然以内外部的盟主自居。

第三号的主人是天台公寓最老的住客，一部《天台公寓史》清清楚楚印在他的脑子里，他的一举一动都有所影响于公寓的大局。不但此也，第三号的主人是位最和蔼谦恭的君子。不用说对朋友们虚恭有礼，就是对仆役们也轻易不说一个脏字；除了有时候茶泡的太淡，酒热的过火，才金声玉振的赞美仆役们几声："混蛋！"不但此也，第三号的主人是《麻牌入门》，《二簧批评原理》的著作者。公寓的客人们不单是亲爱他，也很自傲的能和这样一位学者同居。不但此也，第三号的主人在大学，名正大学，学过哲学，文学，化学，社会学，植物学，每科三个月。他不要文凭，不要学位，只是为学问而求学。不但此也，第三号的主人对他父母是个孝子，虽然他有比一脑子还多的"非孝"新思想。每月他至少给他父母写两封信，除催促汇款之外，也照例写上"敬叩钧安！"不但此也，……

第三号的主人的姓？居《百家姓》的首位，赵！他的名？立在《论语》第一章的头上，子曰！

赵子曰先生的一切都和他姓名一致居于首位：他的鼻子，天字第一号，尖、高、并不难看的鹰鼻子。他的眼，祖传独门的母狗眼。他的嘴，真正西天取经又宽又长的八戒嘴。鹰鼻、狗眼、猪嘴，加上一颗鲜红多血、七窍玲珑的人心，才完成了一个万物之灵的人，而人中之灵的赵子曰！

他不但得于天者如是之厚，凡加以人事者亦无所不尽其极：他的皮袍，从"霜降"穿过"五七国耻纪念日"，半尺来长的雪白麦穗，地道西口老羊皮。他的皮鞋，绝对新式，英国皮，日本作的，冬冷夏热，臭闻远近的牛皮鞋。……

道德，学问，言语，和其他的一切，不跟别人比较，（也没有比较的必要。）他永远是第一。他不要文凭，学位；有时候可也说：

"咱若是要学位的时候，不要哲学博士，不要文学博士；咱要世界第一，无所不有的总博士。"

有两件事他稍微有一点不满意：住的房是第三号，和上学期考试结果的揭示把别人的姓名都念完，才找到"赵子曰"三个墨饱神足的大字，有点儿不高兴！然而，（然而，一大转也。）客人们都管第三号叫"金銮殿"，自然第一号之意寓其中矣。至于名列榜末呢，他照着镜子自己勉励："倒着念不是第一吗！"于是那一点不高兴，一片雪花儿似的那一点，没其立足之地了。

还有一件不痛快的事，这一件可不似前二者之容易消灭：他的妻子，在十年前，（赵子曰十五岁结婚。）真是九天仙府首席的小脚美人。他在结婚后三个月中，受爱情的激动，就写了一百首七言绝句赞扬她的一对小金莲。现在赶巧了在隆福寺的旧书摊上，还可以花三个铜子买一本赵著的《小脚集》。可是，现在的人们不但不复以窄窄金莲为美，反异口同韵的诋为丑恶。于是"圣之时者"的赵子曰当然不能不跟着人们改换了"美"的观念。他越看东安市场照像馆外悬着的西洋裸体美人画片，他越伤心家中贮藏着的那个丑女。

他本是个海阔天空，心怀高朗的学者，所以他只诚实的赏识真的美，只勤恳的搜求人生的真意，而不信任何鬼气弥漫的宗教。不幸，自从发觉了他那"头"，或者说那"匹"，妻子的短处以后，他懊悔的至于信了宗教以求一些精神上的安慰。他的信仰物，非佛，非孔，非马克思，更非九尾仙狐，而是铁面无私的五殿阎君。牌余酒后，他觉得非有些灵魂上的修养不可，他真的秉着虔诚，匍匐在地的祷告起来：

"敬求速遣追魂小鬼将贱内召回，以便小子得与新式美人享受恋爱的甜美！阎君万岁！阿门！"

祈祷之后，他心中轻快了许多，眼前光明了许多，好似他的灵魂在七宝莲池中洗了一回澡。他那个小脚冤家，在他半闭着的眼中，像一条黑线似的飞向地狱去了；然后金光万道，瑞彩千条，无数的维新仙子从天上飘然而降。他的心回复了原位，周身的血脉流的顺了故辙，觉得眼前还有一盏一百二十烛力的西门子电灯，光明！希望！他从无聊之中还要安慰自己，"来吧！再爽快爽快！"于是"金銮殿"中两瓶烧酒由赵子曰的两片厚嘴唇热辣辣直刺到他灵魂的深处！

可怜的赵子曰！

7

第二

1

第三号差不多是天台公寓的公众会议厅：一来是赵子曰的势力所在，号召得住。二来是第三号是全公寓中最宽绰的房子。

第三号的聚谈和野树林一样：远看是绿丛丛的一片，近看却松、槐、榆、柳各有特色；同样，他们的谈话远听是一群醉鬼奏乐，乱吵；近听却各有独立不倚的主张与论调：

"你说昨天那张'白板钓单'钓的多么脆！地上见了一张——"

第一位没有说完，第二位：

"店主东，黄骠马的马字，不该耍花腔儿呀！谭叫天活着的时候——"

第二位没说完，第三位：

"敢情小翠和张圣人裂了锅啦！本来吗——"

第三位没说完，第四位：

"你们想，我入文学系好，还是哲学系好？我的天性近——"

第四位没说完，大家一齐喊：

"莫谈学事！"

第三号的聚谈如此进行，直到大家的注意集中于一点，第三号的主人开始收拾茶碗，墨盒，和旁的一切可以用作武器的东西。因为问题集中的时候，茶碗墨盒便要飞腾了。第三号的主人倒不准是胆子小怕流血，却是因为茶碗摔碎没有人负责赔偿。

第三号的聚谈，凭良心说，也不是永远如此，遇到国家，社会，学校发生重大事故的时候，大家也真能和衷共济的讨论救济的方法。不幸，就是有时候打起来，第三号的主人也甘心为国家，社会而牺牲几个茶碗。

2

夜深了，若不是钟鼓楼的钟声咚咚的代表着寒酸贪睡的北京说梦话，北京城真要像一只大死牛那么静寂了。鬼似的小风卷着几片还不很成熟的雪花，像几个淘气的小白蛾，在电灯下飞舞。虽然只是初冬的天气，却已经把站街的巡警冻得缩着脖子往避风阁里跑了。

这种静寂在天台公寓里是觉不到的，因白天讲堂上睡足了觉的结果，住客们不但夜间不困，而且显着分外精神。王大个儿的《斩黄袍》已从头至尾唱了三遍。孙明远为讨王大个儿的欢心，声明用他的咳嗽代替喝彩。里院里两场麻雀打得正欢，输急了的狠命的摔牌，赢家儿微笑着用手在桌沿上替王大个儿拍板。外院南屋里一位小鼻子小眼睛的哲学家，和一位大鼻子大眼睛的地理家正辩论地球到底是圆的还是方的。两位的辩论毫无结果，于是由这个问题改到讨论：到底人们应当长大鼻子大眼睛，还是小鼻子小眼睛。……

只有北屋里的方老头儿安稳的睡熟了，只有他能在这种环境下睡的着，因为他是个聋子。

第三号里八圈麻雀又完，开始会议关于罢课的事情。赵子曰坐在床上，臀下垫着两个枕头，床沿上坐着周少濂，武端。椅子上坐着两位：莫大年和欧阳天风。

天台公寓住着有三十上下位客人，现在第三号的会议却只有此五位：一来因为客人们并不全属于一个大学；二来纵然同是一个大学的学友，因省界，党系之不同，要是能开超过十个人以上的会议，也显着于理不合。

周少濂是位很古老的青年，弯弯的腰像个小银钩虾。瘦瘦的一张黄脸像个小干橘子。两只小眼永远像含笑，鼻尖红着又永远像刚哭完。这样似笑不笑，似哭非哭的，叫人看着不能起一定的情感。细嫩的嗓音好似个七八岁的小姑娘，可是嗓音的难听又决不是小孩子所能办到的。眉上的皱纹确似有四五十岁了，嘴唇上可又一点胡子茬没有。总之，断定他至小有七岁，至大有五十，或者没有什么大错儿。他学的是哲学，可是他的工夫全用在作新诗上。他自己说：他是以新诗来发表他的哲学。不幸，人们念完他的新诗，也不知为什么就更糊涂了。他张口便是新诗，闭口便是哲学。没有俏皮的诗句，该他说话的时候也不说。有漂亮的诗句，不该他说话的时候也非说不可。现在他穿着一件灰布棉袍，罩着一件旧蓝哗叽的西服上身。这样不但带出几分"新"的味道，而且西服口袋多，可以多装一些随时写下来的诗句的纸条儿，以免散落遗失了。

至于武、莫二位呢，他们全是学经济学的。他们听说西洋银行老板，公司经理全是经济专家。他们也听说：银行老板，与公司经理十个有九个是秃脑瓢，双下巴颏儿，大肚子；肚子上横着半丈来长的金表链。所以，他们二位也都是挺腰板，鼓肚皮，缩脖子，以显项上多肉。至于二位不同之点虽然很多，可是最容易看出来的是：莫大年的脸，红的像一盘缩小的朝阳，武端的脸是黄的似一轮秋月。莫大年的红脸肉嘟嘟的像个小胖子，人们也叫他小胖子；武端的黄脸肉上也不少，可是没有人想起叫他小胖子。有些人实在想叫他"小肿子"，又觉得不好出口，虽然肿和胖是差不多的。莫大年是心广体胖，心里有什么，嘴里就说什么。武端是心细体胖，心里揣着好的，嘴里却说着坏的，因为坏的说着受听。莫大年是肥棉袍，宽袖马褂，好像绸缎庄的少掌柜的。武端是青呢洋服，黄色法国式皮鞋，一举一动都带着洋味儿。

欧阳天风呢，他在大学预科还不满七年呢，大概差两个学期。他抱定学而不厌，温故知新的态度，唯恐其冒昧升级而根基打的不坚固。他和赵子曰的每科学三个月的方法根本不同，可是为学问而求学的态度是有同样的可佩服的。他的面貌，服装，比赵子曰的好看的不止十倍，可是他们两个是影形不离的好朋友。赵子曰只有和欧阳这么个俊俏的人相处，才坦然不觉自己的丑陋；欧阳天风只有和赵子曰这样难看的人相处，才安然不疑自己的娇美。他们两个好像庙门前立着的那对哼、哈二将，唯其不同，适以相成。他们两个还有一点不同的地方：赵的入学是由家里整堆往外拿洋钱，在公寓中打麻雀西喞花喞一五一十的输洋钱。欧阳不但不用从口袋里往外掏钱，却是因叉麻雀赚钱而去交学费。设若工读互助会要赠给半工半读的人们奖牌，那可以无疑的断定，那块金质奖牌是要给欧阳天风的。他们两个的经济政策根本不同，可是在麻雀场上使他们关系越发密切；赵子曰要是把钱输给欧阳天风，除了他以为叉麻雀是最高尚的游戏以外，他觉得无形中作了一桩慈善事业。

3

第三号的会议开幕：

"李顺！"主席，赵子曰，坐在床上像一座小过山炮似的喊："李顺！""李顺！"

没有应声！

"李——顺！——"主席的脸往下一沉，动了虎威。

没有应声！

"叫李顺干什么？"莫大年问。

"买瓜子，烟卷！没有这两样，这个主席我不能作！"赵子曰挑着眉毛很郑重的说。

"不早了，大概他睡了。"莫大年说着看了看胖手腕上的小金表："可不是，两点十分了！"

"咱们醒着，打杂的就不能睡！"主席气昂昂的说。

"也别怪李顺，"莫大年傻傻忽忽的替李顺解说："八小时的工作，不是，不是通行的劳工限制吗？"

"先别讲理论！他该睡，我们不该吃瓜子！"主席理直气壮的一语把莫胖子顶回去了！

屋中静默了一刻。

"不管理论，"莫大年低着头像对自己说："人道要讲吧！"

"好！"主席说："老莫，听你的，讲人道，瓜子不吃啦！烟呢，难道也——"

"我有！来！吃一枝！"武端轻快的打开银烟盒递给赵子曰。主席的虎项微俯，拿了一支烟。烟卷燃着，怒气渐次随着口中喷出的香雾腾空而散。

"我还是差涵养！"主席摇着头很后悔的样子说："止不住发怒！你的话，老莫，永远和孔圣人一样的高明！好，现在该商议咱们的事了。我说，老李怎么不来？！"

"好！人家老李那能和咱们一块会议！"武端慢慢的说："你猜怎么着？哼！老李决不赞成罢课，不来正好！"

"主席！"周少濂诗兴已动，张着小鲇鱼似的嘴，扯着不得人心的小尖嗓，首先发言："此次的罢课是必要的。看！看那灰色的教授们何等的冷酷！看！看那校长刀山似的命令，何等的严重！我们若不抵抗，直是失了我们心上自由之花，耳边夜鹰之曲！反对！反对科举式的考试！帝国主义的命令！"他深深的喘了一口气接着说："从文学上看来，这是我的意见！"他又喘了一口气："至于办法，步骤，还不是我脑中的潮痕所能浸到的！虽然，啊，——反对！"

"老周的话透澈极了！"主席说。跟着看了看手中的烟卷："妹妹的！越吃越不是味儿！"他一撇嘴，猛的把烟卷往地上一扔。

"老赵，你忘了那是老武的金色的烟丝，雪白的烟纸，上印洋字，中含'尼古丁'的烟卷儿吧？"周少濂乘着机会展一展诗才，决没有意思挑拨是非。

"我该死！"主席想起来那是武端的烟，含着泪起誓道歉："老武！你不怪我，一定！我要有心骂你的烟，妹妹的，我不是人！"

"哼！要不是老周，这顿骂我算挨妥了呢！"武端脸上微微红了一红，把手插在裤袋里，挺了挺腰板说："你猜怎么着？英雄造笑骂，笑骂造英雄，不骂怎会出英雄！骂你的，主席！"

"得了！瞧我啦！"莫大年笑着给他们分解："商量咱们的事要紧，欧阳！该你说话了，别竟听他们的！"

欧阳天风刚要发言，被主席给拦回去了。

"老武！你看着，从此我不再吃烟，烟中有'尼古丁'，毒素！"主席不但后悔错骂了人，也真想起吸烟的害处来："诸位！以后再看见我吃烟，踢着我走！"他看着武端不言语了，才向欧阳天风说："得！该听你的了！"

"我不从文学上看，"欧阳天风满脸堆笑，两条眉向一处一皱一皱的像半恼的，英俊的，恼着还笑的古代希腊的神像："我从事实上想。

校长，教员，职员全怕打。他们要考，我们就打！"说罢他把皮袍的袖口卷起来，露出一对小白肉馒头似的拳头。粉脸上的葱心绿的筋脉柔媚的涨起来，像几条水彩画上的嫩绿荷梗。激烈的言词从俏美的口中说出来，真像一朵正在怒放的鲜花，使看的人们倾倒，而不敢有一丝玩狎的意思。

"欧阳说的对极了！对极了！"主席疯了似的拍着手，扯着脖子喊，比在戏园中捧坤伶还激烈一些。

"我们有许多理由，事实，反对校长。"武端发言："凭他的出身，你们猜怎么着，就不够作校长的资格！他的父亲，注意，他的父亲是推小车卖布的，你们知道不知道？"说到这里，他往四围一看：心中得意极了，好似探险家在荒海之中发现了一座金岛那样欢喜。"你们猜怎么着，本着平等，共和的精神，我们也不能叫卖布的儿子作校长！"

"老武的话对极了！"主席说，说完打了两个深长而款式的哈欠。

大家被主席引动也啊，哈的打起哈欠来。

"诸位！赞成不？开开一扇窗子进些新鲜空气？"莫大年问。

众人没有回答，莫大年立起来把要往窗子上伸的那只手在大襟上掸了掸烟灰，又坐下了。

"没人理你，红色的老莫！"周少濂用诗人的观察力看出莫大年的脸红得像抹着胭脂似的。

"主席！"莫大年嘟嘟囔囔的说："我困了！你们的意见便是我的意见，你们商议着，我睡觉去啦！"

"神圣的主席！原谅我！我黑色与白色的眼珠已一齐没有抵抗上层与下层的眼皮包围之力了！"周少濂随着莫大年也往外走。

"老莫！老周！明天见！"主席说。

"主席！"欧阳天风精神百倍的喊："我们不能无结果而散！问问

大家赞成'打'不!"

"诸位！我们决定了：打！"主席说："将来开全体大会的时候，我就代表天台公寓的学友说：打！是不是？"

"没第二个办法！"欧阳天风说："没——"

莫大年和周少濂已经走到院中，潄潄的小雪居然把地上盖白了。周少濂跳着脚提着小尖嗓喊：

"老赵！还不出来看这初冬之雪哟！雪哟！白的哟！"

"是吗，老周？"赵子曰从床上跳下来往外跑。武端，欧阳天风也都跟出来。欧阳天风怕冷，抱着肩像个可爱的小猫似的跑进自己屋里去。赵子曰和武端都伸着两臂深深的吸着雪气。一个雪花居然被赵子曰吸进鼻子里去，化成一个小水珠落在他的宽而厚的唇上："哈哈！有趣！"

周少濂立在台阶用着劲想诗句，想了半天好容易想起两句古诗，加上了一两个虚字算作新诗，一边摇头一边哼唧：

"北雪呀——犯了～～～长沙！"

"胡雪哟＞冷啦＜万家！"赵子曰接了下句，然后说："对不对，老周？杜诗！杜诗！"

"老赵！'灰'色的胡云才对！"周少濂说完颇不高兴的走进屋里去。

"老武！"赵子曰放下周少濂，向武端说："还有烟卷没有？"

"踢着他走！"欧阳天风在屋里笑着嚷。

"踢我？你？留神伤了你的小白脚指头啊！"只要人们会笑，会扯下长脸蛋一笑，什么事也可以说过不算。赵子曰，于是，哈哈的笑起来。

第三

1

桌上的小洋钟叮叮的敲了六下。赵子曰很勇敢的睁开眼。"起！"他自己盘算着："到公园看雪去！老柏树们挂着白胡子，大红墙上戴着白硬领，美呀！……也有益于身体！"

南屋的门开了。赵子曰在被窝里瓮声瓮气的喊："老李吧？干什么去？"

"踏雪去！"李景纯回答。

"等一等，一同去！"

"公园前门等你，雪下得不厚，我怕一出太阳就全化了！"李景纯说着已走到院中。

"好！水榭西边的小草亭子上见！"赵子曰回答。

街门开了，赵子曰听得真真的。他的兴味更增高了："说起就起！一！二！三！"

"一……，二……，雪……，踏……"他脑中一圈两圈的画了几个白圈。白圈越转越小，眼睛随着白圈的缩小渐渐往一处闭。眼睛闭好，红松，绿雪，灰色的贾波林，……演开了"大闹公园"。

太阳慢腾腾的从未散净的灰云里探出头来，檐前渐渐的滴，滴，一声声的往下落水珠。

李顺进来升火，又把赵子曰的好梦打断："李顺！什么时候了？"

"八点多了？先生。"

"天晴了没有？"赵子曰的头依然在蓄满独门自制香甜而又酸溜溜的炭气的被窝里埋着。

"太阳出来好高啦，先生。"

"得！等踏泞泥吧！"赵子曰哀而不伤的叨唠着："可是，多睡一会儿也不错！今天是？礼拜四！早晨没功课，睡！"

"好热呀——白薯！"门外春二，"昔为东陵侯"，"今卖煮白薯"的汉军镶蓝旗人，小铜钟似的吆喝着。

"妹妹的！你不吆喝不成吗！"赵子曰海底捞月的把头深深往被里一缩："大冷的天不在家中坐着，出来挨骂！"

"栗子味咧——真热！"这一声差不多像堵着第三号的屋门喊的。

"不睡了！"赵子曰怒气不打一处来："不出去打你个死东西，不姓赵！"他一鼓作气的坐起来，三下五除二的穿上衣裤，下地，披上皮袍，跑出去！

"赵先生！真正赛栗子！"春二笑着说："照顾照顾！我的先生，财神爷！"

"春——二！"

"嗻！来呀，先生！看看咱的白薯漂亮不漂亮！"

"啊？"

"来，先生！我给您哪挑块干瓤儿的！"

赵子曰点了点头，慢慢的走过去。看了看白薯锅，真的娇黄的一锅白薯，煮得咕嘟咕嘟的冒着金圈银眼的小气泡。

"那块锅心几个子？"赵子曰舐了舐上下嘴唇，咽了一口隔夜原封的浓唾沫。

"跟先生敢讲价？好！随意赏！"春二的话说的比他的白薯还甜美，假如在"白薯界"有"卖白薯"与"说白薯"两派，春二当然是属于后一派。

赵子曰忍不住，又觉得不值的，笑了一笑。

春二用刀尖轻轻的把那块"钦定"的白薯挑在碟子里，跟着横着两刀，竖着一刀，切成六小块，然后，不必忙而要显着忙的用小木勺盛了一勺半粘汁，匀匀的往碟上一洒。手续丝毫不苟，作的活泼而有生气。最后，恭恭敬敬双手递给赵子曰。

"雪下完倒不冷啦？"赵子曰蹲在锅旁，一边吃一边说。对面坐着一个垂涎三尺的小黑白花狗，挤鼻弄眼的希望吃些白薯须子和皮——或总称曰"薯余"。

"是！先生！可不是！"春二回答："我告诉您说，十月见雪，明年必是好年头儿！盼着啵，穷小子们好多吃两顿白面！"

"可是雪下得不厚！"

"不厚！先生！不厚！大概其说吧，也就是五分来的。不到一寸，不！"

赵子曰斜着眼瞪了春二一眼，然后把精神集中到白薯碟子上。他把那块白薯已吃了四分之三，忽然觉悟了：

"呸！呸！还没漱口，不合卫生！咳！啵！"

"先生！白薯清心败火，吃完了一天不漱口也不要紧！"春二笑着说，心中唯恐因为不合卫生的罪案而少赚几个铜子。

"谁信你的话，瞎扯！"赵子曰把碟子扔在地上，春二和那条小黑白花狗一齐冲锋去抢。小狗没吃成"薯余"，反挨了春二一脚。赵子曰立起来往院里走，口中不住的喊李顺。

"喤！喤！"李顺在院里答应。

"给春二拿一毛钱！"

"嘛！"

"好热呀——白薯！……"

2

李景纯是在名正大学学哲学的。秀瘦的一张脸，脑门微向前勺着一点。两只眼睛分外的精神，由秀弱之中带出一股坚毅的气象来。身量不高，背儿略微向前探着一些。身上一件蓝布棉袍，罩着青呢马褂，把沉毅的态度更作足了几分。天台公寓的人们，有的钦佩他，有的由嫉妒而恨他，可是他自己永远是很温和有礼的。

"老赵！早晨没有功课？"李景纯踏雪回来，在第三号窗外问。

"进来，老李！我该死，一合眼把一块雪景丢了！"赵子曰不一定准后悔而带着后悔的样子说。

"等再下吧！"李景纯进去，把一只小椅搬到炉旁，坐下。

"老李，昨天晚上为什么不过来会议？"赵子曰笑着问。

"我说话便得罪人，不如不来！"李景纯回答："再说，会议的结果出不去'打'，我根本不赞成！"

"是吗？好！老李你坐着，我温习温习英文。"赵子曰对李景纯不知为什么总有几分畏惧的样子。更奇怪的是他不见着李景纯也想不起念书，一见李景纯立刻就把书瘾引起来。他从桌上拿起一本小书，嗽了两声，又耸了耸肩，面对着墙郑重的念起来："A boy, A peach"，他又嗽了两声，跟着低声的沉吟："一个'博爱'，一个'屁吃'！"

"把书放下！"李景纯忍不住的笑了，"我和你谈一谈！"

"这可是你叫我放下书？"赵子曰板着面孔问。

李景纯没回答。

"得！"赵子曰噗哧一笑："放下就放下吧！"他把那本小书往桌一扔，就手拿起一支烟卷；自然"踢着我走！"的誓谁也没有他自己记的清楚，可是——不在乎！

李景纯低着头静默了半天，把要说的话自己先在心中读了一遍，然后低声的问：

"老赵！你到年底二十六岁了？"

"不错呀！"赵子曰说着用手摸了摸唇上的胡子茬，不错，是！是个年壮力足虎头虎脑的英雄。

"比我大两岁！"

"是你的老大哥！哈哈！"赵子曰老气横秋的用食指弹了弹烟灰，真带出一些老大哥的派头。好像老大哥应当吃烟卷，和老爷子该吸鸦片，都应该定在"宪法"上似的。

"老大哥将来作什么呢？"李景纯立起来，低着头来回走。

"谁知道呢！"

"不该知道？"李景纯看了赵子曰一眼。

"这——该！该知道！"赵子曰开始觉得周身有些不自在，用他那短而粗好像五根香蕉似的手指，小肉扒子一般的抓了抓头。又特别从五个手指之中选了一个，食指，翻过来掉过去的挖着鼻孔。

"现在何不想想呢？"

"一时那想得起来！"赵子曰确是想了一想，真的没想起来什么好主意。

"我要替你想想呢？"李景纯冷静而诚恳的问。

"我听你的！"赵子曰无意中把半支烟卷扔在火炉内，两只眼绕着弯儿看李景纯，不敢和他对眼光。

"老赵！你我同学差不多快二年了，"李景纯又坐在炉旁。"假如你不以我为不值得一交的朋友，我愿——"

"老李！"赵子曰显出诚恳的样子来了："照直说！我要不听好话，我是个 dog，Mister dog！"说完这两个英国字，好在，又把恳切的样子赶走了七八分。

"——把我对你的态度说出来。老赵！我不是个喜欢多交朋友的人，可是我看准了一个人，不必他有钱，不必他的学问比我强，我愿真心帮助他。你的钱，其实是你父亲的，我没看在眼里。你的行为，拿你花钱说，我实在看不下去。可是我以为你是个可交的朋友，因为你的心好！——"

赵子曰的心，他自己听得见，直噗咚噗咚的跳。

"——你的学业，不客气的说，可谓一无所成，可是你并不是不聪明；不然你怎么能写《麻雀入门》，怎能把'二簧'唱的那么好呢！你有一片好心，又有一些天才，设若你照现在的生活往下干，我真替你发愁！"

"老李！你说到我的心坎上啦！"赵子曰的十万八千毛孔，个个像火车放汽似的，飕飕的往外射凉气。从脚后跟到天灵盖一致的颤动，才发出这样空前的，革命的，口是心非的（也许不然）一句话。

"到底是谁的过错？"李景纯看着赵子曰，赵子曰的脸紫中又透着一点绿了，好像电光绸，时兴的洋服材料，那么红一缕，绿一缕的——并不难看！

"我自己不好！"

"自然你自己不能辞其咎，可是外界的引诱，势力也不小。以交朋友说，你有几个真朋友？以你的那个唯一的好友说，大概你明白他是谁，他是你的朋友，还是仇人？"

"我知道！欧——"

"不管他是谁吧，现在只看你有无除恶向善的心，决心！"

"老李！你看着！我只能用我将来的行为报答你的善意！"赵子曰

一着急，居然把在他心中，或者无论在那儿吧，藏着的那个"真赵子曰"显露出来。这个真赵子曰一定不是鹰鼻，狗眼，猪嘴的那个赵子曰，因为你闭上眼，单用你的"心耳"听这句话，决不是猪嘴所能喷出来的。

"如果你能逃出这个恶势力，第二步当想一个正当的营业！"李景纯越发的镇静了一些。

"你说我作什么好？"

"有三条道："李景纯慢慢的舒出三个手指来，定睛看了手指半天才接着说："第一，选一门功课死干四五年。这最难！你的心一时安不下去！第二，你家里有地？"

"有个十几顷！"赵子曰说着，脸上和心里，好像，一齐红了一红。惭愧，前几天还要指着那些田地和农商总长的儿子在麻雀场上见个上下高低！

"买些农学的书籍和新式农器，回家一半读书，一半实验。这稳当易作，而且如有所得，有益于农民不浅！第三，"李景纯停顿了半天才接着说："这是最危险的！最危险！在社会上找一些事作。没有充分的知识而作事，危险！有学问而找不到事作，甚至于饿死，死也光明；没学问而只求一碗饭吃，我说的是你和我，不管旁人，那和偷东西吃的老鼠一样，不但犯了偷盗的罪过，或者还播散一些传染病！不过，你能自己收敛，作事实在能得一些经验；自然好坏经验全可以算作经验！总之，无论如何，我们该当往前走，往好处走！那怕针尖那样小的好事，到底是好事！"

李景纯一手托着腮，静静的看着炉中的火苗一跳一跳的好像几个小淘气儿吐着小红舌头嬉皮笑脸的笑。赵子曰半张着嘴，直着眼睛也看着火苗，好像那些火苗是笑他。伸手钻了钻耳朵，掏出一块灰黄的耳垢。挖了挖鼻孔，掏出小蛤蜊似的一个鼻牛，奇怪！身上还出这些零七杂八的小东西！活了二十多年好像没作过一回自觉的掏耳垢和挖鼻牛，正和没有觉过脑子是会思想的，嘴是会说好话的器具一样！

"老赵，"李景纯立起来说："原谅我的粗卤不客气！大概你明白我的心！"

"明白！明白！"

"关于反对考试你还是打呀？"李景纯想往外走又停住了。

"我不管了！我，我也配闹风潮！"

"那全在你自己的慎重，我现在倒不好多说！"李景纯推开屋门往外走。

"谢谢你，老李！"赵子曰不知不觉的随着李景纯往外走，走到门外心中一难受，低声的说："老李！你回来！"

"有话说吗？"

"你回来！进来！"

李景纯又走进来。赵子曰的两眼湿了，泪珠在眼眶内转，用力耸鼻皱眉不叫它们落下来。

"老李！我也有一句话告诉你！你的身体太弱，应当注意！"

他的泪随着他的话落下来了！

只是为感激李景纯的话，不至于落泪。后悔自己的行为，也不至于落泪。他劝告李景纯了，他平生没作过！他的泪是由心里颤动出来的，是由感激，后悔，希望，觉悟，羞耻，一片杂乱的感情中分泌出来的几滴心房上的露珠！他的话永远是为别人发笑而说的，为引起别人的奉承而说的，为应酬而说的！他的唇、齿、舌、喉只会作发音的动作，而没有一回卷起舌头问一问他的心！这是他第一次觉得能由言语明白彼此的心，这是他第一次明白朋友的往来不仅是嘴皮上的标榜，而是有两颗心互相吸引，像两股异性的电气默默的相感！他能由心中说了，他灵魂的颤动打破一切肢体筋肉的拘束，他的眼皮拦不住他的泪了！可是泪落下来，他心里痛快了！因为他把埋在身里二十多年的心，好像埋得都长了锈啦，第一次在光天化日之下血淋淋的掏出来给别人看！

可是，到底他不敢在院中告诉李景纯，好像莫大的耻辱是在大庭广众之下说从心中发出来的话！他没有那个勇气！

"老赵！你督催着我运动吧！"李景纯低着头又走出去了。

3

欧阳天风和武端从学校回来，进了公寓的大门就喊：

"老赵！老赵！"

没有应声！

欧阳天风三步两步跑到第三号去开门，开不开！他伏在窗台上从玻璃往里看：赵子曰在炉旁坐着，面朝里，两手捧着头，一动也不动。

"老赵！你又发什么疯！开门！"

"你猜怎么着？开门！"武端也跑过来喊。

赵子曰垂头丧气的立起来，懒懒的向前开了门。欧阳天风与武端前后脚的跳进去。武端跳动的声音格外沉重好听，因为他穿着洋皮鞋。

"你又发什么疯！"欧阳天风双手扶着赵子曰的肩头问。

赵子曰没有言语，这时候他的心还在嘴里，舌头还在心里，一时没有力气，也不好意思，叫他的心与口分开，而说几句叫别人，至少叫欧阳天风的粉脸蛋绣上笑纹的话。欧阳天风半恼半笑的摇晃着赵子曰的肩膀，像一只金黄色的蜜蜂非要把赵子曰心窝中的那一点香蜜采走不可。赵子曰心中一刺一刺的螫着，还不忍使那只可爱的黄蜂的小毛腿上不带走他一点花粉。那好似是他的责任。虽然他自觉的是那么丑的一朵小野菊！他至少也得开口，不管说什么话！

"别闹！身上有些不合适！"他的眼睛被欧阳天风的粉脸映得有些要笑的倾向了，可是脸上的筋肉还不肯帮助眼睛完成这个笑的动作。他的心好像东西两半球不能同时见着日光似的，立在笑与不笑之间一阵阵的发酸！

"我告诉你！明天和商业大学赛球，你的'游击'，今天下午非去练习不可！好你个老滑头，装病！"欧阳天风骂人也是好听的，撇着小嘴说。

"赛球得不了足球博士！"赵子曰狠了心把这样生硬的话向欧阳天风绵软的耳鼓上刺！这一点决心，不亚于辛亥革命放第一声炮。

"拉着他走，去吃饭！你猜怎么着？这里有秘密！"武端说。

武端的外号是武秘密，除了宇宙之谜和科学的奥妙他不屑于猜测以外，什么事他都看出一个黑影来，他都想用X光线去照个两面透光。他坐洋车的时候，要是遇上一个瘸拉车的，他登时下车去踢拉车的瘸腿两脚，试一试他是否真瘸。他踢拉车的，决没有欺侮苦人的心；踢完了，设若拉车的是真瘸，他多给他几角钱，又决没有可怜苦人的心；总而言之，他踢人和多给人家钱全是为"彻底了解"，他认为多花几角钱是一种"秘密试验费"。他从桌上拿起那顶假貂皮帽，扣在赵子曰的肉帽架上，又从抽屉里拿出一个钱包，塞在赵子曰的衣袋里。他不但知道别人的钱包在那里放着，他也知道钱包里有多少钱；不然，怎配叫作武秘密呢！

"真的！我不大舒服，不愿出去！"赵子曰说着，心中也想到："为什么不吃公寓的饭，而去吃饭馆？"

"拉着他走！"武端拉着赵子曰的左臂，欧阳笑了一笑拉着他的右臂，二龙捧珠似的把赵子曰脚不擦地的捧出去。

出了街门，洋车夫飞也似的把车拉过来："赵先生坐我的！赵先生！""赵先生，他的腿瘸！……"

两条小龙把这颗夜明珠捧到车上，欧阳天风下了命令："东安市场！"武端四围看了一看，看到底有没有瘸腿拉车的。没有！他心中有点不高兴！

路上的雪都化了，经行人车马的磨碾，雪水与黑土调成一片又粘，又浓，又光润的黑泥膏。车夫们却施展着点、碾、挑、跳的脚艺（对手艺而言）一路泥花乱溅，声色并佳的到了东安市场。

"先生，我们等着吧？"车夫们问。

"不等，叫我们泥母猪似的滚回去？糊涂！"武端不满意这样问法，分明这样一问，在大庭广众之下把武秘密没有"包车"的秘密揭破，岂有此理！

"杏花天还是金瓶梅？"欧阳天风问赵子曰。

（两个，杏花天和金瓶梅，全是新开的苏式饭馆。）

"随便！"赵子曰好像就是这两个字也不愿意说，随着欧阳天风，武端丧胆失魂的在人群里挤。全市场的东西人物在他眼中都似没有灵魂的一团碎纸烂布，玻璃窗子内的香水瓶，来自巴黎；橡皮作的花红柳绿的小玩艺，在纽约城作的，——有什么目的？满脸含笑的美女们，比衣裳架子多一口气的美而怪可怕的太太们，都把两只比金钢钻还亮的眼睛，射在玻璃窗上；有的挺了挺脖子进到铺子里去，下了满足占据性的决心；有的摸了摸钱袋，把眼泪偷偷咽下去，而口中自言自语的说："这不是顶好的货。"——这是生命？赵子曰在这几分钟里，凡眼中所看到的，脑中登时画上了一个"？"，杏花天？金瓶梅？我自己？……

"杏花天！喝点'绍兴黄'！"武端说。然后对欧阳天风耳语："杏花天的内掌柜的，由苏州来的，嘿，好漂亮啦！"

到了杏花天的楼上，欧阳天风给赵子曰要了一盒"三炮台烟"。赵子曰把烟燃着，眉头渐渐展开有三四厘，而且忘了在烟卷上画那个含有哲学性的"？"。

"老赵！"武端说："说你的秘密！"

"喝什么酒？"欧阳天风看了武端一眼，跟着把全副笑脸递给赵子曰。——"？"

"不喝！"赵子曰仰着脸看喷出的烟。心中人生问题与自己的志趣的萦绕，确是稀薄多了，可是一时不便改变态度，被人家看出自己喜怒无常的弱点。

欧阳天风微微从耳朵里（其实真说不出是打那一个机关发出来的。）一笑。然后和武端商量着点了酒，菜。赵子曰唧当一声把酒盅，跑堂儿的刚摆好的，扣在桌上。酒，菜上来，他只懒懒吃了几口菜，扭着脖子看墙上挂着的"五星葡萄酒"的广告。

"老武！来！划拳！"

"三星！""七巧！""一品高升！"……

赵子曰眼看着墙，心中可是盼着他们问："老赵！来！"他好回答他们："不！不划！"以表示他意志坚定。不幸，他们没问。

"欧阳！三拳两胜一光当！"武端提起酒壶给欧阳天风斟上一盅。然后向赵子曰说："给我们看着！你猜怎么着？欧阳最会赖酒！"

赵子曰没言语。

"老武！"欧阳天风郑重其事的说："不用问他，他一定是不舒服！他要说不喝，就是不喝，甚至连酒也不看！这是他的好处！"

赵子曰心里痛快多了！欧阳天风的小金钥匙，不大不小正好开开赵子曰心窝上那把愁锁。会说话的人，不是永远讨人家喜欢，而是遇必要的时候增加人家的愁苦，激动人家的怒气。设若人们的怒气，愁闷，有一定的程度，你要是能把他激到最高点，怒气与愁闷的自身便能畅快，满足，转悲为喜，破涕为笑。正像小孩子闹脾气到不可开交的时候，爽得叫他痛哭一场；老太婆所谓"哭出来就好了！"者，是也。对于不惯害病的，你说："你看着好多了！"当他不幸而害病的时候，他因你这个暗示，那荷梗，灯心的功效就能增高十倍。可是对于以害病吃药为一种消遣的人，你最好说"你还得保养呀！'红色补丸'之外，还得加些'艾罗补脑汁'呀！"于是他满意了，你的同情心与赏识"病之美"的能力，安慰了他。

欧阳天风明白这个！

武端划拳又输了，拿起酒盅一仰脖，嗞的一声喝净，把酒盅向赵子曰一亮："干！"

赵子曰已经回过头来，又是皱眉，又是挤眼，似乎病的十分沉重。香喷喷的酒味一丝一絮的往鼻孔里刺，刺的喉部微微发痒。用手抓了抓脖子，看着好像要害"白喉"似的。

"老赵！"武端说："替我划，我干不过欧阳这个家伙！"

赵子曰依旧没回答，手指头在桌底下一屈一伸的直动。然后把手放在桌上，左手抓着右手的指缝，好似要出"鬼风疙瘩"。

"老赵！"欧阳天风诚于中，形于外的说："你是头疼，还是肚子不好？"

"疼！全疼！"赵子曰说着，立刻真觉得肚子里有些不合适。

"身上也发痒？"

"痒的难过！"

"风寒！"欧阳天风不加思索定了脉案。

"都是他妈的春二那小子，"赵子曰灵机一动想起病源，"叫我吃白薯，压住了风！"

"喝口酒试试？"欧阳天风说着把扣着的那只酒盅拿起来，他拿酒盅的姿式，显出十分恳切，至于没有法子形容。

"不喝！不喝！"赵子曰的脑府连发十万火急的电报警告全国。无奈这个中央政府除了发电报以外别无作为，于是赵子曰那只右手像饿鹰捉兔似的把酒盅拿起来。酒盅到了唇边，他的脑府也醒悟了："为肚子不好而喝一点黄酒，怕什么呢！"于是脖儿一仰灌下去了。酒到了食管，四肢百体一切机关一齐喊了一声"万岁！"眉开了，眼笑了，周身的骨节咯吱咯吱的响。脑府也逢迎着民意下了命令："着令老嘴再喝一盅！"

一盅，两盅，三盅，舌头渐渐麻的像一片酥糖软津津的要融化在嘴里，血脉流动的把小脚指头上的那个鸡眼刺的又痒痒又痛快！四盅、五盅，……

"肚子怎么样？"欧阳天风关心赵子曰差不多和姐姐待小兄弟一样亲切。

"死不了啦！——还有一点疼！一点！"

一，二，三，又是三盅！再要一斤！

"你今天早晨的不痛快，不纯是为肚子疼吧？"

"老李——好人！他教训了我一顿！叫我回家去种地！好人！"

"好主意！"武端说："你猜怎么着？你回家，他好娶王女士！哈哈！"

"李瘦猴有些鬼计多端呢！"欧阳笑着说。

…………

灯点上了，不知怎么就点上了！麻雀牌唏哩花拉的响起来，不知怎么就往手指上碰了！

"四圈一散！"赵子曰的酒气比志气还壮，血红的眼睛钉着那张雪白的"白板"。四圈完了。

"再续四圈，不多续！明天赛球，我得早睡！"

…………

29

"四点钟了！睡去！养足精神好替学校争些光荣！体育不可不讲，我告诉你们，小兄弟们！"

喔——喔——喔！鸡鸣了！

"风雨如晦，鸡鸣不已，"赵子曰念罢，倒在床上睡起来。

他在梦中又见着李景纯了，可是他祭起"红中""白板"把李景纯打的望影而逃！

4

商业大学的球场铺满了细黄沙土，深蓝色的球门后面罩上了雪白的线网。球场四围画好白灰线，顺着白线短木桩上系好粗麻绳，男女学生渐渐在木桩外站满，彼此交谈，口中冒出的热气慢慢的凝成一片薄雾。招待员们，欧阳天风与武端在内，执着小白旗，胸前飘着浅绿的绸条，穿梭似的前后左右跳动，并没有一定要作的事。几个风筝陪着斜阳在天上挂着，代表出风静云清初冬的晴美。斜阳迟迟顿顿的不忍离开这群男女，好似在他几十万年的经验中，这是头一次在中国看见这么活泼可爱的一群学生。

场外挽着发辫的卖糖的，一手遮着冻红的耳朵吆喝着："梨糕喔——酥糖呕！"警区半日学校的小学生，穿着灰色肥肿的棉短袄，吆喝着："烟来——烟卷儿！"男女学生头上的那层薄雾渐次浓厚，因为几百支烟卷的燃烧凑在一块儿，也不亚于工厂的一个小烟筒。地上的白灰线渐次逐节消灭，一半是被学生的鞋底碾去，一半是被瓜子，落花生的皮子盖住。

赛球员渐渐的露了面：商业大学的是灰色运动衣，棕色长毛袜，蓝色一把抓的小帽。名正大学的是红色运动衣，黑毛袜，白小帽。要是细看他们身上穿着的，头上戴着的，可以不用迟疑的下个结论：

30

"一些国货没有!"虽然他们有时候到杂货店去摔毁洋货。球员们到场全是弯着腿,缩着背,用手搓着露在外面的膝部,冻的直起鸡皮疙瘩,表示一些"软中硬"运动家的派头。入场之先,在场外找熟识的人们一一握手:"老张! 卖些力气!""不用多赢,半打就够!""老孙! 小帽子漂亮呀!""往他们腿上使劲踢,李逵!"……球员们似乎听见,似乎没听见,只露着刚才刷过的白牙绕着圈儿向大家笑。到了场内,先攻门,溜腿,活动全身,球从高处飞来,轻轻的用脚尖一扣,扣在地上。然后假装一滑,脊背朝地,双脚竖起倒在地上。别个球员脚尖触地的跑过来,拾起皮球向倒在地上的那位膝上一摔,然后向周围一看,果然,四围的观众全笑了! 守门的手足并用,横遮竖挡的不叫球攻入门内。有时候球已打在门后的白线网上,他却高高一跳,摸一摸球门的上框,作为没看见球进了门。……

赵子曰到了! 哈啦! 哈啦!"赵铁牛到了!""可不是铁牛!"黑红的脸色,短粗的手脚,两腿故意往横着拐,大叉着步,真像世界无敌的运动家。运动袜上系了两根豆瓣绿的绸条,绿条上露着黑丛丛的毛腿。一腿踢死牛,无疑的!

他在场外拉不断,扯不断的和朋友们谈笑。又不住的向场内的同学们点手喊:"老孟! 今天多出点汗呀!""进来溜溜腿?""不用! 有根!"说着向场内走,还回着头点头摆手。走到木桩切近,脚绊在麻绳上,整个大元宝似的跌进场内。四围雷也似的笑成一阵:"看! 铁牛又耍花样呢!"他蹬了蹬腿,打算一个鲤鱼打挺跳起来。可是他头上发沉,心中酸恶,怎么也立不起来。招待员们慌了:"拿火酒! 火酒!"一把一把的火酒咕唧咕唧的往他踢死牛的腿上拍。……"成了! 成了!"他勉强笑着说:"腿上没病,脑袋发晕!"

"老赵的腿许不跟劲,今天,你猜怎么着?"武端对欧阳天风说。

"别说丧气话!"

嘀——嘀——

评判员，一个滚斗筋似的小英国人，双腮鼓起多高把银笛吹的含着杀气。

场外千百个人头登时一根线拉着似的转向场内。吸烟的把一口烟含在口中暂时忘了往外喷，吃瓜子的把瓜子放在唇边且不去嗑。……

场内，球员站好，赵子曰是左翼的先锋。

嘀——嘀！

赵子曰一阵怪风似的把球带过中线，"快！铁牛！long shoot！"把他自己的性命忘了，左旋右转的往前飞跑。也不知道是球踢着人，还是人踢着球，狮子滚球似的张牙舞爪的滚。

敌军的中卫把左足向前虚为一试，赵子曰把球向外一拐，正好，落在敌军中卫的右脚上，一蹴把球送回。

"哈啦！哈啦！"轰的一声，商业大学的学生把帽子，手巾，甚至于烟卷盒全扔在空中，跳着脚喊。

"糟——糕！老赵！"赵子曰的同学一齐叹气。

这一分钟内，商业大学的学生都把眼珠努出一分多，名正大学的全把鼻子缩回五六厘！

赵子曰偷偷往四围一看，千百个嘴都像一致的说："老赵糟糕！"他装出十分镇静的样子，把手放在头上，隔着小帽子抓了一抓；好像一抓脑袋就把踢球的失败可以遮饰过去。（不知有什么理由！）正在抓他的脑袋，恰好球从后面飞来，正打在他的手上，也就是打在头上。他脑中嗡的响了一声，身子向前倒去，眼中一亮一亮的发现着："白板，""东风，""发财！"耳中恍惚的听见："Time out！"跟着四围的人声嘈杂："把他抬下来！""死东西！""死牛！""评判员不会！""打！打！"

欧阳天风跑进去把赵子曰搀起来。他扶着欧阳慢慢走到球门后，披上皮袍坐在地上。他的同学们还是一个劲儿的喊"打!"东北角上跟着有几个往场内跑，跑到评判员的跟前，不知为什么又跑回去了。后来才知道那几位全是近视眼，在场外没有看清评判员是洋人，哼！设若评判员不是洋人？

"哈啦！哈啦！"商业大学的学生又喊起来。赵子曰看得真真的，那个皮球和他自己只隔着那层白线网。

诗人周少濂缩着脖子，慢慢的扭过来，递给赵子曰一个小纸条：

> "这赤色军，输啦！
> 反干不过那灰色的小丑鸭？
> 可是，输了就输了吧，
> 有什么要紧，哈哈！"

第四

1

红黄蓝绿各色的纸，黑白金紫各色的字，真草隶篆各体的书法，长篇短檄古文白话各样的文章，冷嘲热骂轻敲乱咒无所不有的骂话，——攻击与袒护校长的宣言，从名正大学的大门贴到后门，从墙脚粘到楼尖；还有一张贴在电线杆子上的。

大门碎了，牌匾摘了，玻璃破了，窗子飞了。校长室捣成土平，仪器室砸个粉碎。公文飞了一街，一张整的也没有。图书化为纸灰，只剩下命不该绝的半本《史记》。天花板上团团的泥迹，地板上一块块的碎砖头。什么也破碎了，除了一只痰盂还忍气吞声的立在礼堂的东南角。

校长室外一条扯断的麻绳，校长是捆起来打的。大门道五六只缎鞋，教员们是光着袜底逃跑的。公事房的门框上，三寸多长的一个洋钉子，钉着血已凝定的一只耳朵，那是服务二十多年老成持重的（罪案！）庶务员头上切下来的。校园温室的地上一片变成黑紫色的血，那是从一月挣十块钱的老园丁鼻子里倒出来的。

温室中鱼缸的金鱼，亮着白肚皮浮在水面上，整盒的粉笔在缸底

34

上冒着气泡，煎熬着那些小金鱼的未散之魂。试验室中养的小青蛙的眼珠在砖块上粘着，丧了他们应在试验台上作鬼的小命。太阳愁的躲在黑云内一天没有出来，小老鼠在黑暗中得意扬扬的在屋里嚼着死去的小青蛙的腿。……

报纸上三寸大的黑字报告着这学校风潮。电报挂着万万火急飞散到全国。教育部大门紧闭，二门不开，看着像一座久缺香火的大神龛。教育团体纷纷召集会议讨论救济办法，不期而同的决定了："看一看风头再说。"雄纠纠的大兵，枪上插着惯喝人血的刺刀，野兽似的把这座惨淡破碎的大学堂团团围住，好像只有他们这群东西敢立在那里！地上一滴滴的血痕，凝成一个一个小圆眼睛似的，静静的看大兵们的鞋底儿！……

2

"老赵！你怎么样？"李景纯到东方医院去看赵子曰。

"你来了，老李？"赵子曰头上裹着白布，面色惨黄像风息日落的天色。左臂兜着纱布，右腮上粘着一个粉红橡皮膏的十字；左右相衬，另有一番侠烈之风。"伤不重，有个七八天也就好了！欧阳呢？"

"在公寓睡觉呢！"李景纯越说的慢，越多带出几分情感。脸上的笑纹画出心中多少不平。

"他没受伤？"赵子曰问。他只恐怕欧阳天风受伤，可是不能自止的想欧阳一定受伤；他听了李景纯的话，从安慰中引起几分惊异。

"主张打人的怎会能受伤！"

"难道他没到学校去？"赵子曰似乎有些不信李景纯的话，这时候他倒深盼欧阳受一点伤。他好像不愿他的好友为肉体上的安全而损失一点人格。

"我没去，因为我不主张'打'；他也没去，因为他主张'打'！"

"呕！"赵子曰闭上眼，眉头皱在一处，设若他不是自己身上疼，或者是为别人痛心。

李景纯呆呆的看着他，半天没有说话。别的病房中的呻吟哀叹，乘着屋中的静寂渐次侵进来。李景纯看看赵子曰，听听病人的呻吟，觉得整个的世界陷在一张愁网之中。他平日奋斗的精神被这张悲痛的黑影遮掩得正像院中那株老树那样颓落。赵子曰似乎昏昏的睡去，他蹑足屏息的想往外走。

"老李，别走！"赵子曰忽然睁开眼，向李景纯苦笑了一笑，表示身上没有痛苦。

"你身上到底怎样？"

"不怎样，真的！"赵子曰慢慢抬起右手摸了摸头上的纱布，然后迟迟顿顿的说："我问你！——我问你！"

"什么事？"

"我问你！——王女士怎样？"赵子曰偷偷看了李景纯一眼，跟着把左右眼交互的开闭，看着自己的鼻翅，上面有一些细汗珠。

"她？听说也到医院来了，我正要看她去。"

"是吗？"赵子曰说完，又把眼闭上。

"说真的，你身上不难过？"

"不！不！"

李景纯心中有若干言语，问题，要说，都被赵子曰难过的样子给拦回去。不说，觉得对他不起；说，又怕增加他的苦痛与烦闷。走，怕赵子曰寂寞；不走，心中要说而不好意思说的话滚上滚下像一群要出巢的蜜蜂。正在为难，门儿开了，莫大年满面红光的走进来。他面上的红光把赵子曰的心照暖了几分。

"老赵，明天见！"李景纯好容易得着脱身的机会，又对莫大年说："你陪着老赵说话吧！"说完，他轻轻的往外走，走到门口回头看了看赵子曰，赵子曰脸上的笑容已不是前几分钟那样勉强了。

"老赵！"莫大年问："听说你被军阀把天灵盖掀了？"

"谁说的？掀了天灵盖还想活着？"赵子曰心中痛快多了，说话的气调锋利有趣了。

"人家都那么说吗！"莫大年的脸更红了，红的正和"傻老"的红脸蛋没分别。

"欧阳呢？"

"不知道！大概正在奔走运动呢，不一定！我来的时候遇见老武，他说待一会儿来看你。你问他，他的消息不是比咱灵通吗！"

"王女士呢？"赵子曰自然的说出来。

"我也不知道！管她们呢！"

"老莫，你没事吧？"

"没事，专来看你！"莫大年可说着一句痛快话，自己笑了一笑以示庆贺之意。

"好！咱们谈一谈！"赵子曰说着把两只眼睛睁的像两朵向日葵，随着莫大年脸上的红光乱转，身上的痛苦似乎都随着李景纯走了。"老莫！你知道王女士和张教授的秘密不知道？"

"什么秘密？"莫大年问。

"我问你哪！"

"我，我不知道！"

"你什么也不知道，老莫！除了吃你的红烧鱼头！"赵子曰笑起来，脸上的气色像雷雨过去的浮云，被阳光映的灰中带着一点红。

"老赵！明天见！明天我给你买橘子来！"莫大年满脸惭愧要往外走。

"老莫！我跟你说笑话哪，你就急啦？别走！"

"我还有事，明天来！"莫大年说着出了屋门。刚出屋门，立刻把嘴撅起来。自医院直到天台公寓一刻不停的嘟噜着："什么也不知道！不知道！人人叫咱傻老！傻老！"

3

莫大年第二天给赵子曰送了十几个橘子去，交给医院的号房，并没进去见赵子曰。他决不是恼了赵子曰，也不是心眼小料不开事。他所不痛快的是：生在这个新社会里，要是没有一种眼观六路，耳听八方，到处显出精明强干的能力，任凭有天好的本事，满肚子的学问，至好落个"老好"，或毫不客气叫你"傻蛋"！作土匪的有胆子拆铁路，绑洋人，就有作旅长的资格，还用说别的！以他的家计说，就是他终身不作事，也可以衣食无愁的过他一个人的太平天下。可是他憎嫌"傻蛋"这一类的徽号。他要在新社会里作个新式的红胡子，蓝靛脸的英雄。那怕是作英雄只是热闹热闹耳目而没有真益处呢，到底英雄比傻蛋强！他明知道赵子曰是和他开玩笑，打哈哈，他也知道"不知秘密"与"爱吃红烧鱼头"算不了甚么大逆不道。可是，人人要用赵子曰式的笑脸对待他，还许就是"窝囊废""死鱼头"一类的恶名造成之因呢！这类的徽号不是欢蹦乱跳的青年所能忍受的！新青年有三畏：畏不强硬，畏不合逻辑，畏没头脑！莫大年呢，是天生的温厚，横眉立目耍刺儿玩花腔是不会的。对于"逻辑"呢，他和别的青年一样不明白，可是和别个青年一样的要避免这个"不合逻辑"的罪名。怎样避免？自然第一步要"有头脑"。所以三畏之中，莫大年第一要逃出"没头脑"的黑影，"知秘密"自然是头脑清晰，多知多懂的一种表示，那么，"知秘密"可以算作作新人物的唯一要素。"知秘密"便是实行"不傻蛋主义"的秘宝。

莫大年一面想，一面走，越想心中越难过！有时候他停住脚呆呆的看着古老的建筑物，他恨不得登时把北京城拆个土平，然后另造一座比纽约还新的城。自己的铜像立在二千五百五十层的楼尖上，用红绿的电灯忽明忽灭的射出："改造北京之莫大年！"

"老莫！上那儿去？"

莫大年收敛收敛走出八万多里的玄想，回头看了看：

"老武！我没事闲逛。"

武端穿着新作的灰色洋服，蓝色双襟大氅。雪白的单硬领，系着一根印度织的绿地金花的领带。头上灰色宽沿呢帽，足下一尘不染的黄色，橡皮底，皮鞋。胸脯鼓着，腰板挺着，大氅与裤子的折缝，根根见骨的立着。不粗不细的马蜂腰，被大氅圆圆的箍住，看不出是衣裳作的合适，还是身子天生来的架得起衣裳来。他向莫大年耸着肩膀笑了一笑，然后由洋服的胸袋中掏出一块古铜色的绸子手巾，先顺风一抖，然后按在鼻子上，手指轻按，专凭鼻孔的"哼力"噜噜响了两声。这个浑厚多力的响声，闭上眼听，正和高鼻子的洋人的鼻音分毫不差。

莫大年像"看变戏法儿"似的看着武端，心中由羡慕而生出几分惭愧。武端是，在莫大年想，已经欧化成熟的新青年，他自己只不过比中国蠢而不灵的傻乡民少着一条发辫而已。

"老莫，玩一玩去，乘着罢课的机会！"

"上那儿？"莫大年说着往后退了两步，低着头看武端的皮鞋一闪一闪的射金光，又看了看自己脚上的那双青缎厚底棉鞋！

"先上西食堂去吃饭？"武端说。

"我没洋服，坐在西食堂里未免发僵！"这两句话确是莫大年的真经验。因为西餐馆的摆台的是：对于穿洋服说洋话的客人，不给小账也伺候的周到；对于穿华服，说华语的照顾主，就是多给小账也不屑于应酬。更特别的：他们对穿洋服的说中国话，对穿华服的说外国话。所以认不清洋字菜单的人们为避免被奚落起见，顶好上山东老哥儿们的"大碗居"去吃打卤面比什么也不惹气。然而：

"那么，上民英西餐馆？你猜怎么着？那里全是中国人吃饭，摆台的也是中国话，而且喝酒可以划拳，好不好？走！"武端把左手插在大氅"廓其有容"的口袋里，右手带着小羊皮的淡黄色手套，过去插在莫大年右肘之下。两个人并肩而行，莫大年为武端的洋服展览，不便十分拒绝，虽然他真怕吃洋饭。

远远的看见民英餐馆的两面大幌子：左边一面白旗画着鲜血淋漓的一块二尺见方的牛肉，下面横写着三个大字"炸牛排"。右边一面红旗画着几位东倒西歪的法国醉鬼，手中拿着五星啤酒瓶往嘴里灌。武端看见这两面幌子，眉开眼笑的口中直往下咽唾液，正是望幌子而大嚼也解一些"洋馋！"莫大年的精神也振作起一些，觉着这两面大旗的背后，埋伏着一些"西洋文化"！

两个人进了民英餐馆，果然"三星，五魁"之声清亮而含着洋味，大概因为客人们喝的是洋酒。柜台前立着的老掌柜的把小帽脱下，拱着手说："来了，Sir！来了，Sir！"摆台的系着抹满牛油的黑油裙，（"白"的时代已经岁久年深不易查考了！）过来擦抹桌案，摆上刀叉和洋式酱油瓶。简单着说：这座饭馆样样是西式，样样也是华式，只是很难分析怎么调和来着。若是有人要作一部"东西文化与其'吃饭'"，这座饭馆当然可以供给无数的好材料。

"吃什么，大爷，Sir？"摆台的打着山东话问。乘着武端看菜单之际，他把抹布放在肩头，掏出鼻烟壶，脆脆的吸了两鼻子。

两个人要了西红柿炒山药蛋，烧鳜鱼，小瓶白兰地，冷牛舌头，和洋焦三仙（咖啡）。

武端把刀叉耍的漂亮而地道，真要压倒留学生，不让蓝眼鬼。莫大年闭着气把一口西红柿吞下，忙着灌了半杯凉水。

"老武，"莫大年没有再吃第二口西红柿的勇气，呷了一点白兰地，笑着问："告诉我，怎么就能知道秘密？"

"目的？那一种？"武端说完，又把摆台的叫过来，要了一个干炸丸子加果酱。

"还有多少种？"

"什么事经科学方法分析没有种类呢，真是！"

"告诉我两样要紧的，多了我记不住。"

"好！你猜怎么着？好，告诉你两种：利用秘密和报告秘密，这是目的。你猜——好！先说目的，后说方法。"武端觉得自己非常宽宏大量，肯把他的经验传授给莫大年。

莫大年傻老似的聚精会神的听着。

武端呷了一口酒，嚼着牛舌头，又点上一支香烟。酒，牛舌头，烟，在嘴中匀和成一股令人起革命思想的味道。酒顺着食道下行，牛舌头一上一下的运动于齿舌之间，烟从鼻子眼慢慢的往外冒，谁要是这么作，谁也不能不感谢上帝造人的奇妙，他把牛舌头咽净，才正式向莫大年陈说：

"供给秘密是为讨朋友的欢心，博得社会上的信仰。这是在社会上活动唯一的要素，造成英雄伟人的第一步。举个例说：你猜怎么着？张天肆，你知道张天肆？财政部司长，司长！你要问他的出身，不必细说，凭他的名字可以猜得出：他本来叫张四，作了官才改成张天肆，张四，张司长！前三年他还是张四，因为报告给绥远都统一件秘密，你猜怎么着？当时来了个绥远都统驻京办事处的科员，张科员！前三个月，他又报告给财政总长一件秘密，哈哈，抖起来了，司长！由张四而张天肆而科员而司长，将来，谁能说得定呢，也许张大帅，张总长，张总统，张牛头，因为他住家在三河县牛头镇！由张四而张总统，一根线拴着：知秘密！"武端喘了一口气又吃了一块牛舌头，心里想：设若张四"人以地名"有张牛头的希望，怎见得自己没有"人以物名"而被呼为武牛舌的可能呢！他笑了一笑，接着说："至于利用秘密，你猜怎么着？那可就更有用，更深沉，更——抖了！利用一件秘密，往小里说，你可以毁一个人，一个学校，一个机关；往大里说，推倒一个内阁，逼走一个总统！谁有这份能力，谁就有立铜像的资格，又非张四之流仅仅荣耀一时的可比了；因为小而毁一个人，大而赶走一个总统，不管成功的大小，这样的举动与运用秘密的能力，非天生的雄才大略不办，非真英雄不办，非——你猜——"

"说了半天，是这么两种，是不是？"莫大年问："告诉我，我该采用那一种？你现在用的是那一种，和怎样用法？"

"我？惭愧！我用的是供给秘密！这个比利用秘密好办的多！你猜怎么着？欧阳天风近于利用秘密了，可是他的聪明咱们如何敢比呢！"

"那么，你看，我该先练习报告秘密，是不是？告诉我，怎么得秘密？"莫大年诚恳的问。

"其实，你猜——也没有一定的方法，只在自己留心。你看，瓦特看见开水壶就发明蒸汽机，他得着了开水壶的秘密，事事留心，处处留心，时时留心！喝！秘密多了！比如说，你在公园喝茶看见一对男女同行，跟着他们！那必有秘密！假如你发现了他们的暧昧的事，得！写在你的小笔记本上，一旦用着，那个结果绝不辜负你跟着他们的劳力！我告诉你，你知道学生会主席孙权怎么倒了，新任主席吴神敏怎么成的功？就是因为吴神敏在公园捉了孙权的奸！再说，就是不图甚么，得一些秘密说着玩儿不是也有趣吗！你猜——"

"那么我得下死工夫，先练习耳眼，是不是？"

"一定！手眼身法和练武术一样，得下苦工夫！"

"好！老武！谢谢你！饭账我候啦！告诉我，你还吃什么？！"

4

几天医院的生活，赵子曰在他自己身上发现了许多奇迹：右手按着左腕的脉门，从手指上会能觉到自己的心一秒钟也不休息，那么有节有拍的跳动。脑子，更奇怪了，有时候在一阵黑潮狂浪过去之后，居然现出山高月小的一张水墨画。心中现出这种境界，叫他怀疑医院给他的洋药水里有什么不正当作用；至少那种药水的作用与烧酒不同；而作用异于烧酒的东西根本应当怀疑！医院的饭食，不错！设备，周到！然而他寂寞，无聊，烦苦！心中空空的像短了一块要紧的东西，像一位五十岁的寡妇把一颗明珠似的儿子丢了一样的愁闷！生命只是一片泛溢不定的潮水，没有一些着落，设若脑子不经烧酒激刺着！他开始明白人生与烧酒的关系！不但人生，世界文化的发展不过是酒瓶儿里的一点副产品！心房的跳动，脑中的思想，都是因为烧酒缺席，他们才敢这样作怪，才这样扰乱和平！他恨这个胡思乱想的脑子，他命令着他的脑子不准再思想，失败！原来没烧酒泡着的脑子是个天然要思想的玩艺儿，他急的直跺脚，没办法，他于无聊中觉悟了：为什么医院中把死人脑子装在酒精瓶子里？因为不用酒泡着，死后也不会得平安，还是要思想！他宁愿登时死了，把脑子装在酒精瓶子里，也比这样活受罪强！他长叹了一声，有心要触柱而死；可是他摸了摸脑瓢，舍不得！"忍耐！忍耐！出了医院再说！忍耐！希望！"

"李景纯的话不错，我应当找些事作。"他忽然想起来了，至于怎么想起来的，和怎么单想起作事而忘了李景纯告诉他的读书与种地，不但别人不知道，赵子曰自己也纳闷，好像一颗流星在天空飞过，不知从那里落下来的，也不知道落到那里去；好在这在空中一闪是不可磨灭的事实。"找什么事？当教员？开买卖？作官？——对！作官！"他噗哧的一笑，嘴中溅出几点唾星，好像一朵鲜花吐蕊把露水珠儿弹落下来似的。"也别说，会思想也有趣！居然想起作官了！哈哈！"他这一笑叫他想起：他七岁的时候在门外用自己的点心钱买过一只小黄鸟："七岁就会自动的买一只小黄鸟，快二十六岁了，又自动的想起应该作官。赵子曰呀，要不是圣人——难道是狗？"

"欧阳天风为什么不来？"他脑中那只小黄鸟又飞入他记忆力的最深远的那一处去，欧阳天风的暖烘烘的粉脸蛋与他自己的笑脸，像隔一层玻璃的两朵鲜花互相掩映。"他？正在激烈的奔走运动，一定！别累坏了哇！"他探头往窗外看了看：窗外那株老树慈眉善目的静静的立在那里："没刮风！谢谢老天爷！他的脸可受不住狂风的吹刺啊！哈哈！"

他笑着笑着眼前像电影换片子似的把那天打校长的光景复现出来："校长像屠户门前的肥羊似的绑在柱子上，你一拳，我一腿的打，祖宗三代的指着脸子骂。对，聂国鼎还啐了校长一脸唾沫呢。老庶务的耳朵血淋淋的割下来，当当当钉在门框上……"他身上觉得一阵不大合适，心中像大案贼临刑的那一刻追想平生的事迹，说不出是酸是甜，是哭是笑："老校长也怪可怜的！反正我没打他，我只用绳子捆他来着，谁知道捆上一定就打呢！他恨我不恨？我在他背后捆他来着，当然没看见我！——可是呀，就是他看见我，他又敢把咱赵子曰怎样？他敢开除我？也敢！凭咱在学界的势力，凭咱这两膀子力气，他也敢，除非他想揭他未完好的伤口！"这么一想，他心中的不自在又平静了。他觉得自己的势力所在，称孤道寡而有余，小小的校长，一个卖布小贩的儿子，有什么能为！"纵然是错打了他，错就错了吧；谁叫他不去当军阀而作校长呢！军阀作错了事也是对，我反正不惹他们拿枪的；校长作对了也是错，也该打，反正打完他没事！"他越想越痛快，越想越有理，觉得他打校长与不敢惹军阀都合于逻辑。这种合于逻辑的理论，叫他联想到他自己的势力与责任："咱老赵在医院，现在同学的开会谁作主席呢？难道除了咱还有第二个会作主席的？说着玩的呢，动不动也会作主席！就是有会的，他也得让咱老手一步不是！势力，声望，才干所在，不瞎吹！咱还根本不闹风潮呢，要不为作主席！"

他这样一想，开始觉得自己的身体有注意静养的必要，并不是为自己，是为学校，为社会，为国家，或者说为世界！他身上热腾腾的直往外冒热气，身子随着热气不由的往上飞，一直飞到喜马拉亚山的最高峰。立在那里只有他自己可以看清世界，只有他自己有收拾这个残落的世界的能力。身上的伤痕，（好在是被军阀打的，）觉得有一些疼痛了，跟看护妇要点白兰地喝吧！

他正在这么由一只小黄鸟而到喜马拉亚山活动着他的脑子，莫大年忽然满脸含笑的走进来。赵子曰把刚才所发现的奇迹奇想慌忙收在那块琉璃球似的脑子里，对莫大年说：

"老莫，你昨天给我送橘子来，怎不进来看看你的老大哥，啊？"

"没秘密可报告，进来干吗！"莫大年傻而要露着精细的样子说。

"那么今天当然是有秘密了？"

"那还用说！"

"你看，老莫学的鼻子是鼻子，嘴是嘴了。来！听听你的秘密！"

"你被革除了，老赵！我管保我是头一个来告诉你的，是不是？"莫大年得意扬扬的说。

"你是说笑话呢，还是真事？"赵子曰笑的微有一点不自然了。

"真的！一共十七个，你是头一个！不说瞎话！你的乡亲周少濂也在内！"

赵子曰脸上颜色变了，半天没有言语。

"真的！"莫大年重了一句，希望赵子曰夸他得到消息这么快。

"老莫，你是傻子！"赵子曰笑得怪难看的，只有笑的形式而没有笑的滋味。"你难道不明白不应当报告病人恶消息吗？再说，"他的笑容已完全收起去，声音提高了一些："凭那个打不死的校长，什么东西，敢开除赵子曰，赵铁牛，笑话！"

莫大年的一团高兴像撞在石头上的鸡蛋，拍叉的一声，完了！他呆呆的看着赵子曰，脸上的热度一秒钟一秒钟的增高，烧的白眼珠都红了。忽然一语未发扭身便往外走。

"老莫，别走！"赵子曰随着莫大年往外看了一眼，由莫大年开开的门缝，看见远远往外走着一个人：弯弯的腰，细碎的脚步，好像是李景纯。"他又作什么来了？"

"啊？"莫大年回头看着赵子曰。

"没什么，老莫！"

"再见，老赵！"

第五

1

"子曰兄：

何等的光荣啊！你捆校长，我写了五十多张骂校长的新诗。我们都被革除了，虽败犹荣呀！同乡中能有几个作这样'赤色'的事，恐怕只有你我吧！

惭愧不能到医院去看你，乡亲！因为今晚上天津入神易大学。学哲学而不明白《周易》，如同打校长而不捆起来一样不彻底呀！这是我入神易大学的原因。

盼望你的伤痕早些好了，能到天津去找我！

不必气馁，名正大学不要咱们，别的大学去念！别的大学也不收咱们，拉倒！哈哈！勇敢的乡亲，天津三不管见！

你的诗友，
周少濂。"

念完这封信，赵子曰心中痛快多了！到底是诗人的量宽呀！本来吗，念书和不念有什么要紧，太爷不玩啦！对！找老周去！天津玩

47

玩去!

把老莫也得罪了,这是怎会说的!少濂的信早到一会儿,也不至于叫老莫撅着嘴走哇!真他妈的,我的心眼怎么窄呢!……

2

赵子曰身上的伤痕慢慢的好了。除了有时候精神不振作还由理想上觉得有些疼痛以外,在实际上伤疤被新的嫩肉顶得一阵阵痒的钻心,比疼痛的难过多了几分讨厌。医生准他到院中活动活动,他喜欢的像久旱逢甘雨的小蜗牛,伸着小犄角满院里溜达。喜欢之外,他心中还藏着一点甜蜜的希望;这点希望叫他的眼珠钉在女部病房那边,比张天师从照妖镜中看九尾仙狐还恳切细心。那边的门响,那边的笑声,那边的咳嗽,对于他都像很大的用意。楼廊上东来西去一个一个头蒙白纱,身穿白衣的看护妇们,小白蝴蝶儿似的飞来飞去:"都是看护妇,没用! ——也别说,看护妇也有漂亮的呀!可是——"

一天过去了,只看见些看护妇。

第二天,北风从没出太阳就疯牛似的吼起来。看护妇警告他不要到院中去。他气极了:"婚姻到底是天定呀!万一她明天出院,今天又不准我到院子里去,你看,这不是坐失其机吗!风啊!设若这里有个风神,风神根本不是个好东西!设若风是大气的激荡,为什么单在今天激荡!"

他咒骂了一阵,风嬉皮笑脸的刮得更有筋骨了。他无法,只好躺在床上把朋友们送来的小说拿起看。越看越生气:一群群的黑字在眼前乱跳,一群过去,又是一群,全是一样的黑,连一个白净好看的也没有。他把小说用力往地上一摔,过去踏了两脚,把心中的怒气略解了万万分之一。然后背着手,鼓着胸,撅着嘴,在屋中乱走。有时候立在窗前往外看：院中那株老树摇着秃脑袋一个劲儿的乱动："妹妹的！把你连根刨出来！叫你气我！"

他于无可奈何之中，只好再躺在床上想哲学问题。他的哲学与乱想是一而二，二而一的。"酒要是补脑养身的，妇女便是满足性欲的东西。酒与妇女便是维持生活的两大要素！对！娶媳妇喝酒，喝酒娶媳妇；有工夫再出些锋头，闹些风潮，挣些名誉。对！内而酒与妇人，外而风潮与名誉，一部人生哲学！……"

把哲学问题想的无可再想，他又想到实际上来："欧阳天风能帮助我，可是相隔咫尺还要什么传书递简的红娘吗？老李的人不错，可是他与她？哼！……有主意了！"

他从床上跳起来，用他小棒槌似的食指按了三下电铃。这一按电铃叫他觉出物质享受的荣耀，虽然他的哲学思想有时候是反对物质文明的。

"赵先生！"看护妇好像小鬼似的被电铃拘到，敬候赵子曰的神言法旨。

"你忙不忙？"赵子曰笑着问。

"有什么事？"

"我要知道一件事，你能给我打听打听不能？"

"什么事，赵先生？"看护妇脸上挂着冬夏常青的笑容，和善恳切的问。

"你要能给我办的好，我给你两块钱的小账，酒钱，——报酬！"赵子曰一时想不起恰当的名词来。

"医院没有这个规矩，先生。"

"不管有没有，你落两块钱不好！"

"到底什么事，先生？"

"她是——你——你给打听打听女部病房有位王灵石女士，她住在第几号，得的是什么病，和病势如何。行不行？"

"这不难，我去看一看诊查簿就知道了。"看护妇笑着走出去。

赵子曰倒疑惑了："怎么看护妇这么开通！一个男人问一个女人的病势，难道是正大光明的事？或者也许看护妇们作惯了红娘的勾引事业？奇怪！男女间的关系永远是秘密的，男女到一处，除了我和她，不是永远作臭而不可闻的事吗？医院自然是西洋办法，可是洋人男女之间是否可以随便呢？"他后悔了，他那个"孔教打底，西法恋爱镶边"的小心房一上一下的跳动起来："傻老！我为什么叫看护妇知道了我的秘密呢！傻！可是她一点奇惊的样子没有，或者她用另一种眼光看这种事？——哼，也许她为那两块钱！"

"赵先生！"不大的工夫看护妇便回来了："王女士住第七号房，她害的是妇女们常犯的血脉上的病。现在已经快好了。"她一说就往外走，毫没注意赵子曰的脸色举动。

"你回来！给你，这是你的两块钱！"

"不算什么，先生！"她笑着摆了摆手："医院中没有这个规矩。"

赵子曰坐在床上想了半天，想不出道理来。不要小账，不以男女的事为新奇。不用说，这个看护妇的干爸爸是洋人！

他想不透这个看护妇的心理，于是只好不想。他以为天下的事全有两方面：想得透的与想不透的。这想不透的一方面是根本不用想，有人要是非钻牛犄角死想不可，他一定是傻蛋！赵子曰决不愿作傻蛋。于是他把理想丢开，又看到事实上来：

"我以她是受了伤，怎么又是血脉病呢？李景纯这小子不告诉我，他与她，一定，没有好事！好，你李景纯等赵先生的！不叫你们的脑袋一齐掉下来，才怪！……"

第六

1

赵子曰的伤痕养好，出了医院。他一步一回头的往女部病房那边
看，可怜，咫尺天涯，只是看不见王女士的倩影。他走到渐渐看不清
医院的红楼了，叹了一口气，开始把心神的注意由王女士移到欧阳天
风身上去。跟着，把脑中印着那个"她"撕得粉碎，一心的快回公寓
去见——"他"！

他进了公寓，李顺笑脸相迎的问他身上大好了没有，医院中伺候
的周到不周到。赵子曰心中有一星半点的感激李顺的诚恳，可是身分
所在，还不便于和仆人谈心，于是哼儿哈儿的虚伪支应了几句。李顺
开了第三号的屋门，撢擦尘土，又忙着去拿开水泡茶。赵子曰进屋里
四围一看，屋中冷飕飕的惨淡了许多，好像城隍爷出巡后的城隍庙那
么冷落无神。他不觉的叹了一口气。

"欧阳先生呢？"赵子曰问。

"和武先生出去了。"李顺回答："大概回来的快！嚜！"

赵子曰抓耳挠腮的在屋里等着。忽然院中像武端咳嗽。推开屋门
一看，果然欧阳天风和武端正肩靠着肩往南屋走。

"我说——"赵子曰喜欢的跳起多高,嚷着:"我说——"

"哈哈!老赵!你可回来了!倒没得破伤风死了!"欧阳天风一片被风吹落的花瓣似的扑过赵子曰来,两个人亲热的拉住手。赵子曰不知道哭好还是笑好,只觉得欧阳天风的俏皮话比李顺的庸俗而诚恳的问好,好听得不只十万倍。

他又向武端握手,武端从洋服的裤袋中把手伸出,轻轻的向赵子曰的手指上一挨,然后在他的黄肿脸上似是而非的画了一条笑纹。

"进来!老赵!告诉我们你在医院都吃什么好东西来着!"欧阳天风把赵子曰拉进屋里去。

"吃好东西?你不打听打听你老大哥受的苦处!"赵子曰和欧阳天风像两只小猫,你用小尾巴抽我一下,我把小耳朵触着你的小鼻子,那样天真烂熳的斗弄着。

"先别拌嘴,"武端说:"老赵,你猜怎么着?我有秘密告诉你!"

"走!上饭馆去说!上金来凤喝点老'窖陈',怎么样?"赵子曰问。

"你才出医院,我给你压惊接风,欧阳作陪!"武端说:"你猜怎么着?听我的秘密,就算赏脸赐光,酒饭倒是小事!"

"不论谁花钱吧,咱欧阳破着老肚吃你们个落花流水,自己朋友!"欧阳天风这样一说,赵子曰和武端脸上都挂上一层金光,非在欧阳面前显些阔气亲热不可。

武端披上大氅,赵子曰换了一件马褂,三个人乌烟瘴气的到了金来凤羊肉馆。

"赵先生,武先生,欧阳先生!"金来凤掌柜的含笑招待他们:"赵先生,怎么十几天没来?又打着白旗上总统府了吧?这一回打了总统几个脖儿拐?"

赵子曰笑而不答,心中暗暗欣赏掌柜的说话有分寸。

掌柜的领着他们三位往雅座走，三位仰着脸谈笑，连散座上的人们看也不看。好像是吃一碗羊杂碎，喝二两白干的人们是没有吃饭馆的资格似的。

进了雅座，赵子曰老大哥似的命令着他们："欧阳！你点菜！老武！告诉我你的秘密！"

"老赵！这可是关于你的事，你听了不生气？"武端问。

"不生气！有涵养！"

"你猜怎么着？"武端低声的说："王女士已经把像片给了张教授！那个像片在那里照的我都知道，廊房头条光容像馆！六寸半身是四块半钱一打，她洗了半打！这个消息有价值没有？老赵！"

赵子曰没言语。

"老武！"欧阳天风点好了菜，把全副精神移到这个秘密圈里来："你的消息是千真万确！所不好办的，是我们不敢惹张教授！"

"你把单多数说清楚了！"赵子曰说："是'我'还是'我们'不敢惹姓张的？我老赵凭这两个拳头，那怕姓张的是三头六臂九条尾巴，我一概不论！为一个女人本值不得拿刀动杖，我要赌这口气！况且姓张的是王女士的老师，我要替社会杀了这种败伦伤俗的狗。"

"老赵原谅我！我说的是'我'不敢惹张教授！可是你真有心斗气，我愿意暗地帮助你！"

"哼！"

"其实，你猜怎么着？张教授也不过是卖酸枣儿出身，又有什么不好斗！"武端说。

"我并不是说张教授的势力一定比咱们大，我说的是他的精明鬼道不好斗！"欧阳天风向武端说，然后又对赵子曰说："据我看，我们还是斗智不斗力。"

"什么意思？"赵子曰问。

"你先告诉我，你还愿意回学校不呢？"

"书念腻了，回学校不回没什么关系！"

"自然本着良心不念书了，谁也拦不住你；可是别人怎样批评你呢？"欧阳天风笑着说："难道人们不说：'喝！赵子曰堂堂学生会的主席，被学校革除之后避猫鼠似的忍了气啦！'老赵，凭这样两句话，你几年造成的名誉，岂不一旦扫地！"

"那么我得运动回校？"赵子曰的精神振作起好多，"放下书本到社会上去服务"的决定，又根本发生了摇动。

"自然！回校以后，不想念书，再光明正大的告退。告退的时候，叫校长在你屁股后头行三鞠躬礼，全体职教员送出大门呼三声'赵子曰万岁'！"

"你猜怎么着？"武端的心史又翻开了一页："商业大学的周校长在礼堂上给学生们行三跪九叩首礼，这是前三个月的事，我亲眼看见的！三跪九叩！"

酒菜上来了，三个人暂时把精神迁到炸春卷，烧羊尾上面去。杯碟匙筯相触与唇齿舌喉互动之声，渐次声势浩大。没话的不想说，有话的不能说，因发音的机官大部分都被食物塞得"此路不通"！

"你听着，"吃了老大半天，欧阳天风决意牺牲，把一口炸春卷贴在腮的内部，舌头有了一点翻腾的空隙："我告诉你，现在同学们的情形，你就明白你与学校风潮的关系了：现在五百多同学，大约着说分成三百二十七党。有主张拥护校长的，有主张拥戴张教授的，有主张组织校务委员会的，有主张把校产变卖大家分钱一散的……一时说不尽。"他缓了一口气，把贴在腮部的炸春卷揭下来咽下去。"主要原因是缺乏有势力的领袖，缺乏像你，老赵，这样有势力，能干，名望的领袖！所以现在你要是打起精神干，我管保同学们像共和国体下的国民又见着真龙天子一样的欢迎你，服从你！——"

"老赵，你猜怎么着？"武端先把末一块炸春卷夹在自己碟子里，然后这样说："听说德国还是要复辟，真的！"

"那么，"欧阳天风接着说："你要是有心回校，当然成功。因为凭你的力量使校长复职，校长能不把开除你的牌示撤销吗！回校以后，再告退不念了，校长能不在你屁股后头鞠三躬吗！——"

"可是，我打了校长，现在又欢迎他复职，不是叫人看着自相矛盾吗？"赵子曰在医院中养成哲学化的脑子，到如今，酒已喝了不少，还会这样起玄妙的作用；到底住医院有好处，他自己也这么承认！

"那不是此一时，彼一时吗！不是你要利用机会打倒张教授夺回王女士吗！这不过是一种手段，谁又真心去捧老校长呢！"

"怎么？"

"你看，捧校长便是打倒张教授，打倒张教授便是夺回王女士！现在咱们设法去偷王女士给张教授的像片，"欧阳天风说着，看了武端一眼。"偷出来之后，在开全体学生会议的时候当众宣布他们的秘密。这样，拥张的同学是不是当时便得倒戈？是！一定！同时，拥护校长的自然增加了势力。然后我们在报纸上再登他几段关于张教授的艳史，叫他名誉扫地，再也不能在教育界吃饭。他没有事作，当然挣不到钱；没有钱还能作风流的事？自然谁也知道，不用我说，金钱是恋爱场中的柱顶石；没钱而想讲爱情，和没眼睛想看花儿一样无望！那么，你乘这个机会，破两顷地，老赵，你呀，哈哈，大喜啦！王女士便成了赵太太啦！"

"可是，"赵子曰心里已乐得痒痒的难过，可是依旧板着面孔的问："这么一办，王女士的名誉岂不也跟着受影响？"

"没关系！"

"怎么？"

"我们一共有多少同学？"

"五百多。"

"五百五十七个。比上学期多二十三个。"武端说。

"其中有多少女的?"欧阳天风问。

"十个,有一个是瘸子。"武端替赵子曰回答。

"完啦!女的还不过百分之二,换句话说,一个女子的价值等于五十个男人。所以男女的风流事被揭破之后,永远是男的背着罪名,女的没事;而且越这样吵嚷,女的名誉越大,越吃香!你明白这个?我的小铁牛!"

"干!"赵子曰乐的不知说什么好,一连气说了十二个(武端记的清楚。)"干!"

2

赵子曰遍访天台公寓的朋友,握手,点头,交换烟卷,人人觉得天台公寓的灵魂失而复得!在他住医院那几天,他们又麻雀甚至于不出"清三翻";烧酒喝多了,只管呕吐,会想不起乱打一阵发酒疯。赵子曰回来了!可回来了!头一次坐下打牌就出了十五个贯和,头一次喝酒就有四个打破了鼻子的!痛快!高兴!赵子曰回来又把生命的真意带回来了!吃酒,打牌,听秘密,计划风潮的进行,唱二簧,拉胡琴,打架,骂李顺——全有生气!赵子曰忙的头昏眼晕,夜间连把棉裤脱下来再睡的工夫也没有,早晨起来连漱口的工夫也没有,可是他觉得嘴里更清爽!姓王的告诉他的新闻,他告诉姓张的,姓张的告诉他的消息,他又告诉给姓蔡的;所没有的说,坐在一块讲烟卷的好歹;讲完烟卷,再没的说,造个谣言!

他早晨起来遇上心气清明,也从小玻璃窗中向李景纯屋里望一望,然而:"老李这小子和王女士有一腿,该杀!"

况且自从他由医院出来，朋友们总伸着大拇指称他为"志士"、"英雄"。只有李景纯淡而不厌的未曾夸奖过他一句。在新社会里有两大势力：军阀与学生。军阀是除了不打外国人，见着谁也值三皮带。学生是除了不打军阀，见着谁也值一手杖。于是这两大势力并进齐驱，叫老百姓们见识一些"新武化主义"。不打外国人的军阀要是不欺侮平民，他根本不够当军阀的资格。不打军阀的学生要不打校长教员，也算不了有志气的青年。只有李景纯不夸奖赵子曰的武功，哼！只有李景纯是个不懂新潮流的废物！

　　至于赵子曰打了校长，而军阀又打了赵子曰？这个问题赵子曰没有思想过，也值不得一想！

3

　　光阴随着冬日的风沙飞过去了，匆匆已是阴历新年。赵子曰终日奔忙，屋里的月份牌从入医院以后就没往下撕。可是街上的爆竹一声声的响，叫他无法不承认是到了新年，公寓中的朋友一个个满脸喜气的回家去过年，只剩下了赵子曰，欧阳天风，和李景纯。赵子曰是起下誓，不再吃他那个小脚媳妇捏的饺子，并不是他与饺子有仇，是恨那个饺子制造者；他对于这个举动有个很好的名词来表示："抵制家货！"欧阳天风呢，一来是无家可归，二来是新年在京正好打牌多挣一些钱。李景纯是得了他母亲的信不愿他冬寒时冷的往家跑，他自己也愿意乘着年假多念一些书；他们母子彼此明白，亲爱，所以他们母子决定不在新年见面。

　　除夕！赵子曰寂寞的要死了！躺在床上？外面声声的爆竹惊碎他的睡意！到街上去逛？皮袍子被欧阳天风拿走，大概是暂时放在典当铺；穿着棉袍上大街去，纵然自己有此勇气，其奈有辱于人类何！桌上摆着三瓶烧酒，十几样干果点心，没心去动；为国家，社会起见，也是不去动好；不然，酒入愁肠再兴了自杀之念，如苍生何！

到了一点多钟，南屋里李景纯还哼哼唧唧的念书。"不合人道！"赵子曰几次开开门要叫："老李！"话到唇边又收回去了。

当当！两点钟了！他鼓着勇气，拿起一瓶酒和几样干果，向南屋跑去：

"老李！老李！"

"进来，老赵！"

"我要闷死了！咱们两个喝一喝！"

"好，我陪你喝一点吧！只是一点，我的酒量不成！"

"老李！好朋友！"赵子曰灌下两杯酒，对李景纯亲热了好多："告诉我，你与王女士的关系！我们的交情要紧，不便为一个女人犯了心，是不是？"

"我与王女士，王灵石女士？没关系！"

"好！老李你这个人霸道，不拿真朋友待我！"

"老赵！我们自幼没受过男女自由交际的教育，我们不懂什么叫男女的关系！我们谈别的吧——"

4

"先生！大年底下的，不多给，还少给吗？"公寓外一个洋车夫嚷嚷着。

"你混蛋！太爷才少给钱呢！"欧阳天风的声音。

"先生，你要骂人，妈的我可打你！"

"你敢，你姥姥——"欧阳天风的舌头似乎是卷着说话。

赵子曰放下酒杯，猛虎扑食似的扑出去。跑到街门外，看见洋车夫拉着欧阳天风的胳臂要动武，欧阳天风东倒西歪的往外夺他的胳臂。

公寓门外的电灯因祝贺新年的原因，特别罩上了一个红纱灯罩。红的灯光把欧阳天风的粉面照得更艳美了几分。那个车夫满头是汗，口中沸吓沸吓的冒着白气，都在唇上的乱胡子上凝成水珠。这个车夫立在红灯光之下，不但不显着新年有什么可庆贺的地方，反倒把生命的惨淡增厚了几分。

"你敢，拉车的！"赵子曰指着车夫说。

"先生，你听明白了！讲好三十个铜子拉到这里，现在他给我十八个！讲理不讲理，你们作先生的？"车夫一边喘一边说。

"欠多少？"李景纯也跑出来，问。

"十二个！先生！"

李景纯掏出一张二十铜子的钱票给了拉车的。

"谢谢先生！这是升官发财的先生！别像他——"拉车的把车拉起来，嘴中叨哩叨唠的向巷外走去。

欧阳天风脸喝得红扑扑的，像两片红玫瑰花瓣。他把脸伏在赵子曰的肩头上，香喷喷的酒味一丝丝的向外发散，把赵子曰的心像一团黄蜡被热气吹化了似的。

"老赵！老赵！我活不了！死！死！"欧阳天风闭着眼睛半哭半笑的说。

"老赵！我们搀着他，叫他去睡吧！"李景纯低声的说。

…………

满天的星斗，时时空中射起一星星的烟火，和散碎的星光联成一片。烟火散落，空中的黑暗看着有无限的惨淡！街上的人喧马叫闹闹吵吵的混成一片。邻近的人家，呱哒呱哒的切煮饺饺馅子。雍和宫的号筒时时随着北风吹来。门外不时的几个要饭的小孩子喊："送财神爷来啦!"惹得四邻的小狗不住的汪汪的叫。……这些个声音,叫旅居的人们不由的想家。北京的夜里,差不多只有大年三十的晚上有这么热闹。这种异常的喧嚣叫人们不能不起一种特别的感想。……

赵子曰在院中站了好大半天,点了点头,叹了一口气!

第七

1

　　莫大年在一个住在北京的亲戚家过年，除了酒肉的享受，一心一意的要探听些秘密，以便回公寓去的时候得些荣誉。

　　那是正月初三的晚间，一弯新月在天的西南角只笑了一笑就不见了。莫大年吃完晚饭对他的亲戚说：去逛城南游艺园。自己到厨房灌了一小酒闷子烧酒，带在腰间。

　　街上的铺户全关着门。猪肉铺的徒弟们敲着锣鼓，奏着屠户之乐，听着有一些杀气。小酒铺半掩着门，几个无家可归的酒徒，小驴儿似的喊着新春之声的"哥俩好！""四季发财！"马路上除了排着队走的巡警，差不多没有什么行人。偶尔一两辆摩托车飞过，整队的巡警忙着把路让开，显出街上还有一些动作，并不是全城的人们，因新春酒肉过度的结果，都在家里闹肚子拉稀。再说，不时的还听见凄凉而含有希望的"车呀！车！"呢。莫大年蹑来蹑去，约摸着有十点多钟了，开始扯开大步往东直门走。走到北新桥，往东看黑洞洞的城楼一声不发的好像一个活腻了的老看护妇，半打着盹儿看着这群吃多了闹肚子的病人，嗡——嗡——雍和宫的号声，阴惨惨好似在地狱里吹给鬼们听。莫大年抖了抖精神，从北新桥往北走。走到张家胡同的东口，他四围望了一望，才进了胡同口。胡同里的路灯很羞涩而虚心的，不敢多照，只照出一尺来大一个绿圆圈。隔着十八九丈就有一支灯，除了近视眼的人，谁也不敢抱怨警区不作公益事，只要你能有运气不往矢橛上走。莫大年在黑影里走了五六分钟，约摸着到了目的地。他掏出火柴假装点烟，就势向路南的一家门上照了照"六十二号"。他摸着南墙又往前走，走到六十号，他立住了，四外没有人声，他慢慢上了台阶。把耳朵贴在街门上听，里边没有动静。他试着推了推门，门是虚掩着，开开了一点。他忙着走下台阶来，心里噗咚噗咚直打鼓，脑门上出了一片粘汗。

哗啷哗啷的刀链响，从西面来了一个巡警。莫大年想拔腿往东跑，心中偶然一动，镇静了几秒钟，反向前迎过那个巡警来。

"借光！这是六十号吗？黑影里看不真！"

"不错！先生！"那个巡警并没停住脚向东走去。

莫大年等巡警走远，又上了台阶。大着胆子轻轻推开门，门洞漆黑的好像一群鬼影作成的一张黑幔。他一步一步试着往里走，除了自己的牙哒哒的响，一点别的声音听不到。出了门洞，西边有一株小树，离小树三四尺，便是界墙。树的西边是北房，门洞与北房的山墙形成一条小胡同似的夹着那株小树。他倚在北房的墙垛探着头看，北屋中一点光亮没有，可是影影抄抄的看见西房，大概是两间，微微有些光亮；不是灯烛，而是一跳一跳的炉中的火光。他定了定神，退回到那株小树，背倚着树干，掏出小酒闷子咂了一口酒。酒咽下去，打了一个冷战，精神为之一振。他计划着：

"她没在家？还是睡了？不能睡，街门还没关好！等她回来！可是怎么问她呢？她认识我，对！……可是她要是疑心，而喊巡警拿我呢？"他又喝了一口酒。"我呀？乘早跑！……"

他把小酒闷子带好，正要往外跑，街门响了一声！他的心要是没有喉部的机关挡着，早从嘴中跳出来了。他紧靠着树干，闭着气，腿在裤子里离筋离骨的哆嗦。街门开了之后，像是两个人的脚步声音走进来。可是还没有出门洞就停止住了。一个女的声音低微而着急的说：

"你走！走！不然，我喊巡警！"

"我不能走，你得应许我那件事！"一个男子的声音这样说。

莫大年竖着耳朵听，眼前漆抹乌黑，外面两个人嘀咕，他不知这到底是在梦里，还是真事。

"我喊巡警！"那个女的又重了一句。

"我不怕丢脸！你怕！你喊！你喊！"那个男子低声的威吓着。

那个男子的声音，莫大年听着怪耳熟的，他心中镇静了许多。轻轻的扭过头来往外看，什么也看不见。那两个人似乎在门洞的台阶上立着，正好被墙垛给遮住。

那两个人半天没有言语，忽然那个女的向院里跑来。那个男的向前赶了几步，到正房的墙垛便站住了。那个女子跑到西屋的窗外，低声的叫："钱大妈！钱大妈！"

"啊？"西屋中一个老婆婆似由梦中惊醒。

"钱大妈，起来！"

"王姑娘，怎么啦？"

"我走！我走！"那个男子像对他自己说。可是莫大年听的真真的，说完他慢慢的走出去。

"给我两根火柴，钱大妈！"那个女的对屋中的老妇人说。

莫大年心中一动，从树根下爬到北墙，把耳朵贴在地上听：墙外咚咚的脚步是往西去了。他又听了听院中，两个妇人还一答一和的说话。他爬到门洞，一团毛似的滚出去。出了街门，他的心房咚的一声落下去，他喜欢的疯了似的往东跑去。一气跑到了北新桥。只有一辆洋车在路旁放着。

"洋车！交道口！"

"四毛钱！先生！"

"拉过来！"

…………

他藏在一家铺户的檐下，两眼不错眼珠的看着十字道口的那盏煤气灯。

从北来了一个人，借着煤气灯的光儿，连衣裳都看得清清楚楚的。

"不错，是他！"

2

初四早晨，李顺刚起来打扫门外，莫大年步下走着满头是汗进了巷口。

"新喜！莫先生！怎么这么早就起来啦？"李顺问。

"赵先生在不在？新喜！李顺！"

"还睡着呢！"

"来，李顺！把这块钱拿去，给你媳妇买枝红石榴花戴！"莫大年从夜里发现秘密之后，看见谁都似乎值得赏一块钱，见着李顺才现诸实行。

"那有这么办的，先生！"李顺说着把钱接过来，在手心中颠了颠，藏在衣袋中的深处。"谢谢先生！给先生拜年了，这是怎会说的，真是！"

"莫先生！新喜！这里给先生拜拜年！"卖白薯的春二，挑着一担子大山里红糖葫芦，和一些小风筝之类（新年暂时改行），往城外去赶庙会。

"新喜！春二！糖葫芦作的好哇！"

"来！孝敬先生一串！真正十三陵大山里红，不屈心！"春二选了一串糖葫芦，作了一个揖，又请了一个安，递给莫大年。可是李顺慌忙的接过去了。

"春二，给你这四毛钱！"

"嘿！我的先生！财神爷！就盼你娶个顺心的，漂漂亮亮的财神奶奶！"

…………

"哇啦——噗，哇啦，哇啦，波，噗！"金銮殿中翻江倒海似的漱起口来。

"老赵！新喜！新喜！"莫大年走过第三号来。

"哇老，噗莫！新——噗！"

"新年过的怎样？"莫大年进了第三号。赵子曰的嘴唇四围画着一个白圈——牙粉——，好像刚和磨房的磨官儿亲了个嘴似的。

"别题！要闷死！你们有家有庙的全去享福，谁管我这无主的孤魂！"赵子曰的漱口已告一段落，开始张牙舞爪的洗脸。

"欧阳呢？"莫大年低声的问。

"大概还睡呢！"

"今天咱们逛逛去，好不好？行不行？"莫大年唯恐赵子曰说道"不行"，站在他背后重了三四遍："行不行？"为是叫赵子曰明白这个请求是只准赞成而不得驳回的。

"上那儿？"

"随你！除了游逛之外，还有秘密要告诉你！"

"上白云观？"

"好！快着！说走就走，别等起风！"莫大年催着赵子曰快走，只恐欧阳天风起来，打破他的计划。

赵子曰是被新年的寂苦折磨的，一心盼有个朋友来，不敢冷淡莫大年。忙着七手八脚的擦脸，穿衣裳，戴帽子。打扮停妥，对着镜子照了照，左耳上还挂着一团白胰子沫。

3

人们由心里觉得暖和了，其实天气还是很冷。尤其是逛庙会的人们，步行的，坐车的，全带着一团轻快的精神。平则门外的黄沙土路上，骑着小驴的村女们，裹着绸缎的城里头的小姐太太们，都笑吟吟到白云古寺去挤那么一回。

"吃喝玩逛"是新春的生命享受。所谓"逛"者就是"挤"，挤得出了一身汗，"逛"之目的达矣。

浅蓝的山色，翠屏似的在西边摆着。古墓上的老松奇曲古怪的探出苍绿的枝儿，有的枝头上挂着个撕破的小红风筝，好似老太太戴着小红绢花那么朴美。路上沙沙的蹄声和叮叮的铃响，小驴儿们像随走随作诗似的那么有音有韵的。……然而这些个美景都不在"逛"的范围以内。

茶棚里的娇美的太太们，豆汁摊上的红袄绿裤的村女们，庙门外的赌糖的，押洋烟的，庙内桥翅下坐着的只顾铜子不怕挨打的老道士……这些个才是值得一看的。

白云观有白云观的历史与特色，大钟寺有大钟寺的古迹和奇趣。可是逛的人们永远是喝豆汁，赌糖，押洋烟。大钟寺和白云观的热闹与拥挤是逛的目的，什么古迹不古迹的倒不成问题。白云观的茶棚里和海王村的一样喊着："这边您哪！高飏眼亮，得瞧得看！"瞧什么？看什么？这个问题要这样证明：设若有一家茶棚的茶役这样喊："这边得看西山！这边清静！"我准保这个茶棚里一位照顾主儿也没有。

所以形容北京的庙会，不必——的描写。只要说："人很多，把妇女的鞋挤掉了不少。"就够了。虽然这样形容有些千篇一律的毛病，可是事实如此，非这样写不可。

赵子曰和莫大年到了"很热闹"的白云观。

莫大年主张先在茶棚里吃些东西，喝点茶；倒不是肚子里饿，是心里窝藏着的那些秘密，长着一对小犄角似的一个劲儿往外顶。赵子曰是真饿，闻着茶棚内的叉烧肉味，肚里不住的咕罗咕罗直奏乐。

"老赵！我该说了吧？"两个人刚坐好，没等要点心茶水，莫大年就这样问。

"别忙！先要点吃食！反正你的秘密不外乎糖豆大酸枣！"赵子曰笑着说，跟着要了些硬面火烧，叉烧肉，和两壶白干。

"老赵，你别小看人！我问你，昨天你和欧阳在一块儿来着没有？"

"没有！"

"完啦，我看见他了！不但他，还有她！"莫大年高兴非常，脸上的红光，真不弱于逛庙的村女的红棉袄。

"谁？"赵子曰自要听见有"女"字旁的字，永远和白干酒一样，叫他心中起异样的奋兴。他张着大嘴又要问一声："谁？"

"王女士！"

"可是他们两个是好朋友！"

"我没看见过那样的好朋友！他对她的态度，不是朋友们所应有的，更不是男的对女的所应有的！……"莫大年把夜里的探险，详详细细的说一遍，然后很诚恳的说："老赵！我老莫是个傻子，我告诉你一句傻话：赶快找事作或是回家，不必再蹚浑水！欧阳那小子不可靠！"

67

"可是我自己也得访察访察不是？万一这件事的内容不像你所想的呢？再说，学校的事我也放下不管？回家？"赵子曰带出一些傲慢的态度，说着咂了一口酒。

　　"学校将来是要解散！"莫大年坚决的说。

　　"你怎么知道？"

　　"李景纯这样说吗！"

　　"听他的！"

　　"老赵，得！我的话说完了，你爱逛庙你自己逛吧，我回公寓去睡觉！——听我的话，赶快往干净地方走。别再蹚浑水！回头见！"

第八

1

赵子曰坐在二等车上，身旁放着一只半大的洋式皮箱，箱中很费周折的放着一双青缎鞋。车从东车站开动的十分钟内，他不顾想别的事，只暗自赞赏这不用驴拉也走的很快的火车："增光耀祖！祖宗连火车没有见过，还用说坐火车！自然火车的发明是科学家的光荣，可是赞美火车是我的义务！"他看了看车中的旅客：有的张着大嘴打着旅行式的哈欠，好像没上车之前就预备好几个哈欠在车上来表现似的；有的拿着张欣生一类①的车站上的文学书，而眼睛呆呆的射在对面女客人的腿上；有的口衔着大吕宋烟，每隔三分钟掏出金表看一看；……俗气！讨厌！他把眼光从远处往回收，看到自己身旁的洋式皮箱，他觉得只是他自己有坐二等车的资格与身分！

"莫大年的话确是有几分可靠，可是，"闷！闷！火车拉了两声汽笛。"这样偷跑，不把欧阳的小心急碎？可是，"咕咙咕咙火车走过一道小铁桥。"王女士？想也无益！"他看了看窗外：屋宇，树木，电线

_____

① 张欣生一类，指当时流行的黄色小说，张某是写这种小说的代表人物。

69

杆都一顺边的往外倒退着："哼!"……

车到了廊房，他觉得有些新生趣与希望，渐渐把在廊房以北所想的，埋在脑中的深部，而计划将来的一切：

"周少濂接到我的信没有? 快信? 这只箱子至少叫几个脚夫抬着? 两个也许够了? 好在只有一双缎鞋! 下了火车雇洋车是摩托车? 自然是摩托车! 坐二等车而雇洋车，不像一句话! ……"

车到了老龙头，旅客们搬行李，掏车票，喊脚夫，看表，打个末次的哈欠，闹成一团。赵子曰安然不动的坐在车上，专等脚夫来领旨搬皮箱；他看着别人的忙乱，不由的笑了笑："没有涵养!"

"子曰! 子曰!"站台上像用钢锉磨锯齿那么尖而难听的喊了两声。

赵子曰随着声音往四下看：周少濂正在人群中往前挤。他穿着一身蓝色制服，头上顶着一个八角的学士帽，帽顶上绣着金线的一个八卦。赵子曰看周少濂的新装束，忍不住的要笑。心里说："真正改良八卦教匪呀!"

"老周! 喊脚夫，搬箱子!"

周少濂跳着两根秫秸秆似的小细腿，心肥腿瘦的，勇敢而危险的，跳上车去。他和赵子曰握了握手，把两只笑眼的笑纹展宽了一些，同时鼻子一耸，哭的样式也随着扩充，跟着把他那只皮箱提起来了。

"等脚夫搬!"赵子曰倒不是怕周少濂受累，却是怕有失身分。

"不重! 这金黄色的箱子和空的一样!"周少濂提着箱子就往外走，赵子曰也只好跟着走。"这程子好? 赤色的乡亲?"

"悲观得很!"赵子曰说。(其实不叫脚夫搬箱子也是可悲的一件事。)

两个人说着话走出了站台，赵子曰向前抢了几步，把一辆摩托车点手叫了过来。他先叫周少濂上车，然后他手扶着车门往四下一望，笑了笑，弯着腰上了车："法界，神易大学!"

2

天津，法界，神易大学是驰名全世界的以《易经》为主体而研究，而发明，一切科学与哲学的。

神易大学共设八科：哲学、文学、心理、地质、机械、电气、教育和政治。学生入学先读二年《易经》，《易经》念的朗朗上口，然后准其分科入系。入那一科是由校长占卜决定之。各科的讲义是按照六十四卦的程序编定的。因版权所有的关系，我不敢钞袭那神圣不敢侵犯的讲义，再说道理太深也不是常人所能了解的；我只好把最粗浅的一些道理说明一番：

以乾坤二卦说，在神易大学的地质学科是这么讲：

☰和☷便是地层的横断图，而坤卦当中特别看得出地层分裂的痕迹。设若画成这样：▥，▦便是地层的竖断图。经上所说的："初九潜龙勿用"，"初二见龙在田"，那是毫无疑义的说明地层里埋着的古代生物化石。所谓"潜龙"，所谓"在田"不是说古代生物埋在地里了吗。所谓"初九"，"初二"，不是说地层的层次吗。况且，龙又是古代生物；不然，为什么不说"见猫在田"？

再把这两卦移到机械学里讲，那便是阴阳螺丝的说明。假若把这两卦画成这样：☰，☷这不是两个螺丝吗。把他们放在一处：☰☷☰难道不是一个螺丝钻透一块木板的图吗。

那么，把六十四卦应用到电气学上讲，那更足使人惊叹中国古代文

---

① 《易经》，五经中的一种，又名《周易》，是古代为着占卜吉凶的著作。由卦、爻两种符号和卦辞、爻辞两种文字构成。

② 卦，《易经》中象征自然现象和人事变化的一种符号。以阳爻（ — ）、阴爻（ -- ）相配合而成。三个爻组成的卦共八个，通称"八卦"，即"乾、坎、艮、震、巽、离、坤、兑"。其中乾卦文形为（☰）、坤卦文形为（☷）。六个爻组成的卦共六十四个，通称"六十四卦"。

明的不可及：伏羲画卦是已然发明了阴阳电的作用，后圣演卦已经发明了电报！那六十四卦便是不同的收电和发电机。那乾坤否泰的六十四个卦名，便是电报的号码，正如现在报纸上所谓"宥电"，"艳电"一样。

经中短峭的辞句，正和今日的电报文字的简单有同样用意：如"利见大人"，"利有攸往"，"利涉大川"，不过是说：姓利的见着大人了，姓利的已经起程，姓利的过了大江。至于姓利的这个人，是古代的银行大王，还是煤铁大王，虽然不敢断定；可是无疑他是个大人物：因为经上说了几次《利艰贞》，那不是说姓利的是个能吃苦，讲信用的汉子吗。……

神易大学的校舍按着《易经》上的蒙卦☶建筑的。立意是："非我求童蒙，童蒙求我。"往粗浅里说：来这里念书的要遵守一切规则，有这样决心的，来！不愿受这样拘束的，走！我们就这么办，你来，算你有心向善；你不来，拉倒！有这样的宗旨，加以校址占的风水好，所以在举国闹学潮的期间，只有神易大学的师生依旧弦歌不绝的修业乐道。☶的第一层是办公室、校长室和教员室。第二第三第四第六层是八科的教室。第五层是学生宿舍和图书馆。四围的界墙满画着八卦，大门的门楼上悬着一方镇物，先天太极图。这些东西原来不过是一些装饰，那知道暗中起了作用：自从界墙上的八卦画好，门上的镇物悬起，对面的中法银行的生意便一天低落一天，不到二年竟自把一座资本雄厚的银行会挤倒歇业，虽然法国人死不承认这些镇物有灵，可是事实所在，社会上一班的舆论全以为神易大学是将来中国不用刀兵而战胜世界列强的希望所在！

车到了神易大学的门外，赵子曰打发了车钱，周少濂把皮箱提起来，两个人往学生宿舍走。赵子曰东看一眼西看一眼，处处阴风惨惨，虽然没有鬼哭神号，这种幽惨静寂，已足使他出一身冷汗。

"老周！现在有多少学生？"

"十五个！"

"十五个？住这么大的院子，不害怕吗？"

"有太极图镇着大门，还怕什么？"周少濂很郑重的说。

赵子曰半信半疑的多少壮起一些胆子来，一声没言语随着周少濂到了宿舍。屋中除了一架木床之外，还有一把古式的椅子，靠着墙立着；离了墙是没法子立住的，因为是三条腿。靠着窗子有一张小桌，上面摆着一个古铜香炉，炉中放着一些瓜子皮儿。桌子底下放着一个小炭盆，和一把深绿色的夜壶。墙上黄绿的干苔，一片一片的什么形式都有，都被周少濂用粉笔按着苔痕画成小王八，小兔子，撅着嘴的小鬼儿。纸棚上不怕人的老鼠嗑着棚纸，咯吱咯吱的响；有时还嗞嗞的打架。屋外"拍！""拍！""拍！"很停匀的这样响，好像有两个鬼魂在那里下棋！

"老周！这是什么响？"赵子曰坐在床上，头发根直往起竖。

"老刘在屋里摆先天《周易》呢！老赵，我给你沏茶去！"周少濂说着向床低下找了半天，在该放夜壶的地方把茶壶找出来。"你是喝浅绿色的龙井，深红色的香片，还是透明无色的白水？"

"不拘，老周！"

周少濂出去沏茶，赵子曰心里直噗咚。"拍！""拍！""拍！"隔壁还是那么停匀而惨凄的响，赵子曰渐渐有些坐不住了。他刚想往外走到院子里等周少濂去，隔壁忽然蛤蟆叫似的笑了一阵，他又坐下了！

周少濂去了有一刻来钟才回来，一手提着茶壶，一手拿着两个茶碗。

"老赵你怎么脸白了？"周少濂问。

"我大概是乏了，喝碗茶，喝完出去找旅馆！"赵子曰心里说："这里住一夜，准叫鬼捏死！"

"你告诉我，住在这里，怎么又去找旅馆？"周少濂越要笑越像哭，越像哭其实是越要笑的这样问。

"我给你写信的时候，本打算住在这里；可是现在我怕搅你用功，不如去住旅馆！"赵子曰说。

"我现在放年假没事，不用功，不用功！"周少濂一面倒茶一面说。

"回来再说，先喝茶。"赵子曰把茶端起来：茶碗里半点热气也看不见。只有一根细茶叶梗浮在比白水稍微黄一点的茶上。赵子曰一看这碗茶，住旅馆的心更坚决了一些。他试着含了一口，假装漱口开开门吐在地上。

"你这次来的目的？子曰！"周少濂说着一仰脖把一碗凉茶喝下去，跟着挺了挺腰板，好像叫那股凉茶一直走下去似的。

"我想找事做！把书念腻烦了！"

"找什么事？"

"不一定！"

"若是找不到呢？"

赵子曰没回答。周少濂是一句跟着一句，赵子曰是一句懒似一句，一心想往外走。

两个人静默了半天，还是周少濂先说话：

"你吃什么？子曰！"

"少濂，我出去吃些东西，就手找旅馆，你别费心！"

"我同你一块儿去找旅馆？"

"我有熟旅馆！在日租界！"赵子曰说着把皮箱提起来了。

"好！把地址告诉我，我好找你去！"

…………

3

灰黄的是一团颜色，酸臭的是一团味道，呛哒哗啷的是一团声音。灰黄酸臭而呛哒哗唧的是一团日本租界。颜色无可分析，味道无可分析，声音无可分析。颜色味道声音加在一块儿，无可分析的那么一团中有个日本租界。那里是繁华，灿烂，鸦片，妓女，烧酒，洋钱，锅贴儿，文化。那里有杨梅，春画，电灯，影戏，麻雀，宴会，还有什么？——有个日本租界！

一串串的电灯照着东洋的货物：一块钱便买个钻石戒指，五角小洋就可以戴一顶貂皮帽，叫大富豪戴上也并看不出真假来。短袄无裙的妓女，在灯光下个个像天仙般的娇美，笑着，唱着，眼儿飞着，她们的价格也并不贵于假钻石戒指和貂皮帽。锅贴铺的酸辣的臭味，裹着一股子贱而富于刺激的花露水味，叫人们在污浊的空气中也一阵阵的闻到钻鼻子的香气。工人也在那里，官人也在那里，杀人放火的凶犯也在那里，个个人还都享受着他的生命的自由与快活。贩卖鸦片的大首领，被政府通缉的阔老爷，白了胡子的老诗人，也都在那里消遣着。中国的文化，日本的帝国势力，西洋的物质享受，在这里携着手儿组成一个"乐土天国"。

杨柳青烧了，天津城抢了，日本租界还是个平安的乐窝。大兵到了，机关枪放了，日本租界还是唱的唱，笑的笑，半点危险也没有。爱国的志士激烈的往回争主权，收回租界，而日本租界的中国人更多了，房价更高了。在那里寄放一件东西便是五千元的花费，寄存一条小哈吧狗就是三万块钱。爱国的志士运动的声嘶力尽了，日本人们还是安然作他们的买卖。反正爱国的志士永远不想法子杀军阀，反正军阀永远是烧抢劫夺，反正是军阀一到，人们就往租界跑，反正是阔人们宁花三万元到日租界寄放一条小哈吧狗，也不听爱国志士的那一套演说词，日本人才撇着小胡子嘴笑呢！

赵子曰把皮箱放在日华旅馆，然后到南市大街喝了两壶酒，吃了几样天津菜。酒足饭饱在那灰黄的一团中，找着了他的"乌托邦"。

第九

1

"赵先生!"旅馆的伙计在门外叫:"有位周先生拜访。"

"请他在客厅等一等,先打脸水!"赵子曰懒睁虎目,眼角上镶着两小团干黄"痴抹糊";看了看桌上的小钟,还不到十一点半呢。他有些不满意周少濂这么早就来,闭上眼又忍了两三分钟,才慢慢往起爬,用手巾擦了两把脸,点上一支香烟向客厅走去。

"子曰,才起?"周少濂问。

"昨天太累了,起不来!"赵子曰舒着胳臂伸了个懒腰。"你吃了饭没有,一同出去?"

"不!和你谈几句话,回来还有别的事!"

赵子曰不大高兴的坐在一张卧椅上。

"你说你要找事,是不是?"周少濂挑着小尖嗓子问。

"还没有一定的计划!"赵子曰觉得用话把周少濂冰走,比找事还重要,很冷淡的这样回答。

"有一件事我可以替你帮忙,不知道你愿意干不愿意?"周少濂问。

"我说老周，你先同我出去玩一玩！然后再说找事行不行？"赵子曰很不耐烦的说。

"老赵，你知道我是个诗人，"周少濂很得意的说："到那里逛去我总要作诗。前两天同朋友到天仙园看了一天戏，到现在我的'观剧杂感诗'还没作完。这首诗没作好之前，我的赤色的乡亲，我简直的不能陪你出去玩！话往回说：我有个盟叔，阎乃伯，在东马路住，他要请我去教他少爷的英文。我想荐举你去，你干不干？"

"你为什么不去？"赵子曰问。

"当然有原因呀，"周少濂把嗓音更提高了一些，也更难听了一些："我是他的盟侄，你看，他要一要滑头不给我钱，我岂不是白瞪眼！你去呢，他决不会不送束脩。你说——"

"你这位盟叔是干什么的？"

"第一届国会的参议员，作过一任大名道道尹，听说还有直隶省长的希望呢！"周少濂一气说完，显着很得意似的。

"啊！"赵子曰把精神振起一些，也觉得周少濂不十分讨厌了："他既是阔人，那能不给你钱，还是你去好！不过你决定不去，我也无妨试一试！"

"好啦！我给你们介绍！"周少濂半哭半笑的笑了一笑，眉上的皱纹聚在一处，好像饿了好几天的小猴儿。"我决定不去：越是有钱的人越爱钱，前者我和他通融些学费，他给了我个小钉子碰。可是我还不能得罪他，咱这穷诗人是不能又穷又硬的！你一去呢，既显着我能交朋友，又表示出我不指着他的束脩，乡亲，你看是不是？作诗是作诗，办事是办事！我很自傲的是个能办事的诗人！况且还有哲学！——"

"可有一层啊，"赵子曰问："我——我的英文，说真的，可是二把刀哇！"

"没关系！小阎儿从二十六个字母学起。不深！"

"好！就这么办啦！"赵子曰立起来说："你不和我去玩一玩？"

"不！我赶紧回学校去作成我的'观剧杂感'呢！再见，赤色的老赵！"周少濂把八卦帽戴上神眉鬼眼的往外走。

2

因为吃穿嫖赌是交际场中宇宙起源论的四大要素，赵子曰又给他父亲打了两个电报催促汇款以备应用。他的父亲接电报，放下以捡粪为消遣的粪箕，忙着从白菜窖里往外刨三十年前埋好的薄边大肚大元宝，然后进城到邮局汇兑，以尽他为赵氏祖宗教养后裔的责任。

赵子曰在接到汇条的前三点钟，还咬牙切齿咒骂他的父亲是"不懂新文化的老财奴"！骂着骂着把汇条骂来了，他稍微回心转意的说："到底还是有个爸爸，比别人容易利用！"跟着他飞也似的跑到邮局兑了现款，然后到估衣街去制办衣裳。到了估衣街，他两眼惊鸡似的往四下望，望了半天只有华纶衣店挂着"专备华贵衣服"的金匾合了他的意。他应节当令的选了一件葡萄灰色华丝葛面，薄骆驼绒里了的大祆，和一件"时兴的老花样"的红青团龙宁绸马褂。穿上之后在衣店的四面互照的大镜子里一照，他觉得在天津这几天，只有今天有把自己的像片登在天津《太晤士报》上的价值。付了衣价，把旧衣服放在衣店叫小徒弟送到旅馆去。他穿着新衣裳到国货店买了一根"国货店中卖的洋货"的金顶橡木手杖。出了国货店，一路上随走随在铺户的玻璃窗上照：左手金顶手杖，右手大吕宋烟，中间素净而有宝色的马褂，抖哇！

他不但只是满意这几件东西买的好，他根本在精神上觉出东西文化的高低只在此一点。西洋文化是"阔气""奢华""势力"，中国文化是"食无求饱""在陋巷人不堪其忧"。设若吃不饱，穿不暖，而且在小破胡同一住，那不被住洋楼，坐摩托车的洋人打的落花流水，还等什么！为保持民族的尊严起见，为东方文化不致消灭净尽起见，这样把门面支撑起来是必要的，是本于爱国的真诚！而且这样作是最经济的一条到光明之路：洋人们发明了汽车，好，我们拿来坐；洋人们发明了煤气灯，好，我们拿来点。这样，洋人有汽车，煤气灯，我们也有，洋人还吹什么牛！这样，洋人发明什么，我们享受什么，洋人日夜的苦干，我们坐在麻雀桌上等着，洋人在精神上岂不是我们的奴隶！.

改造中国是件容易的事，只需大总统下一道命令：叫全国人民全吃洋饭，穿洋服，男女抱着跳舞！这满够与洋人争光的了！至于讲什么进取的精神，研究，发明等等，谁有工夫去干呢！

这是赵子曰的"简捷改造论"！

他左顾右盼的不觉的又进了三不管。他本想去吃一些锅贴，喝两壶白干酒；及至看了看胸前的团龙马褂，他后悔不该有这样没出息，辱蔑民族光荣的思想。于是他把步度调匀，挺着腰板，到日界一家西餐馆里去吃西米粥，牛舌汤，喝灰色剂（Whiskey）。

3

他正在轧着醉步，气态不凡的赏识着日租界的夜色。忽然，离着他有三步多远，两个金钢石的眼珠，两股埃克司光线把赵子曰的心房射的两面透亮儿。他把醉眼微睁：那两粒金钢石似的眼珠，是镶在一个增一厘则肥，减一厘则瘦，不折不扣完全成熟的美脸上。不但那两只水凌凌的眼睛射着他，那朵小红蜜窝桃儿似的嘴也向他笑。赵子曰敛了敛神，彻底的还了她一笑。她慢慢的走过来，把一条小白纺绸手巾扔在他脚上。他的魂已出壳，专凭本能的作用把那条手巾拾起来。

"女士！你的手巾？"

"谢谢先生！"她的声音就像放在磁缸儿里的一个小绿蝈蝈，振动着小绿翅膀那么娇嫩轻脆。"我们到茶楼去坐坐好不好？"

"求之不得！奉陪！"他说完这两句，觉得在这种境界之下有些不文雅，灵机一动找补了两句："遮莫姻缘天定，故把嫦娥付少年！"

那位女士把一团棉花似的又软又白的手腕挽住他的虎臂，一对英雄美人，挟着一片恋爱的杀气，闯入了杏雨茶楼。

两个选了一间清净的茶座，要了茶点，定了定神，才彼此互相端详。那位女士穿着一件巴黎最新式的绿哗叽袍，下面一件齐膝的天蓝鹅绒裙。肩窝与项下露在外面，轻轻拢着一块有头有尾有眼睛的狐皮。柔嫩的狐毛刺着雪白的皮肤，一阵阵好似由毛孔中射出甜蜜的乳香。腕上半个铜元大的一支小金表，系着一条蜈蚣锁的小细金链。足下肉色丝袜，衬着一双南美洲响尾蛇皮作的尖而秀的小皮鞋。头上摘下卷沿的玫瑰紫跳舞帽，露出光明四射的黑发，剪的齐齐的不细看只是个美男子，可是比美男子还多美着一点。笑一笑肩膀随着一颤；咽一口香唾，脸上的笑窝随着动一动；出一口气，胸脯毫无拘束的一大起一大落，起落的那么说不出来的好看。说一声"什么？"脖儿略微歪一歪，歪的那么俏皮；道一声"是吗？"一排皓齿露一露，个个都像珍珠作成的。……

她眼中的赵子曰呢？大概和我们眼中的赵子曰先生差不多，不过他的脸在电灯下被红青马褂的反映，映得更紫了一些。

赵子曰在几分钟内无论如何看不尽她的美，脑中一时无论如何也想不出一个恰当的字眼来形容她。他只觉得历年脑中积储的那些美人影儿，一笔勾销，全没有她美。

"女士贵姓？"赵子曰好容易想起说话来。

"谭玉娥。我知道你，你姓赵！"她笑了一笑。

"你怎么知道我，谭女士？"

"谁不知道你呢，报纸上登着你受伤的像片！"

"是吗？"赵子曰四肢百体一齐往外涨，差一些没把大袄，幸亏是新买的，撑开了绽。他心中说："她要是看了那张报纸，难道别个女的看不见？那么，得有多少女的看完咱的像片而憔悴死呀？！"

"我看见你的像片，我就——"谭玉娥低着头轻轻的捻着手表的弦把，脸上微微红了一红。

"我不爱你，我是水牛！不！骆驼！呸；灰色的马！"

"我早就明白你！"

"爱情似烈火的燃烧，把一切社会的束缚烧断！你要有心，什么也好办！"赵子曰一时想不起说什么好，只好念了两句周少濂的新诗。

"我明白你！"谭女士又重了一句。

…………

两个谈了有一点多钟，拉着手出了杏雨茶楼。赵子曰抬头看了看天，满天的星斗没有一个不抿着嘴向他笑的。在背灯影里，他吻了吻她的手。

4

赵子曰翻来覆去一夜不曾合眼，嘴唇上老是麻酥酥的像有个小虫儿爬，把上嘴唇卷起来闻一闻还微微的有些谭女士手背上的余香。直到小鸡叫了，他才勉强把眼合上：他那个小脚媳妇披散头发拿着一把铁锄赶着谭女士跑，一转眼，王女士从对面光着袜底浑身鲜血把谭女士截住。那个不通人情的小脚娘举起铁锄向谭女士的项部锄去。他一挺脖子，出了一身冷汗，把脑袋撞在铁床的栏杆上。他摸了摸脑袋，楞眼慌张的坐起来，窗外已露出晨光。

"好事多磨，快快办！"他自己叨唠着，忙着把衣裳穿好，用凉水擦了一把脸，走出旅馆直奔电报局去。

街上静悄悄的，电影园，落子馆，全一声也不响，他以为日租界是已经死了。继而一阵阵的晓风卷着鸦片烟味，挂着小玻璃灯的小绿门儿内还不时的发散着"洗牌"的声音，他心中稍为安适了一些，到底日租界的真精神还没全死。

他到了电报局刚六点半钟，大门关的连一线灯光都透不出来。门上的大钟稳稳当当的一分一分往前挪，他看了看自己的表，也是那么慢，无法！太阳像和人们要捉迷藏似的，一会儿从云中探出头来，一会儿又藏进去，更叫赵子曰怀疑到："这婚事的进行可别像这个太阳一会出来，一会进去呀！"

八点了！赵子曰念了一声"弥陀佛！"眼看着电报局的大门尊严而残忍的开开了。他抱着到财神庙烧头一股高香的勇气与虔诚，跑进去给他父亲打了个电报：说他为谋事需钱，十万万火急！

打完电报，心中痛快多了，想找谭女士去商议一切结婚的大典筹备事宜。"可是，她在那儿住？"哈哈！不知道！昨天只顾讲爱情忘了问她的住址了！这一打击，叫他回想夜间的恶梦，他拄着那条橡木手杖一个劲儿颤："老天爷！城隍奶奶！你们要看着赵铁牛不顺眼，可不如脆脆的杀了他！别这么开玩笑哇！"

除了哭似乎没有第二个办法，看了看新马褂，又不忍得叫眼泪把胸前的团龙污了；于是用全身的火力把眼眶烧干，这一点自治力虽无济于婚事的进行，可是到底对得起新买的马褂！

"对！"他忽然从脑子的最深处挤出一个主意来："还是找周少濂，叫他给咱算卦！诚则灵！老天爷！我不虔诚，我是死狗！那怕大约摸着算出她住在那一方呢，不就容易找了吗？对！"

"对，对，对，对……"他把"对"编成一套军乐，两脚轧着拍节，一路黑烟滚滚，满头是汗到了神易大学。

神易大学已经开学，赵子曰连号房也没通知一声，挺着腰板往里闯。

"老周！少濂！"赵子曰在周少濂宿室外叫。

屋中没有人答应，赵子曰从玻璃窗往里看，周少濂正五心朝天在床上围着棉被子练习静坐，周身一动也不动，活像一尊泥塑小瘦菩萨。

"妹妹的！"赵子曰低声的嘟囔："我是该死，事事跟咱扭大腿！"

"进——来！子曰！"周少濂挑着小尖嗓子嚷。

"我搅了你吧？"

"没什么，进来！"周少濂下了床把大衣服穿上。

"老周！我求你占一卦，行不行？"赵子曰用手掩着鼻子急切的说。

周少濂忙着开开一扇窗子，要不是看见赵子曰掩着鼻子，他能在那里静坐一天也想不起换一换空气。

"什么事？说！心中已知道的事不必占卜！要计划！"周少濂一面整理被窝，一面说。所谓整理被窝者就是把被窝又铺好，以便夜间往里钻，不必再费一番事。

"咳！少濂！你我同乡同学，你得帮助——"

"有什么了不得的事？"

"说实话吧！我昨天遇见一个姑娘，姓谭，我们要结婚。我问你，你知道她不知道？"

"姓谭？——"

"你知道她？"

"我不知道！我先告诉你一件事，"周少濂说："阎乃伯已经告诉我，请你去教英文。你想几时到馆？"

"现在我没工夫想那个！"赵子曰急着说。

周少濂张罗着漱口洗脸，半天没言语。赵子曰把眉头皱起多高也想不起说话。

"哈哈！"周少濂一边擦脸一边笑着说："我有主意啦！——"

"快说！"

"——咱们先到阎乃伯那里去。你慢慢的和他交往，交往熟了，他就能给你办那件事。她要是暗娼呢，他必知道——"

"她不是暗娼！女学生！"

"女学生也罢，妓女也罢，反正阎乃伯能办！作官的最——"

"我上他家作教师，怎能和馆东说这个事？"赵子曰急扯白脸的说。

"你别忙呀，听我的！"周少濂得意扬扬的说："作官的最尊敬娶妾立小的人们。你一跟阎乃伯说，他准保佩服你。他一佩服你，不但他给帮忙，还许越交越近，给你谋个差事。你要是作了官，咱们直隶满城县就又出了个伟人。你看一县里出一个伟人，一个诗人，是何等的光荣！我的傻乡亲！"

"老周你算有根！走！找阎乃伯去！"

第十

1

星期一至星期六：

　上午　八时至十时　　《春秋》(读，讲。)　　　《尚书》(背诵)

　　　　十时至十二时　《晨报》(读世界新闻)　国文。

　下午　一时至二时　　古文（背诵）

　　　　二时至三时　　习字（星期一,三,五。）

　　　　二时至三时　　英文（星期二,四。）

　　　　三时至四时　　珠算，笔算。

　　　　四时至五时　　游戏，体操。(星期一,三,五。)

　　　　四时至五时　　昆曲，音乐。(星期二,四。)

星期日：

　上午　温读古文经书。

　下午　旅行大罗天，三不管。或参观落子馆。

这是阎少伯，阎乃伯议员的少爷的课程表。

阎乃伯的精明强干，不必细说，由这张课程表可以看得出来。

阎乃伯议员的少爷很秀美，可是很削瘦。虽然他一星期在院子里的砖墁地上练三次独人的游戏和体操。虽然他每星期到大罗天游艺场旅行一次。阎乃伯议员有些不满意他的少爷那么瘦弱！

2

赵子曰除在阎家教书之外，昼夜奔走交际。政客，军官，律师，议员，流氓，土棍，天天在日租界的烟窟金屋会面。人人夸奖他是个有用之材，人人允许给他介绍阔事，人人喜欢他的金嘴埃及烟，人人爱喝他的美人牌红葡萄酒，人人说话带着"妈的！"人人家里都有姨太太。这种局面叫他想起在北京的时候，左手翻着讲义，右手摸白板，未免太可笑而可耻了。这种朋友的亲热与挥霍又不是京中那几个学友所能梦见的了。

更可喜的，在阎家教书不过一个礼拜，而阎乃伯竟会把"老夫子"改成"老赵"，而且有一天晚上酒饭之后，阎乃伯居然拍着他肩头叫了一声"赵小子！"他暗自惊异自己的交际手腕，于这么短的期间内，会使阎乃伯，议员，叫他老赵，甚至于更亲热的叫他赵小子！

从报纸上得到名正大学解散的消息，他微微一笑把报纸放下，这个消息和那张报纸有同样的不值得注意。现在他把"阎乃老""张厚翁""孙天老"叫的顺口流；什么"欧阳"咧，"老莫"咧，甚至于"王女士"咧，已经和他小的时候念的《大学》、《中庸》有同样的生涩了。现在他口中把"政治""运动""地位"等名词运用的飞熟，有时候还说个"过激党"，什么"争主席""示威"等等无意义的词句已经成了死的言语。虽然王女士的影儿有时候还在他脑中模糊的转那么一转，可是他眼前的野草闲花，较之王女士的"可远观而不可近玩"

又有救急的功效多多了。

阎少伯把英文的二十六个字母还没有学会，赵子曰已把谭女士的事告诉阎乃伯了。阎乃伯听了满口答应给他帮忙，并且称赞他是个有来历的青年，因为阎乃伯的意见是：

"自由恋爱是猪狗的行为。嫖妓纳妾是大丈夫堂堂正正的举动。所以为维持风化起见，不能不反对自由恋爱，同时不能不赞助有志嫖妓纳妾的。"

3

糊里糊涂的已把冬天混过去了。天津河里的水已有些春涨了。赵子曰日夜盼谭女士的消息，可是阎乃伯总不吐确实的口话。有时候去找周少濂谈一谈，周少濂是一点主意没有，只作新诗。赵子曰急得把眼睛都凹进去一些，吃饭不香，睡觉不宁，只有喝半斤白干酒，心里还觉痛快一些。

他一个人在同福楼京饭馆吃完了饭，闷闷不乐的往旅馆走。日租界的繁华喧闹已看惯了，不但不觉得有趣，而且有些讨厌的慌了。他一进旅馆，号房的老头儿赶过来低声对他说：

"赵先生，有位姑娘在你的房里等你。"

赵子曰点了点头，没说话，疯了似的三步两步跑到自己屋里去。

小椅子上坐着个妇人，脸色焦黄，两眼哭得红红的，身上穿着一件青袄，委委屈屈的像个小可怜儿。

赵子曰倒吸了一口旅馆中含有鸦片烟味的凉气："你是谁？"

"谭玉娥！"她低声的回答。

"你干什么来了？"赵子曰一屁股坐在床上，气哼哼的掏出一支烟卷插在嘴里。

“难道你变了心?”谭女士用袖子抹了抹眼泪。

“谁叫你变了模样!”赵子曰“层”的一声划着一根火柴,把洋烟点着,狠狠的吸了几口。

“你肚子里有半斤酒,我脸上加上三分白粉,你立刻就回心转意,容易! 容易!”她哭丧着脸说。

“你是怎回事,到底?”

“咳!”

“说话! 我的子孙娘娘! 说话!”

“赵先生!”谭玉娥很郑重的说,“我求你来了! 你是满城人?”

“不错!”

“我也是满城人,咱们是乡亲,所以我来求你!”

“啊!”赵子曰听见乡亲两个字,心里的怒气消去了许多。“到底是怎回事? 姑娘!”

“六年前我由家里出来,到女子师范学校念书,咳!”谭女士好像咽了一口眼泪,接着说:“和一个青年跑到天津,我们快活的在一块儿住了一年零三天,他,他姓赵,也姓赵,——他死了! 我既没在师范学校毕业,自然没有资格作事;又不能回家,父母不要我;除了再嫁没有求生的方法! 再嫁是我唯一的事业! 于是我泪在眼窝,笑在眉头,去到处钓鱼似的钓个男人! 那时候,我二十五岁,我的面貌还不似这么丑,穿上两件衣裳还可以引动你们男人的注意! 结果,我钓着一个盐商,在我的那个赵——死后三个月中! 我为衣食饱暖不能不和那个盐商同榻,虽然我真不爱他! 在他睡熟之后,我才能落几个泪珠! 可是,咳! 我的命太苦了,至于图个身上饱暖的福气也没有:他,那个盐商,又被军阀打死,财产抢个一空。我,只剩下一条命,我还得活着——”

赵子曰不知不觉的把半支烟卷扔在痰盂里。

"我的心死了，只为这块肉体活着，死是万难的事！"谭玉娥叹了一口气，接着说："后来我遇见了一个奉军军官，我们又住在一处。住了不到一年，他的钱挥霍完了，直奉战争之后，他把差事也搁下了。他是有钱会花，没钱便什么事也作，不顾廉耻，不讲人情的，于是他逼着我——用手枪逼着我去拆白！"谭玉娥呆呆看着墙上的画儿，半天也想不起往下说。

"谭——，往下说。"赵子曰的声音柔和多了。

"他天天出去给我采访无知的青年，叫我去引诱他们。我不必细说。一来二去轮到你的身上了，我一听说你也是满城人，我不忍下手了。我准知道你在这里住，可是我始终不肯来。今天他到北京去了，我乘着这个机会来见你。我来求你，不是骗你。你能不能把我带回家乡去？你要我呢，我情愿为婢为奴；你不要我呀，我愿意回到故土去死。我一个人走不了，因为他不给我一个铜子，他怕我逃走。我那身漂亮衣服，他带到北京去，惟恐怕我变卖了好作逃跑的路费。赵先生，你得救我！他今天夜里就回来，你要是发善心救我，还要快办！赵先生！"

谭玉娥说着，给赵子曰跪下了。

赵子曰一声没言语，把她搀起来。又点着一根烟卷皱着眉想主意。

赵子曰真为难了：带她回家，军官不是好惹的呀！虽然我不怕打架，可是有手枪的人们不比老校长们那么老实呀！……我应当带她回家，她是我的乡亲！……到家怎么办？收她作妾，她又不真好看！真叫她回故乡去死，于心何忍！……再说万一带她回家，那个军官拿手枪找我去呢？不妥！

"谭姑娘！"赵子曰又坐在床上，手捧着脑门说："我只能帮助你一些钱，不能带你回家！一来我家中有妻子，二来家事我不能自己作主。我给你一些钱，你设法脱逃吧！我应当把你送回家去，咱们是乡亲，可是我有我的难处！谭姑娘，"他说着把皮夹掏出来："这里是三十块钱，你拿去吧！"

"咳！"谭玉娥立起来，含着眼泪把钱接过去，很小心的放在衣袋里："赵先生，这是我的机会，我得赶紧走！以后怎么样，我不知道。我活着一天，不会忘了你的恩惠！咳！赵先生，半斤烧酒就能叫你把老掉了牙的妇女当作美人，一双白脸蛋就能叫你丧掉生命！我是个没脸的妇人，这两句话是由无耻中得来的经验！我无法报答你的善心，只送给你这两句话吧！赵先生——"谭玉娥抹着泪往外走。

第十一

1

中国人是最喜爱和平的，可是中国人并不是不打架。爱和平的人们打架是找着比自己软弱的打，这是中国人的特色。军阀们天天打老乡民，学生们动不动便打教员，因为平民与教员好欺侮。学生们不打军阀正和军阀不惹外国人一样。他们以为世界上本来没有公理，有枪炮的便有理，有打架的能力的便是替天行道。军阀与学生都明白这个道理，所可怪的是他们一方面施行这个优胜劣败的原理，一方面他们对外国人永远说："我们爱和平，不打架!"学生们一方面讲爱国，一方面他们反对学校的军事训练。一方面讲救民，一方面看着军阀横反，并不去组织敢死队去杀军阀。这种"不合逻辑"的事，大概只有中国的青年能办。

外国的中学学生会骑马，打枪，放炮。外国卖青菜的小贩，也会在战场上有条有理的打一气。所以外国能欺侮中国。中国的学生把军事训练叫作"奴隶的养成"，可是中国学生天天喊"打倒帝国主义"!设若这么一喊就真把帝国主义打倒，帝国主义早瓦解冰消了!不幸，帝国主义的大炮与个个人都会打枪的国民，还不是一喊就能吓退的!

赵子曰是个新青年，打过同学，捆过校长，然而他不敢惹迫着谭玉娥作娼妓的那个军官。

那个军官是非打不可的东西！

不打，也好，为什么不把他交法庭惩办？呕！赵子曰不好多事！不好多事为什么无缘无故的打校长一顿？

赵子曰是怕事！是软弱！是头脑不清！他一听兵队两个字，立刻就发颤，虽然他嘴里说："打倒军阀！"一个野兽不如的退职军官还不敢碰一碰，还说"打倒军阀！"

军阀不会倒，除非学生们能领着人民真刀真枪的干！军阀倒了，洋人也就把大炮往后拉了！不磨快了刀而想去杀野兽，与"武大郎捉奸"大概差不了多少。

没有"多管闲事"的心便不配作共和国民！没有充分的军事训练便没有生存在这种以强权为公理的世界的资格！

赵子曰辞了阎家的馆，给周少濂写了个明信片辞行，鲇出溜①的往北京跑。怕那位军官找他打架！

2

这两个来月的天津探险，除了没有打枪放火，其余的住旅馆，吃饭店，接吻，吸烟，赵子曰真和在电影儿里走了一遭似的。

他坐在火车上想：

到底是京中的朋友可靠呀！阎乃伯们这群滑头，吃我喝我，完事大吉，一点真心没有！

也别说，到底认识了几个官僚，就算没白花钱！

---

① 鲇出溜，鲇是一种滑溜的无鳞鱼。"鲇出溜"是北京方言，像鲇一样，很快、无声溜走的意思。

谭玉娥怪可怜的！给她三十块钱，善事！作善事有好报应！

…………

当赵子曰在天津的时候，天台公寓的人们最挂念他的是崔掌柜的和李顺。两个来月崔掌柜的至少也少卖十几斤烧酒，李顺至少也少赚一两块钱。赵子曰虽然不断称呼李顺为混蛋，可是李顺天生来的好脾性，只记着赵子曰的好处，而忘了"混蛋"的不大受用。况且赵子曰骂完混蛋，时常后悔自己的卤莽而多赏李顺几个钱呢。

崔掌柜的是个无学而有术的老"京油子"。四方块儿的身子，顶着个葫芦式的脑袋。两只小眼睛，不看别的，只看洋钱，长杆大烟袋永远在嘴里插着：嘴里冒烟，心里冒坏；可是心里的坏主意不像嘴里的烟那样显然有痕迹可寻。

李顺呢是长瘦的身子，公寓的客人们都管他叫"大智若愚"。因为他一吃打卤面总是五六大红花碗，可是永远看不见脸上长肉。两只锈眼，无论昼夜永像睡着了似的，可是看洋钱与铜子票的真假是百无一失。所以由身体看，由精神上看，"大智若愚"的这个徽号是名实相符的。

李顺正在公寓门外擦那两扇铜招牌，一眼看见赵子曰坐着洋车由鼓楼后面转过来。他扯开嗓子就喊：

"赵先生回来啦！"

这一声喊出去，掌柜的，厨子，账房的先生，和没有出门的客人，哄的一声像老鸦炸了窝似的往外跑。抢皮箱的，接帽子的，握手的，问这两天打牌的手气好不好的……，问题与动作一阵暴雨似的往赵子曰身上乱溅。李顺不得上前，在人群外把镇守天台公寓一带的小黑白花狗抱起了亲了一个嘴。

赵子曰在纷纷握手答话之中，把眼睛单留着一个角儿四下里找欧阳天风，没有他的影儿；甚至于也没有看见武端与莫大年。他心中一动，不知是吉是凶，忙着到了屋中叫李顺沏茶打洗脸水。

"李顺！"赵子曰擦着脸问："欧阳先生呢？"

"病啦！"

"什么？"

"病啦！"

"怎么不早告诉我？啊！"

"先生！你才进门不到五分钟，再说又没有我说话的份儿——"

"别碎嘴子！他在那儿呢？"赵子曰扔下洗脸毛巾要往南屋跑。

"他和武先生出去了，大概一会儿就回来。"李顺说着给赵子曰倒上一碗茶。

"李顺，告诉我，我走以后公寓的情形！"赵子曰命令着李顺。

"喝！先生！可了不得啦！了不得啦！"李顺见神见鬼的说："从先生走后，公寓里闹得天塌地陷：你不是走了吗，欧阳先生，其实我是听武先生说的，和莫先生，也是听武先生说的，入了银行；不是，我是说莫先生入了银行；在欧阳跟莫先生打架以后！——"

"李顺，你会说明白话不会？说完一个再说一个！"赵子曰半恼半笑的说。

"是！先生！从头再说好不好？"李顺自己也笑了："你不是走了吗，欧阳先生想你的出京是李景纯先生的主意。所以他天天出来进去的卖嚷嚷，什么瘦猴想吃天鹅肉咧，什么瘦猴的屁股朝天自己挂红咧；喝，多啦！他从小毛猴一直骂到马猴的舅舅，那些猴儿的名字我简直的记不清。干脆说吧，他把李先生骂跑了。先生知道李先生是个老实头，他一声也没言语鲇出溜的就搬了。李先生不是走了吗，莫先生可不答应了。喝！他红脸蛋像烧茄子似的，先和欧阳先生拌嘴；后来越说越拧葱，你猜怎么着，莫先生打了欧阳先生一茶碗，一茶碗——可是，没打着，万幸！武先生，还有我们掌柜的全进去劝架，莫先生不依不饶的非臭打欧阳先生一顿不可！喝！咱们平常日子看着莫先生老实八焦的，敢情他要真生气的时候更不好惹！我正买东西回来，我也忙着给劝，可了不得啦，莫先生一脚踩在我的脚指头上，正在我的小脚头上的鸡眼上莫先生碾了那么两碾，喝！我痛的直叫唤，直叫唤！到今天我的脚指头还肿着；可是，莫先生把怒气消了以后，给了我一块钱，那么，我把脚疼也就忘了！干脆说，莫先生也搬走了！"李顺缓了一口气，接着说："听武先生告诉我，莫先生现在入了一个什么银行，作了银行官，一天竟数洋钱票就数三万多张，我的先生，莫先生是有点造化，看着就肥头大耳朵的可爱吗！莫先生不是走了吗，欧阳先生可就病了，听武先生说，——武先生是什么事也知道——欧阳先生是急气闷郁；可是前天我偷偷的看了看他的药水瓶，好像什么'大将五淋汤'——"

"胡说！"赵子曰又是生气又要笑的说："得！够了！去买点心，买够三个人吃的！"

"先生！今天的话说的明白不明白？清楚不清楚？"李顺满脸堆笑的问。

"明白！清楚！好！"

"明白话值多少钱一句，先生？"

"到月底算账有你五毛钱酒钱，怎样？"赵子曰说，他知道非如此没有法子把李顺赶走。

"谢谢先生！嗻！"李顺拔腿向外跑，刚出了屋门又回来了："还有一件事没说：武先生又买了一双新皮鞋，嗻！"

李顺被五毛钱的希望领着，高高兴兴不大的工夫把点心买回来。

"赵先生，武先生们大概是回来了，我在街上远远的看见了他们。"

"把点心放在这里，去再沏一壶茶！"

赵子曰说完，往门外跑去。出门没走了几步，果然欧阳天风病病歪歪的倚着武端的胳臂一块儿走。赵子曰一见欧阳的病样，心中引起无限感慨，过去和他握了握手。欧阳的脸上要笑，可是还没把笑的形式摆好又变成要哭的样子了。两个人谁也没说话，赵子曰楞了半天，才和武端握手。武端用力跺了跺脚，因为新鞋上落了一些尘土；然后看了赵子曰一眼。赵子曰的精神全贯注在欧阳的身上，没心去问武端的皮鞋的历史。于是三个人全低着头慢慢进了第三号。

"老赵你好！"欧阳天风委委屈屈的说："你走了连告诉我一声都不告诉！我要是昨天死了，你管保还在天津高乐呢！"

"我没上天津！"赵子曰急切的分辩："我回家了，家里有要紧的事！"

"你猜怎么着？"武端看着赵子曰的皮箱说："要没上天津怎么箱子上贴着'天津日华旅馆'的纸条？"

"回家也罢，上天津也罢，过去的事不必说！我问你，"赵子曰对欧阳天风说："你怎么病了？"

"李瘦猴气我，莫胖子欺侮我！他们都是你的好朋友，我这个穷小子还算什么，死了也没人管！"

"老李入了京师大学，莫大年入了天成银行，都有秘密！"武端说："连你，你猜怎么着？你上天津也有秘密！"

"我不管别人，"赵子曰拍着胸口说："反正我又回来找你们来了！你们拿我当好朋友与否，我不管，反正我决不亏心！"

"老武！"欧阳天风有气无力的对武端说："不用问他，他不告诉咱们实话；可是，他也真许回家了，从天津过，住了一夜。"

"就是！我在日华旅馆住了一夜——其实还算不了一夜，只是五六点钟的工夫！欧阳，你到底怎样？"

"我一见你，心中痛快多了！肚子里也知道饿了！"

"才买来的点心，好个李顺，叫他沏茶，他上那儿玩去啦！李——顺！"

"嗻！——茶就好，先生！"

第十二

1

已是阴历三月初的天气，赵子曰本着奋斗的精神还穿着在天津买的那两件未出"新"的范围的衣裳，在街上缓步轻尘的呼吸着鼓荡着花香的春风。驼绒大袄是觉着有些笨重发燥了，可是为引起别人的美感起见，自己还能不牺牲一身热汗吗！

他进了地安门，随意的走到南长街。嫩绿的柳条把长宽的马路夹成一条绿胡同，东面中央公园的红墙，墙头上露出苍绿的松枝，好像老松们看腻了公园而要看看墙外的景物似的。墙根下散落的开着几朵浅藕荷色的三月蓝，虽然只是那么几朵小花，却把春光的可爱从最小而简单的地方表现出来。路旁卖水萝葡的把鲜红的萝葡插上娇绿的菠菜叶，高高兴兴的在太阳地里吆唤着春声。这种景色叫赵子曰甚至于感觉到："在天津日租界玩腻了的时候，倒是要有这么个地方换一口气！"

他一面溜达，一面想：

我总得给老莫和欧阳们说和呀！我走这么几天，这群小兄弟们就打架，我作老大哥的不能看着他们这样犯心呀！还就是我，压得住他们；好！什么话呢，赵子曰不敢说别的，天台公寓的总可以叫得响，跺一跺脚就把全公寓震个乱颤！……对！找老莫去，得给他调解！这群小孩子们，嘍！

想到这里，不由的精神振作起来，掏出手巾擦了擦脸上的汗，然后大模大样的喊过一辆洋车到西交民巷天成银行去。

2

到了银行，把名片递进去，不大的工夫莫大年出来把赵子曰让到客厅去。莫大年的样子还是傻傻糊糊的，可是衣裳稍微讲究了一些；幸而他的衣服华美了一点，不然赵子曰真要疑心到莫大年是在银行当听差，而不是李顺所谓的银行官了。这次不是赵子曰长着两只"华丝葛眼睛"而以衣服好坏断定身分的高低，而是"人是衣服马是鞍"的哲学叫他不愿意看见莫大年矫揉造作的成个"囚首丧面"的"大奸慝"[①]！

"老莫！抖哇！"赵子曰和莫大年亲热的握着手不忍分开："不出三年你就是财政总长呀！好老莫！行！有劲！"

"别俏皮我，老赵！你几时回来的？"莫大年问。

"回来有些天了，想不到公寓的朋友会闹得七零八落！"赵子曰说着引起无限感慨："今天特意来找你，给你们说和说和，傻好的朋友，干什么犯意见呢！"

"你给谁说和，老赵？"

"你和欧阳天风们！小兄弟们，老大哥不在家几天，你看，你们就打架！"赵子曰笑着说。

"别人都好说，唯独欧阳天风，我恨他到底！"莫大年自来红的脸

---

① "囚首丧面"的"大奸慝"，"囚首丧面"形容久不梳洗肮脏的人。"大奸慝"指很邪恶的人。

又紫了。

"老莫，小胖子！别这么说，"赵子曰掏出烟卷给了莫大年一支，自己点上一支。"这不像银行老板的口吻！"

"老赵，别挖苦我！"莫大年恳切的说："关于王女士的事是我告诉你的不是？可是从你走后，欧阳一天到晚骂老李！老李委委屈屈的搬走，我能看得下去不能？再说，欧阳要是没安着坏心，为什么你一走，他就疑心到有人告诉了你和王女士的事？老赵，你我是一百一的好朋友，你爱欧阳，不必强迫我！我老莫是傻老，我说不出什么来，反正一句话说到底，我不愿意再见欧阳！"

"你看，小胖子！刚入了银行几天就长行市！别！你得赏我个脸！"赵子曰一半嘲弄一半劝导着说："我们，连欧阳在内，全不是坏人，可是都有些小脾气；谁又不是泥捏的，可那能没些脾气！是不是，小胖子？你不愿和他深交呢，拉倒；可是你得看在我——你的老大哥——的脸上，到一处喝盅酒，以后见面好点头说话！相亲相爱才是'德谟克拉西'的精神，不然，我可要叫你'布耳扎维克'了！'布耳扎维克'就是'二毛子'的另一名词！哈哈！"

"我问你，"莫大年有些活动的意思了："你给我们调解，有老李没有？"

"啊？老李？"赵子曰仰着脸看天花板上的花纹，想了半天："说真的，老莫，我真怕他！不但我，人人怕他，他要是在这里，我登时说不出话来！"

"那么，你不请他？"莫大年钉了赵子曰一眼。

"不请他比请他好——"

"干脆说吧，老赵！"莫大年抢着说："有老李我就去，谁叫你有这番好心呢；没老李我也不去！老李是可怕，傻好人是比机灵鬼可怕——"

"我也没说老李是不好人哪！"

"——我告诉你老赵，咱们这群人里，老李算第一！学问，品行，见解，全第一！要不是他劝告我，我还想不起入银行来学习一种真本事！我佩服他！他告诉我的话多了，我记不清，我只记得几句，这几句我一辈子忘不了！他说：打算作革命事业是由各方面作起。学银行的学好之后，便能从经济方面改良社会。学商业的有了专门知识便能在商界运用革命的理想。同样，教书的，开工厂的，和作其他的一切职业的，人人有充分的知识，破出命死干，然后才有真革命出现。各人走的路不同，而目的是一样，是改善社会，是教导国民；国民觉悟了，便是革命成功的那一天。设若指着吹气冒烟，脑子里空空如也，而一个劲说革命，那和小脚娘想到运动会赛跑一样，无望，梦想！这是他说的，我自然学说不清，大概就是这个意思。我越想这个话越对，所以我把一切无理取闹的事搁下，什么探听秘密咧，什么乱嚷这个主义那个问题咧，全叫瞎闹！老李是好人，是明白人！老赵！还是那句话，你不请老李我也不去！老赵，对不起！我得办事去，"莫大年立起来了："怎样给我们说和我听你的，可是得有老李！"

"那么，你今天能不能同我出去吃饭？"赵子曰也立起来了。

"对不起！银行的规则很严，因为经理是洋人，一分一厘不通融，随意出去叫作不行！等着我放假的日子，咱们一块儿玩一玩去。再见，老赵！"

莫大年说完，和赵子曰握了握走进去，并没把赵子曰送出来。

赵子曰心中有些不高兴，歇里歇松的往外走，一旁走一边叹息："小胖子疯了！叫洋人管得笔管条直！哼！"

3

赵子曰软软的碰了莫大年一个小钉子，心中颇有恼了他的倾向；

继而一想，莫胖子到底有一股子牛劲，不然，他怎能进了洋人开的银行呢；这一想，要恼莫大年的心与佩服他的心平衡了；于是自己嘟囔着："为什么不显着宽宏大量，不恼他呢！"

至于给他们调解的进行，他觉得欧阳天风和李景纯是各走极端，没有"言归于好"的可能。如果把他们约到一处吃吃喝喝，李景纯，设若他真来了，冷言冷语，就许当场又开了交手仗。这倒要费一番工夫研究研究，谁叫热心为朋友呢，总得牺牲！

他回到公寓偷偷的把武端叫出来：

"老武，来！上饭馆去吃饭，我和你商议一件事！"

"什么事？"武端问。

"秘密！"

听了秘密两个字，武端像受了一吗啡针似的，抓起帽子跟着赵子曰走，甚至于没顾得换衣裳。到了饭馆，赵子曰随便要了些酒菜，武端急于听秘密，一个劲儿催着赵子曰快说。

"别忙！其实也不能算什么秘密，倒是有件事和你商议。"

"那么，你冤了我？"武端很不高兴的问。

"要不告诉你有秘密，你不是来的不能这么快吗！"赵子曰笑了："是这么一回事：我刚才找老莫去啦，我想给你们说和说和。喝！老莫可不大像先前那样傻瓜似的了，入了银行没几天，居然染上洋派头了——"

"穿着洋服？"武端插嘴问。

"——倒没穿着洋服，心里有洋劲！你看，不等客人告辞，他站起来大模大样的说：'对不起！我还有事，改天见！'好在我不介意，我知道那个小胖子有些牛脖子。至于给你们说和的事，小胖子说非有老李不可。老武你知道：欧阳和老李是冰炭不能同炉的，这不是叫我为难吗！我不图三个桃儿两个豆儿，只是为你们这群小兄弟们和和气气的在一块，看着也有趣不是？我还得问你，老莫好像是很恨欧阳，我猜不透其中的秘密，大概你知道的清楚？"

"闹了半天你是问我呀？好！听我的！"武端把黄脸一板。心中秘密越多，脸上越故意作出镇静的样子来。好像戏台上的诸葛亮，脸上越镇静，越叫人们看出他揣着一肚子坏："先说我自己：我和谁都是朋友，你猜怎么着？老莫和欧阳打架，并不是和我，而且我还给他们劝解来着，欧阳呢，我天天陪着他上医院；老莫呢，我们也不短见面；老李呢，我虽然不特意找他去，可是见面的时候点头哈腰的也不错。打听秘密是我的事业，自然朋友多不是才能多得消息吗！所以，你要给他们调停，我必去，本来我就没和他们决裂。至于欧阳和老莫的关系，我想：欧阳是恨老李与王女士的关系，而老莫是一时的气粗，决不是老莫成心和欧阳捣乱。这个话对不对，还待证明，我慢慢的访察，自有水落石出的一日。老李呢，我说实话，他和王女士真有一腿；自然这也与我无关，不过我尽报告秘密的责任！你猜——"

"那么，你除了说秘密，一点办法没有？"赵子曰笑着问。

"有办法我早就办了，还等你？！"

"我已经和老莫说的满堂满馅儿的，怎么放在脖子后头不办？"赵子曰问。

"没办法就不办，不也是一个办法吗？"武端非常高兴的说："日后见着老莫，你就说：老李太忙没工夫出来，欧阳病还没好，这不完了？！"

"对！"赵子曰如梦方醒，哈哈的笑起来："管他们的闲事！来，喝酒！"

谈话的美满结果把两个人喝酒划拳的高兴引起来；喝酒划拳的快乐又把两个人相爱的热诚引起来。于是，喝着，划着，说着，笑着，把人世的快乐都放在他们的两颗心里。

"老赵！"武端亲热的叫着："你是还入学呀，是找事作？"

"不再念书！"赵子曰肯定的说。

"你猜怎么着？我也这么想，念书没用！"

"同志！来，喝个碰杯！"

两个人吃了个碰杯。

"找什么事，老赵？"

"不论，有事就作！"

"排场总得要，不能说是个事就作？"

"自然，我所谓的事是官事！作买卖，当教员，当然不能算作正当营业！"

"你猜怎么着？我也这么想，就是作官！作官！"

"同志！再要半斤白干？"

"奉陪！你猜——"武端噗哧的一声自己笑出来：既然说了"奉陪"，干什么还用说"你猜怎么着"呢。

两个人又要了半斤白干酒。

"老赵！我想起来了，有一件事你能作，不知你干不干？"武端问。

"说！自要不失体统我就干！"赵子曰很慎重的说。

"这件事只是你能作！"武端诚恳而透着精明的样子说："现在有些人发起女权发展会，欧阳也在发起人之中，他们打算唱戏筹款，你的二簧唱得满好，何不加入露露头角！我去给你办，先入会，后唱戏，你的事就算成功了！"

"怎么？"赵子曰端着酒杯问。

"你看，伟人，政客，军官，他们的太太，姨太太，小姐，那个不喜欢听戏。"武端接着说："你一登台，立下了名誉，他们是赶着巴结你。自然你和他们打成一气，作官还不容易吗！我是没这份本事，我只能帮助你筹备一切。你看，你要是挂着长胡子在台上唱，我穿着洋服在台下招待，就满打一时找不到事，这么玩一玩也有趣不是？再说，一唱红了，作官是易如反掌呢！你看杨春亭不是因为在内务总长家里唱了一出《辕门斩子》就得了内务部的主事吗！你猜——"武端每到喘气的时候总用个"你猜怎么着"，老叫人想底下还有秘密不敢插嘴。

"可是唱戏也不容易呀！"赵子曰是每逢到武端说"你猜怎么着"就插嘴，这有点出乎武端意料之外。

"我管保说，"武端极诚恳的说："你的那几嗓子比杨春亭强的多；他要能红起来，你怎么就不能？你猜——"

"制行头，买髯口，都要一笔好钱呢！"

"不下本钱还行啊？可是这么下一点资本比花钱运动官强：因为即使失败，不是还落个'大爷高兴'吗！"

"谁介绍我入会？"赵子曰心中已赞成武端的建议。

"欧阳自然能给你办！"

"好！快吃！吃完饭找他去！"

第十三

1

欧阳天风一清早就出去了，留下话叫赵子曰和武端千万早些赴女权发展会的成立大会去。赵子曰起来之后和武端商议赴会的一切筹备事项。筹备事项之中当然以穿什么衣服为最重要，因为他们是要赴"女"权发展会。武端是取"洋服主义"，大氅虽然穿着有点热，可是折好放在胳臂上，岂不是"有大氅不穿而放在胳臂上，其为有大氅也无疑"吗！可是赵子曰的驼绒大袄不能照这么办，（这是华服不及洋服的一点！）要穿夹袍吧，又没有驼绒大袄那么新鲜漂亮。他搓拳跺脚的一个劲儿叨唠："这怎么好？！这怎么好？！"

"穿上夹袍，"武端建议："胸前带上个小红缎条，写上：'有好大袄，没穿。'岂不是全包括住了吗！"

"可是'没穿'的范围太宽呀，"赵子曰皱着眉，摇着头说："人家知道我把大袄是放在箱子里，还是寄放在当铺里，不妥！"

"冒下子险！"武端又想了半天才说："来个'华丝葛大衫主义！'虽然脱了棉袍就穿大衫有点冷，可是你的身体强壮，还怕冷吗！再说，你猜怎么着？心中有一团增加体面的热力，冷气也不容易侵进来！是不是？”

“干！”赵子曰叹了一口气：“死了认命！都是那个该死的爸爸不给我寄钱！反正我要是冻死，在阎王爷面前也饶不了他个老东西！有生发油没有？老武！”

“有！要香水不要？”武端很宽宏大量而亲热的问。

“要！香香的！不然，一身臭汗气在女权会里挤来挤去，不叫她们给打出来才怪！”

武端忙着把生发油，花颜水拿来。赵子曰先把头发梳的晶光瓦亮（琉璃瓦），然后大把的往脸上捧花颜水。把脸上的糟面疙瘩杀的生疼，他咧着嘴坚持到底的用力往脸上搓。直搓得血筋乱冒，才下了“适可则止”的决心。然后启锁开箱往出必恭必敬的请华丝葛大衫。

武端把大氅折好，绸子里儿朝外，放在左臂上。右臂插在赵子曰肘下，两朵香花似的从天台公寓出发。

翠蓝的天上挂着几片灰心白边的浮云，东来西去的在天上浮荡着。两个人坐在车上，全仰着头细观天象。那几块浮云一会儿挤到一块把太阳遮住，武端擦着汗乐了；一会儿你推着我，我拥着你的散开，赵子曰挺挺胸膛噗哧的一笑。这样，一个盼着天阴，一个希望天晴，心意不同而目的一样的到了湖广会馆。

会馆门外扎着彩牌，用纸花结成的四个大字：“女界万岁”。

时候还早，除了主事的几位男女忙着预备一切，会场上还没有几个人。赵子曰往四下里看，找不到欧阳天风。他只好和武端坐在一条凳子上闲谈。会场宽大，坐定之后，赵子曰觉得有些冷飕飕的。他问武端：

“你热不热，老武？”

“有些发燥呢！”

“把大氅给我，我——给你拿着！”

两个人正在交涉大氅的寄放问题，欧阳天风满头是汗的跑进来。

　　"欧阳！"赵子曰立起来叫："你怎么倒来晚了？"

　　"老赵，你过来！"欧阳天风点手往外叫赵子曰。武端也随着立起来，跟着赵子曰往外走。走到会场外的大门夹道，欧阳对赵子曰低声的说："你坐在讲台下第一排凳子上，把帽子放在旁边占下一个空位。回头王女士来，我把她领到你那里去！老武！"欧阳天风回头叫武端，武端急于要听秘密，把笑脸递过来，欧阳说："今天你得帮忙，别坐在那里不动！"

　　"叫我作什么？"武端笑着问。

　　"招待员！来，跟我拿标帜去！"

　　武端的洋服主义就是胸前差着一朵红花，听欧阳天风这样说，他乐得心里都像疯了似的；若不是极力的压制收敛，当时就得吐一口鲜血。

　　赵子曰不管他们，忙着跑回会场，坐在第一排凳子上，把帽子放在旁边。他一心秉正的祷告着：她可快来呀！把什么作主席，当招待的光荣全忘去，恭恭敬敬的坐在那里等着她。

　　欧阳天风和武端都胸前挂上红花，出来进去的走。武端把全身的重力放到脚踵与脚尖上去，把皮鞋底儿轧得吱吱的响。

　　快十一点钟了，赵子曰已经规规矩矩的在那里坐了四十分钟，会场中人渐渐多起来。赵子曰一手按着他的帽子，一面扭着脖子往外看：凡是一对男女一块儿进来的，总叫他心里一跳；继而一看不是欧阳与王女士，又叫他心里一酸。无意中把脖子扭的角度过大，看见背后隔着几条凳子坐着李景纯。赵子曰忙着把头回过来，呆呆的看着讲台上的黑板。这样有几分钟，他觉得这个"不扭脖子主义"有些不可能。于是又试着慢慢向后扭，还没扭到能看见后面的程度，早就把笑容在脸上画好，轻轻的叫了一声：

"老李!"

"老赵!"李景纯点了点头。"你好吗？老没见!"

"可不是老没见! 你胖了，老李!"

"是吗?"

"胖多了!"

"老赵你不冷吗，穿这么薄?"李景纯诚恳的问。

"不冷，还热呢!"说着，赵子曰打了个冷战。"你看，还打'热'冷战呢! 哈哈! 你是会员不是，老李?"

"不是!"

"怎么不入会? 我可以介绍你入会!"

"看一看，看清楚了再决定入会不入。"

两个人的谈话无法再继续了。

赵子曰一只眼睛无多有少的了着李景纯，一只眼睛聚精会神的往外望：欧阳天风在会场门口穿梭似的活动，只是看不见王女士的影儿。好容易欧阳天风往里走了几步，赵子曰立起来把嘴撅起多高向他努嘴。

"她就来，别急!"欧阳天风跑过来低声的说，说完又跑出去。

会场中男男女女差不多坐满了，在嘁嘁喳喳说话中间，外面哗啷哗啷振了铃。欧阳天风又跑过来低声告诉赵子曰。

"举魏丽兰女士作主席!"

"那个是?"

"那个!"欧阳天风偷偷的用手向台右边一指："那个穿青衣裳的!"

"喝! 我的妈!"赵子曰一眼看到那位预来的主席，把舌头伸出多长一时收不回去。"我说，这么丑的家伙作主席，我可声明出会!"

"别瞎说!"欧阳天风轻轻打了赵子曰一下又走出去，沿路向会员们给魏女士运动主席。

　　说真的，魏女士长的并不丑，不过没有什么特别娇美的地方就是了。圆圆的脸，浓浓的眉，脸上并没擦着白粉。身量不矮，腰板挺着，加以一身青色衣裙，更把女子的态度丢失了几分。赵子曰虽然是个新青年，他的美的观念，除了憎嫌缠足以外，并不和赞美樱桃口杨柳腰的古人们有多大分别。况且他赴女权会的目的是在看女人，看艳美娇好的女人，所以他看见魏女士的朴素不华，不由的大失所望了！

2

　　铃声停止，台下吵嚷着推举主席：台下嚷的是举魏丽兰女士作主席，往台上走的也正是"魏丽兰"三个字的所属者那位女士。赵子曰把头低下不敢仰视，他后悔忘了把墨色的眼镜带来。

　　主席正在报告发起的原因及经过，欧阳天风又过来对赵子曰说：

　　"张教授回来要演说，挑他的缝子往下赶他！"

　　"那好办！到底她来不来？"赵子曰低声而急切的问。

　　"来！就来！"

　　主席报告完了，请张梦叔教授演说。张教授上了台，他有四十上下的年纪，黄净脸，长秀的眉，慈眉善目的颇有学者的态度。

　　"女权发展会可叫男人讲演，岂有此理！"赵子曰旁边坐着的一个青年学生说。

　　"等挑他的毛病，往下赶他！"赵子曰透着十分和气的对那个青年说。

　　"诸位男女朋友！今天非常荣幸，得与女权发展会诸同志会面。"张教授和声悦色的说，声音不大而个个字说的清楚好听："……从前女子的事业不过是烹调，裁缝——"

"你胡说!"场中一位女士立起来,握着小白拳头嚷:"什么'裁缝'?我们女子学'缝纫',裁缝是什么东西——"

"打他!打!"赵子曰喊。

"裁缝与缝纫,"场中一个男人立起来雄猛而严重的说:"据我看,并没有什么分别。难道作衣服只缝不裁?或者裁缝这个名词还比缝纫强呢!再说,张教授说的是'从前的女子事业',我请这位女士听明白了再说话!"

这几句话颇惹起一部分人的欢迎,鼓掌的声音虽不像个雷,也不减于一片爆竹的爆发。张教授含笑向大家点了点头继续讲:

"——女权的得到不是凭空说的,在欧战的时候,英国女子代替男子作一切事业,甚至于火车站上扛东西卸货物全是女子去作。那么,战后女子地位的增高与发展是天然的,因为她们真在社会上尽了职,叫男人们无从轻视她们。至于我们的女子事业,我实在不敢说是已经发达,倒是要说简直没有女子事业——"

"这是侮蔑中华女界!"后面七八位女士一齐扯着尖而悍的嗓子喊:"怎么没有女子事业?我们这几个女子就是作女教员的!啊?——"

"下去!打!打他!"赵子曰拼着命的喊。跟着他立起来把衣袋中的一把铜元,哗喇一声向台上扔去。主席往外退了几步,男的争着往台上跑,女的就往场外逃,乱成了一团。

张教授被几个朋友围住,赵子曰们不得下手,于是把"打他"改为"把他逐出去!"张教授随着几个朋友一声没言语走出去。

主席定了定神。又请陈骚教授演说。台下的人们还没听清楚,陈教授已跳上台去,向人们深深鞠了一躬。

"诸位男女同志!"陈骚教授霹雳似的喊了一声,把会场中的喧哗会一下子压下去:"从人类历史上看,女子对于文化进展的贡献比男子多，因为古代历史上的记载全是女权比男权大，这是事实！"

台下鼓掌延长至三分钟。

"现在的社会组织，看着似乎男子比女子势力大，其实不然，我试问在场的两个问题：第一，没有女子，可有家庭，可有社会，可有国家，可有人类？——"

"没有！！"台下惊天动地的喊。

"第二，"陈教授瞪着眼睛喊："可有几个男子不怕老婆的？"

"没有！"台下女的一齐喊。只有一个男子嚷了一声："我就不怕！"

"你不怕？"陈教授笑着问："你根本不知道尊重女权！"

"哈拉！哈拉！"台下女的跺着脚喊。鼓掌的声音延长至十分钟，不能再叫陈教授说话，也好，陈教授鞠了一躬下去了。

陈教授忽然下台，主席只好宣布选举会长职员。会员们全领了票纸，三五成群的商议着举谁好。女会员们想不起举谁，而一个劲儿的骂会中预备的铅笔不好使。

赵子曰把票放在票匦里，不等听选举结果就往外跑。

"老赵！"武端在门口伸着大拇指向赵子曰说："你算真行！"

"欧阳呢？"赵子曰问。

"他走了，和一个军官的儿子叫贺金山的吃饭去了！"

"好，这小子把我冤了！"赵子曰叹了一口气。

"怎么？"

"王女士没来！"

"你没看见李景纯吗？"武端贼眉鼠眼的问："他来，她就不能来！你猜——"

第十四

1

凡是抱着在社会国家中作一番革命事业的,"牺牲"是他的出发点,"建设"是他最后的目的,而"权利"不在他的计较之内。这样的志士对于金钱,色相,甚至于他的生命全无一丝一毫的吝惜;因为他的牺牲至大是一条命,而他所树立的至小是为全社会立个好榜样,是在历史上替人类增加一分光荣。赵子曰是有这种精神的,从他的往事,我们可以看出:以打牌说吧,他决不肯因为爱惜自己的精神而拒绝陪着别人打一整夜。他决不为自己的安全,再举一个例,而拒绝朋友们所供献给他的酒;他宁叫自己醉烂如泥,三天伤酒吃不下去饭,也不肯叫朋友们撇着嘴说:"赵子曰不懂得交情!"这种精神是奋斗,牺牲,勇敢!只有这种精神能把半死的中国变成虎头狮子耳朵的超等强国,那么,赵子曰不只是社会上一时一地的人物,他是手里握着全中国的希望的英雄。

什么是牺牲的对象?忠君?爱父母?那都是一百年前的事!那些事的范围都是狭小的!赵子曰是迎着时代走的,随着环境变的,他的牺牲至少也是为讨朋友们喜欢,博得社会上的信仰;比如拼命陪着朋友们吃酒，挨着冻穿华丝葛大衫，都是可注意的，有价值的事实。自然，这样的事实不能算他的重要建设，可是以小见大，这几件小事不是没有完全了解新思潮的意义的人们所能办到的。

有了这样崭新的见解，然后才能捉住一个主义死不松手，而绝对的牺牲，而坚持到底，而有往风涛上硬闯的决心！所以，有时候我们看赵子曰的意见与行事似乎有前后不一致的样子，其实那根本是我们不明白：什么叫绝对牺牲，什么叫坚持到底。我们要是明白这些，细心的从他的主义与行事的全体上来解剖，我们当时可以见出他的前后矛盾的地方正是他有时候不能不走一段歧路而求最后的胜利。以他捆校长和他不再念书说吧，我们不留心看总以为他是荒唐；可是，我们在下这个判断以前，应当睁大了眼睛看：为什么捆校长？为什么不再念书？假如我们想出：捆校长是为打倒学阀，爱护教育；不再念书是为匀出工夫替社会作革命事业；那么，这是不是他有一定的主义与坚定不挠的精神？

如此，赵子曰说"西"，我们该往"东"看；赵子曰今天说"是"，我们应当明天在"不"那里等着他。东就是西，西就是东，今天的"是"里有个明天的"不是"，明天的"不是"便有个今天的"是"。这才是真能随着环境走而不失最终目的的人物，这才是真能有出奇制胜随机应变的本事。在我们没有明白"是"中的"不是"，"不是"中的"是"以前，我们不应当随便下断语来侮蔑这样的英雄；我们不应当用我们狭陋的心来猜测赵子曰的惊风不定，含蕴万端的心意与计划。

又说回来了：赵子曰的为国为民牺牲一切是可佩服的。现在，他要替女权发展会牺牲色相，唱戏募捐了。

2

夜间，赵子曰把打牌的时间缩短，有时候居然在三点钟以前就去睡觉，以便保养嗓子。早晨，提着一团精神不到九点钟就起来，口也不漱到城外护城河岸去溜嗓子。沿着河岸一面走一面喊："啊——哦——儿吓啊——"，把河中的小鱼吓得都不敢到水皮儿上来浮，苇丛中的青蛙都慌着往水里跳。直喊到他口燥喉干，心中发空，才打道进城回公寓。

赵子曰所预备的戏是《八大锤》，《王佐断臂》。

第三号的地上垫上三尺多厚的麻袋，又铺上三层地毡。没黑带晚，那时高兴那时第三号主人就从床上脊背朝下往地上硬摔，学着古人王佐的把胳臂割下来还闹着玩似的摔个"抢背"。东墙上新安上一面大镜，摔完"抢背"，手里拿着割下来的那只臂，（其实是一根木棍。）向着镜子摇头耸鼻的哆嗦一阵，一边哆嗦，嘴里一边念："呛，呛，呛，吧嗒呛。"正和古人哆嗦的时候也有乐器随着分毫不差。

有时候他挂上三尺来长的，吃饭现往下摘，吐唾沫现往起撩的黑胡子，足下穿上三寸多厚的粉底高靴，向着镜子朝天的扭。呛！一摸胡子。哒！一甩袖。呛哒！一拐腿腕向前扭一步。这样从锣鼓中把古人的一举一动形容得惟妙惟肖。

离登台之期将近！除了挂胡子，穿靴子之外，他头上又扎上了网巾。网巾扎好：把眉毛吊起多高，眼睛挤成两道缝，而且脑门子发僵，有些头昏眼花。可是，他咬着牙往下忍，谁叫古人爱上脑箍呢，唱戏的能不随着史事走吗？牺牲的真精神？

装束已毕，把一床被子挂在八仙桌前当台帘，左手撩袍，右手掀被子，口中一声："瓜——呛！"他轻脆的往外一步跨出来。走了两步，然后站住耍眼珠，眼珠滴溜乱转约有半分钟的工夫，才又微微点了点头。点完了头，用双手的大拇指在整副的黑胡子边儿上摸了一摸；因为古人的胡子是只运动边部而不动中心的。然后欲前而横的摆了两步，双手轻轻正一正冠，口中"喋！喋！"学着小锣的声音，古人正冠的时候总是打两下小锣的。

这样练习了几次，然后自拉自唱的仿效着古人的言语声调。原来古人的言语是一半说一半唱。或者说：言语与歌唱没有分别。欢喜也唱，悲哀也唱，打架也唱，拌嘴也唱。老太太也唱，小小子也唱，大姑娘也唱，小妞儿也唱。而且无论白天黑夜想唱就唱，甚至于古代的贼人在半夜里偷东西的时候，也是一面偷一面唱。歌唱以前往往先自己道一个姓名，这个理由直到现在才有人明白：据心理学家说，中国古代的人民脑子不很好，记忆力不强，所以非自己常叫着自己的姓名不可；不如此，是有全国的人们都变成"无名氏"的危险。

3

赵子曰私下用了七八天的工夫，觉得有了十二分的把握。于是把欧阳天风，武端和旁的两三位朋友请过来参观正式演习。

"诸位，床上站着！"赵子曰挂着长髯在被子后面说："地上是我一个人的戏台！先唱倒板，唱完别等我掀帘，你们就喊好儿！'迎头好'是最难承受，十个票友倒有九个被'迎头好'给吓回去的。有多大力量用多大力量喊，听见没有？"

吩咐已毕，他在被子后面唱倒板："金乌坠……玉兔东……上哦……哦……哦——"

"好＜哇！！！"大家立在床上鼓着掌扯开嗓子喊。

"呛——呛！"赵子曰自己念着锣鼓点，然后轻脆的一掀被子，斜着身扭出来。

"好！好！"又是一阵喝彩。

赵子曰心中真咚咚的直跳，用力镇静着，摸胡子，正帽子，耍眼神，掀起胡子吐了一口唾沫，又用厚底靴把唾沫搓干，一点过节也没忘。然后唱了一段原板二簧。唱完了把蓝袍脱下，武端从床上跳下来，帮助王佐换上青袍。王佐等武端又上了床，才把一口木刀拿起来往左臂上一割。胳臂割断，跳起多高，一个鹞子翻身摔了下去。然后"瓜哒瓜哒"慢慢往起爬，爬起来，手里拿着那只割下来的胳臂，头像风车似的摇了一阵。……

该唱的唱了，该说的说了，该摔的摔了，该哆嗦的哆嗦了；累得赵子曰满身是汗，呼哧呼哧的喘。欧阳天风跳下床来给他倒了一碗开水润润嗓子。

"怎样，诸位？"赵子曰一面卸装一面问。

"好极了！你算把古人的举动态度琢磨透了！"大家争着说。

"好，日夜咂摸古人的神气，再不像还成呀！"赵子曰骄傲自足的一笑。

"'真'就是'美'，"内中一位美术院的学生说："因为你把古人的行动作真了，所以自然观着美！你那一摸胡子，一甩袖子，纱帽翅一颤一颤的动，叫我没法子形容，我只好说真看见了古人，真看见了古代的美！"

"老武！腔调有走板的没有？"赵子曰听了这段美术论，心中高兴极了，可是还板着面孔，学着古人的"喜怒不形于色"，故意问自己有无欠缺的地方。

"平稳极了！"武端说："你猜怎么着。就是'岳大哥'的'岳'字没有顿住，滑下去了！是不是？"

"那看那一派！"欧阳天风撇着小嘴说："谭叫天永远不把'岳'字顿住！"

（欧阳天风到北京的时候，谭叫天早已死了！谭叫天到上海去的时候，欧阳天风还不懂什么叫听戏！）

"到底是欧阳啊！——"赵子曰点头咂嘴的说："老武！你的二簧

还得再学三年！"

"先别吹腾！"欧阳天风笑着说："那顶纱帽不可高眼！"

"怎么？"

"差着两盏电灯！"欧阳天风很得意的说："你看，人家唱《秋胡戏妻》的时候，桑篮上还有电铃，难道你这个王佐倒不如秋胡的媳妇阔气？不合逻辑！"

"安上电灯，万一走了电，王佐不但断了臂，也许丧了命哇！"赵子曰很慎重的说："小兄弟！别乱出主意！"

"黄天霸，杨香五的帽子上现在全有电灯，就没有一个死了的，你为什么单这样胆小？"欧阳天风拍着赵子曰的肩膀说："你的戏一点挑剔没有，除了短两盏电灯！我保险，死不了！"

这个问题经几个人辩论了两点多钟，大家全赞成欧阳天风的意见。于是赵子曰本着王佐断臂的牺牲精神，在纱帽上安了两盏小电灯，一盏红的，一盏绿的。

第十五

1

"李顺!"赵子曰由戏园唱完义务戏回来,已是夜间一点多钟。

"嗻!"李顺从梦中凄凄惨惨的答应一声,跟着又不言语了。

"李——顺!!"

"嗻!"李顺揉着眼睛,把大衣披上走出来。

"你愿意挣五角钱不?李顺!"

"钱?"李顺听了这个字,像喝了一口凉水似的,身上一抖,完全醒过来:"什么?先生!钱?"

"钱!五角!"赵子曰大声的说:"你赶紧快跑,到后门里贴戏报子的地方,把那张有我的名字的报子揭下来!红纸金字有我的名字,明白不明白?不要鼓楼前贴着的那张,那张字少;别揭破了,带着底下的纸揭,就不至于撕破了!办得了办不了?"

"行,先生!这就去?"李顺问。

"可不这就去,快去!"

"五毛钱?"

"没错儿,快去!"

119

李顺把衣钮扣好，抖了抖肩膀，夜游大仙似的跑出去。

赵子曰把刚才唱完的《王佐断臂》的余韵还挂在嘴边，一边哼唧着，一边想那绕着戏馆子大梁的那些余音，不知到什么时候才能散尽。哼唧到得意之际，想到刚才台前叫好喝彩的光景，止不住的笑出了声。

"赵子曰会这么抖?"他自己说"真他妹妹的没想到!"他合上眼追想戏园中的经过：千百个脑袋，一个上安着两只眼睛，全看着谁？我！赵子曰！"好!"千百张嘴，每张两片红嘴唇，都说道谁？喝谁的彩？我！赵铁牛！"好!"那"抢背"摔的，嘿！真他妈的脆！包厢里那些姨太太们，台根底下那个戴着玳瑁眼镜的老头儿——"好吗!""好!"

他想着，念道着，笑着，忽然推开门跳出去。到了院中，看看南屋黑洞洞的，欧阳天风还没有回来。"傻小子，穷忙！台下忙十天，也跟不上台上露一出哇！也别说，欧阳也怪可怜的，把小脚鸭都跑酸了!"

他在院中来回走了半天，李顺"邦"的一声把街门推开，瞪着眼，张着嘴，呼哧呼哧的直喘。双手把那张红戏报子递给赵子曰。

"来！进来!"赵子曰把李顺领到屋里去："慢慢的拉着，别使劲!"两人提心吊胆的像看唐代名画似的把那张戏报展开。赵子曰把脑袋一前一后的伸缩着念："初次登台，谭派须生，赵子曰。烦演：《八大锤》，《王佐断臂》，车轮大战，巧说文龙，五彩电灯，真刀真枪，西法割臂，改良说书。"他念完一遍，又念了一遍，然后，又念了一遍。跟着又蹲下去看看戏报的反面，没看见别的，只有些干浆糊皮子和各色碎纸块。

"李顺!"赵子曰抿着嘴，半闭着眼，两个鼻孔微微的张着，要笑又不好意思的，要说话又想不起说什么好："李顺！啊?"

"先生！你算真有本事就结了！"李顺点着头儿说："《八大锤》可不容易唱啊！十年前，那时候我还不像这么穷，听过一回那真叫好：文武带打，有唱有念！喝！大花脸出来，二花脸进去，还有个三花脸光着脊梁一气打了三十多个旋风脚！喝！白胡子的，黑胡子的，还出来一个红胡子的！简直的说，真他妈的好！——"

"你听的那出，王佐的纱帽上可有电灯？"赵子曰撇着嘴问。

"没有！"

"完了，咱有！"

"我还没说完哪，我正要说那一出要是帽子上有了电灯可就'小车子不拉，推好了！'就是差个电灯！——"

"慢慢卷起来！"赵子曰命令着李顺："慢着，别撕了！明天你上廊房头条松雅斋去裱，要苏裱！明白什么叫苏裱呀？"

"明白！"李顺恭而敬之的慢慢往起卷那张戏报子："就是不明白，我一说苏裱，裱画匠还不明白吗？先生！"

"裱好了，"赵子曰很费思索的说："我再求陆军次长写副对子。一齐挂在这小屋子里，李顺，你看抖不抖？！"

"抖！先生！谁敢说不抖，我都得跟他拼命！"李顺说。

"好啦！你睡觉去吧！明天想着上松雅斋！"

"嘚！忘不了！"李顺规规矩矩走出去，走到门外，回头看了看赵子曰，偷偷的要笑而又不敢，捂着嘴到了他自己的屋里才笑出来。

赵子曰本想等着欧阳天风和武端回家，再畅谈一回。可是戏台上的牺牲过大，眼睛有些睁不开了。于是决定了暂把一肚的话埋那么一夜，明天再说。

他倒在床上颠来倒去的梦着：八大锤，锤八大，大八锤，整整捶了一夜。

2

第二天早晨，李顺把脸水拿进来，看见赵子曰在地上睡的正香。大概是梦里摔"抢背"由床上掉下来。

"先生，我说赵先生，热水您哪！"李顺叫。

"李顺！"赵子曰楞眼瓜哒的坐起来说："把水放下，拿那张戏报子去裱！"

"喊！我先把先生们的脸水伺候完，先生！就去，误不了！"

3

果然不出武端所料：唱过义务戏以后，赵子曰又交了许多新朋友。票友儿，伶人们全不短到天台公寓来，王大个儿的《斩黄袍》也不敢在白天唱了。票友儿与伶人们都称呼他为"赵老板"，有劝他组织票房的，有劝他拜王又宸为师的。赵子曰不但同意了他们的建议，而且请他们到饭馆足吃足喝一阵。

专唱扫边老生的票友李五自荐给赵子曰说戏。唱二花脸的张连寿见面就说："赵老板成了名角的时候，可别忘了咱傻张啊！"于是在一个礼拜内李五和张连寿居然吃了赵子曰十顿金来凤羊肉馆。他们越把赵老板叫得响，赵老板越劝他们点菜。菜越上来的多，他们越把赵老板叫得响。直到他们吃得把赵老板三个字都叫不出来了，赵老板才满意了自己的善于交际。

拉胡琴的小辫儿吴三情愿天天早晨给赵子曰吊嗓子，纯是交情，不取分文。赵子曰心中老大不过意，吴三是坚决不要钱。过了几天，吴三和赵子曰要了五块钱，说：给赵子曰买一把蛇皮胡琴，赵子曰的心中舒服多了。

闹腾的快到五月节了，这群新朋友除吃喝赵老板以外，还没有一位给赵老板打主意谋事的。赵子曰心中有些打鼓。

"我说，老武！戏也唱了，新朋友也交上啦，可是事情还一点苗头看不出来呀?！"

"别忙啊！"武端稳稳当当显出足智多谋的样子说："那能刚唱一出就马上抖起来呢！——"

"可是我已经花了不少——"

"不花钱还成呀！你猜——"

"好！听你的!"

第十六

1

设若诗人们睁着一只眼专看美的方面，闭着一只眼不看丑的方面，北京的端阳节是要多么美丽呢：

那粉团儿似的蜀菊，衬着嫩绿的叶儿，迎着风儿一阵一阵抿着嘴儿笑。那长长的柳条，像美女披散着头发，一条一条的慢慢摆动，把南风都摆动得软了，没有力气了。那高峻的城墙长着歪着脖儿的小树，绿叶底下，青枝上面，藏着那么一朵半朵的小红牵牛花。那娇嫩刚变好的小蜻蜓，也有黄的，也有绿的，从净业湖而后海而什刹海而北海而南海，一路弯着小尾巴在水皮儿上一点一点；好像北京是一首诗，他们在绿波上点着诗的句读。净业湖畔的深绿肥大的蒲子，拔着金黄色的蒲棒儿，迎着风一摇一摇的替浪声击着拍节。什刹海中的嫩荷叶，卷着的像卷着一些幽情，放开的像给诗人托出一小碟子诗料。北海的渔船在白石栏的下面，或是湖心亭的旁边，和小野鸭们挤来挤去的浮荡着；时时的小野鸭们噗喇噗喇擦着水皮儿飞，好像替渔人的歌唱打着锣鼓似的："五月来呀南风儿吹"噗喇，噗喇。"湖中的鱼儿"噗喇，"嫩又肥"噗喇，噗喇。……那白色的塔，蓝色的天，塔与天的中间飞着那么几只野灰鸽：一上一下，一左一右，诗人的心随着小灰鸽飞到天外去了。……

再看街上：小妞儿们黑亮的发辫上戴着各色绸子作成的小老虎，笑涡一缩一鼓的吹着小苇笛儿。光着小白脚鸭的小孩子，提着一小竹筐虎眼似的樱桃，娇嫩的吆喝着"赛了李子的樱桃哎!"铺户和人家的门上插上一束两束的香艾，横框上贴上黄纸的神符，或是红色的判官。路旁果摊上摆着半红的杏儿，染红了嘴的小桃，虽然不好吃，可是看着多么美!

不怪周少濂常说："美丽的北京哟! 美丽的北京端阳节哟!""哟"字虽然被新诗人用滥了，可是要形容北京的幽美是非用"哟"不可的；一切形容不出的情感与景致，全仗着这个"哟"来助气呢。

可是社会上的真象并不全和诗人的观察相符，设若诗人把闭着的那只眼睛睁开，看看黑暗的那一方面，他或者要说北京的端阳节最丑的了：

屠户门前挂着一队一队的肥猪大羊。血淋淋的心肝，还没有洗净青粪的肚子，在铁钩上悬着。嗡嗡的绿豆蝇成群的抱着猪头羊尾哂一些鲜血，蝇子们的残忍贪食和非吃肉不算过节的人们比较，或者也没有多大的分别。小孩子们围着羊肉铺的门前，看着白胡子老回回用大刀向肥羊的脖子上抹，这一点"流血"与"过节"的印象，或者就是"吃肉主义"永远不会消失的主因。

拉车的舍着命跑，讨债的汗流浃背，卖粽子的扯着脖子吆喝，卖樱桃桑椹的一个赛着一个的嚷嚷。毒花花的太阳，把路上的黑土晒得滚热，一阵旱风吹过，粽子，樱桃，桑椹全盖上一层含有马粪的灰尘。作买卖的脸上的灰土被汗冲得黑一条白一条，好像城隍庙的小鬼。

拉车的一口鲜血喷在滚热的石路上，死了。讨债的和还债的拍着胸膛吵闹，一拳，鼻子打破了。秃着脑瓢的老太太和卖粽子的为争半个铜子，老太太骂出二里多地还没解气。市场上卖大头鱼的在腥臭一团之中把一盘子白煮肉用手抓着吃了。……

这些个混杂污浊也是北京的端阳节。

屠场挪出城外去，道路修得不会起尘土，卖粽子的不许带着苍蝇屎卖，……这样：诗人的北京或者可以实现了。然而这种改造不是只凭作诗就办得到的！

2

"老武！欧阳！"赵子曰在屋中喊："明天怎么过节呀？"

"你猜怎么着？"武端光着脚，踏拉着鞋走过第三号来："明天白日打牌，晚上去听夜戏。好不好？"

"不！听戏太热！"欧阳天风也跑过来："听我的：明天十点钟起来，到中央公园绕个圈子。绕的不差什么的，在春明馆喝点酒吃点东西。我的请！我可有些日子没请你们吃饭了？是不是？吃完饭，回到公寓，光着脊梁凉凉快快的把小牌一打。晚饭呢，叫公寓预备几样可口的菜，叫李顺去到柳泉居打真正莲花白。吃完晚饭，愿意要呢再接续作战，不愿呢，出去找个清静的地方溜个弯儿。这样又舒服，又安静，比往戏园子里钻强不强？再说，要听戏叫老赵唱两嗓子，对不对，赵老板？"

"还是你的小心眼儿透亮！"赵子曰眉开眼笑的说："好主意！李——顺！"……

3

"哈哈！老莫！傻兄弟！你可来了！"赵子曰跳起来欢迎莫大年。

"老赵，老武，你们都好？"莫大年笑着和他们握手。

"好！老莫你可是发福了！"武端也笑着说。他现在对莫大年另有一番敬重的样子，大概他以为在银行作事的人，将来总有作阁员的希望。

"老赵，我来找你明天一块儿上西山，去不去？——"莫大年说着看了武端一眼："老武也——"

"我正想上西山！"武端赶快的回答。他并不是忘了他们已定的过节计划，而是以为和在银行作事的人一块儿去逛可以增加一些将来谈话的材料。

"咱们三个？不够手哇！"赵子曰说。

"什么不够手？"莫大年问。

"三家正缺一门吗！"

"上山去打牌？"莫大年很惊异的问。

"这是老赵的新发明呢！"武端噗哧的一笑。

"等一等我告诉你，"赵子曰很高兴的说："我先问你，喝汽水不喝？"

"不喝！叫李顺沏点茶吧！"莫大年回答："李顺还在这儿吗？"

赵子曰叫李顺沏茶，李顺见了莫大年亲人似的行了一个礼，可惜没有他说话的份儿，他只好把茶沏来，看了莫大年几眼走出去。

"你看，老莫！"赵子曰接着说："在山上找块平正的大石头，在大树底下，把毡子一铺，小牌一打。喝着莲花白，就着黑白桑椹大樱桃，嘿！真叫他妈的好！"

"我不能上山去打牌！"莫大年低声的说。

"我告诉你，小胖子！"赵子曰又想起一个主意来："我想起来了：卧佛寺西院的小亭子上是个好地方。你看，小亭子上坐好，四围的老树把阳光遮住，树上的野鸟给咱们奏乐。把白板滑出溜的摸在手里，正摸在手里，远远的吹过来一阵花香，你说痛快不痛快？！小胖子，听你老大哥的话，再找上一个人一块儿去！"

"老莫可和欧阳说不来！"武端偷偷的向赵子曰嘀咕。

"我已约好老李，你知道老李不打牌？"莫大年看见武端和赵子曰嘀咕，心中想到不如把李景纯抬起来，把赵子曰的高兴拦回去。"咱们要是打牌，叫老李一个人去逛，岂不怪难堪的?！"

赵子曰没言语。

"对了！我想起来了，老赵！"武端向赵子曰挤了挤眼："老路不是明天约咱们听夜戏吗？这么一说，咱们不能陪着老莫上山了！"

"对呀！我把这件事忘了，你看！"赵子曰觉得非常的精明，能把武端的暗示猜透。

…………

李景纯和莫大年第二天上了西山。

第十七

1

端阳节，一个旋风似的，又在酒肉麻雀中滚过去了。人们揉揉醉眼叹口气还是得各奔前程找饭吃。武端们于是牌酒之外又恢复了探听秘密。

"子曰！子曰！"武端夜间一点多钟回来，在第三号门外叫。

"老武吗？"赵子曰困眼朦胧的问："我已经钻了被窝，有什么事明天早晨再说好不好？"

"子曰！秘密！"

"你等一等，就起！"赵子曰说着披上一件大衣光着脚下地给武端开门，回手把电灯捻开。

武端进去，张着嘴直喘，汗珠在脑门上挂着，脸色发绿。

"怎么了？老武！"赵子曰又上了床，用夹被子把脚盖上，用手支着脸蛋斜卧着。

"老赵！老赵！我们是秘密专家，今天掉在秘密里啦！"武端坐在一张椅子上，帽子也没顾得摘。

"到底怎一回事，这么大惊小怪的？！"赵子曰惊讶的问。两眼一

129

展一展的乱转像两颗流星似的。

"欧阳回来没有？"武端问，说着端起桌上的茶壶咕咚咕咚的灌了一气凉茶。

"大概没有，你叫他一声试试！"

"不用叫他！有他没我！"武端发狠的说。

"什么？"赵子曰噗的一声把被子踹开，坐起来。

"你看了《民报》没有，今天？"武端从衣袋里乱掏，半天，掏出半小张已团成一团儿的报纸，扔给赵子曰："你自己念！"

"票友使黑钱，女权难展。夜戏不白唱，客串贪金。"赵子曰看了这个标题，心中已经打开了鼓。"……赵某暗使一百元，其友武某为会员之一，亦使钱五十元。呜呼！此之谓义务夜戏！……"赵子曰咽了一口凉气，因手的颤动，手中的那半篇报纸一个劲儿沙沙的响。

武端背着手，咬着嘴唇，呆呆的看着赵子曰。

"这真把我冤屈死！冤死！"赵子曰把报纸又搓成一个团扔在地上。"谁给我造这个谣言，我骂谁的祖宗！"

武端还是没言语，又抱着茶壶灌了一气凉茶。

"登报声明！我和那个造谣生事的打官司！"赵子曰光着脚跳着嚷。

"你跟谁打官司呀？"武端翻着白眼问："欧阳弄的鬼！"

"老武！这可是名誉攸关的事，别再打哈哈！"赵子曰急切的说："你知道欧阳比我知道的清楚，你想想他能作这个事?！他能卖咱们?！"

"不是他！是我！"武端冷笑了一声。

"凭据！得有凭据呀！"

"自然有！不打听明白了就说，对不起'武秘密'三个大字！"

赵子曰又一屁股坐在床上，用手稀离糊涂的搓着大腿。武端从地上把那团报纸捡起来，翻来覆去的念。胃中的凉茶一阵一阵叽哩咕噜的乱响。

2

"哈哈！你们干什么玩儿哪？"欧阳天风开门进来，两片红脸蛋像两个小苹果似的向着他们笑。"老武！有什么新闻吗？"

武端头也没抬，依然念他的报。赵子曰揉了揉眼睛，冷气森森的说了句："你回来了？"

欧阳天风转了转眼珠，笑吟吟的坐下。

赵子曰是不错眼珠的看着武端，武端是把眼睛死钉在报纸上，一声不言语。

武端把报纸往地上一摔，把拳头向自己膝上一捶。

赵子曰机灵的一下子站起来，遮住欧阳天风。

"老赵，不用遮着我，老武不打我！"欧阳天风笑着说："事情得说不是，就是他打我，也得等我说明白了不是？！"

"不是共总一百五十块钱吗，"武端裂稜着眼睛说："我打一百五十块钱的！"

"老武！老武！"赵子曰拍着武端的肩膀说："你等他说呀！他说的没理，再打也不迟！欧阳你说！说！"

"老武！老赵！"欧阳天风亲热的叫着："你们两个全是阔少爷，我姓欧阳的是个穷光蛋。吃你们，喝你们，花你们的钱不计其数。我一个谢字都没有说过，因为我心里感激你们是不能用言语传达出来的。如今呢，这一笔钱我使啦。你们知道我穷，你们知道我出于不得已。这一百多块钱在你们眼中不算一回事，可是到我穷小子的手里就有了大用处啦！"

"钱不算一回事，我们的名誉！"武端瞪着眼喊。

"是呀！名誉！"赵子曰重了一句，大概是为平武端的气。

"别急，等我说！"欧阳天风还是笑着，可是笑的不大好看了："当咱们在名正大学的时候，我办过这样的事没有？老赵？"

"没有！"

"我们的交情不减于先前，为什么我现在这样办呢？"

"反正你自己明白！"武端说。

"哈哈！这里有一段苦心！"欧阳天风接着说，眼睛不住的溜着武端："你们二位不是要作官吗？同时，你们二位不都是有名闹风潮的健将吗？以二位能闹风潮的资格去求作官，未免有点不合适吧？那么由闹风潮的好手一变而为政界的要人，其中似乎应当有个'过板'；就是说：把学生的态度改了，往政客那条路上走；什么贪赃，受贿，阴险，机诈，凡是学生所指为该刨祖坟的事，全是往政界上走的秘宝！事实如此，这并不是我们有意作恶！比如说，老赵，有人往政界举荐你，而你的资格是闹风潮，讲正义，提倡爱国，你自己想想，你这辈子有补上缺的希望没有？反之，你在社会上有个机诈敢干，贪钱犯法的名誉，我恭贺你，老赵，你的官运算是亨通！卖瓜的吆喝瓜，卖枣儿的吆喝枣儿，同样，作学生的吆喝风潮，作官的吆喝卖国；你们自然明白这个，不必我多说。现在呢，你们的姓名登在报纸上了，你们的名誉算立下了；这叫作不用花钱的广告；这就是你们不再念书而要作官的表示！再说，就事实上说，我们给女权发展会尽义务筹款，我问问你们，钱到了她们手里干什么用？还不是开会买点心喂她们？还不是那群小姐们吃完点心坐在一块儿斗小心眼儿？那么，你们要是不反对供给她们点心吃，我看也就没有理由一定拦着我分润一些！她们吃着你们募来的钱，半个谢字不说；我使这么几块钱，和你们说一车好话，你们倒要恼我，甚至要打我，你们怎么这样爱她们而不跟我讲些宽宏大量呢！"

赵子曰的两片厚嘴唇一动一动要笑又不愿笑出来，点着头咂摸着欧阳天风的陈说。武端低着头，黄脸上已有笑意，可是依然板着不肯叫欧阳天风看出来。欧阳天风用两只一汪水的小眼睛看了看他们两个，小嘴一撇笑了一笑，接着说：

"还有一层，现在作义务事的，有几个不为自己占些便宜的？或者有，我不知道！人家可以这样作，作了还来个名利兼收，我们怎就不该作？我告诉你们，你们要是听我的指挥往下干，我管保说，不出十天半月你们的'委任状'有到手的希望。你们要还是玩你们学生大爷的脾气，那只好作一辈子学生吧，我没办法！作官为什么？钱！赔钱作官呀？地道傻蛋！你们也许说，作官为名。好，钱就是名，名就是钱！卖国贼的名声不好哇，心里舒服呢，有钱！中国不要他，他上外国；中国女子不嫁他，他娶红毛老婆！名，钱，作官，便是伟人的'三位一体'的宗教！——"

"哈哈！"赵子曰光着脚跳开了天魔舞。

"哼！"武端心中满赞同欧阳天风的意见，可是脸上不肯露出来。"哼！你猜——"

"老赵！还有酒没有？"欧阳天风问。

"屈心是儿子，这一瓶藏了一个多礼拜没动！来！喝！我的宝——喝！"

3

欧阳天风的人生哲学演讲的结果：武端把西服收起来换上华丝葛大褂，黄色皮鞋改为全盛斋的厚底宽双脸缎鞋。赵子曰除制了一件肥大官纱袍外，还买了一顶红结青纱瓜皮小帽。武端拿惯手杖，乍一放下手中空空的没有着落，欧阳天风给他出主意到烟袋斜街定做一根三尺来长的银锅斑竹大烟袋，以代手杖；沉重而伟大的烟袋锅，打个野狗什么的，或者比手杖更加厉害。如此改扮停妥，彼此相视一笑。欧阳天风点头咂嘴的赞美他们：

"有点派头啦！"

赵子曰在厕所里静坐，忽然想起一个新意思，赶快跑到武端屋里去：

"老武！又是一个新意思！从今天起，不准你再叫我'老赵'，我也不叫你'老武'！我叫你'端翁'，你叫我'子老'！你看这带官味儿不呢？"

"我早想到了！"其实武端是真佩服赵子曰的意思新颖："好，就这么办！老赵，啵，子老！欧阳说今天他给咱们活动去，你也得卖卖力气钻钻哪！我告诉你有一条路可以走：你记得女权发展会的魏丽兰女士？——"

"一辈子忘不了！那时想起来那时恶心？"赵子曰不用闭眼想，那位魏女士的丑容就一分不差的活现出来。

"别打哈哈！老赵，你猜怎么着，子老！"武端说着把大烟袋拿起来拧上一锅子老关东烟，把洋火划着倒插在烟锅上，因为他的胳臂太短，不如此是不容易把烟燃着的。"你知道她是谁的女儿不知道？"

"还出得去魏大、魏二？干脆，我不知道！"

"她是作过警厅总监魏大人的女儿！不然的话，女权发展会就会立得了案啦！"武端说到这里，两眼睁的像两盏小气死风灯，好像把天涯地角的一切藏着秘密的小黑窟窿全照得"透亮杯儿"似的。"那天你唱《八大锤》的时候，她直问我你是谁。你猜怎么着？我告诉她：这就是名冠全国学生界的铁牛赵子曰！她没说什么，可是她不错眼珠的看着你。你猜——"

"看我干吗？"赵子曰打了一个冷战。

"你有点不识抬举吧！"武端用大烟袋指着赵子曰说。

"往下说，端翁！我不再插嘴好不好？"赵子曰笑着说。

"我的意思是这么着：咱们俩全不是为钱，是为名誉，势力。魏女士既有意于你，你为何不'就棍打腿'和她拉拢拉拢？我呢，有个舅父在市政局作事，我去求他。你去运动魏女士，她的父亲作过警察总监，还能在市政局没有熟人吗！如此，我们两下齐攻，你猜怎么着，就许成功！你进去呢往里拉我，我进去呢也忘不了你！万一欧阳运动有效，我们还许来一份兼差，是不是？子老！"

"可是有一样，"武端把烟袋放下，十二分恳切的说："你要注意！你的言语，行动，可都得够派头！欧阳的话我越咂摸越有味：'穿着运动衣去运动官，叫作自找没趣！'念书的目的就是作官，可是念书时候的行为是作官的障碍；今天放下书本，今天就算勾了一笔账；重开张，另打鼓，卖什么吆喝什么！你说是不是？所以无论到那里，去见谁，先等别人开口，然后咱们随着人家的意见爬；千万别像当学生的时候那么固执己见！比如，人家骂学生一句，咱就骂十句；人家要拆学堂，咱就登时去找斧子；人家骂过激党是异端邪说，咱就说过激党该千刀万剐，五雷轰顶！这么办，行了，作官有望了！你猜——"

"端翁！"赵子曰笑得嘴也闭不上了："你由欧阳的一片话，会悟出这些个道理来，你算真聪明，我望尘莫及！可是有一样，叫我去拉拢魏女士，我真受不了！我小的时候，爸爸给我买个难看的小泥人，我还把它摔个粉碎；如今叫我整本大套的去和女怪交际，你想想，端翁，我老赵受得了受不了？！"

"王女士倒好看呢，你巴结得上吗？！"武端含着激讽的腔调说。

"说真的，王女士怎样了？端翁！欧阳那小子说给我介绍她，说了一百多回了，一回也没应验！"

"先别说这个！有了官有了势力，不就凭她吗，再比她好上万倍的，说'要'马上就成功！不准再提这个事！计划你怎样去见魏女士！"武端的面容十分严厉，逼着赵子曰进行谋差事。

"这真是打着鸭子上树呀！"赵子曰摇着头说。

"这么办！"武端想了半天，然后说："我先上女权会找她，然后你到会里去找我；我给你们俩介绍。介绍以后，子老，那可就全凭你的本事了。自然，胖子不是一口吃起来的，凡事要慢慢的来，可是头一见面就砸了锅，是不容易再锯起来呀！"

"好，你先走，我老赵明白，不用你嘱咐！"

武端忙着去洗脸，分头发，换衣裳。装束完了，又嘱咐赵子曰一顿，然后摇摇摆摆往外走。走到街门又回来了：

"我说老赵，子老！我又想起一件事来：你前者在天津认识的那个阎乃伯，可作了直隶省长，这也是一条路哇！"

"我早在报上看见了！"赵子曰回答："可是只在他家教了三天半的书，他要记得我才怪；再说那个家伙不可靠！我说端翁！拿上你的大烟袋呀！"

"不拿！女权会里要不开大烟袋！回头见，你可千万去呀！你猜怎么着？——"

第十八

1

"赵先生！电话！"李顺挑着大拇指向赵子曰笑着说。

（李顺对于天台公寓的事，只有两件值得挑大拇指的：接电话和开电灯。）

"那儿的？"赵子曰问。

"魏宅，先生！"

"喂！……啊？是的！是的！"赵子曰点着头，还笑着，好像跟谁脸对脸说话似的："必去，是！……啊？好！回头见！"他直等耳机里咯喳咯喳响了一阵，又看了看耳机上的那块小黑炭，才笑着把它挂好。

他慌手忙脚的把衣冠穿戴好。已经走出屋门，又回去照了照镜子，正了正帽子，扯了扯领子，又往外走。

…………

去的慌促回来的快，赵子曰撅着大嘴往公寓走。

"老武！老武！"赵子曰进了公寓山嚷海叫的喊武端。

"先生！"李顺忙着跑过来说："武先生和欧阳先生到后门大街去

137

吃饭，留下话请先生回来找他们去。金来凤回回馆！"

"李顺！你少说话！我看你不顺眼！"赵子曰看见李顺，有了泄气的机会。

"嗻！"李顺晓得赵子曰的威风，小水鸡似的端着肩膀不敢再说话。

"叫厨房开饭！什么金来凤，银来凤，瞎扯！"赵子曰"光"的一声开开屋门进去。

"嗻！开平常的饭，是给先生另作？"李顺低声下气的问。

"瞧姓赵的配吃什么，瞧姓赵的吃得起什么，就作什么！别跟我碎嘴子，我告诉你，李顺，你可受不住我的拳头！"

"嗻！"

2

"老赵怎还不来呢？"武端对欧阳天风说。

两个人已经在金来凤等了四五十分钟。

"咱们要菜吧！"欧阳天风的肚子已经叽哩咕噜奏了半天乐。"老赵呀，哼！大概和魏女士——"说到这里，他看了武端一眼，把话又咽回去了。

"好，咱们要菜，"武端说着把跑堂的叫过来，点了三四样菜，然后对欧阳天风说："他不能和她出去，他不爱她，她——太丑！"

"可是好看的谁又爱他呢！"欧阳天风似笑非笑的说。

"欧阳，我不明白你！"武端郑重的说："你既知道好看的姑娘不爱他，可为什么一个劲儿给他拉拢王女士呢？"

"你要王女士不要，老武？"欧阳天风问。

"我不要！"

"完啦！老赵要！你如有心要她，我敢说句保险的话：王女士就是你姓武的老婆！明白了吧？"欧阳天风笑了笑，接着说："我问你，你为什么给老赵介绍魏女士？"

武端点了点头，用手捏起一块咸菜放在嘴中，想了半天才说："我再先问你一句，你可别多心，你和王女士到底有什么关系？"

跑堂的把两个凉碟端上来，欧阳天风抄起筷子夹起两片白鸡一齐放在嘴里，一面嚼着一面说：

"你先告诉我，我回来准一五一十的告诉你！要不然，先吃饭，吃完了再说好不好？"

"也好！"武端也把筷子拿起来。

热菜也跟着上来了。两个人低着头扒搂饭，都有一团不爱说的话，同时，都预备着一团要说的话。那团要说的话，两个人都知道说也没用。那团不爱说的话，两个人都知道不说是不行。于是两个嘴里嚼着饭，心里嚼着思想，设法要把那团要说的话说得像那团不爱说的话一样真切好听。这个看那个一眼，那个嘴里嚼着饭；那个看这个一眼，这个正夹起一块肥肉片，可是，这个夹肉片和那个的嚼饭，都似含着一些不可捉摸的秘密。两个的眼光有时触到一处，彼此慌忙在脸上挂上一层笑容，叫彼此觉得脸上的笑纹越深，两颗心离的越远。

欧阳天风先吃完了，站起来漱口，擦脸，慢慢的由小碟里挑了一块槟榔；平日虽然没有吃槟榔的习惯，可是现在放在嘴里嚼着确比闲着强。武端跟着也吃完，又吩咐跑堂的去把汤热一热，把牙签横三竖四的剔着牙缝。两个人彼此看了一眼：一个嚼槟榔，一个剔牙缝，又彼此笑了一笑。

汤热来了，武端一匙一匙的试着喝。本来天热没有喝热汤的必要，可是不这么支使跑堂的，觉得真僵的慌。他喝着汤偷偷看欧阳天风一眼，欧阳正双手叉腰看着墙上的英美烟公司的广告，嘴里哼唧着二簧。

"算账，伙计！"武端立起来摸着胸口，长而悠扬的打了两个饱嗝儿。"写上我的账，外打二毛！"

"怎么又写你的账呢？"欧阳天风回过头来笑着说。

"咱们谁和谁，还用让吗！"武端也笑了笑。"咱们回去看老赵回来了没有，好不好？"

"好！可是，咱们还没有说完咱们的事呢？"

"回公寓再说！"

3

两个人亲亲热热的并着肩膀，冷冷淡淡的心中盘算着，往公寓里走。到了公寓，不约而同的往第三号走。推开门一看：赵子曰正躺在床上哧呼大睡。

"醒醒！老赵！"欧阳天风过去拉赵子曰的腿。

"搅我睡觉，我可骂他！"赵子曰闭着眼嘟囔。

"你敢！把你拉下来，你信不信？"

"别理我，欧阳！谁要愿意活着，谁不是人！"赵子曰揉着眼睛说，好像个刚睡醒的小娃娃那样撒娇。

"怎么了，老赵？起来！"武端说。

"好老武，都是你！差点没出人命！"赵子曰无精失采的坐起来。

"怎么？"

"怎么？今天早晨我是没带着手枪，不然，我把那个老东西当时枪毙！"赵子曰怒气冲天发着狠的说。

"得！老武！"欧阳天风笑着说："老赵又砸了锅啦！"

"我告诉你，欧阳！你要是气我，别说我可真急！谁砸锅呀？！"

赵子曰确是真生气了，整副的黑脸全气得暗淡无光，好像个害病的印度人。

欧阳天风登时把笑脸卷起，一手托着腮坐在床上，郑重其事的皱上眉头。

"老赵！"武端挺起腰板很慷慨的说："那条路绝了，不要紧，咱们不是还有别的路径哪吗！不必非拉着何仙姑叫舅母啊！"

赵子曰点了点头，没说什么。

武端心中老大的不自在，尤其是在欧阳天风面前，更觉得赵子曰的失败是极不堪的一件事。

欧阳天风心中痛快的了不得，嘴里却轻描淡写的安慰着赵子曰，眼睛绕着弯儿溜着武端。

"老赵！到底怎回事？说！咱姓武的有办法！"武端整着黄蛋脸，话向赵子曰说，眼睛可是瞧着欧阳天风。

"他妈的我赵子曰见人多了，就没有一个像魏老头子这么讨厌的！"赵子曰看武端挂了气，不好再说话了："不用说别的，凭他那缕小山羊胡子就像汉奸！"

武端点了点头，欧阳天风微微的一笑。

赵子曰把小褂脱了，握着拳头说：

"你看，一见面，三句话没说，他摇着小干脑袋问我：'阁下学过市政？'——"

"你怎么回答来着？"武端问。

"'没有！'我说。他又接着说：'没学过市政吗，可想入市政局作事！'——"

"好可恶的老梆子！"欧阳天风笑着说。

"说你的！老赵！"武端跟着狠狠唾一口唾沫。

"我可就说啦，'市政局作事的不见得都明白市政。'你们猜他说什么：'哼！不然，市政局还不会糟到这步天地呢！'我有心给他一茶碗，把老头子的花红脑子打出来！继而一想谁有工夫和半死的老'薄儿脆'斗气呢！我也说的好：'姓赵的并不指着市政局活着，咱不作事也不是没有饭吃！'我一面说一面往外走，那个老头子还把我送出来，我头也不回，把他个老东西僵在那块啦！"

……………

第十九

1

赵子曰和武端坐着说话，他说："欧阳上那儿啦？"武端冷淡的回答："管他呢。"

赵子曰和欧阳天风坐着闲谈，他问："老武呢？"欧阳天风小嘴一咧："谁知道呢。"

赵子曰见着武端，武端在他耳根下说："我告诉你，你猜怎么着？欧阳要和王女士没有暧昧的事，我把脑袋输给你！"

赵子曰见着欧阳天风，欧阳拉着他的手亲热而微含恫吓的说："你要是再和魏丫头来往，别说我可拿刀子拼命！"

赶巧三个人遇在一块儿，其中必有一个——不是赵子曰——托词有事往外走的。弄得赵子曰心中迷离迷糊的只是难过，不知怎么办才好。想给他们往一处捏合吧，他们面上永远是彼此看着笑，并没有一点不和的破绽。不给他们说和吧，他们脸上的笑容好似两把小钢刀，不定那一时凑巧了机会就刀刃上见点血。他立在两把刀的中间，是比谁也难过而且说不出道不出。

"老赵！"武端，乘着欧阳天风没在公寓里，跑过第三号来说：

"走！请你吃饭！"

"欧——"赵子曰说了半截又咽回去了。"好！上那儿？"

"随你挑！朋友的交情是一来一往的，咱姓武的不能永远吃别人不还席，哈哈！"

赵子曰知道那个专吃别人不还席的是谁，心中比自己是白吃猴还难过，可是他勉强笑着说：

"东安楼吧！"

"好！东安楼！我说，我打算约上老李，李景纯，你想怎样？"武端脸上显出只许叫赵子曰答应，不准驳回的样子。

"好哇！老没见老李，怪想他的呢！"赵子曰心中一百多万不喜欢见李景纯，可是看着武端的样子，要不答应这个要求，武端许从衣袋中掏炸弹。"再说，反正你请客，客随主人约，是不是？"

武端跑到柜房打电话约李景纯，李景纯推辞不开，答应了在东安楼见面。

已是学校里放暑假的天气，太阳像添足了煤的大火炉把街上的尘土都烧得像火山喷出来的灰砂。路旁卖冰吉凌的，酸梅汤的，叮叮的敲着冰铲儿，叫人们听着越发觉得干燥口渴。小野狗们都躺在天棚底下，一动也不动的伸着舌头只管喘，可是拉洋车的和清道夫还在马路上活动，或者人们还不如小狗儿们的造化？清道夫们自自然然的一瓢一瓢往街心上洒水，洒得那么又细又匀；洒完就干，干了再洒，好像以半部《论语》治天下的人们念那半部《论语》似的那么百读不厌。

武、赵二人到了东安楼，李景纯已经在那里等了半天。

李景纯穿着一身河南绸的学生服，脚上一双白番布皮底鞋，叫赵、武二人心中一跳，好像看见诸葛亮穿洋服一样新异。

"咳喽！老李！真怪想你的了！"赵子曰和李景纯握了握手。

"好吗？老赵！我们还是在女权会见着的，又差不多三个月了！"

李景纯说。

"可不是!"赵子曰听见"女权会"三个字,想起魏家父女,胃中直冒酸水。

"老武!"李景纯对武端说:"谢谢你!我可有些日子没吃饭馆了!"

"好!今天请你开斋!"武端说着不错眼珠的看着李景纯的白鞋和河南绸的学生服,看了半天,到底板不住问出来:"老李,你怎么也往维新里学呀?居然白鞋而河南绸其衣裤,这未免看着太洋气呀!"

"老武!"李景纯微微一笑:"你又想错了!你以为穿上洋服就是明白了西洋文化,穿着大袄便是保存国粹吗?大概不然吧!我以为衣食住既是生活的要素,就不能不想一想那样是合适的,那样是经济的。中国衣服不好,为什么?想!想完了而且真发现中服的缺点了,为什么不设法改良而一定非整本大套的穿西服不可!西服好,为什么?想!想完了而且真发现西服的好处了,为什么不先设法自己制作西服的材料而一定去买外国货!这不是文化不文化的问题,而是求身体安适与经济的问题!老武!别嫌我嘴碎,凡事,那怕是一个尖针那么小,全要思想一番啊——"

"我说老武,咱们要菜吧!"赵子曰皱着眉恳求武端。

"好!老李,你吃什么?"武端问。

"不拘,你要菜,我就吃,我是不会要!可是千万别多要!"

"得!听我的!老赵!"武端向赵子曰说:"今天只准吃半斤酒,吃完饭我要和你明明白白的谈一谈。"

赵子曰因有李景纯在席,打不起精神和武端说笑,一声没言语。武端点了几样菜,真的只要了半斤酒。

酒喝完了,吃饭。饭吃完了,武端说了话:

"老赵!今天我特意把老李请来,叫他告诉告诉你欧阳的行为!

145

大概你不至于不信任老李吧？"

"怎么啦？老武！"李景纯很惊异的问。

"不用问，老李！说说欧阳在公寓怎样欺侮你来着！"武端急切的说。

"过去的事提它干什么呢！"李景纯说。

"老李，我求你说！"武端的眼珠挈出来一大块似的："不然，老赵总看欧阳是他的好朋友，咱们不是！"

"我看谁都是好朋友！"赵子曰反抗着说。

"老武，你听着！"李景纯已猜透几分武端的心事，慢慢的说："交朋友不必一定像比目鱼似的非成天黏在一块儿不可呀！情义相投呢，多见几面；意见不合呢，少往一处凑。亲热的时候呢，也别忘了互相规正；冷淡的时候呢，也不必彼此怨谤。欧阳那个人，据我看，是个年少无知的流氓，我不愿与他交朋友，我不屑与他惹气，我可也不愿意播扬他的劣迹。他欺侮我，没关系，我不理他就完了；他要真是作大恶事，我也许一声不言语杀了他，不是为私仇，是为社会除个害虫！我前者警告过老赵，他不信，现在——"

"是这么一回事！"武端不大满意李景纯的话，忙着插嘴说："我和老赵托魏女士向她父亲给我们介绍，谋个差事。老李你知道，我和老赵并不指着作官发财，是想有个事作比闲着强。有一天老赵见着魏老者，欧阳吃了醋，他硬说我有心破坏他与老赵的交情。后来我问他到底与王女士的关系，你猜怎么着，他倒打一把问我：'你想老赵能顺着你的心意和魏女士结婚不能？'老李你看，这小子要得要不得！而且最叫我怀疑的是他与王女士的关系，其中必有秘密，"武端说完看着李景纯，李景纯不住的点头。赵子曰一声不发，只连三并四的嗑瓜子。

"老武！"李景纯镇静了半天才说："当你信任欧阳的时候，我要说他一句'不好'，你能打我一顿；现在你看出他的劣点来了，我要说他'好'，你能打我一顿！这一点，你与老赵同病。你们应当改，应当细想一想！老武你叫我说欧阳的坏处，我反说了你的欠缺，原谅我，我以为朋友到一处彼此规劝比讲究别人的短处强！我知道你必不满意我，可是我天性如此，不能改！——不能改！至于欧阳与王女士有什么关系，我真不知道！我只以为我们有许多比娶老婆要紧的事应当先去作。我不反对男女交际，我不反对提倡恋爱自由，可是我看国家衰弱到这步天地，设若国已不国，就是有情人成了眷属，也不过是一对会恋爱的亡国奴；难道因为我们明白恋爱，外国人，军阀们，就高抬贵手不残害我们了吗？老赵！老武！打起精神干些正经的，先别把这些小事故放在心里！老武，谢谢你！我走啦！"

李景纯拿起草帽和武、赵二人握了握手，轻快的走出去。

武端深深喘了一口气，赵子曰把胡琴从墙上摘下来，笑吟吟的吱扭着。

"先别拉胡琴！"武端劈手把胡琴抢过来扔在桌上。"老李这家伙真他妈的别扭！"

"有不别扭的！你又不爱！没事请丧门神吃饭，自己找病吗！"

2

"老赵！"欧阳天风乘着武端出去了，把赵子曰困在屋里审问："你告诉我句痛快话，你到底有心娶王女士没有？你这个人哪，我真不好意思说，真哪，不懂香臭！那么丑的个魏丫头你也蜜饯饯似的亲着——"

"谁爱她，魏女士，谁是个孙子！"赵子曰急扯白脸的分辩："我要利用她！现在呢我们又吹了灯，你没听见我说要枪毙那个魏老头

147

子吗！我告诉你，你个小——不用和老大哥敲着撩着耍嘴皮子！说真的！"

"这像自己朋友的话啦！"欧阳天风似乎非被人叫作什么小——才欢喜，脸上又红扑扑的笑出一朵花儿来。"我告诉你，你打算利用魏丫头，叫作白费蜡！谁是你们的介绍人？老武！老武要是看出那条路顺当好走，他为什么不去，而叫你去？他要是明知道魏老头子不好斗而安心叫你去碰钉子，那怎算知己的朋友？！好，我不多说，反正现在你不信任我，我知道你爱老武——"

"你要是瞎说，我可捶你一顿！"赵子曰笑得一双狗眼挤成两道细缝，轻轻的打了欧阳天风的肉肉嘟嘟的小脊梁盖儿一下。

"得了老大哥！不说了！"欧阳天风笑着说："说正经的！你到底对王女士怎么样？告诉我！你要知道：现在张教授是大发财源，我听说他那部新著作，一下子就卖了三千块！这是一。还有李瘦猴儿天天鳔着她，一步不肯放松；瘦猴儿近来居然穿上白鞋，绸子学生服，也颇往漂亮里打扮，这是二。有这么两块臭胶黏着她，你要是不早下手，等别人把稠的捞了去，你可是白瞪眼！"

"我现在一心谋差事呢！"赵子曰说："差事到手，再娶媳妇，不是更威风吗？"

"我也盼着你作官哪！"欧阳天风鼓着小蜜桃儿的嘴说："你作了官，我不是也就跟着抖起来了吗！可是有一样，娶媳妇比作官更要紧！你看：当咱们在学校的时候，你说你念不下去书。为什么？短个知心的女友！男女之际，大欲存焉，这是上帝造人的一点秘密！不信，你今天娶了她，不几天的工夫就能找到事情作；因为心中一痛快，人得喜事精神爽，你才能鼓起精神去作事。照你现在这样无精少采的，半死不活的，而想去谋事，那叫老和尚看嫁妆，下辈子见吧！比如你去见政客伟人，一阵心血来潮，想起贵府上那位小粽子式脚儿的尊夫人；人家问东，你要不答西才怪！你能谋上差事才怪！我说的对不对？老赵！"

赵子曰闭上眼睛细细的回想：乍结婚时候的快乐，和这几年的抑郁牢骚，两相比较，千真万确正和欧阳天风的话一个样。欧阳的一片话恰好是他自己心中那部痛史的短峭精到的一篇引言。几年来所欲洒而未洒的眼泪，都被欧阳这几句点破，好像锋快的小刀切在熟透的西瓜上，红穰黑子的迎刃而裂。官事的不成，学业的不就，烟酒的沉溺，金钱的糜费，全有了可以自恕的地方。心中不真乐，怎会不荒唐！心中不痛快，怎能念书，作官！他从前只以为疯着心要再婚是一种兽欲上的需要；现在他才明白，再婚是在兽欲而上的一种要求；如能把这一点要求满足了，成圣成贤，立铜像，竖硬盖大王八驮着的石碑，胥在斯矣！子曰：——赵子曰！曰——"婚而时结之，不亦乐乎！"

欧阳天风看着赵子曰深思默想，呆呆的不敢搅乱他。赵子曰一会儿点点头，一会儿张张嘴，比孙大圣过火焰山还奇幻。忽然他把手一拍，说：

"是这么着！欧阳你去办！老大哥决定了：先娶妻后作官！"

"老赵你真算聪明就完了，我佩服你！"欧阳天风笑着说："三天之内，准保叫你见她一面！老赵！先给我十块钱，这回不说'借'了！方便不方便？"

"拿去！老大哥有钱！"

149

第二十

1

　　"欧阳先生！"欧阳天风刚进天台公寓的大门，李顺大惊小怪的喊："欧阳先生！可了不得啦！市政局下了什么'坏人状'，武先生作了官啦！"

　　"委任状大概是？"欧阳天风心中一动，却还镇静着问："他补的是什么官，知道不知道？"

　　"官大多了！什么'见着就磕'的委员哪！"

　　"建筑科，是不是？"

　　"正对！就是！喝！武先生乐得直打蹦，赵先生也笑得把屋里的电灯罩儿打碎！乐了一阵，他们雇了一辆大汽车出前门去吃饭去了。"李顺指手画脚的说："先生你看，武先生作了官，连我李顺也跟着乐得并不上嘴，本来吗，没有祖上的阴功能作——"

　　"他们上那儿吃饭去了？"欧阳天风抢着问。

　　"上——什么楼来着！你看——"

　　"致美楼？"

　　"对！致美楼！"

欧阳天风把眼珠转了几转，自己噗哧一笑，并没进屋里去，又走出大门去了。出了公寓，雇了辆车到致美楼去。

"啊哈！老武——武大人！"欧阳天风跳进雅座去向武端作揖："大喜！大喜！"

武端正和赵子曰疯了似的畅饮，忽然见欧阳天风闯进来，武端本想不招待他，继而心中转了念头，站起来还了个揖请他坐下。赵子曰一心的怕武端不理欧阳天风，忙着向欧阳打招呼；可是欧阳连看赵子曰也不看，把那团粉脸整个的递给武端。

"武大人，前几天我告诉你什么来着，应验了没有？嗥！穿上华丝葛大衫，拿上竹杆大烟袋，非作官不可吗！"欧阳天风说着自己从茶几上拿了一份匙箸，吃喝起来。

武端本想给欧阳天风个冷肩膀扛着，可是细一想：既然作了官，到底不应当多得罪人，知道那一时用着谁呢。况且自己的志愿已达，何必再和欧阳斗闲气。于是把前嫌尽弃，说说笑笑的一点不露痕迹。

欧阳天风和武端说笑，不但不理赵子曰，而且有时候大睁白眼的硬顶他，赵子曰的怒气不从一处来，忽然把筷子往桌上一拍，立起来拿起大衫和帽子就往外走。

"怎么啦？老赵！"武端问。

"我回公寓，心中忽然一阵不合适！"赵子曰说着咚咚的走下楼去。

武端立起来要往外走，去拉赵子曰。欧阳天风轻轻拍了武端的肩膀一下，又递了个眼神，武端又莫明其妙的坐下了。

"老赵怎么啦？欧阳！"武端问。

"不用管他，我有法子治他！"欧阳天风笑着说："我问你，老武，一件要紧的事！你是要娶魏女士吗？现在作了官，当然该进行婚事！"

"我和魏女士没关系，不过彼此认识就是了。"武端咬言呀字的说，颇带官僚的味道："再说，我的差事并不是托她的人情！没关系！"

"那么，你看王女士怎样？"欧阳天风很恳切的问。

"你不是给老赵介绍她哪吗？"武端心中冷淡，面上笑着说。

"他说他又改了主意，不再娶了。所以我来问你，我早就有心这么办，你可别想我看你作了官巴结你！"欧阳天风又自己斟上一杯酒："说真的，王女士的模样态度真不坏！"

"可是，我现在还没意思结婚，先把官事弄好再说！"武端笑着说。

这件事要是搁在委任状下来以前，武端登时就去找赵子曰告密。可是，现在作了官，心中总得往宽宏大量里去。前几天一心一意要知道欧阳天风与王女士的秘密，甚至和欧阳犯心闹气；现在呢，就是欧阳有心告诉他，他也不愿意听；因为作官的讲究混含不露，讲究探听政治上的隐情，那还有工夫听男女学生的事情呢。武端认清了两条路：作学生的时候出锋头是嘴上的，越说得花梢，越显本事；作官的时候出锋头是心里的劲儿，越吞吐掩抑越见长处。

"那么你无意结婚？"欧阳天风钉了一句。

"没有！"

"也对！"欧阳天风又转了转眼珠："作官本来是件要紧的事吗！我说，你给老赵也运动着吧？"

"正在进行，成功与否还不敢定！"

"我盼着你们两个都抖起来，我欧阳算有饭吃了！"

"自然！"

"老武！你回公寓吗？"

"不！还要去访几位同事的，晚上还要请客！"

"那么，咱们晚上公寓见吧！谢谢你，老武！"欧阳天风辞别了武端，慌着忙着回公寓。

2

"老赵！老赵！"

"谁呀？"赵子曰故意的问。

"我？"欧阳天风开开屋门进去。

"欧阳天风呀！还理咱这不作官的吗？"赵子曰本来在椅子坐着，反倒一头躺在床上。

"老赵！你可别这么着！"欧阳天风板着脸说："我一切的行动全是为你好！"

"不理我，冰着我，也是为我好？嘻嘻！"

"那是！难道你不明白前儿天我和老武犯心吗？现在他作了官，不用说，你得求他提拔你了。可是，设若他一想：咱们俩是好朋友，他因为恨我，就许也把你搁在脖子后头！我舍着脸去见他，并不是为我，我决不求他，为你！为你！你走后，你看我这个托付他，给你托付！为真朋友吗，舍脸？杀身也干！你姓赵的明白这个？"

"得！算你会说！小嘴儿叭哒叭哒小梆子似的！"赵子曰坐起来笑了。

"干吗会说呀，我真那么办来着！我问你，老武给你运动的怎样了？"

"他说只有文书科有个录事的缺，我告诉他不必给我活动，咱老赵穷死也不当二十块钱的小录事！"

"什么？你拒绝了他？你算行！姓赵的，你这辈子算作不上官了！"欧阳天风真的急了，一个劲摇头叹息。

"不作官就不作，反正不当小录事！"赵子曰坚决而自尊的说。

153

"比如你为我去当录事，把二十块钱给我，你去不去？"

"我给你二十块钱，不必去当录事！再说，我可以给你谋个录事，假如你有当录事的瘾！"

"我也得会写字呀，这不是打哈哈吗！也好，老赵，我佩服你的志愿远大！得！把这一篇揭开，该说些新鲜的了：后天，礼拜六，下午三点钟到青云茶楼上去见她！……"

3

青云阁商场所卖的国货，除了竹板包锡的小刀小枪，和血丝糊拉的鬼脸儿，要算茶楼中的"坐打二簧"为最纯粹。这种消遣，非是地道中国人决不会欣赏其中的滋味。所谓地道中国人者是：第一，要有个能容三壶龙井茶，十碟五香瓜子的胃；第二，要有一对铁作的耳膜。有了这两件，然后才能在卧椅上一躺，大锣正在耳底下当当的敲着"四起头"，唢呐狼嚎鬼叫的吹着"急急风"。

有些洋人信口乱道，把一切污浊的气味叫作"中国味儿"，管一切乱七八糟不干净的食品叫"中国杂碎"。其实这群洋人要细心检查检查中国人的身体构造，他们当时就得哑然自笑而钦佩中国人的身体构造是世界上最进化的，最完美的。因为中国人长着铁鼻子，天然的闻不见臭味；中国人长着铜胃，莫说干炸丸子，埋了一百二十多年的老松花蛋，就是肉片炒石头子也到胃里就化。同样，为叫洋人明白中国音乐与歌唱，最好把他们放在青云阁茶楼上；设若他们命不该绝，一时不致震死，他们至少也可以锻炼出一双铁耳朵来。他们有了铁耳朵之后，敢保他们不再说这大锣大鼓是野蛮音乐，而反恨他们以前的耳朵长的不对。

欧阳天风和赵子曰到了青云阁，找了一间雅座，等着王女士。"坐打二簧"已经开锣，当当当当敲得那么有板有眼的把脑子震得生疼。锣鼓打过三通，开场戏是《太师回朝》。那位太师的嗓音：粗而直像牛，宽而破像猪。牛吼猪叫声中，夹着几声干而脆的彩声，像狗。这一团牛猪狗的美，把赵子曰的戏瘾钩起来了。摇着头一面嗑瓜子一面哼唧着："太师爷，回朝转……"

"我说，她可准来呀？"赵子曰唱完《回朝》，问："上回在女权会你可把我骗了！"

"准来！"欧阳天风的脸上透着很不自然，虽然还是笑着。

两个人嗑着瓜子，喝着茶，又等了有半点多钟，赵子曰有些着急，欧阳天风心中更着急，可是嘴里不住的安慰赵子曰。

瓜子已经吃了三碟，王女士还是"不见到来"，赵子曰急得抓耳挠腮，欧阳天风的脸蛋也一阵阵的发红。

小白布帘一动，两个人"忽"的一声全立起来，跟着"忽"的一声又全坐下了。原来进来的是个四十多岁的仆人，穿着蓝布大衫，规规矩矩的手中拿着一封信。

"那位姓赵呀？先生！"

"我！我！"

"有封信，王女士打发我送给先生！"那个人说着双手把信递给赵子曰："先生有什么回话没有？"

欧阳天风没等赵子曰说话，笑着对那个人说："你坐下，喝碗茶再走！"

"嘛！不渴！"

"你坐下！"欧阳天风非常和蔼的给那个人倒了一碗茶。"你从北大宿舍来吧？李先生打发你来的？"

那个人看了看欧阳天风，没有言语。

"说！不要紧！"欧阳天风还是笑着说："我们和李先生是好

155

朋友！"

"嘛！李先生嘱咐我，不叫我说。先生既是他的好朋友，我何必瞒着，是，是李先生叫我来的！"

"好！老赵！你给他几个钱叫他回去吧！回去对李先生说，信送到了，不必提我问你的话！"

赵子曰给了那个仆人四角钱，那个仆人深深的给他们行了一礼，慢慢的走出去。

赵子曰把信打开，欧阳天风还是笑着过来看：

"子曰先生：

你我素无怨嫌，何必迫我太甚！你信任欧阳天风，他是否好人？我不能去见你，你更没有强迫我的权利！你细细思想一回，或者你就明白了你的错处。设若你不思想，一味听欧阳的摆布，你知道：你我只都有一条命！

王灵石。"

赵子曰一声没言语，欧阳天风还是干笑，脸上却煞白煞白的了！

4

赵子曰直等看着欧阳天风脱衣睡了觉，他才回到自己屋中去。一个人坐了半天，盼着武端回来再说一会话儿，钟打了十二点，武端还没有回来。他丧胆失魂的上床去睡。已经脱了衣裳心中忽然一动，又披上大衫到南屋去看。走到南屋的阶下把耳朵贴在窗上听，没有声音。他轻轻推开门，摸着把电灯捻开，他心里凉了一半；床上并没有欧阳天风，可是大衫和帽子还在墙上挂着。他三步两步跑到厕所去看，没有！赵子曰可真着了急，跑回欧阳天风屋里坐在床上把前后的事实凑在一处想："他到底和她有什么关系？我怎么浑着心从前不问他！"拍，拍，打了自己两个嘴巴。"老李，老武全警告过我。对，还有老莫。我怎么那样粗心，不信他们的话！"拍，拍，又打了两个嘴巴，可是没有第一次的那么脆亮。"啊！"他跳起来了。"想起老莫，就想起她的住址来了。对！"他顾不得把电灯捻灭，也顾不得去穿上衣裤，只把大衫纽子扣好；光着眼子穿大衫，向大街上跑。跑到街上就喊洋车，好在天气暑热，车夫收车比较的晚了，他雇了一辆到张家胡同。

约摸着到了张家胡同中间，他叫车夫站住。他下了车回手一摸，坏了，只摸着了滑出溜的大腿，没带着钱。要叫车夫在这里等着，自己慢慢的去找王女士的门，车夫一定不放心。叫车夫拉到王女士的门口去，他又忘了她的门牌是多少号，登时叫车夫把他拉回公寓去，自己干什么来了？这一着急，身上出了一层黏汗。

"我说拉车的！"他转悠了半天，低声的说："我忘了带钱！你在这里等一等，我上东边有点事，回头你把我拉回鼓楼后天台公寓，我多给你点钱，行不行？"

"什么公寓？"

"天台！"

"你是赵先生吧？天黑我看不清，先生！"拉车的说。

"是我姓赵！你是春二？"赵子曰如困在重围里得了一支救兵。"好，春二你在这里等着我！"

"没错儿，先生！"

赵子曰把春二留在胡同中间，他自己向东走，他只记得莫大年说王女士院中有株小树，而忘了门牌多少号。于是他在黑影里弩着眼睛找小树。又坏了，路北路南的门儿里，有好几家有小树的，知道那一株是莫大年所说的小树呢？他耐着性儿，慢慢擦着墙根，沿着门看门上的姓名牌；几家离着路灯近的，影影抄抄的看得见；几家在背灯影里，一片黑咕笼咚什么也看不见。他小老鼠似的爬来爬去，一阵阵的夜风从大衫中吹了个穿堂，他觉得身上皮肤有些发紧，他站在那里，进退两难的想主意；脑子的黑暗好像和天色的黑暗连成一片，一点主意没有。忽然腿肚子上针刺一疼，他机灵的一下子拔腿往西走；原来大花蚊子不管人们有什么急事，见着光腿就咬。

"春二！"他低声的叫。

"嗻！赵先生！上车您哪！"

赵子曰上了车，用大衫紧紧箍住腿。春二把车拉起来四六步儿的小跑着。

"我说先生，黑间半夜还出来？"春二问。

"哼！"

"先生看咱拉的在行不在行？才拉一个多礼拜！作买卖，哈，我告诉您——哪，所以的，哈，不进铜子！没法子，哈，拉吧！咳！哈！拉死算！"春二一边喘一边说。这种举动在洋车界的术语叫作"说山"。如遇上爱说话的坐车的，拉车的就可以和他一问一答的而跑得慢一些，而且因言语的感动，拉到了地方，还可以有多挣一两个铜子的希望。可是这种希望十回总九回不能达到，所以他们管这个叫"说山"，意思是：坐车的人们的心，和山上的石头一样硬。春二拉车的第三天，就遇上了一个大兵，他竟自把那个大兵说得直落泪。拉到了海甸，那个大兵因受了春二的感动，只赏了春二三皮带，并没多打。

赵子曰满心急火，先还哼儿哈儿的支应春二，后来爽得哼也不哼，哈也不哈了。可是春二依然百折不挠的说，越说越走得慢。

到了天台公寓，赵子曰跳下车来，告诉春二明天来拿钱。春二把车拉走，一边走一边自己叨唠："敢情先生没穿裤子，在电灯底下才看出来，可是真凉快呀……"

赵子曰进了大门，往南屋看，屋里的灯还亮着呢。他拉开门看：欧阳天风穿着小褂呆呆的在椅子上坐着。桌子上放着一把明晃晃的小刺刀。他见赵子曰进来，吓了一跳似的，把那把刺刀收在抽屉里。两眼直着出神，牙咬得咯吱咯吱的响。

"我说，你到底是怎么回事？"赵子曰定了定神，问。

欧阳天风用袖子擦了擦脸，跟着一声冷笑，没有回答。

"说话！说话！"赵子曰过去用力的摇晃了欧阳天风的肩膀几下。

"没话可说！"欧阳天风立起来，鞋也没脱躺在床上。

"嘿！你真把我急死！说话！"

"告诉你呢，没话可说！她跑啦！跑啦！你要是看我是个人，子曰，睡你的觉去，不必再问！"

第二十一

1

第二天早晨起来，赵子曰到欧阳天风屋里去看，欧阳已经出去了。把他抽屉开开，喘了一口气，把心放下了，那把刺刀还在那里。他把它拿到自己屋中去，藏在床底下。

他洗了洗脸，把春二车钱交给李顺。到天成银行去找莫大年。

莫大年出门了。

赵子曰皱着眉头往回走，到公寓找武端。武端只顾说官场中的事，不说别的。

他回到自己屋中，躺在床上。眼前老有个影儿：欧阳天风咬着牙往抽屉里收刀！

自从赵子曰在去年下雪的那天，思想过一回，直到现在，脑子的运动总是不得机会。

刀！咬着牙的欧阳天风！给了赵子曰思想的机会！

赵子曰要是个宁舍命不舍女人的法国人，他无疑的是拿刀找李景纯！不，他是中国人！

他要是个一点人心没有的人，他应该帮助欧阳天风去行凶！不幸，他的激烈的行动都是被别人鼓惑的，他并没有安着心去作恶。捆校长，打教员，是为博别人的一笑，叫别人一伸大拇指，他并没有和人决斗的勇气！他也许真为作好事舍了命，可是他的环境是只许他为得一些虚荣而仿佛很勇敢似的干。

就是李景纯真夺了他的情人，他也不敢和李景纯去争斗。他始终怕李景纯，或者这个畏惧中含着一点"敬仰"的意思。就是他毫无敬畏李景纯的心，他到底觉得李景纯比他自己多着一些娶王女士的资格。他是结过婚的人，他自己知道！他的妻子离了他不能活着，他的家庭也不会允许他和她离婚，他自己也知道这个！

他爱欧阳天风并不和爱别人有多少差别，不过是欧阳天风比别人谄媚他，愚弄他多一些方法与花样就是了。

凡是能耍花样的就能支配赵子曰，这一点他自己觉不出来！

耍花样到了动刀杀人的地步，赵子曰傻了！他没有心杀人，可是欧阳天风的动刀和他有关系！他没办法！

他若是生在太平的时候，这些爱情的趣剧也本来是有滋味的。他可以不顾一切，只想达到"有情人成眷属"的含有喜气的目的。他的社会是一团乌烟瘴气，他的国家是个"破鼓万人捶"的那个大破鼓。这个事实不必细想他也能理会得到。他知道：明白恋爱的男女不会比别人少挨大兵的打，自由结婚的人们也不会受外国人的特别优遇！他应当牺牲一点个人的享福替社会上作点事，他应当把眼光放远一些，他应当把争一个女子的心去争回被军人们剥夺的民权。这些个话，李景纯告诉过他，现在他想起来了！

然而想起来好话和照着办与否是两件事！他的心挤在新旧社会势力的中间：小脚儿媳妇确是怪可怜的，同时王女士是真可爱！个人幸福本当为社会国家牺牲了的，可是，自家管自家的事又是遗传的"生命享受论"！新的办法好，旧的规矩也不错，到底那个真好，他看不

161

清！穿西服也抖，穿肥袖华丝葛大衫也抖，为什么一定要"抖"？谁知道呢！

劝欧阳天风不要行凶，到底他和王女士有什么关系？找李景纯去求办法，李景纯又和她有什么关系？回家，不愿看那个小脚娘，也觉着没脸对父母！不回家，眼前就是白刀子进去红刀子出来的事！

朋友不少，李五可以告诉他怎样唱《黄金台》的倒板，武端可以教给他怎么请客，打牌。没有能告诉他现在该当怎办的。只有李景纯能告诉他，可是怎好找他去！

教育是没用的，因为教育是教人识字的，教育家是以教书挣饭吃的。赵子曰受过教育，可是没听过怎样立身处世，怎样对付一切。找老人去问，老人撅着胡子告诉他："忠孝双全，才是好汉。"找新人去求教，新人物说："穿上洋服充洋人！"

在这种新旧冲突的时期，光明之路不是闭着眼瞎混的人所能寻到的，不幸，赵子曰又是不大爱睁眼的人。

现在他确是睁着眼，可是那能刚一睁眼就看明"三条大道走中间"的那条中路呢！

越想越没主意，不想眼前就是祸，赵子曰急得落了泪！

2

赵子曰老以为他自己是个重要人物。

现在，欧阳天风由天台公寓搬走了，连告诉赵子曰一声都没有！武端板着黄脸，县太爷似的一半闲谈，一半教训似的和赵子曰说东说西。找莫大年去，又怕他没工夫闲谈。找李景纯去，又怕他不招待。虽然李顺还是照旧的伏侍他，可是他由心中觉出自己的不重要了！

心里要是不痛快，响晴的天气也看成是黑暗的。连票友李五也不来了，其实赵子曰只有两天没请他吃饭。勉强着打几圈牌，更叫他生气，输钱倒是小事，手里握着一对白板就会碰不出来！他妈的……

到屋里看看那张苏裱的戏报子，也觉得惨淡无光。"赵子曰"三个大金字不似先前那么放光了！

3

欧阳天风搬走之后，赵子曰的眼睛掉在坑儿里，两片厚嘴唇撅得比平常长出许多。戏也不唱了，只抱着瓶子"灰色剂"对着"苏打水"喝，越喝越懊恼！

他又找了莫大年去。

"老赵！你怎么啦？"莫大年问。

"老莫！我对不起你！"赵子曰几乎要哭："你在白云观告诉我的话，是真的！"

"你看，我那能冤你呢！"

"老莫！我后悔了！"赵子曰把欧阳天风怎样半夜拿刀去找王女士的情形大概的说了一遍："现在我怎么办？他要真杀了她，我于心何忍！他要是和李景纯打架，老李那是欧阳的对手！老莫，你得告诉我好主意！"

"哼！"莫大年想了半天才说："还是去找老李要主意，我就是佩服他！"

"难道他不恨我！"

"不能！老李不是那样的人！你要是不好意思找他去，我给他打电话叫他去找你。他听说你为难，一定愿意帮助你，你看好不好？"

"就这么办吧！老莫！"

第二十二

1

赵子曰正在屋里发楞，窗外叫："老赵！老赵！"

"啊！老李吧？进来！"

李景纯慢慢推开屋门进去。擦了擦头上的汗，然后和赵子曰握了握手。这一握手叫赵子曰心上刀刺的疼了一下！

"老李！"赵子曰低声的说："王女士怎样了？别再往坏处想我，我后悔了！"

"她现在十分安稳，没危险！"李景纯把大衫脱下来，慢慢的坐在一张小椅子上。"老赵，给我点凉水喝，天真热！"

"凉茶行不行——"

"也好！"

"我问你，欧阳找你去捣乱没有？"

李景纯把一碗凉茶喝净，笑了一笑："没有！他不敢！人们学着外国人爱女人，没学好外国人怎样尊敬女人，保护女人！欧阳敢找我去，我叫他看看怎样男人保护女人！老赵！我的手腕虽然很细，可是我敢拼命，欧阳没那个胆气！"

赵子曰低着头没言语。

"老赵！我找你来并不为说王女士的事，我来求你办一件事，你愿意干不愿意？"

"说吧！老李！我活了二十多岁还没办过正经事呢！"

"好！"李景纯身上的汗落下去了，又立起来把大衫穿上。"老赵，你听着，等我说完，你再说话。我是个急性子，愿意把话一气说完！"

"老李你说！"

"我现在有两件事要办，可是我自己不能兼顾，所以找你来叫你帮助我。我要求你作的事是关于老武的：我听得一个消息，老武和他的同事的勾串美国人，要把天坛拆毁，一切材料由美国人运到美国去，然后就那个地址给咱们盖一座洋楼，还找给市政局多少万块钱。老武这个人是：有人说胖子好看，他就立刻回家把他父亲的脸打肿；他决无意打他父亲，而是为叫他父亲的脸时兴好看。他只管出锋头而不看事情的内容。这次要拆天坛也是如此，他决不是为钱，是要在官场中显显他办事的能力。

"我想，我们国家衰弱到这样，只有这几根好看的翎毛——古迹——支撑着门面，我们不去设法保存修理，已经够可耻的了，还忍心破坏吗！为什么美国人要买那些东西，难道美国人懂得什么叫爱古迹，什么是'美'，我们就不懂得吗？老赵你和老武不错，我愿意叫你劝劝他，他听了呢更好；不然呢，为国家保存体面起见，跟他动武也值得的。我不主张用武力，可是真遇上糊涂虫还非此不可！我决不是叫你上大街去卖嚷嚷，老赵，你听明白了！因为我们要是打着白旗上大街去示威，登时就有人说我们是受了英国人的贿赂，不愿把天坛卖给美国人，那么，天坛算是拆妥了！我的意思是：先去劝他；不听，杀！杀一个，别的人立刻打退堂鼓；中国的坏人什么也不怕，只怕死！为保存天坛杀了我们的朋友，讲不来，谁叫公私不能两全呢！

"你也许疑心：为什么因保存一个古迹至于流血杀人？老赵！这大有关系：一个民族总有一种历史的骄傲，这种骄傲便是民心团结的原动力；而伟大的古迹便是这种心的提醒者。我们的人民没有国家观念，所以英法联军烧了我们的圆明园，德国人搬走了我们的天文台的仪器，我们毫不注意！这是何等的耻辱！试问这些事搁在外国，他们的人民能不能大睁白眼的看着？试问假如中国人把英国的古迹烧毁了，英国人民是不是要拼命？不必英国，大概世界上除了中国人没有第二个能忍受这种耻辱的！所以，现在我们为这件事，那怕是流血，也得干！引起中国人的爱国心，提起中国人的自尊心，是今日最要紧的事！没有国家观念的人民和一片野草似的，看着绿汪汪的一片，可是打不出粮食来。

"现在只有两条道路可以走：一条是低着头去念书，念完书去到民间作一些事，慢慢的培养民气，一条是破命杀坏人。我是主张和平的，我也知道青年们轻于丧命是不经济的；可是遇到这种时代还不能不这样作！这两样事是该平行并进的，可是一个人不能兼顾，这是我最为难的地方，也就是今天替你为难的地方：我劝过你回家去种地，顺手在地方上作些事，教导教导我们那群无知无识的傻好乡民。可是，跟老武去拼命，也不算不值得，我不知道叫你作那样去好!"

"老李!"赵子曰说："我听你的！叫我回家，我登时就走！叫我去卖命，拿刀来!"

"这正是我为难的地方呢!"李景纯慢慢的说。

"我知道你不是个愿把别人牺牲了的人。"赵子曰想了半天才说："这么办：我自己挑一件去作，现在先不用告诉你。也许我今天就回了家，也许我明天丧了命。我回了家呢，我照着你告诉我的话去作些事；我丧了命呢，我于死的前一分钟决不抱怨你!"

"好吧！你自己想一想！自然，我还是希望你回家!"

李景纯立起来要往外走。

"等一等！老李！"赵子曰把李景纯拉住，问："你要办的是什么？你不是说有两件事我们分着作吗？"

"我的事，暂时不告诉你！再见！老赵！"

2

赵子曰等着武端直到天亮，武端还没回来。他在床上忍了一个盹儿，起来洗了洗脸到市政局去找武端。到了市政局门口，老远的看见武端坐着辆洋车来了。车夫把车放下，武端还依旧点着头打盹。

"先生，醒醒吧！到了！"车夫说。

"啊？"武端睁开两只发面包子似的眼睛，一溜歪斜的下了车。

武端正迷离迷糊的往外掏车钱，赵子曰对那个车夫说：

"再喊一辆，拉鼓楼后天台公寓！"

说完，他把武端推上车去，武端手里握着一把铜子又睡着了。……

到了天台公寓，赵子曰把武端拉到第三号去。武端一头躺在床上就睡，一句话也没说，赵子曰把屋门倒锁上，从床底下把欧阳天风的那把刺刀抽出来。

"醒醒！老武！"

"啊！六壶？我刚碰了白板！"武端眼也没睁，嘟囔着。

"你——醒——醒！"赵子曰堵着武端的耳朵喊。

武端勉强睁开了眼，赵子曰把刺刀在他眼前一晃，武端揉了揉眼，看见眼前是把刀，登时醒过来了。他的已经绿了的脸更绿了，好像在绿波中浮着一片绿树叶。

"怎回事？"武端说完连着打了三个哈欠。

"老武！朋友是朋友，事情是事情，我指着这把刀问你一句话：你是打算卖天坛吗？"

"是！"武端的嗓音都颤了："并不是我一个人的主意！"

"我先找你，别人一个也跑不了！"赵子曰拍的一声把刀放在桌上。"反对这件事的理由很多，不必细说，你只想想美国人为什么要买就够了！你我是好朋友，我先劝告你，你答应我撤销前议，咱们是万事全休，一天云雾散！不然，老武，你看见这把刀没有？你杀我也好，我杀你也好，你看着办！"

武端看着赵子曰神色不正，不敢动，也不敢喊叫；他知道赵子曰的力气比他大，又加上自己一夜没睡觉，身上一点力量没有。他知道：要是一喊叫，救兵没到以前，自己的脖子和脑袋就许分了家！

"老赵！你许我说话不许？"武端想了半天大着胆子问。

"说你的！"赵子曰说着给武端一条湿手巾："擦擦脸，醒明白了再说！"

"老赵，我问你三个问题！"武端用湿手巾擦了擦脸，真的精神多了："是好朋友呢，回答我的问题！专凭武力不讲理呢，我干脆把脖子递给你！你猜——"

"说！我接着你的！"赵子曰冷笑了一声。

"第一，谁告诉你的这件事？"

"老李！"

"好！第二，除了为保存天坛，还有别的目的没有？是不是要——"

"指着卖古物占便宜，我骂他的祖宗！"

"也好！第三，我要是因撤销前议而被免了职，你担保给我找事吗？"

"我管不着！"

"那未免太不讲交情啊!"武端现在略壮起一些胆子来:"我一一解说这三个问题,你听着——"

"赵先生!电话!"李顺在门外说。

"谁?"

"莫先生!"

"告诉他等一会儿再打!"

"嘛!"

"说你的!老武!"

"第一,老李为什么告诉你,不告诉别人?"武端问:"他为什么现在告诉你,而以前没求你作过一回事?是不是他和王女士的关系已到成熟的程度,要挑拨你我以便借刀杀人?你杀了我,你也活不了;我杀了你,自然你不会再活;你死了,他不是就无拘无束的可以娶她吗?"

"王女士与我没关系,你这些猜测是没用,我听听你的第二!"

"好!你知道拆天坛改建什么不知道?"

"不知道!"

"盖老人院!把一座老废物改成慈善机关,大概没有人反对吧?你口口声声说保存古物,我问问你,设若遇上内乱,叫大兵把天坛炸个粉碎,大兵能负责再盖一座吗,或者改造一个老人院吗?你要是拦不住大兵的枪炮炸弹,我看也就没有理由来干涉我;况且我要作的是破坏古物,建设慈善事业!

"还是那句话,你若是要从中找些便宜,好!老赵!我姓武的满可以为力;比如说谋个修盖老人院的监工员,自要你明说,我一定可以替你谋得到!

"至于我自己,这是第三个问题,不为利,只为名,这个大概你明白!我办好这件事,外国人给市政局几十万块钱,局子里就可以垫

169

补着放些个月的薪水；那就是说：由局长到听差的全得感念咱的好处。这么一办，一方面救不少穷作官的，一方面我自己树立些名声。我知道拆卖古物是不光荣的，可是在这种政府之下，为穷苦无告的老人设想，为穷作官的设想，还是一件地道的善事。你要责备我，最好先责备政府，政府要是有钱，难道作官的还非偷偷摸摸的卖古物不可？所以从各方面想，这件事我非作不可，不为钱，为名，为得较高的地位！有人拦着我不叫我作，好，给我找好与建筑科委员相等的事！不然，我不能随便打退堂鼓！"

赵子曰心里打开了鼓：李景纯的话有理，武端的话也不算没理。他呆呆的看着桌上那把刀，一声没言语。

"赵先生，电话，还是莫先生！"李顺在院内说："莫先生说有要紧的事！"

赵子曰看了看武端，皱着眉走出去。

"喂！老莫！是……什么？……老李？……我就去！"

赵子曰把电话机挂好，脸上一点血色也没有了，跑到屋里，抓起帽子就往外跑。

"怎么啦？老赵！"武端问。

"老李被执法处拿去了！"赵子曰只说了这么一句，惊慌着跑出大门去。

3

"老莫！怎么样？"赵子曰急得直跺脚。

"我已疏通好，我们可以先去见老李一面，他现在在南苑军事执法处！"莫大年脸也是雪白，哆哩哆嗦的说："快走！你身上没带着什么犯禁的东西呀？到那里要检查身体！一把小裁纸刀也不准带！"

"身上什么也没带！走！老莫！"

两个人跑到街上，雇了一辆摩托车向南苑去。坐在车里，一路谁也没说话。到了南苑司令部，莫大年去见一位军官。那个军官只许他们见李景纯五分钟。然后把赵子曰也叫进去，检查了身体，那个军官派了两名护兵把他们领到执法处的监牢去。

两个护兵一个是粗眉大眼的山东人，一个是扁脑勺，薄嘴唇的奉天人。两个人的身量全在六尺出头，横眉立目，有虎豹的凶恶，没有虎豹的尊严威美。腰中挂着手枪，背上十字插花的两串子弹，作贼作兵在他们心中没有分别，自要有手枪与子弹他们便有饱饭吃。

军营的监狱在司令部的南边。一溜矮房，围着土打的墙，墙外五步一岗的围着全身武装的大兵。新栽的小柳树，多半死少半活着的在土墙内外稀稀的展着几条绿枝。一个小铁门，门外立着一排兵：明晃晃的枪刺在日光下一闪一闪的，把那附近一带的地方都照得冷森森的，虽然天上挂着一轮暑天的太阳！

那一溜小矮房共有三十多间，每间也不过三尺长二尺宽。没有床铺，没有椅凳，什么也没有，只有大铁链上锁着个活人。四围的土墙离这列房子前后左右都有一丈来的：左边晒着马粪，右边是犯人每天出来一次大小便的地方。院中有苍蝇和屎蜣螂飞得嗡嗡的乱响，和屋中的锁链声连成一片世间仅有的悲曲！屋子里是湿松的土地，下雨的时候，墙角一群一群的长着小蘑菇。四面没有窗子，前面只有一扇铁门，白天开着，夜间锁上：屋里的犯人时常有不等再开门，就在铁门后与世长辞了！四围的粪味和屋中的奇臭，除了抵抗力强于牛马的，很少有能在那里活上十天半月的！门外的兵们成年的在那里立着，他们不怕，因为他们的身体构造是和野兽一样的。

到了监狱，两个兵把他们领到李景纯那里。李景纯只穿着一身裤褂，小褂的肩部已撕碎，印着一片片的血迹，两只细腕上锁着手镯，两条瘦腿上绊着脚镣，脸上青肿了好几块，倚着墙低着头站着。

那个奉天兵过去踢了铁门两脚："妈的，有人看你来了！"李景纯慢慢抬起头来往外看。看见赵子曰们，他又把头低下去了。

赵子曰，莫大年的眼泪全落下来了。

"有话快说！"两个兵一齐向他们说。

莫大年掏出两张五块钱的票子塞在两个兵的手中，两个兵彼此看了一眼，向后退了十几步。

"谢谢你们！老赵！老莫！"李景纯低着头看着手上的铁镯慢慢的说："这是咱们末次见面了！"

"老李！到底为什么？"赵子曰问。

"一言难尽！时间大概也不容我细说！"

莫大年摸了摸衣袋中的钱包，又看了那两个大兵一眼，对李景纯说："快说！老李！"

"我有把手枪，是四年前我在家中由一个逃兵手里买的，还有几个枪弹。"李景纯往前挪了两步，低声的说："是为我自杀用的！因为那时候我的厌世思想正盛。后来我改了心，我以为人间最不光荣的事是自杀；所以那把枪成了暗杀的利器了，自杀与暗杀全不是经济的，可是因时事的刺激，叫我的感情胜过了理智；无论怎么说吧，暗杀比自杀强，因为我要杀的人是人民的公敌，我不后悔，这样丧命比自杀多少强一点！"

莫大年不忍的看李景纯，把头斜着向旁边看。和李景纯紧临的房子内，一个囚犯正依着铁门咬着牙用腕上的铁链往下刷腿上被军棍打伤的脓血，铁链一动随着大绿豆蝇嗡的往起一飞。莫大年把头又回过来了。

"老赵，你还记得在女权会遇见的那个贺金山！他的父亲是，在那个时候，大名镇守使。他和欧阳天风是赌场妓院的密友。他的父亲，贺占元，现在奉命作京畿守卫司令。贺占元在大名的时候，屈死在他手里的人不计其数。现在他到北京就职，他要大施威吓，除在通衢要巷枪毙几个未犯死罪的囚犯外，还要杀一两个较有名声的人以压制一切民众运动。欧阳天风既和贺金山相好，所以他指名叫贺金山告诉他父亲杀张教授。你们当然猜得到，他为什么这样办。

"我从王女士那里得来这个消息，因为前几天欧阳天风喝醉了威吓她，说漏了嘴。我呢，并不是为张教授卖命，因为我们没有十分亲密的关系；我是为民间除害！老赵！我昨天找你去的时候，我的主意已决定，可是我没告诉你；作这种事是不能不严守秘密的。今天早晨我在永定门外等着他，嘻！没打死他！详细的情形，你们等看报纸吧，不必细说，我自恨没有成功，我什么也不后悔，只后悔我只顾念书而把身体的锻炼轻忽了；设若我身体强，跑动得快，我也许成功了！嘻！完了！——"

"你放心，老李！我们当然设法救你！"莫大年含着泪说。

"不必！老莫！老赵！假若你们真爱我，千万不必救我！所谓营救者，不出两途：一，鼓动风潮，多死些个人，为我而死些人，我死不瞑目；二，花钱贿赂；我没打死他，人民的公敌，反拿钱去运动他，叫他发一笔财，我愿意死，不忍看这个！——"

那两个大兵又走过来了，莫大年偷偷的把钱包递给他们，他们又退回去了。李景纯叹了一口气，看了莫大年一眼。然后接着说：

"我常说：救国有两条道，一是救民，一是杀军阀；——是杀！我根本不承认军阀们是'人'，所以不必讲人道！现在是人民活着还是军阀们活着的问题，和平，人道，只是最好听的文学上的标题，不是真看清社会状况有志革命的实话！救民才是人道，那么杀军阀便是救民！军阀就是虎狼，是毒虫，我不能和野兽毒虫讲人道！

"黑暗时代到了！没有黑暗怎能得到曙光！

"老莫！老赵！你们好好的去作事，去教导人民，你们的工作比我的难，比我的效果大！我只是舍了命，你们是要含着泪像寡妇守节受苦往起抚养幼子一样困难！不用管我，去作你们的事！

"只有两件事求你们：到宿舍收拾我的东西送回家去；和帮助我的母亲——"李景纯哭了，"你们看着办，能怎样帮助她就怎样办！她手里有些钱，不多！我只求你们这两件事，老赵，老莫，你们走吧！"

莫大年两眼直着，说不出来话，也舍不得走。赵子曰跺了跺脚，隔着铁栏拉住李景纯上着手镯的手："老李！再见！"说完，他扯着莫大年往外走。

走到监狱外面，赵子曰咬着牙说：

"老莫！你去办你的，我办我的，快办！不用听老李的！非运动不可！你另雇车，我坐这辆车去赶天津的快车，有什么消息给我往天津神易大学打电！"

4

"老李！我尽我的力量给你办，成功与否我不敢说！"武端对李景纯说："不幸失败了，你一定死；那么，我今天在你未死以前求你饶恕我以前的过错！我总以为我聪明，强干，有见识，其实我是个糊涂虫！我不是不知道什么是好，什么是歹；可是我嘴里永远不说好的，只说歹的；因为说着好听，招笑！我心里明镜似的知道你是好人，老李，可是今天早晨我还故意的告诉老赵：你和王女士有秘密！老李！你饶恕我不？原谅我不？我是混蛋！我以为我多知，多懂，多知秘密；其实我什么也不明白，甚至于不知道我自己到底在那儿立着呢，到底我是干什么的！老李，我后悔了！你的光明磊落把我心中的黑影照亮了！你要是不幸死了，在你死的以前别再想我是个坏人！我知道你决不计较我，可是我更进一步希望你在死前承认我是个有起色的朋友——"

"一定！"李景纯点了点头。

"拆卖天坛的事，老李你放心吧，我决不再进行。不但如此，我还要辞职，往回力争。至于我将来的事业，还没有一定的计划。老李，我向来没和你说过知心的话，今天你不能不教训我了，假如你承认我是个朋友！你说我该作什么？"

"老武！我谢谢你！"李景纯低着头说："以往的事不必再说，你的错处吧，我的不好吧，全是过去的，何必再提！现在呢，我求你千万不必为我去运动，也不必再来看我，设若我还可以再活几天。因为：我们能互相了解，不见面也是真朋友，生死不能变动的；我们不能互相了解，天天见面又有什么用；况且，你来看我一次总要给兵们几个钱，我真不爱看你这么作！

"你的将来，我只能告诉你：潜心去求学！比如你爱学市政，好，赶快去预备外国文，然后到外国去学；因为这种知识不是在五经四书里所能找出来的，也不是只念几本书所能明白的。到外国去看，去研究，然后才能切实的明白。学好以后，不愁没有用处；因为中国的将来是一定往建设上走的，专门的人才是必需的。自然，也许中国在五千年后还是拿着《易经》讲科学，照着八卦修铁路；可是我们不应这样想，应当及早预备真学问，应当盼着将来的政府是给专门人才作事的机关，不是你作官拿薪水为职业的养老院。几时在财政部作事的明白什么是财政，在市政局的明白市政，几时中国才有希望；要老是会作八股的理财，会讲《春秋》的管市政，我简直的说：就是菩萨，玉皇，耶稣，穆哈莫德，联盟来保佑中国，中国也好不了！

"老武！快去预备，好好的预备！不必管我，我甘心一死！我最自恨的是我把几年工夫费在哲学上，没用！设若我学了财政，法律，商业，或是别的实用科学，我也许有所建树，不这么轻于丧命！我恨自己，不是后悔，我愿意死了！

"至于我和王女士的事，老武，你去到我宿舍的床底下找，有两封她的信，你和老赵们看看就明白了。这本来不是件要紧的事，可是临死的人脑子特别细致，把生前一切的事要想一个过儿，所以我也愿意你们明白我与她的关系。完了！老武！再见！"

第二十三

1

"你能同我去找阎乃伯不能？"这是赵子曰见着周少濂的第一句话。

"他作了省长还肯见我！"周少濂提着小尖嗓说。

"你不去？现在可是人命关天！"

"我不去！去了好几回了，全叫看门的给拦回来了！再说，到底有什么事？"

"老李被执法处拿去了，性命不保！这你还不帮着运动运动吗？！"

"是吗？"周少濂也吓楞了，楞了一会儿，诗兴又发了："我不去，我得先作挽诗，万一老李死了，我的诗作不得，岂不是我的罪恶！"他说着落下泪来！

周少濂是真动了心，觉得只有赶快作挽诗可以减少一点悲痛！诗一作成，天大的事也和没事一个样子了！

"没工夫和你说！你不去，我自己去！"赵子曰说完就往外跑。

到了阎乃伯的宅子，赵子曰跳上台阶就往里闯。

"咳！找谁？"门前的卫兵瞪着眼问。

"我前者是你们府上的教师，我要见见你们上司！"赵子曰回答。

"省长进京了，去给新任贺司令贺喜去了！"

"嘿！"赵子曰急得干跺脚，想了半天才说："我见见你们太太成不成？"

"我们太太病了！"

"我非见不可！我是你们少爷的老师，你能不叫我见吗？！"赵子曰说着就往里走。

"你站住！我们少爷死啦！"那个卫兵把赵子曰拦住。

"我非见你们太太不可！"赵子曰急扯白脸的说。

"好！我给你回禀一声去，你等着！"那个卫兵向赵子曰恶意的笑了一笑。

那个卫兵不慌不忙的往里走，赵子曰背着手来回打转，心里想：见了她比见他还许强，妇女们心软，好说话。正在乱想，那个卫兵回来了，说：

"我们太太是真病了！不过你一定要见，我也没法子。你见了她，她要是——你可别怨我！"

赵子曰一声没言语，随着卫兵往里走。走到书房的跨院，阎太太正在院里立着。她穿着一件夏布大衫，可是足下穿着一双大红绣花的棉鞋，呆呆的看着院中那盆开得正盛的粉夹竹桃。书房的门口站着两个十七八岁的丫头，见赵子曰进来，两个交头接耳的直嘀咕。

"这是我们的太太！"那个卫兵指给赵子曰，然后慢慢的走出去。

"阎太太！"赵子曰过去向她行了一礼。

"你来了？我的宝贝！啊，我的宝——贝！"阎太太看着赵子曰连连的点头，好像小鸡喝水似的。直楞楞的看了半天，她忽然狂笑起来，笑得那么钻脑子的难听。笑了一阵，她向前走了两步，说：

"啊！你不是我的宝贝呀！好！我念得你，你阎乃伯！阎——

乃——伯！——你就是赔我的儿子！你把我儿子害了，你！"她的声音越来越高，脸上越来越难看。赵子曰往后退了几步，她一个劲往前赶。"好！你！你成天叫我儿子念书，念死啦！念死啦！你还娶姨太太，你！你就是赔我的儿子！哎——哟——我的宝贝哟！"她坐在地上放声痛哭起来。两个丫头跑过来把她扶起来。赵子曰一语未发往外走。

"我不冤你吧？"那个卫兵向赵子曰一笑。

赵子曰顾不得和卫兵惹气，低着头走出去；一边走一边想：还是得找周少濂去。因为他想：他自己回京去见阎乃伯，一定见不到；周少濂到底和阎乃伯有关系，所以还是求周少濂帮助他较着妥当。……

"怎样？老赵！"周少濂笑着问。

"不用说！少濂，你要是可怜我，先给我弄碗茶喝！我从早晨到现在水米没打牙！"

周少濂看赵子曰的脸色那么难看，不敢再说笑话，忙着去给他沏茶。茶沏好，他由床底下的筐篮中掏了半天，掏出几块已经长了绿毛的饼干，递给赵子曰。

"我吃不下东西去，少濂！给我一碗茶吧！"赵子曰坐在床上皱着眉说。

"子曰！你是怎么一回事？这么大惊小怪的！"

赵子曰一面吃茶，一面略略的把李景纯的事说了一遍，然后说：

"少濂！你一定得随我进京！那怕我管你叫太爷呢，你得跟我走！"

"子曰！"周少濂郑重的说："现在已经天黑了，就是赶上火车，到京也得半夜，也办不了事。不如你休息休息，我们赶夜间三点钟的车，一清早到京，不是正好办事吗？"

"不！这就走！"赵子曰的心中像包着一团火似的说："事情千变万化，早到京一刻是一刻！我急于听北京的消息！"

"我是为你好，子曰！你在这里睡个觉，明天好办事呀！你要打听消息，去打个电话不就行了吗！"

赵子曰心中稍微活动了一点，身上也真觉得疲乏了，于是要求周少濂领他到电话室去。他先给莫大年打电，莫大年没在家。又想给武端打电，又怕武端不可靠；可是除了武端还没有地方可以得些消息，他为难了半天，结果叫了天台公寓的号头。电线接好，武端说：莫大年奔走了几处，很有希望，大概可以办到把李景纯移交法厅。他自己也正在运动，可是没有什么效果。最后武端说："你明天一早能回来，就不必夜里往回赶了，现在老李很安稳。"

赵子曰心中舒展了一些，慢慢的走到宿舍去。周少濂忙着出去买点心。点心买来，赵子曰吃了一两块，又喝了一壶茶。周少濂七手八脚的把自己的床匀给赵子曰，他自己在地上乱七八糟的铺些东西预备睡觉，其实还不到十点钟。他一个劲儿催着赵子曰睡，赵子曰是无论如何睡不着。

"老周，你能去借个闹钟不能？"赵子曰问："我怕睡熟了醒不了！"

"没错！老赵！我的脑子比闹钟还准，说什么时候醒，到时准醒！睡你的！睡呀！"周少濂躺在地上，不留神看好像一条小狗，歪不横楞的卧着。

"睡不着！老周，把窗户开开，太闷得慌！"

周少濂立起来把窗子开开一扇，跟着又悄悄的关上了，因为他最怕受夜寒。可是赵子曰听见窗子开开，深深在床上吸了一口气觉得空气非常的新鲜，满意了。

2

武端坐在屋里拿着《真理晚报》看：

"大暗杀案之经过：

"今早八时京畿守卫司令兼第二百七十一师师长贺占元将军由南苑师部乘汽车入城，同行者有刘德山营长，宋福才参谋。车至永定门外张家屯附近，突有奸人李景纯（系受过激党指使）向汽车连放数枪。刘营长左臂受伤甚重，贺司令与宋参谋幸获安全。汽车左右侍立卫兵奋勇前进，当将刺客捉获，解至师部军法处严讯。

"本报特派专员到师部访问，蒙贺司令派宋参谋接见。宋参谋身着军衣，面貌魁梧，言谈爽利，虽甫脱大险而谈论风生，毫无惊惧之色，真儒将也！本报记者与宋参谋谈话约有十分钟之久，兹将谈话经过依实详载如下：

"问：贺司令事前有无所闻？

"答：妈的，没有！

"问：所乘汽车是否军用的？

"答：不是，贺司令自己的！

"问：行至何处听见枪声？

"答：大概离火车道不远。

"问：同行者？

"答：俺们三个：贺司令，刘营长，和我，还有他妈的几位弟兄。

"问：车中情形？

"答：司令和咱爬在车内，刘营长没留神吃了一个黑枣。

"问：怎样捉住刺客？

"答：四个弟兄一齐下去把那小子捉住。

"问：刺客是否与贺司令有私仇？

"答：没有，那小子是过激党！

"问：怎样惩办他？

"答：妈的，千刀万剐！

（说至此，宋参谋怒形于色，目光如炬！）

"问：贺司令对过激党有无除灭方法？

"答：有！杀！

"谈话至此，本报记者向宋参谋致谢告辞。临行之时，宋参谋叮咛嘱告本报记者：将经过事实依实登载，以使过激党人闻之丧胆。并云：贺司令治军有年，爱民如子。（前在大名镇守使任内，曾经绅商赠匾一方，题曰：民之父母。）不惜性命誓与奸人狗党一决死战。

"本报记者敬聆之下，极为满意！旋要求至监狱一视刺客。蒙宋参谋格外优遇允准，并派卫兵二名护送至狱。

"刺客姓李名景纯，直隶正定府人。身体短悍，面貌凶恶。手脚系以铁锁，依然口出狂言，侮蔑政府。本报记者试与彼谈话，彼昂然不对，唯连呼'赤党万岁'而已。本报记者以彼凶顽不灵，不屑多费口舌，即摄取像片一张，退出监牢。卫兵导出师部，并向本报记者行举手礼云。

"本报记者因不能与刺客谈话，旋即各方面搜集事实，以飨读者：

"李景纯前肄业名正大学，专以鼓动风潮为事。前次之殴打校长，即彼主使。

"名正大学解散后，彼入京师大学。与同党数人受过激党津贴每月百二十元，并领有手枪子弹，以谋刺杀要人，破坏治安。"

⋯⋯⋯⋯⋯

"贺司令镇静异常，照旧办公，并闻已定有剪扫奸党办法。

"今日午时有商会代表特送绍酒一坛，肥羊四只，到师部为贺司令压惊，颇蒙贺司令优遇招待云。"

…………

3

赵子曰要求周少濂一同进京去见阎乃伯。周少濂是非作完诗不能作别的事，而作成一首诗又不是一两天所能办到的。于是赵子曰一个人回北京。

"怎样了？老武！"赵子曰一进大门就喊。

"没消息！刚才老莫打电说：他又到南苑去，叫咱们等他的信！"说着，两个人全进了第三号。"老赵！这里有两封信，老李叫你看！"武端递给赵子曰几张并没有信封的信。

"景纯学兄：

"你对我的爱护，我似乎不应当说，其实也真说不出来！二年来经你的指导，学问上的增进，我很自傲的说，我不辜负你的一片诚心训诲；对于身体上，我的笔尖和眼珠一齐现在往纸上落：设若没有你和张教授，我不知道又沦落到什么地步去了！我见着你的时候，不如我坐定了想你的时候感激你的深切；因为见着你的时候，你的言语态度，叫我把'谢你'两个字在嘴中嚼烂了也说不出来；可是我坐定想你的时候，我脑中现出一个上帝的影儿，我可以叫着你的名字感谢你！

"当我生下来的时候，我吸了世上的第一口气，我就哭了，这或者是生命的悲剧的开场锣吧？我五岁的时候，我明明白白又哭了几场，哭我的父母！以后我不哭了，不是没有不哭的事，是没有哭的胆量，一个孤女在别人家抚养着，我敢哭吗？现在我又哭了，哭你和张教授，因为你们对我的爱护，不是泛泛一笑所能表出我的感激的！

"你知道我现在的苦境，可是我一向没告诉过你我的过去的惨剧。不是我要瞒着你，是我怕你替我落泪；泪是值得为好朋友落的，可是我愿看你笑，不愿看你用哭把笑的时间占了去，生命是多么短的，还忍得见面的时候不多笑一笑吗！现在我不能不告诉你了，因为前天你问我，我再不说未免显着我的心太狠似的。前天我本来可以当面告诉你，可是我又想说的不如写的详细，所以我现在写这封信。盼望你看这封信的时候，同时也念我的心，或者这张印着泪痕的纸，和我哭着对面和你说话一样真切。

"我说不出来我的心情，我写事实吧：

"我从父母死后，和我的叔父同居，在上海。叔父的爱我出于至诚，这就是我不敢再哭的原因。叔父无时无刻不疼怜我，我无时无刻不挂着笑容讨叔父的欢心；叔父与侄女的爱情是真的，可是与父母子女间的爱情差着那么一点：不敢彼此对着面哭。更可痛心的：自从我作错了事以后，我的叔父没有像父母原谅子女的心，在我痛悔悲哀之际，没有一个亲人来摸一摸我的头发，或拭一拭我的泪！我自己的错！可是我希望叔父爱我，甚至溺爱我！这一点希望永没有达到，不是叔父心硬，是我自己不好；叔父爱我，不能溺爱我！我每月给叔父写一封信，没有回信！我还是写，永远写，他的怒恼是应该的，是近于人情的。我只盼望落在信纸上的泪和他的泪亲个吻，不敢奢望！不幸，他越看我的信而越发怒……嗐！我只好不用这么想吧！他总有饶恕我的一日，我老这么盼着，直到我死！

"我的错事是在上海作的，那时候我正在中学念书，我不用说是谁的发动，凡男女的事，除了强占外，很少有不是双方凑合的。那么，我要是把这个罪过全推在别人头上去，我于作错了事之外，还又添上几分诬人之罪。我作错了，我只怨自己年少无知，我没有一丝一毫的陈腐道德观念在脑中萦绕着；可是我的叔父与我说了末次的‘再见！’他是个老人，我不怪他！设若我的情人能保持着我们甘心冒险的态度，和天长地久的誓愿，我敢说：不但我与他谁也不错，而且我们还要快乐的永久在一块儿。谁知道我的命就这么苦，我的眼睛就这么瞎，把一个流氓认成可以托以终身的人。至于在没看清他以前，就把身体给了他！我不以这个为羞耻，假如我认明白了他；不幸，我看错了，先把失贞丧节的话放在旁边，从事实上想，我当怎样活着！他不可靠，叔父不要我，叫我一个孤女怎么着！设若哭就能哭出一条活路来，那么我就哭那条生路，决不哭我的过错；因为我根本不承认那是道德上的堕落，就没有什么旧道德观念环绕着我的泪腺！

"在我认识他的时候，嘻！我说出他的姓名来吧：他是欧阳天风！他就是那么好看；我只看明白了他的俊俏的面貌，可怜，没看清他那不俊俏的心！他那时候在大学预科念书，是由张教授（那时候张在中学当教员）补助他的学费。张教授是他的一个远亲。当我们同住的时候，张教授一点怒气没发，还依旧的供给他。不但供给他，也帮助我，好像我丢了一个叔父，又找着了一个父亲。他用张教授的钱去嫖去赌去喝酒，而且反恨张教授给他的钱不够用。于是我去见张教授说明我的懊悔，请他设法援助我。张教授始而劝告他，无效！继而断绝了他的补助，而专供给我。他，于是，开始恨张教授了！好心帮助人是要招恨的，我为人类叹息一声！他对张教授无可如何，可是他能欺侮我，于是张教授为成全我的原因，把我带到北京来。他供给我在中学毕了业，又叫我入大学，这是咱们见面的时候，也就是张教授与欧阳成了仇敌的时候。

"他也来到北京。他的立意是强迫我由着他的意思嫁人，他好从中使钱。姓王的，姓赵的，姓李的，多的很，他日夜处心积虑的把我卖了，他好度他的快活的日子。对我他以夫妻的关系逼迫，因为我们并没正式结婚，自然也就无从说离婚；那么，我不答应他呢，他满有破坏我的名誉的势力。对张教授呢，他恫吓，讥骂，诬蔑，凡是恶人所能想到的，他全施用过。所幸者，张教授一味冷静不和他惹气，我呢，有你和张教授的保护，还未曾落在他的手里。

"将来如何，我不知道！我只有听从张教授的话，我自己没主意。我只有专心用功以报答他的善意！

"对于你，还是那句话：我感谢你，可是没有言语可以传达出来！

"不能再写了，笔像一根铁柱那么笨重，我拿不动了！

"明天见！

王灵石启。"

"景纯学兄：

"昨天晚上他（欧阳）又来了，他已经半醉，在威迫我的时候，无意中说出来：'你再不依我，我可叫贺司令杀姓张的！'

"我与张教授决定东渡了，不然，我与他的性命都有大危险！

"我们在日本结婚！

"以前的事，在我死前永远深深刻在心中作为一课好教训。你的恩惠，我不能忘，永不能忘！

"咱们再见吧！我与张教授结婚的像片，头一张是要寄给你的！

"我好像拉着你的手说：'再见！'

"事急矣，不能多写。今晚出京！

"再说一声：再见！

王灵石启。"

4

赵子曰看完那两封信，呆呆的楞了半天，一句话没说。

莫大年哭着进来了，赵子曰和武端的心凉了半截！赵子曰嘴唇颤着问：

"怎样了？老莫！"

"老李被枪毙了，昨夜三点钟！"莫大年哭的放了声，再说不出来话。

赵子曰也哭失了声，武端漱漱的落泪。

三个人哭了一阵，赵子曰先把泪擦干："老武！老莫！不准哭了！老武！你去收老李的尸，花多少钱是你一个人的事，你能办不能？"

"我能！"

"把尸首领出来，先埋在城外，不必往他家里送！"赵子曰说："几时有机会，再把他埋在公众的处所，立碑纪念他，他便是历史上的一朵鲜花，他的香味永远吹入有志的青年心里去。老武！这是你的责任！你办完了这件事，是愿和军阀硬干呀，还是埋首去求学，在你自己决定。这是老李指给我们的两条路，我们既有心收他的尸身，就应当履行他的教训——"

"老赵你放心吧，我已经和老李说了：我力改前非，求些真实的

187

知识!”武端说。

"老莫！帮助老李的母亲是你的事，你能办不能？”赵子曰问。

"我能!"莫大年含着泪回答。

"不只是帮助她，你要设法安慰她，把她安置个稳当的地方！没有她，老李不会作这么光明的事！老莫，你明白老李比我早，我不必再多说。"

三个低着头呆呆的坐了半天，还是赵子曰先说了话：

"老莫！老武！你们作你们的去吧！我已打好我的主意！咱们有无再见面的机会，不敢说！我们各走各自的路，只求对得起老李！咱们有缘再会!"

离　婚

第一

一

　　张大哥是一切人的大哥。你总以为他的父亲也得管他叫大哥；他的"大哥"味儿就这么足。

　　张大哥一生所要完成的神圣使命：作媒人和反对离婚。在他的眼中，凡为姑娘者必有个相当的丈夫，凡为小伙子者必有个合适的夫人。这相当的人物都在哪里呢？张大哥的全身整个儿是显微镜兼天平。在显微镜下发现了一位姑娘，脸上有几个麻子；他立刻就会在人海之中找到一位男人，说话有点结巴，或是眼睛有点近视。在天平上，麻子与近视眼恰好两相抵销，上等婚姻。近视眼容易忽略了麻子，而麻小姐当然不肯催促丈夫去配眼镜，马上进行双方——假如有必要——交换相片，只许成功，不准失败。

　　自然张大哥的天平不能就这么简单。年龄，长相，家道，性格，八字，也都须细细测量过的；终身大事岂可马马虎虎！因此，亲友间有不经张大哥为媒而结婚者，他只派张大嫂去道喜，他自己决不去参观婚礼——看着伤心。这决不是出于嫉妒，而是善意的觉得这样的结婚，即使过得去，也不能是上等婚；在张大哥的天平上是没有半点将就凑合的。

离婚，据张大哥看，没有别的原因，完全因为媒人的天平不准。经他介绍而成家的还没有一个闹过离婚的，连提过这个意思的也没有。小两口打架吵嘴什么的是另一回事。一夜夫妻百日恩，不打不爱，抓破了鼻子打青了眼，和离婚还差着一万多里地，远得很呢。

至于自由结婚，哼，和离婚是一件事的两端——根本没上过天平。这类的喜事，连张大嫂也不去致贺，只派人去送一对喜联——虽然写的与挽联不同，也差不很多。

介绍婚姻是创造，消灭离婚是艺术批评。张大哥虽然没这么明说，可是确有这番意思。媒人的天平不准是离婚的主因，所以打算大事化小，小事化无，必须从新用他的天平估量一回，细细加以分析，然后设法把双方重量不等之处加上些砝码，便能一天云雾散，没事一大堆，家庭免于离散，律师只得干瞪眼——张大哥的朋友中没有挂律师牌子的。只有创造家配批评艺术，只有真正的媒人会消灭离婚。张大哥往往是打倒原来的媒人，进而为要到法厅去的夫妇的调停者；及至言归于好之后，夫妻便否认第一次的介绍人，而以张大哥为地道的大媒，一辈子感谢不尽。这样，他由批评者的地位仍回到创造家的宝座上去。

大叔和大哥最适宜作媒人。张大哥与媒人是同一意义。"张大哥来了，"这一声出去，无论在哪个家庭里，姑娘们便红着脸躲到僻静地方去听自己的心跳。没儿没女的家庭——除了有丧事——见不着他的足迹。他来过一次，而在十天之内没有再来，那一家里必会有一半个枕头被哭湿了的。他的势力是操纵着人们的心灵。就是家中有四五十岁老姑娘的也欢迎他来，即使婚事无望，可是每来一次，总有人把已发灰的生命略加上些玫瑰色儿。

二

张大哥是个博学的人，自幼便出经入史，似乎也读过《结婚的爱》。他必须读书，好证明自己的意见怎样妥当。他长着一对阴阳眼：左眼的上皮特别长，永远把眼珠囚禁着一半；右眼没有特色，一向是照常办公。这只左眼便是极细密的小筛子。右眼所读所见的一切，都要经过这半闭的左目筛过一番——那被囚禁的半个眼珠是向内看着自己的心的。这样，无论读什么，他自己的意见总是最妥善的；那与他意见不合之处，已随时被左眼给筛下去了。

这个小筛子是天赐的珍宝。张大哥只对天生来的优越有点骄傲，此外他是谦卑和蔼的化身。凡事经小筛子一筛，永不会走到极端上去；走极端是使生命失去平衡，而要平地摔跟头的。张大哥最不喜欢摔跟头。他的衣裳，帽子，手套，烟斗，手杖，全是摩登人用过半年多，而顽固佬还要再思索三两个月才敢用的时候的样式与风格。就好比一座社会的骆驼桥，张大哥的服装打扮是叫车马行人一看便放慢些脚步，可又不是完全停住不走。

"听张大哥的，没错！"凡是张家亲友要办喜事的少有不这么说的。彩汽车里另放一座小轿，是张大哥的发明。用彩汽车迎娶，已是公认为可以行得通的事。不过，大姑娘一辈子没坐过花轿，大小是个缺点。况且坐汽车须在门外下车，闲杂人等不干不净的都等着看新人，也不合体统，还不提什么吉祥不吉祥。汽车里另放小轿，没有再好的办法，张大哥的主意。汽车到了门口，拍，四个人搬出一顶轿屉！闲杂人等只有干瞪眼；除非自己去结婚，无从看见新娘子的面目。这顺手就是一种爱的教育，一种暗示。只有一次，在夏天，新娘子是由轿屉倒出来的，因为已经热昏过去。所以现在就是在秋天，彩汽车上顶总备好两个电扇，还是张大哥的发明；不经一事，不长一智。

三

假如人人有个满意的妻子，世界上决不会闹共产党；没有共产党自然不会闹共妻。张大哥深信此理。革命青年一结婚，便比老鼠还老实，是个事实，张大哥于此点颇有证据。因此，在他的眼中，凡是未婚的人脸上起了几个小红点，或是已婚的眉头不大舒展，必定与婚事有关，而马上应当设法解决。不然，非出事不可！

老李这几天眉头不大舒展，一定大有文章。张大哥嘱咐他先吃一片阿司匹灵，又告诉他吃一丸清瘟解毒。无效，老李的眉头依然皱着。张大哥给他定了脉案——婚姻问题。

老李是乡下人。据张大哥看，除了北平人都是乡下佬。天津，汉口，上海，连巴黎，伦敦，都算在内，通通是乡下。张大哥知道的山是西山，对于由北山来的卖果子的都觉得有些神秘不测。最远的旅行，他出过永定门。可是他晓得九江出磁，苏杭出绸缎，青岛是在山东，而山东人都在北平开猪肉铺。他没看见过海，也不希望看。世界的中心是北平。所以老李是乡下人，因为他不是生在北平。张大哥对乡下人特别表同情；有意离婚的多数是乡下人，乡间的媒人，正如山村里的医生，是不会十分高明的。生在乡下多少是个不幸。

他们二位都在财政所作事。老李的学问与资格，凭良心说，都比张大哥强。可是他们坐在一处，张大哥若是像个伟人，老李还够不上个小书记员。张大哥要是和各国公使坐在一块儿谈心，一定会说出极动人的言语，而老李见着个女招待便手足无措。老李是光绪末年那拨子姥姥不疼舅舅不爱的孩子们中的一位。说不上来为什么那样不起眼。张大哥在没剪去发辫的时候，看着几乎像张勋那么福气；剪发以后，头上稍微抹了点生发油，至不济像个银行经理。老李，在另一方面，穿上最新式的西服会在身上打转，好像里面絮着二斤滚成蛋的碎棉花。刚刮净的脸，会仿佛顺着刀子冒槐子水，又涩又暗。他递给人家带官衔的——财政所第二科科员——名片，人家似乎得思索半天，才敢承认这是事实。他要是说他学过银行和经济学，人家便更注意他的脸，好像他脸上有什么对不起银行和经济学的地方。

其实老李并不丑；细高身量，宽眉大眼，嘴稍过大一些，一嘴整齐白健的牙。但是，他不顺眼。无论在什么环境之下，他使人觉得不舒服。他自己似乎也知道这个，所以事事特别小心，结果是更显着慌张。人家要是给他倒上茶来，他必定要立起来，双手去接，好像只为洒人家一身茶，而且烫了自己的手。赶紧掏出手绢给人家擦抹，好顺手碰人家鼻子一下。然后，他一语不发，直到憋急了，抓起帽子就走，一气不定跑到哪里去。

作起事来，他可是非常的细心。因此受累是他的事；见上司，出外差，分私钱，升官，一概没他的份儿。公事以外，买书看书是他的娱乐。偶尔也独自去看一回电影。不过，设若前面或旁边有对摩登男女在黑影中偷偷的接个吻，他能浑身一麻，站起就走，皮鞋的铁掌专找女人的脚尖踩。

至于张大哥呢，长长的脸，并不驴脸瓜搭，笑意常把脸往扁处纵上些，而且颇有些四五十岁的人当有的肉。高鼻子，阴阳眼，大耳唇，无论在哪儿也是个富泰的人。打扮得也体面：藏青哔叽袍，花驼绒里，青素缎坎肩，襟前有个小袋，插着金夹子自来水笔，向来没沾过墨水；有时候拿出来，用白绸子手绢擦擦钢笔尖。提着潍县漆的金箍手杖，杖尖永没挨过地。抽着英国银星烟斗，一边吸一边用珐蓝的洋火盒轻轻往下按烟叶。左手的四指上戴着金戒指，上刻着篆字姓名。袍子里面不穿小褂，而是一件西装的汗衫，因为最喜欢汗衫袖口那对镶着假宝石的袖扣。张大嫂给汗衫上钉上四个口袋，于是钱包，图章盒——永远不能离身，好随时往婚书上盖章——金表，全有了安放的地方，而且不易被小绺给扒了去。放假的日子，肩上有时候带着个小照相匣，可是至今还没开始照相。

没有张大哥不爱的东西，特别是灵巧的小玩艺。中原公司，商务印书馆，吴彩霞南绣店，亨得利钟表行等的大减价日期，他比谁也记得准确。可是，他不买日本货。不买日货便是尽了一切爱国的责任；谁骂卖国贼，张大哥总有参加一齐骂的资格。

他的经验是与日用百科全书有同样性质的。哪一界的事情，他都知道。哪一部的小官，他都作过。哪一党的职员，他都认识；可是永不关心党里的宗旨与主义。无论社会国家有什么样的变动，他老有事作；而且一进到个机关里，马上成为最得人的张大哥。新同事只须提起一个人，不论是科长，司长，还是书记，他便闭死了左眼，用右眼笑着看烟斗的蓝烟，诚意的听着。等人家说完，他睁开左眼，低声的说："他呀，我给他作过媒。"从此，全机关的人开始知道来了位活神仙，月下老人的转身。从此，张大哥是一边办公，一边办婚事：多数的日子是没公事可办，而没有一天缺乏婚事的设计与经营。而且婚事越忙，就是有公事也不必张大哥去办。"以婚治国"，他最忙的时候才这么说。给他来的电话比谁的也多，而工友并不讨厌他。特别是青年工友，只要伺候好了张科员大哥，准可以娶上个老婆，也许丑一点，可是两个箱子，四个匣子的陪送，早就在媒人的天平上放好。

张大哥这程子精神特别好，因为同事的老李"有意"离婚。

四

"老李，晚上到家里吃个便饭。"张大哥请客无须问人家有工夫没有，而是干脆的命令着；可是命令得那么亲热，使你觉得就是有天大的事也得说有工夫。

老李在什么也没说之中答应了。或者该说张大哥没等老李回答而替他答应了。等着老李回答一个问题是需要时间的：只要有人问他一件事，无论什么事，他就好像电话局司机生同时接到了好几个要码的，非等到逐渐把该删去的观念删净，他无法答对。你抽冷子问他今天天气好，他能把幼年上学忘带了书包也想起来。因此，他可是比别人想得精密，也不易忘记了事。

"早点去，老李。家常便饭，为是谈一谈。就说五点半吧？"张大哥不好命令到底，把末一句改为商问。

"好吧，"老李把事才听明白。"别多弄菜！"这句说得好似极端反对人家请他吃饭，虽然原意是要客气一些。

老李确是喜欢有人请他去谈谈。把该说的话都细细预备了一番；他准知道张大哥要问他什么。只要他听明白了，或是看透言语中的暗示，他的思想是细腻的。

整五点半，敲门。其实老李十分钟以前就到了，可是在胡同里转了两三个圈：他要是相信恪守时刻有益处，他便不但不来迟，也不早到，这才澈底。

张大哥还没回来。张大嫂知道老李来吃饭，把他让进去。张大哥是不能够——不是不愿意——严守时刻的。一天遇上三个人情，两个放定，碰巧还陪着王太太或是李二婶去看嫁妆，守时间是不可能的。老李晓得这个，所以不怪张大哥。可是，对张大嫂说什么呢？没预备和她谈话！

大嫂除了不是男人，一切全和大哥差不多。张大哥知道的，大嫂也知道。大哥是媒人，她便是副媒人。语气，连长相，都有点像张大哥，除了身量矮一些。有时候她看着像张大哥的姐姐，有时候像姑姑，及至她一说话，你才敢决定她是张太太。大嫂子的笑声比大哥的高着一个调门。大哥一抿嘴，大嫂的唇已张开；大哥出了声，她已把窗户纸震得直动。大嫂子没有阴阳眼，长得挺俏式，剪了发，过了一个月又留起来，因为脑后没小髻，心中觉着失去平衡。

"坐下，坐下，老李！"张大嫂的称呼人永远和大哥一致。"大哥马上就回来。咱们回头吃羊肉锅子，我去切肉。这有的是茶，瓜子，点心，你自己张罗自己，不客气。把大衣脱了。"她把客人的话也附带着说了，笑了两声，忽然止住，走出去。

老李始终没找到一句适当的话，大嫂已经走出去。心里舒坦了些。把大衣脱下来，找了半天地方，结果搭在自己的胳臂上。坐下，没敢动大嫂的点心，只拿起一个瓜子在手指间捻着玩。正是初冬天气，屋中已安好洋炉，可是还没生火，老李的手心出了汗。到朋友家去，他的汗比话来得方便的多。有时候因看朋友能够治好自己的伤风。

以天气说，还没有吃火锅的必要。但是迎时吃穿是生活的一种趣味。张大哥对于羊肉火锅，打卤面，年糕，皮袍，风镜，放爆竹等等都要作个先知先觉。"趣味"是比"必要"更精神的。哪怕是刚有点觉得出的小风，虽然树叶还没很摆动，张大哥戴上了风镜。哪怕是天上有二尺来长一块无意义的灰云，张大哥放下手杖，换上小伞。张大哥的家中一切布置全与这吃"前期"火锅，与气象预告的小伞，相合。客厅里已摆上一盘木瓜。水仙已出了芽。张大哥是在冬腊月先赏自己晒的水仙，赶到新年再买些花窖薰开的龙爪与玉玲珑。留声机片，老李偷着翻了翻，都是新近出来的。不只是京戏，还有些有声电影的歌片——为小姐们预备的。应有尽有，补足了迎时当令。地上铺着地毯，椅子是老式硬木的——站着似乎比坐着舒服；可是谁也不敢说蓝地浅粉桃花的地毯，配上硬木雕花的椅子，是不古雅朴秀的。

老李有点羡慕——几乎近于嫉妒——张大哥。因为羡慕张大哥，进而佩服张大嫂。她去切羊肉，是的，张大哥不用仆人；遇到家中事忙，他可以借用衙门里一个男仆。仆人不怕，而且有时候欢迎，瞎炸烟而实际不懂行的主人；干打雷不下雨是没有什么作用的。可是张大哥永远不瞎炸烟，而真懂行。他只要在街上走几步，得，连狐皮袍带小干虾米的价钱便全知道了；街上的空气好像会跟他说话似的。没有仆人能在张宅作长久了的。张大哥并非不公道，不体恤；正是因为公道体恤，仆人时时觉得应当跳回河或上回吊才合适。一切家事都是张大嫂的。她永远笑得那么响亮。老李不能不佩服她。可是，想了一会儿之后，他微微的摇头了。不对！这样的家庭是一种重担。只有张大哥——常识的结晶，活物价表——才能安心乐意担负这个，而后由担负中强寻出一点快乐，一点由擦桌子洗碗切羊肉而来的快乐，一点使女子地位低降得不值一斤羊肉钱的快乐。张大嫂可怜！

五

张大哥回来了。手里拿着四个大小不等的纸包，腋下夹着个大包袱。不等放下这些，设法用左手和客人握手。他的握手法是另成一格：永远用左手，不直着与人交握，而是与人家的手成直角，像在人家的手心上诊一诊脉。

老李没预备好去诊张大哥的手心，来回翻了翻手，然后，没办法，在裤子上擦了擦手心的汗。

"对不起，对不起！早来了吧？坐，坐下！我就是一天瞎忙，无事忙。坐下。有茶没有？"

老李忙着坐下，又忙着看碗里有茶没有，没说出什么来。张大哥接着说："我去把东西交给她，"用头向厨房那边点着。"就来；喝茶，别客气！"

张大哥比他多着点什么，老李想。什么呢？什么使张大哥这样快活呢？拿着纸包上厨房，这好像和"生命"，"真理"，等等带着刺儿的字眼离得过远。纸包，瞎忙，厨房，都显着平庸老实，至好也不过和手纸，被子，一样的味道。可是，设若他自己要有机会到厨房去，他也许不反对。火光，肉味，小猫喵喵的叫。也许这就是真理，就是生命。谁知道！

"老李，"张大哥回来陪客人说话儿，"今儿个这点羊肉，你吃吧，敢保说好。连卤虾油都是北平能买得到的最好的。我就是吃一口，没别的毛病。我告诉你，老李，男子吃口得味的，女人穿件好衣裳，哈哈哈，"他把烟斗从墙上摘下来。

墙上一溜挂着五个烟斗。张大哥不等旧的已经不能再用才买新的，而是使到半路就买个新的来；新旧替换着用，能多用些日子。张大哥不大喜欢完全新的东西，更不喜欢完全旧的。不堪再用的烟斗，当劈柴烧有味，换洋火人家不要，真使他想不出办法来。

老李不知道随着主人笑好，还是不笑好；刚要张嘴，觉得不好意思，舐了舐嘴唇。他心里还预备着等张大哥审他，可是张大哥似乎在涮羊肉到肚内以前不谈身家大事。

是的，张大哥以为政府要能在国历元旦请全国人民吃涮羊肉，哪怕是吃饺子呢，用不着下命令禁用旧历。肚子饱了，再提婚事，有了这两样，天下没法不太平。

六

自火锅以至葱花没有一件东西不是带着喜气的。老李向来没吃过这么多这么舒服的饭。舒服，他这才佩服了张大哥的生命观，肚子里有油水，生命才有意义。上帝造人把肚子放在中间，生命的中心。他的口腔已被羊肉汤——漂着一层油星和绿香菜叶，好像是一碗想象的，有诗意的，什么动植物合起来的天地精华——给冲得滑腻，言语就像要由滑车往下滚似的。

张大哥的左眼完全闭上了，右眼看着老李发烧的两腮。

张大嫂作菜，端菜，让客人，添汤，换筷子——老李吃高了兴，把筷子掉在地上两回——自己挑肥的吃，夸奖自己的手艺，同时并举。作得漂亮，吃得也漂亮。大家吃完，她马上就都搬运了走，好像长着好几只手，无影无形的替她收拾一切。设若她不是搬运着碟碗杯盘，老李几乎以为她是个女神仙。

张大哥给老李一只吕宋烟，老李不晓得怎么办好；为透着客气，用嘴吸着，而后在手指中夹着，专预备弹烟灰。张大哥点上烟斗，烟气与羊肉的余味在口中合成一种新味道，里边夹着点生命的笑意，仿佛是。

"老李，"张大哥叼着烟斗，由嘴的右角挤出这么两个字，与一些笑意，笑的纹缕走到鼻洼那溜儿便收住了。

老李预备好了，嘴中的滑车已加了油。

他的嘴唇动了。

张大哥把刚收住的笑纹又放松，到了眼角的附近。

老李的牙刚稍微与外面的空气接触，门外有人敲门，好似失了火的那么急。

"等等，老李，我去看一眼。"

不大一会儿，他带进一个青年妇人来。

第二

一

　　"有什么事，坐下说，二妹妹！"张大哥命令着她，然后用烟斗指着老李，"这不是外人；说吧。"

　　妇人未曾说话，泪落得很流畅。

　　张大哥一点不着急，可是装出着急的样子，"说话呀，二妹，你看！"

　　"您的二兄弟呀，"抽了一口气，"叫巡警给拿去了！这可怎么好！"泪又是三串。

　　"为什么呢？"

　　"苦水井姓张的，闹白喉，叫他给治——"抽气，"治死了。他以为是——我也不知道他怎么治的；反正是治错了。这可怎好，巡警要是枪毙他呢！"眼泪更加流畅。

　　"还不至有那么大的罪过。"张大哥说。

　　"就是圈禁一年半载的，也受不了啊！家里没人没钱，叫我怎么好！"

　　老李看出来，她是个新媳妇，大概张大哥是媒人。

果然，她一边哭，一边说："您是媒人，我就仗着您啦；自然您是为好，才给我说这门子亲，得了，您作好就作到底吧！"

老李心里说，"依着她的辩证法，凡作媒人的还得附带立个收养所。"

张大哥更显着安坦了，好像早就承认了媒人的责任并不"止"于看姑娘上了花轿或汽车。"一切都有我呢，二妹，不用着急。"他向窗外叫，"我说，你这儿来！"

张大嫂正洗家伙，一边擦着胡萝卜似的手指，一边往屋里来，刚一开开门，"哟，二妹妹？坐下呀！"

二妹妹一见大嫂子，眼睛又开了河。

"我说，给二妹弄点什么吃。"张大哥发了命令。

"我吃不下去，大哥！我的心在嗓子眼里堵着呢，还吃？"二妹妹转向大嫂，"您瞧，大嫂子，您的二兄弟叫巡警给拿了去啦！"

"哟！"张大嫂仿佛绝对没想到巡警可以把二兄弟拿去似的，"哟！这怎会说的！几儿拿去的？怎么拿去的？为什么拿去的？"

张大哥看出来，要是由着她们的性儿说，大概一夜也说不完。他发了话：

"二妹既是不吃，也就不必让了。二妹，他怎么当上了医生，不是得警区考试及格吗？"

"是呀！他托了个人情，就考上了。从他一挂牌，我就提心吊胆，怕出了蘑菇，"二妹妹虽是着急，可是没忘了北平的土话。"他不管什么病，永远下二两石膏，这是玩的吗？这回他一高兴，下了半斤石膏，横是下大发了。我常劝他，少下石膏，多用点金银花；您知道他的脾气，永远不听劝！"

"可是石膏价钱便宜呀！"张大嫂下了个实际的判断。

张大哥点了点头，不晓得是承认知道二兄弟的脾气，还是同意夫人的意见。他问，"他托谁来着？"

"公安局的一位什么王八羔呀——"

"王伯高，"张大哥也认识此人。

"对了；在家里我们老叫他王八羔，"二妹妹也笑了，挤下不少眼泪来。

"好了，二妹，明天我天一亮就找王伯高去；有他，什么都好办。我这个媒人含忽不了！"张大哥给了二妹妹一句。"能托人情考上医生，咱们就也能托人把他放出来。"

"那可就好了，我这先谢谢大哥大嫂子，"二妹妹的眼睛几乎完全干了。"可是，他出来以后还能行医不能呢？我要是劝着他别多下石膏，也许不至再惹出祸来！"

"那是后话，以后再说。得了，您把事交给我吧；叫大嫂子给您弄点什么吃。"

"哎！这我才有了主心骨！"

张大嫂知道，人一有了主心骨，就非吃点什么不可。"来吧，二妹妹，咱们上厨房说话儿去，就手弄点吃的。"

二妹妹的心放宽了，胃也觉出空虚来，就棍打腿的下了台阶："那么，大哥就多分心吧，我和大嫂子说会子话去。"她没看老李，可是一定是向他说的："您这儿坐着！"

大嫂和二妹下了厨房。

二

老李把话头忘了，心中想开了别的事：他不知是佩服张大哥好，还是恨他好。以热心帮助人说，张大哥确是有可取之处；以他的办法说，他确是可恨。在这种社会里，他继而一想，这种可恨的办法也许就是最好的。可是，这种敷衍目下的办法——虽然是善意的——似乎只能继续保持社会的黑暗，而使人人乐意生活在黑暗里；偶尔有点光明，人们还许都闭上眼，受不住呢！

张大哥笑了，"老李，你看那个小媳妇？没出嫁的时候，真是个没嘴的葫芦，一句整话也说不出来；看现在，小梆子似的；刚出嫁不到一年，不到一年！到底结婚——"他没往下说，似乎是把结婚的赞颂留给老李说。

老李没言语，可是心里说，"马马虎虎当医生，杀人……都不值得一考虑？托人把他放出来……"

张大哥看老李没出声，以为他是想自己的事呢，"老李，说吧！"

"说什么？"

"你自己的事，成天的皱着眉，那些事！"

"没事！"老李觉得张大哥很讨厌。

"不过心中觉着难过——苦闷，用个新字儿。"

"大概在这种社会里，是个有点思想的就不能不苦闷；除了——啊——"老李的脸红了。

"不用管我，"张大哥笑了，左眼闭成一道缝，"不过我也很明白些社会现象。可是话也得两说着：社会黑暗所以大家苦闷，也许是大家苦闷社会才黑暗。"

老李不知道怎样好了。张大哥所谓的"社会现象"，"黑暗"，"苦闷"，到底是什么意思？焉知他的"黑暗"不就是"连阴天"的意思呢……"你的都是常——"老李本来是这么想，不觉的说了出来；连头上都出了汗。

"不错，我的都是常识；可是离开常识，怎么活着？吃涮羊肉不用卤虾油，好吃？哈哈……"

老李半天没说出什么来，心里想，"常识就是文化——皮肤那么

205

厚的文化——的一些小毛孔。文化还不能仗着一两个小毛孔的作用而活着。一个患肺病的，就是多长些毛孔又有什么用呢？但是不便和张大哥说这个。他的宇宙就是这个院子，他的生命就是瞎热闹一回，热闹而没有任何意义。不过，他不是个坏人——一个黑暗里的小虫，可是不咬人。"想到这里，老李投降了。设若不和张大哥谈一谈，似乎对不起那么精致的一顿涮羊肉。常识是要紧的，他的心中笑了笑，吃完羊肉站起告辞，没有常识！不过，为敷衍常识而丢弃了真诚，许——呕，张大哥等着我说话呢。

可不是，张大哥吸着烟，眨巴着右眼，专等他说话呢。

"我想，"老李看着膝上说，"苦闷并不是由婚姻不得意而来，而是婚姻制度根本就不该要！"

张大哥的烟斗离开了嘴唇！

老李仍然低着头说，"我不想解决婚姻问题，为什么在根本不当存在的东西上花费光阴呢？"

"共产党！"张大哥笑着喊，心中确是不大得劲。在他的心中，共产和枪毙是一件事，而且是应当如此；共产之后便共妻，共妻便不要媒人，应当枪毙！

"这还不是共产党，"老李还是慢慢的说，可是话语中增加了力量。"我并不想尝尝恋爱的滋味，我要追求的是点——诗意。家庭，社会，国家，世界，都是脚踏实地的，都没有诗意。大多数的妇女——已婚的未婚的都算在内——是平凡的，或者比男人们更平凡一些；我要——哪怕是看看呢，一个还未被实际给教坏了的女子，情热像一首诗，愉快像一些乐音，贞纯像个天使。我大概是有点疯狂，这点疯狂是，假如我能认识自己，不敢浪漫而愿有个梦想，看社会黑暗而希望马上太平，知道人生的宿命而想象一个永生的乐园，不许自己迷信而愿有些神秘，我的疯狂是这些个不好形容的东西组合成的；你或者以为这全是废话?"

"很有趣,非常有趣!"张大哥看着头上的几圈蓝烟,练习着由烟色的深浅断定烟叶的好坏。"不过,诗也罢,神秘也罢,我们若是能由切近的事作起,也不妨先去作一些。神秘是顶有趣的,没事儿我还就是爱读个剑侠小说什么的,神秘!《火烧红莲寺》!可是,希望剑侠而不可得,还不如给——假如有富余钱的话——叫花子一毛钱。诗,我也懂一些,《千家诗》,《唐诗三百首》,小时候就读过。可是诗没叫谁发过财,也没叫我聪明到哪儿去。我倒以为写笔顺顺溜溜的小文章更有用处;你还不能用诗写封家信什么的。哎?我老实不客气的讲,你是不愿意解决问题,不是不能解决。因此,你把实际的问题放在一边,同时在半夜里胡思乱想。你心中那个妇女——"

"不是实有其人,一点诗意!"

"不管是什么吧。哼,据我看诗意也是妇女,妇女就是妇女;你还不能用八人大轿到女家去娶诗意。简单干脆的说,老李,你这么胡思乱想是危险的!你以为这很高超,其实是不硬气。怎说不硬气呢?有问题不想解决,半夜三更闹诗意玩,什么话!壮起气来,解决问题,事实顺了心,管保不再闹玄虚,而是追求——用您个新字眼——涮羊肉了,哈哈哈!"

"你不是劝我离婚?"

"当然不是!"张大哥的左眼也瞪圆了!"楞拆七座庙,不破一门婚,况且你已娶了好几年,一夜夫妻百日恩!离婚,什么话!"

"那么,怎办呢?"

"怎办?容易得很!回家把弟妹接来。她也许不是你理想中的人儿,可是她是你的夫人,一个真人,没有您那些'聊斋志异'!"

"把她一接来便万事亨通?"老李钉了一板。

"不敢说万事亨通,反正比您这万事不通强得多!"张大哥真想

207

给自己喝一声彩！"她有不懂得的地方呀，教导她。小脚啊，放。剪发不剪发似乎还不成什么问题。自己的夫人自己去教，比什么也有意味。"

"结婚还不就是开学校，张大哥？"老李要笑，没笑出来。

"哼，还就是开学校！"张大哥也来得不弱。"先把'她'放在一边。你不是还有两个小孩吗？小孩也需要教育！不爱理她呀，跟孩子们玩会儿，教他们几个字，人，山水，土田，也怪有意思！你爱你的孩子？"

张大哥攻到大本营，老李没话可讲，无论怎样不佩服对方的意见，他不敢说他不爱自己的小孩们。

一见老李没言语，张大哥就热打铁，赶紧出了办法：

"老李，你只须下乡走一遭，其余的全交给我啦！租房子，预备家具，全有我呢。你要是说不便多花钱，咱们有简便的办法：我先借给你点木器；万一她真不能改造呢，再把她送回去，我再把东西拉回来。决不会瞎花许多钱。我看，她决不能那么不堪造就，没有年青青的妇女不愿和丈夫在一块的；她既来了，你说东她就不能说西。不过，为事情活便起见，先和她说好了，这是到北平来玩几天，几时有必要，就把她送回去。事要往长里看，话可得活说着。听你张大哥的，老李！我办婚事办多了，我准知道天下没有不可造就的妇女。况且，你有小孩，小孩就是活神仙，比你那点诗意还神妙的多。小孩的哭声能使你听着痛快；家里有个病孩子也比老光棍的心里欢喜。你打算都买什么？来，开个单子；钱，我先给垫上。"

老李知道张大哥的厉害：他自己要说应买什么，自然便是完全投降；设若不说话，张大哥明天就能硬给买一车东西来；他要是不收这一车东西，张大哥能亲自下乡把李太太接来。张大哥的热心是无限的，能力是无限的；只要吃了他的涮羊肉，他叫你娶个黄牛，也得算着！

老李急得直出汗，只能说："我再想想！"

"干吗'再'想想啊？早晚还不是这么回事！"

老李从月亮上落在黑土道上！从诗意一降而为接家眷！自己打自己的嘴巴！就以接家眷说吧，还有许多实际上的问题；可是把这些提出讨论分明是连"再想想"也取销了！

可是从另一方面想，老李急得不能不从另一方面想了：生命也许就是这样，多一分经验便少一分幻想，以实际的愉快平衡实际的痛苦……小孩，是的，张大哥晓得痒痒肉在哪儿。老李确是有时候想摸一摸自己儿女的小手，亲一亲那滚热的脸蛋。小孩，小孩把女性的尊严给提高了。

老李不言语，张大哥认为这是无条件的投降。

三

设若老李在厨房里，他要命也不会投降。这并不是说厨房里不热闹。张大嫂和二妹妹把家常事说得异常复杂而有趣。丁二爷也在那里陪着二妹妹打扫残余的，不大精致的羊肉片。他是一言不发，可是吃得很英勇。

丁二爷的地位很难规定。他不是仆人，可是当张家夫妇都出门的时候，他管看家与添火。在张大哥眼中，他是个"例外"——一个男人，没家没业，在亲戚家住着！可是从张家的利益上看，丁二爷还是个少不得的人；既不愿用仆人，而夫妇又有时候不能不一齐出门，找个白吃饭而肯负责看家的人有事实上的必要。从丁二爷看呢，张大哥若是不收留他，也许他还能活着，不过不十分有把握，可也不十分忧虑这一层。

丁二爷白吃张家，另有一些白吃他的——一些小黄鸟。他的小鸟

209

无须到街上去遛，好像有点小米吃便很知足。在张家夫妇都出了门的时候，他提着它们——都在一个大笼子里——在院中遛弯儿。它们在鸟的世界中，大概也是些"例外"：秃尾巴的，烂眼边的，顶上缺着一块毛的，破翅膀的，个个有点特色，而这些特色使它们只能在丁二爷手下得个地位。

丁二爷吃完了饭，回到自己屋中和小鸟们闲谈。花和尚，插翅虎，豹子头……他就着每个小鸟的特色起了鲜明的名字。他自居及时雨宋江，小屋里时常开着英雄会。

他走了，二妹妹帮着张大嫂收拾家伙。

"秀真还在学校里住哪？"二妹妹一边擦筷子一边问。秀真是张大嫂的女儿。

"可不是；别提啦，二妹妹，这年头养女儿才麻烦呢！"花——一壶开水倒在绿盆里。

"您这还不是造化，有儿有女，大哥又这么能事；吃的喝的用的要什么有什么！"

"话虽是这么说呀，二妹妹，一家有一家的难处。看你大哥那么精明，其实全是——这就是咱们姐儿俩这么说——瞎掰！儿子，他管不了；女儿，他管不了；一天到晚老是应酬亲友，我一个人是苦核儿。买也是我，作也是我，儿子不回家，女儿住学校，事情全交给我一个人，我好像是大家的总打杂儿的，而且是应当应分！有吃有喝有穿有戴，不错；可是谁知道我还不如一个老妈子！"张大嫂还是笑着，可是腮上露出些红斑。"当老妈子的有个辗转腾挪，得歇会儿就歇会儿；我，这一家子的事全是我的！从早到晚手脚不识闲。提起您大哥来，那点狗脾气，说来就来！在外面，他比孙娘娘还温和；回到家，从什么地方来的怒气全冲着我发散！"她叹了一口长气。"可是呀，这又说回来啦，谁叫咱们是女人呢；女人天生的倒霉就结了！好处全是男人的，坏处全是咱们当老娘们的，认命！"由悲观改为听其自然，张大嫂惨然一笑。

"您可真是不容易，大嫂子。我就常说：像您这样的人真算少有，说洗就洗，说作就作，买东道西，什么全成——"

张大嫂点了点头，心中似乎痛快了些。二妹妹接着说，"我多咱要能赶上您一半儿，也就好了！"

"二妹妹，别这么说，您那点家事也不是个二五眼能了得了的。"张大嫂觉得非这么夸奖二妹妹不可了。"二兄弟一月也抓几十块呀？"

"哪摸准儿去！亲友大半是不给钱，到节啦年啦的送点茶叶什么的；家里时常的茶叶比白面多，可是光喝不吃还不行！干什么也别当大夫：看好了病，不定给钱不给；看错了，得，砸匾！我一天到晚提心吊胆，有时候真觉着活着和死了都不大吃劲！"二妹妹也叹了口长气。"我就是看着人家新面上的姑娘小媳妇们还有点意思，一天到晚，走走逛逛，针也不拿，线也不动，打扮得花枝招展的！"

"哼！"张大嫂接过去了，"白天走走逛逛，夜里挨揍的有的是！妇女就是不嫁人好——"

二妹妹又接过来："老姑娘可又看着花轿眼馋呢！"

"哎！"两位妇人同声一叹。一时难以继续讨论。二妹妹在炉上烤了烤手。

待了半天，二妹妹打破寂寞，"大嫂子，天真还没定亲事哪？"

"那个老东西，"张大嫂的头向书房那边一歪，"一天到晚给别人家的儿女张罗亲事，可就是不管自己的儿女！"

"也别说，读书识字的小人们也确是难管，这个年头。哪都像咱们这么傻佬呢。"

"我就不信一个作父亲的管不了儿子，我就不信！"张大嫂确是挂了气。"二妹妹你大概也看见过，太朴寺街齐家的大姑娘，模样是模

211

样，活计是活计，又识文断字，又不疯野，我一跟他说，喝！他的话可多了！又是什么人家是作买卖的咧，又是姑娘脸上雀斑多咧！哪个姑娘上没雀斑呀？擦厚着点粉不就全盖上了吗？我娶儿媳妇要的是人，谁管雀斑呢！外国洋妞脸上也不能一顺儿白！我提一回，他驳一回；现在，人家嫁了个团长，成天呜呜的坐着汽车；有雀斑敢情要坐汽车也一样的坐呀！"

二妹妹乘着大嫂喘气，补上一句："我脸上雀斑倒少呢，那天差点儿叫汽车给轧在底下！"

"齐家这个让他给耽误了，又提了家姓王的，姑娘疯得厉害，听说一天到晚钉在东安市场，头发烫得像卷毛鸡，夏天讲究不穿袜子。我一听，不用费话，不要！我不能往家里娶卷毛鸡，不能！您大哥的话又多了，说人家有钱有势，定下这门子亲，天真毕业后不愁没事情作。可是，及至天真回来和爸爸说三言五语，这回事又干铲儿不提啦？"

"天真说什么来着呢？"二妹妹问。

"敞开儿是糊涂话，他说，非毕业后不定婚，又是什么要定婚也不必父亲分心——"

"自由婚！"二妹妹似乎比大嫂更能扼要的形容。

"就是，自由，什么都自由，就是作妈妈的不自由：一天到晚，一年到头，老作饭，老洗衣裳，老擦桌椅板凳！那个老东西，听了儿子的，一声也可没出，叭唧叭唧的咂他的烟袋；好像他是吃着儿子，不是儿子吃着爸爸。我可气了，可不是说我愿意要那个卷毛鸡；我气的是儿子老自由，妈妈永远使不上儿媳妇。好啦，我什么也没说，站起来就回了娘家；心里说，你们自由哇，我老太太也休息几天去！饭没人作呀，活该！"张大嫂一"活该"，差点儿把头后的小髻给震散了。

"是得给他们一手儿看看！"二妹妹十二分表同情。

可是，张大嫂又惨笑了一下，"虽然这么说不是，我只走了半天，

212

到底舍不得这个破家：又怕火灭了，又怕丁二爷费了劈柴，唉！自己的家就像自己的儿子，怎么不好也舍不的，一天也舍不的，我没那个狠心。再说，老姑奶奶了，回娘家也不受人欢迎！"

"到如今婚事还是没定？"

张大嫂摇摇头，摇出无限的伤心。

"秀真呢？"

"那个丫头片子，比谁也坏！入了高中了，哭天喊地非搬到学校去住不可。脑袋上也烫得卷毛鸡似的！可是，那个小旁影，唉，真好看！小苹果脸，上面蓬蓬着黑头发；也别说，新打扮要是长得俊，也好看。你大哥不管她，我如何管得了。按说十八九的姑娘了，也该提人家了，可是你大哥不肯撒手。自然哪，谁的鲜花似的女儿谁不爱，可是——唉！不用说了；我手心里老攥着把凉汗！多唠她一回来，我才放心，一块石头落了地。可是，只要一回来，不是买丝袜子，就是闹皮鞋；一个驳回，立刻眉毛挑起一尺多高！一说生儿养女，把老心使碎了，他们一点也不知情！"

"可是，不为儿女，咱们奔的是什么呢？"二妹说了极圣明的话。

"唉！"张大嫂又叹了口气，似乎是悲伤，又似乎是得了些安慰。

话转了方向，张大嫂开始盘问二妹妹了。

"妹妹，还没有喜哪？"

二妹妹迎头叹了口气……眼圈红了……

二妹妹含着泪走了，"大嫂，千万求大哥多分点心！"

四

回到公寓，老李连大衣也没脱便躺在床上，枕着双手，向天花板发楞。

213

诗意也罢，实际也罢，他被张大哥打败。被战败的原因，不在思想上，也不在口才上，而是在他自己不准知道自己，这叫他觉着自己没有任何的价值与分量！他应当是个哲学家，应当是个革命家，可是恍忽不定；他不应当是个小官，不应当是老老实实的家长，可是恍忽不定。到底——呕，没有到底，一切恍忽不定！

把她接来？要命！那双脚，那一对红裤子绿袄的小孩！

这似乎不是最要紧的问题；可是只有这么想还比较的具体一些，心里觉得难受，而难受又没有一定的因由。他不敢再去捉弄那漫无边际的理想，理想使他难受得渺茫，像个随时变化而永远阴惨的梦。

离婚是不可能的，他告诉自己。父母不容易，怎肯去伤老人们的心。可是，天下哪有完全不自私的愉快呢，除非世界完全改了样子？小资产阶级的伦理观念，和世上乐园的实现，相距着多少世纪？老李，他自己审问自己，你在哪儿站着呢？恍忽！

脚并不是她自己裹的，绿裤子也不是她发明的，不怨她，一点也不怨她！可是，难倒怨我？可怜她好，还是自怜好？哼，情感似乎不应当在理智的伞下走，遮去那温暖的阳光。恍忽！

没有办法。我在城里忍着，她在乡间忍着，眼不见心不烦，只有这一条不是办法的办法；可是，到底还不是办法！

管它呢，能耗一天便耗一天，老婆到底不是张大哥的！

拿起本书来，看了半天，不晓得看的是哪本。去洗个澡？买点水果？借《大公报》看看？始终没动，再看书，书上的字恍忽，意思渺茫。

焉知她不能改造？为何太没有勇气？

没法改造！要是能改造，早把我自己改造了！前面一堵墙，推开它，那面是荒山野水，可是雄伟辽阔。不敢去推，恐怕那未经人吸过的空气有毒！后面一堵墙，推开它，那面是床帷桌椅，炉火茶烟。不敢去推，恐怕那污浊的空气有毒！站在这儿吧，两墙之间站着个梦里的人！

二号房里来了客人，说笑得非常热闹，老李惊醒过来，听着人家说笑，觉得自己寂寞。

小孩们的教育？应当替社会养起些体面的孩子来！

他要摸摸那四只小手，四只胖，软，热，有些香蕉糖味的小手。手背上有些小肉窝，小指甲向上翻翻着。

就是走桃花运，肥猪送上门来，我也舍不得那两个孩子！老李告诉他自己。

她？老李闭上了眼。她似乎只是孩子的妈。她怎样笑？想不起。她会作饭，受累……

二号似乎还有个女子的声音。鼓掌了；一男一女合唱起来。自己的妻子呢，只会赶小鸡，叫猪，和大声吓喝孩子。还会撒村骂街呢！

非自己担起教育儿女的责任不可，不然对不起孩子们。

还不能只接小孩，不接大人。

越想越没有头绪。"这是生命呢？还是向生命致歉来了呢？"他问自己。

他的每一思念，每一行为，都带着注脚：不要落伍！可是同时他又要问：这是否正当？拿什么作正当与不正当的标准？还不是"诗云""子曰"？他的行为——合乎良心的——必须向新思想道歉。他的思想——合乎时代的——必须向那个鬼影儿道歉。生命是个两截的，正像他妻子那双改组脚。

老李不敢再想了；张大哥是圣人。张大哥的生命是个整的。

215

第三

一

太阳还没出来，天上浮着层灰冷的光。土道上的车辙有些霜迹。骆驼的背上与项上挂着些白穗，鼻子冒着白气。北平似乎改了样儿，连最熟的路也看着眼生。庞大，安静，冷峭，驯顺，正像那连脚步声也没有的骆驼。老李打了个哈欠，眼泪下来许多，冷气一直袭入胸中，特别的痛快。

越走越亮了，青亮的电灯渐渐的只剩一些金丝了。天上的灰光染上些无力的红色；太阳似乎不大愿意痛快的出来。及至出来，光还是很淡，连地上的影子都不大分明。远处有电车的铃响。

街上的人渐渐多起来。人们好似能引起太阳的热力，地上的影儿明显了许多，墙角上的光特别的亮。

换火柴的妇女背着大筐，筐虽是空的，也还往前探着身儿走。穷小孩们扛着丧事旗伞的竿子，一边踏拉着破鞋疾走，一边互相叫骂。这也是孩子！老李对自己说：看那个小的，至多也不过八岁，一身的破布没有一块够二寸的，腿肚子，脚指头，全在外边露着。脏，破烂，骂人骂得特别的响亮。这也是孩子！老李可怜那个孩子，同时不知道咒骂谁才好；家庭，社会，似乎都该骂。可是骂一阵有什么用呢？往切近一点想吧——心中极不安的又要向谁道歉似的——先管自己的儿女吧。

走到了中海。"海"中已薄薄的冻了层冰，灰绿上罩着层亮光。桥下一些枯荷梗与短苇都冻在冰里，还有半个破荷叶很像长锈的一片马口铁。

迎头来了一乘彩轿，走得很快，一望而知是到乡下迎娶的，所以发轿这么早。老李呆呆的看着那乘喜轿：神秘，奇怪，可笑。可是，这就是真实；不然，人们不会还这么敬重这加大的鸟笼似的玩艺。他心似乎有了些骨力。坐彩轿的姑娘大概非常的骄傲，不向任何人致歉？

他一直走到西四牌楼；一点没有上这里来的必要与预计，可是就那么来到了。在北平住了这么些年了，就没在清晨到过这里。猪肉，羊肉，牛肉；鸡，活的死的；鱼，死的活的；各样的菜蔬；猪血与葱皮冻在地上；多少多少条鳝鱼与泥鳅在一汪儿水里乱挤，头上顶着些冰凌，泥鳅的眼睛像要给谁催眠似的瞪着。乱，腥臭，热闹；鱼摊旁边吆喝着腿带子："带子，带子，买好带子。"剃头的人们还没来，小白布棚已支好，有人正扫昨天剃下的短硬带泥的头发。拔了毛的鸡与活鸡紧临的放着，活着的还在笼内争吵与打鸣儿。贩子掏出一只来，嘎——啊，嘎——没打好价钱，拍的一扔，扔在笼内，半个翅膀掩在笼盖下，嘎！一只大瘦黄狗偷了一挂猪肠，往东跑，被屠户截住，肠子掉在土上，拾起来，照旧挂在铁钩上。广东人，北平人，上海人，各处的人，老幼男女，都在这腥臭污乱的一块地方挤来挤去。人的生活，在这里，是屠杀，血肉，与污浊。肚子是一切，吞食了整个世界的肚子！在这里，没有半点任何理想；这是肚子的天国。奇怪。尤其是妇女们，头还没梳，脸上挂着隔夜的泥与粉；谁知道下午上东安市场的也是她们？

老李这是头一次来观光，惊异，有趣，使他似乎抓到了些真实。这是生命，吃，什么也吃；人确是为面包而生。面包的不平等是根本的不平等。什么诗意，瞎扯！为保护自家的面包而饿杀别人，和为争面包而战争，都是必要的。西四牌楼是世界的雏形。那群男女都认识这个地方，他们是真活着呢。为肚子活着，不为别的；张大哥对了。为肚子而战争是最切实的革命，也对了。只有老李不对：他在公寓里住惯了，他总以为公寓里会产生炒木犀肉与豆腐汤。他以为封建制度是浪漫的史迹，他以为阶级战争是条诗意的道路。他不晓得这块带腥味的土是比整个的北平还重要。他只有两条路可走：去空洞的作梦，或切实的活着。后者还可以再分一下：为抓自己的面包活着，或为大众争面包活着。他要是能在二者之中选定一条，他从此可以不再向生命道歉。

牌楼底下，热豆浆，杏仁茶，枣儿切糕，面茶，大麦粥，都冒着热气，都有股特别的味道。切糕上的豆儿，切开后，像一排鱼眼睛，看着人们来吃。

老李立在那里，喝了碗豆浆。

二

老李决定了接家眷，先"这么"活着试试。可是始终想不起什么时候下乡去。

张大哥每天早晨必定报告一些消息："房子定好了；看看去？"

"何必看；您的眼睛不比我的有准？"老李把感激的话总说得不受听了。

好在张大哥明白老李的为人，因而不但不恼，反觉得可以自傲。

218

"三张桌子，六把椅子，一个榆木擦漆的——漆皮稍微有些不大好看了——衣橱；暂时可以对付了吧？"第二天早晨的报告。

老李只好点头，表示可以对付。

及至张大哥报告到茶壶茶碗也预备齐了，老李觉得非下乡不可了。

张大哥给出主意，请了五天假。临走的时候，老李嘱咐张大哥千万别向同事的说这个事，张大哥答应了决不走露消息。

老李从后门绕到正阳门，想给父母买些北平特有的东西；这个自然不好意思再向张大哥要主意，只好自己去探险。走了一身透汗，什么也没买，最大的原因是看着铺子们眼生，既不能扼要的决定买什么，又好像怕铺子们不喜欢他的照顾，一进去也许有被咬了一口的危险。最后，还是在东安市场买了些果子，虽然明知道香蕉什么的并不是北平的出产。又添了六个陈嘉庚的罐头，商标的彩纸印得还怪好看的。

三

老李走后的第二天，衙门里的同事几乎全知道了：李太太快来了。

张大哥确是没有泄露消息。

消息广播的总站是赵科员。赵科员听戏永远拿着红票；凡是发红票的时候，他不是第一也是第二得到几张。运动会给职员预备的秩序单，他手里总会有一份。上运动会，或任何会场，听戏，赵科员手里永远拿着个纸卷，用作打熟人脑袋的兵器。打了人家的脑袋，然后，"你也来啦？"

他对于别人的太太极为关心。接家眷，据他看，就是个人的展览会；虽然不发入场券，可是他必是头一个"去瞧一眼"的。女运动员，女招待，女戏子等等都是预备着为他"瞧"的，别无意义。对于别人的夫人也是这样。瞧一眼去便是瞧人家的脸，脖子，手，脚，与一切可以被生人看见的地方。他作梦的时候，女子全是裸体的。经赵科员看了一眼之后，衙门中便添上多少多少新而有趣的谈话资料。

赵科员等着老李接家眷已经等得不耐烦了。平日他评论妇女的时候，老李永不像别人那样痛痛快快的笑，那就是说不能尽量欣赏，所以他一心的盼望瞧老李一手儿。

赵科员的长像与举动，和白听戏的红票差不多，有实际上的用处，而没有分毫的价值。因此，耳目口鼻都没有一定地位的必要，事实上说话的时节五官也确随便挪动位置。眼珠像两炒豆似的，满脸上蹦。笑的时候，小尖下巴能和脑门挨上。他自己觉得他很漂亮，这个自然是旁人不便干涉的。他的言语很能叫别人开心，他以为这是点天才。当着老王，他拿老李开心；当着老李，他拿老王开心；当着老王老李，拿老孙开心；实在没法子的时候，利用想象，拿莫须有先生开心。

"老李接'人儿'去了！"赵科员的眼睛挤得像一口热汤烫了嗓子那样。

"是吗？"大家的耳朵全竖起来。

"是吗！请了五天假，五天——"

"五天？平日他连迟到早退都没有过！"

"可就是呀！等瞧一眼吧！"赵科员心里痒了一下，头发根全直刺闹的慌。

"小赵，你这回要是不同我们一块儿去，留神你的皮，不剥了你的！"邱先生说。

"赵，你饶了人家老李吧，何苦呢，人家怪老实的！"吴先生沉着气说。

吴先生直着腰板，饭碗大的拳头握着枝羊毫，写着酱肘子体的字，脸上通红，心中一团正气。是的，吴先生是以正直自夸的，非常的正直，甚至于把自己不正直的行为也视为正直。小赵是他的亲戚，他的位置是小赵给运动的，可是没把小赵放在眼里，因为自己正直。前者因为要纳妾，被小赵扩大的宣传，弄到吴太太耳中，差点没给吴先生的耳朵咬下一个来，所以更看不起小赵。小赵也确是有些怕吴先生；那一对拳头！

赵科员不言语了，心中盘算好怎样等老李回来，怎样暗中跟着他，看他在哪里住，而后怎样约会同事的们——不要老吴，而且先瞪他一眼——去瞧一眼，或者应说去打个茶围。

邱先生是个好人，不过有点苦闷，所以对此事特别的热心，过来和小赵嘀咕："大家合伙买二斤茶叶，瞧她一眼，还弄老李一顿饭吃；你的司令。"

吴先生把这个事告诉了张大哥。张大哥笑了一笑，没说什么。张大哥热心为朋友办事是真的，但是为朋友而得罪另一朋友，不便。张大哥冬季的几吨煤是由小赵假公济私运来的——一吨可以省着三四块钱——似乎不必得罪小赵。即使得罪了小赵，除了少烧几吨便宜煤，也倒没多大的关系；可是得罪人到底是得罪人，况且便宜煤到底是便宜煤。

四

不过，不得罪小赵是一件事，为老李预备一切又是一件事。张大哥又到给老李租好的房子看了一番。房子是在砖塔胡同，离电车站近，离市场近，而胡同里又比兵马司和丰盛胡同清静一些，比大院胡

221

同整齐一些，最宜于住家——指着科员们说。三合房，老李住北房五间，东西屋另有人住。新房，油饰得出色，就是天生来的房顶爱漏水。张大哥晓得自从女子剪发以后，北平的新房都有漏水的天性，所以一租房的时候，就先向这肉嫩的地方指了一刀，结果是减少了两块钱的房租；每月省两圆，自然可以与下雨在屋里打伞的劳苦相抵；况且漏水与塌房还相距甚远，不必过虑。

张大哥到屋里又看了一遍。屋里有点酸面味。遍地是烂纸，破袜子，还有两个旧油篓，和四五个美丽烟的空筒——都没有盖，好像几只大眼睛替房东看着房。窗户在秋天并没糊过，只把冷布的纸帘好歹的粘上。玻璃上抹着各样的黑道，纸棚上好几个窟窿，有一两处垂着纸片，似乎与地上的烂纸遥相呼应。张大哥心中有点不痛快，并不是要责备由这个屋里搬走的人们，而是想起自己那两处吃租的小房——人们搬家的时候也是这样毁坏，租房住的人和老鼠似乎是亲戚！

窗户当然要从新糊过；棚？似乎不必管。墙上不少照片与对联的痕迹，四围灰黄，整整齐齐的几个方的与长的白印儿；也不必管，老李还能没些照片与对联？照原来的白印儿挂上就行。张大哥以为没有照片与对联的不能算作"文明"人。

把这些计划好，张大哥立在当中的那一间，左右一打眼，心中立刻浮出个具体的设计：当中作客厅，一张八仙桌，四把椅子。东西两间每间一张桌，一把椅；太少点！暂时将就吧；不，客厅也来两把椅子吧。东间作书房，呕，没有书架子呀！老李是爱买书的人——傻瓜！每月把书费省下，有几年的工夫能买一处小房，信不信？还得给他去弄个书架子！西间放那个衣橱。东西套间：一间卧室，一间厨房；床是有了，厨房还短着案子。

还显着太简单！科员的家里是简单不得的！不过，挂上些照片与对联也许稍微好些；况且堂屋还得安洋炉子。张大哥立刻看看后檐墙有出洋炉烟管子的圆孔没有。有个碟子大的圆洞，糊着张纸，四围有些烟迹，像被黑云遮住的月亮。心中平安了许多；冬天不用洋炉子，不"文明"！

计划好一切，终于觉得东西太少。可是，虽然同是科员，老李究竟是乡下人，这便又差一事了；乡下人还懂得哪叫四衬，哪叫八稳？有好桌子也是让那对乡下孩子给抹个乱七八糟。好了，只须去找裱糊匠来糊窗子，和打扫打扫地上。得，就是它！

张大哥出来，从新端详了街门一番。不错，小洋式门，上面有两个洋灰堆成的狮子，虽然不十分像狮子，可是有几分像哈吧狗呢，就算手艺不错。两狮之间，有个碟子大小的八卦。狮子与八卦联合起来，力量颇足以抵得住一对门神爷。张大哥很满意。"文明"房必须有洋式门，门上必须有洋灰狮子；况且还有八卦！

张大哥马上去找裱糊匠，熟人，不用讲价钱；或者应说裱糊匠不用讲价钱，因为张大哥没等他张嘴，已把价钱定好。作也得作，不作也得作，糊窗户是苦买卖，可是裱糊喜棚呢，糊冥衣呢，不能不拉这些生意。凡是张大哥为媒的婚事，自然张大哥也给介绍裱糊匠；不幸新娘或新郎不等白头到老便死去一位呢，张大哥少不得又给张罗糊冥衣——裱糊匠是在张大哥手心里呢！说好了怎样糊窗户，张大哥就手打听金银箔现在卖多少钱一刀，和纸人的粉脸长了价钱没有。张大哥对事事要有个底稿，用不着不要紧，备而不用，切莫用而不备。

五点多了，张大哥必须回家了。到四牌楼买了只酱鸡，回家请请夫人。心里想：那条棉裤她大概快给作了，总得买只鸡犒劳犒劳她。其实，她要是会打毛绳裤子，还真用不着作棉的；赶明儿请孙太太来教教她。一条毛绳裤，买，得七八块钱；自己打，两磅绳子——不，用不了，一磅半足够；就说两磅吧，两块八加两块八，五块六。省小三块子！请孙太太教教她，反正我上衙门，她没事作，闲着也是

223

闲着。叫太太闲着，不近情理。老夫老妻的，总得叫太太多学本事。张大哥看了看手中的荷叶包：酱鸡个子真不小，女儿也不回来！一家子吃也不至于不够。

女儿十八了，该定亲了。出了高中入大学，一点用处没有，只是费钱。还有二年毕业，二十；四年大学，二十四；再作二年事——大学毕业不作二年事对不起那些学费——二十六。二十六！姑娘就别过二十五！过了二十五，天好，没人要，除非给续弦！赶紧选个小人，高中一毕业，去她的，别耍玄虚！

儿子，儿子是块心病！

看见一挑子鲜花，晚菊，老来少，番椒……张大哥把儿子忘了，用半闭着的那只眼轻轻瞭了一下。要买便宜东西，决不能瞪着眼直扑过去，像东安市场里穿洋服拉着女朋友的那些大爷那样。总得虚虚实实，瞭一眼。卖花的恰巧在这一瞭的工夫，捉住张大哥的眼。张大哥拉线似的把眼光收到手中的酱鸡上，走了过去。

儿子是块心病！

第四

一

老李怎么把夫人，一对小孩，铺盖卷，尿垫子，四个网篮，大小七个布包，两把雨伞，一篓家酿的芥菜头，半坛子新小米，全一鼓作气运来，至今还是个谜。他好像是下了决心接家眷，所以凡是夫人舍不得的物件全搬了来；往常他买过了三件小东西就觉得有丢失一件的可能。

他请了五天假，第三天上就由乡间拔了营，为是到北平之后，好有一天的工夫布置一切，不必另请假。

由张大哥那里把桌椅搬运了来，张大哥非到四点后不能来，所以丁二爷自告奋勇来帮忙。丁二爷的帮忙限于看孩子。丁二爷的看孩子是专门挡路碍事添麻烦。老李要往东间里放桌子，丁二爷和两个孩子恰好在最宜放桌子那块玩呢；老李抓了抓头发，往西间去，丁二爷率领二位副将急忙赶到。老李找锤子，无论如何也找不到，丁二爷拿着呢。

忙了一天，两把伞还在院里扔着，小米洒了一地，四个网篮全打开了，东西以极新颖的排列法陈列在地上，没有一件得到相当的立身

225

所在，而且生命非常的不安全：老李踩碎一个针盒，李太太被切菜墩绊倒两次，压瘪了无数可以瘪的东西，博得丁二爷与孩子们的一片彩声。

还不到四点钟，张大哥来了。把左眼稍微一睁，四篮的东西已大半有了地位，用手左右指了指，地上已经看不见什么，连洒出来的小米全又回了坛子。

全布置好了，没有像片和对联！张大哥对老李有些失望。再看，新糊的窗子被丁二爷戳了个窟窿。不怪张大哥看不起他们。

"老李，明天上我那儿取几张风景画片，一付对联，一个中堂，好在都没上款。"

老李看了看墙上，才发现了黑白分明不大好看，"糊一糊好了。"他说。

"知道能住多少日子呀，白给人家糊？况且糊墙就得糊顶棚，你还不能四白落地，可是上边悬着块黑膏药。再说，一裱糊，又是天翻地覆，东西都得挪动。"张大哥点上了烟斗。

一听又要天翻地覆，老李觉得糊墙一定是罪孽深重，只好点了点头，意思是明天去取那没上款的对联。

张大哥走了。

他走后，老李才想起来了，也没让他吃饭！饭在哪儿呢？可是，退一步说，茶总该沏一壶吧！看了看堂屋，方桌上一把壶六个碗，在个磁盘上放着，好像专等有人来沏茶似的。谁当沏茶去？假如这是在张大哥家里？谁应当张罗客人喝茶？老李的眉头皱上了。他刚一皱眉，丁二爷也告辞：孩子们拉住丁二爷的手，不许他走。

"在这儿吃饭，妈会作枣儿窝窝！"男孩儿说。

"枣儿喏喏！"女孩跟着哥哥学，话还说得不大便利。

老李一边往外送客，一边心里说："大人还不如小孩子懂事呢！"

继而一想，"弄些客套又有什么意义呢？"心中这么想，把丁二爷忘了。客人走出老远，他才想起，"呕，丁二爷呢？"

二

李太太不难看。脸上挺干净，有点发整。眉眼也端正。嘴不大爱闭上，呼吸带着点响声，大牙板。身子横宽，棉袍又肥了些，显着迟笨。一双前后顶着棉花的改造脚，走路只见胳臂扇动，不见身体往前挪：有时猛的倒退半步，大概是脚踵设法找那些棉花呢。坐下的时候确不难看。新学会的鞠躬：腰板挺着，两手贴垂，忽然一个整劲往前一栽：十分的郑重，只是略带点危险性。

她给丁二爷鞠了躬，给张大哥鞠了躬，心里觉得不十分自然，可是也有点高兴。张大哥说"好在还不冷"的时候，她答了句"还没到立冬"，也非常的漂亮而恰当。

屋子大概的布置好了，她一手扶着椅子背，四下打了一眼，不错，只是太空！可是，空得另有一种可喜的味道。这一切是她的！除了丈夫就属她大，没有公婆管着，小姑子看着。况且，这是北平！北平未见得比乡下"好"，可是，一定比乡下"高"。

老李的眉头还皱着呢，看了她一眼，要说："不会沏点茶呀？"可是管住了自己，改为："倒壶茶。"跟她说，连"沏"还得改成"倒"！

"我还真忘了，真！"李太太笑了，把牙全露出来。"茶叶呢？"这句好像是问全北平呢，声音非常的高。

"小声点！"老李说，把"这儿不是乡下，屋里说话，村外都得听见！"咽了回去。

她似乎为抵销大嗓说话的罪过，居然把茶叶找到。"还忘了呢，没水！"为找到茶叶把大嗓门的罪过又犯了。

227

"你小点声！"老李咬着牙说，眉头皱得像座小山。

她拿着茶壶在屋里转了半个圈，因脚下的棉花又发生了变化，所以没有转圆。"我上街坊屋借一壶开水去？"

他摇头。不行，还得告诉她："这儿不比乡下，不许随便用人家的东西。"

"妈，吃饭饭！"小妞子过来拉住妈妈的手。

妈妈抱起孩子来，眼圈红了。在乡下，这时候孩子就该睡了；在这儿，臭北平！这个不准，那个不行，孩子到这嗻晚还没吃饭！屋子是空的，没有顺山大炕，没有箱子，没有水，看哪儿都发生，找什么也不顺手，丈夫皱着眉！一百个北平也比不上乡下！

"爸，还不吃饭？"男孩用拳头打了老李一下。

老李看了看两个孩子，眉头上那座小山化了。"爸给你们买吃的去，"然后把小拳头放在自己的手掌上，"这儿呀，方便极了，一会儿我都能买来，买——"他看了太太一眼，"买什么？"

太太没言语，脸上代她说，"我知道你们的北平有什么！"

"爸，买点落花生，大海棠果。"

"爸，菱吃发生！"小妞子说。

老李笑了，要回答他们几句，没找到话，披上大衣上了街。

三

街上东西是很多，老李只想不出买什么好。街西一个旧书摊，卖书的老人正往筐中收拾《茶花女》，《老残游记》，和光绪三十二年的头版《格致讲义》。老李看了看，搭讪着走开；迈了两步，又回头看看卖书的——正忙着收摊，似乎没有理会到老李的存在。老李开始注意羊肉床子旁边的芝麻酱烧饼，刚烙得，焦黄的芝麻像些吃饱的蚊子肚儿。颇想买几个。旁边一位老太太正打好洋铁壶的价钱，老李跟着买了两把。等她走后，才敢问洋炉子的价钱——因为张大哥极端的主张用洋炉子——买定了一个。一问价钱的时候，心中就决定好——准买贵了。买好之后又决定好，告诉张大哥的时候，少说两块钱，他还能说贵吗？心中很痛快，生平第一次买洋炉子，一辈子不准买上两回，贵点就贵点吧。说好炉子和铁管次日一早送去。然后，提着水壶，茫然不知到哪里去好。

到底给孩子们买什么吃呢？

虽然结婚这么几年，太太只是父母的儿媳妇，儿女只是祖母的孙儿，老李似乎不知道他是丈夫与父亲。现在，他要是不管儿女的吃食，还真就没第二个人来管。老李觉得奇怪。灯下的西四牌楼像个梦！

给小孩吃当然要软而容易消化的，老李握紧了铁壶的把儿，好像壶把会给他出主意似的。代乳粉？没吃过！眼前是干果子铺，别忘了落花生。买了一斤花生米。一斤，本来以为可以遮点羞，哼，谁知道才一角五分钱！没法出来，在有这么些只电灯的铺子只花一角五？又要了两罐蜜钱海棠。开始往回走。到胡同口，似乎有点不得劲——花生米海棠大概和晚饭不是同一意义。又转回身来，看了看油盐店，猪肉铺，不好意思进去。可是日久天长，将来总得进去，于是更觉得今天不应进去。心里说："你一进去，你就是张大哥第二！"可是不进去，又是什么第二呢？又看见烧饼。买了二十个。羊肉白菜馅包子也刚出屉，在灯光下白得像些磁的，可是冒着热气。买了一屉。卖烧饼的好像应该是姓"和"名"气"，老李痛快得手都有点发颤，世界还没到末日！拿出一块钱，唯恐人家嫌找钱麻烦；一点也没有，客客气气的找来铜子与钱票两样，还用报纸给包好，还说，"两搀儿，花着方便。"老李的心比刚出屉的包子还热了。有家庭的快乐，还不限在家庭之内；家庭是快乐的无线广播电台，由此发送出一切快乐的音乐与消息，由北平一直传到南美洲！怨不得张大哥快活！

菱在妈妈怀中已快睡着，闻见烧饼味，眼睛睁得滴溜圆，像两个白棋子上转着两个黑棋子。英——那个男孩——好似烧饼味还没放出来，已经入肚了一个。然后，一口烧饼，一口包子，一口花生米，似乎与几个小饿老虎竞赛呢。

谁也没想起找筷子，手指原是在筷子以前发明出来的。更没人想到世界上还有碟子什么的。

李太太嚼着烧饼，眼睛看着菱，仿佛唯恐菱吃不饱，甚至于有点自己不吃也可以，只愿菱把包子都吃了的表示。

菱的眼长得像妈妈，英的眼像爸爸，俩小人的鼻子，据说，都像祖母的。菱没有模样，就仗着一脸的肉讨人喜欢，小长脸，腮部特别的胖，像个会说话的葫芦。短腿，大肚子，不走道，用脸上的肉与肚子往前摇。小嘴像个花蕾葵，老带着点水。不怕人，仰着葫芦脸向人眨巴眼。

英是个楞小子，大眼睛像他爸爸，楞头磕脑，脖子和脸一样黑，肉不少，可是不显胖，像没长全羽毛的肥公鸡，虽肥而显着细胳臂蜡腿。棉裤似乎刚作好就落伍，比腿短着一大块，可是英满不在乎，裤子越紧，他跳得越欢，一跳把什么都露出来。

老李爱这个黑小子。"英，赛呀！看谁能三口吃一个？看，一口一个月牙，两口一个银锭，三口，没！"

英把黑脸全涨紫了，可是老李差点没噎绿了。

不该鼓舞小孩狼吞虎咽，老李在缓不过气来的工夫想起儿童教育。同时也想起，没有水！倒了点蜜钱海棠汁儿喝，不行；急得直扬脖。在公寓里，只须叫一声茶房，茶是茶，水是水，接家眷，麻烦还多着呢！

正在这个当儿，西屋的老太太在窗外叫："大爷，你们没水吧？这儿一壶开水，给您。"

老李心中觉得感激，可是找不到现成的话。"呕呕老太太，呕——"把开水拿进来，沏在茶壶里。一边沏，一边想话。他还没想好，老太太又发了言：

"壶放着吧，明儿早晨再给我。还出去不出去？我可要去关街门啦。早睡惯了，一黑就想躺下。明儿倒水的来叫他给你们倒一挑儿。有缸啊？六个子儿一挑，零倒；包月也好；甜水。"

老李要想赶上老太太的话，有点像骆驼想追电车，"六个子，谢谢，有缸，不出去，上门。"忘了说，"你歇着吧，我去关门。"

"孩子们可真不淘气，多么乖呀！"老太太似乎在要就寝的时候精神更大。"大的几岁了？别叫他们自己出去，街上车马是多的；汽车可霸道，撞葬哪，连我都眼晕，不用说孩子们！还没生火哪？多给他们穿上点，刚入冬，天气贼滑的呢，忽冷忽热，多穿点保险！有厚棉袄啊？有做不过来的活计，拿来，我给他们做；戴上镜子，粗枝大叶的我还能缝几针呢；反正孩子们也穿不出好来。明天见。上茅房留点神，砖头瓦块的别绊倒；拿个亮儿。明天见。"

"明天——老太太，"老李连句整话也没有了。

可是他觉得生活美满多了，公寓里没有老太太来招呼。那是买卖，这是人情。喝了碗茶，打了个哈欠，吃了个海棠，甜美！要给英说个故事，想不起；腰有点痛。是的，腰疼，因为尽了责任，卖了力气。拿刚才的事说吧，右手烧饼，左手包子，大衣的袋中一大包花生米，中指上挂着铁壶！到底是有家！在公寓里这时候正吃完了鸡子炒饭，不是看报，就是独坐剔牙。太太也过得去，只是鞠躬的样子像纸人往前倒——看了太太一眼。

菱的小手里拿着半个烧饼，小肉葫芦直向妈妈身上倒，眼已闭上，可还偶尔睁开一点缝。妈妈嘴中还嚼动着，脸上没有任何表情，搂着孩子微微的向左右摇身，眼睛看着洋蜡的苗。

老李不敢再看。高跟鞋，曲线美，肉色丝袜，大红嘴唇，细长眉……离李太太有两个世纪！老李不知是难过好，还是痛快好。他似乎也觉出他的毛病来了——自己没法安排自己。只好打个哈欠吧，啊——哈——哈。

英的黑手真热，正捻着爸的手指肚儿看有几个斗，几个簸箕。

"英，该睡了吧？"

"海棠还没吃完呢。"英理直气壮的说。

老李虽然又打了个哈欠，可是反倒不困了。接了家眷来理当觉出亲密热闹，可是也不知怎么只显着奇怪隔膜与不舒适。屋子里只有一枝洋烛的光明，在太太眼珠上跳！

第五

一

老李上衙门去。

张大哥确是有眼力：给老李租的房正好离衙门不远——也就是将到二里地。省车钱是一，可以来往运动运动是二，午饭能在家里吃是三。

老李虽然没有计算一月可以省多少车钱，可是心中微微有点可以多储蓄下点的光亮与希望。想到储蓄，不由的想到：家眷来了，还能剩钱？张大哥永远劝人结婚和接家眷，唯一的理由似乎是："两口儿并不见得比一个人费钱。"好像女人天生来的不会花钱，没有任何需要，也不准有需要！老李看女人也是个人。可是，英的妈……即使是养只鸡也得给小米吃呀！老李觉得接家眷这回事有点错误。一家之长？越看自己越不像。

快到了衙门，他更不痛快了。怎么当上了科员？似乎想不起。家长？当科员或者不是件坏事。没有科员的薪水怎能当家长？科员与家长是天造地设的一对——什么？看见了衙门，那个黑大门好似一张吐着凉气的大嘴，天天早晨等着吞食那一群小官僚。吞，吞，吞，直到

233

他们在这怪物的肚子里变成衰老丑恶枯干闭塞——死！虽然时时被一张纸上印着个红印给驱逐出去，可是在这怪物肚中被驱逐，不是个有刺激性的事。这里免职，而去另起炉灶干点新的有意义的事，绝对想不到。此处不留爷，自有留爷处；衙门不止一个。吃衙门的虫儿不想，不会，也不肯，干别的。可恨的怪物！

可是老李得天天往怪物肚中爬，现在又往里爬呢！每爬进一次，他觉得出他的头发是往白里变呢。可是他必须往里爬；一种不是事业的事业。不得不敷衍的敷衍。现在已接来家眷，更必得往里爬了。这个大嘴在这里等着他，"她"在家里等着他；一个怪物与一个女魔，老李立在当中——科员，家长！他几乎不能再走了，他看见一个衰老丑恶的他，和一个衰老丑恶的她，一同在死亡的路上走，路旁的花草是些破烂的钱票与油腻的铜！然而他得走，不能立在那里不动；诗意？浪漫？自由？只是一些好听的名词。生活就是买炉子，租房……炉子送去没有？她会告诉怎样安铁管子呀？

到了衙门口。他真要往后退了。可是门口的巡警似乎故意戏弄他，给他行了个立正礼。他只能进去。他的手出了汗。那一群同事们一定都等着审问他呢："老李，接家眷也不言语一声？几时请吃饭？"吃饭，那群东西和苍蝇同类，嘴不闲着便是生命的光荣！

进了自己的办公室，心中安定了些。一个人还没来呢，他深深吸了口气。破公事案，铺着块桌布的冤魂，茶碗印，墨汁点，烟卷烧的孔，永远在这里，永远。大而丑的月份牌，五天没撕了，老李不来没人管撕。玻璃上的土！怪物的肚子里没人管任何事情。他把月份牌扯下五页来，扔在纸篓里；也配叫作纸篓，靠着两面墙还随时的自己倒下来。

他坐在自己的椅子上，屋中最破的那一把，发楞。公事，公事就是没事；世界上没有公事，人类一点也不吃亏。公文，公文，公文，没头没尾，没结没完的公文。只有一样事是真的——可恨它是真的——和人民要钱。这个怪物吃钱，吐公文！钱到哪儿去？没人知道。只见有人买洋楼，汽车，小老婆；公文是大家能见到的唯一的东西。老李恨不能登时砸碎那把破椅子，破公事案，破纸篓，和这个怪物！可是，砸不碎这个怪物，连这张破桌布也弄不碎。碎了这块布等于使砖塔胡同那三口儿饿死。

他又坐下了，等着他们。他们，这个世界是给他们预备的。在家里，油盐酱醋与麻雀牌；来到衙门，一进门有巡警给行礼，进了公事房，嘻嘻嘻，讨论着，辩论着，彼此的私事，孩子闹耳朵，老太太办生日，春华楼一号女招待。能晚到一分便晚到一分，能早走一分便早走一分。破桌子，破茶碗，无穷无尽的喝茶。烟卷烟斗一齐烧着，把月份牌都罩得看不清。老李等着他们，他们是他的朋友，在某种程度上，他的审判官。他得为他们穿上洋服，他得随着他们嘻嘻嘻。他接家眷得请他们吃饭。他得向他们时常道歉。

邱先生来了。

"啊，老李，回来了？家中都好？"和老李握了握手。

邱先生的眼中带着点不大正经的笑意。老李的脸红了。邱先生没往下说什么，可是那个笑在眼角上挂着，大有一时半会儿不能消灭的来派，于是老李的脸上继续着增加热力。

邱先生脱大衣，喊听差沏茶，眼睛没看着老李，可是眼上那两个笑点会绕着圈向老李那边飞掷，像对流星。

吴先生也到了。

"啊，老李，回来了？家中都好？"和老李握了握手。他的手比老李的大着两号——按着手套的尺寸说——柔软，滑溜，带着科员的热力。然后，掏出一毛钱的票子："张顺，送车钱去！"

吴先生非常正直，可是眼角上也有点笑意，和邱先生的那个相

235

似，虽然程度上不那么深。老李的脸更热了。

他闭着气专等小赵，小赵来到他就知道是五年徒刑，还是取保释放了。

小赵没来。

二

小赵为什么没来？老李不敢问。吴先生虽然是小赵的亲戚，可是最不关心小赵的事，除了托小赵给维持地位，他简直不大爱和小赵说话，吴先生是正直人。老李自然不敢向吴先生打听小赵。邱先生呢，年纪比小赵大，而人情没有小赵的硬，所以有小赵领首，他对于向同事们开玩笑的事无不参加；可是小赵不提倡，他不便自居祸首；甚至于小赵不在眼前，他连"小赵"二字提也不提。邱先生在不和人开玩笑的时候很能咂着滋味苦闷。

可是吴邱二位都知道小赵干什么去了。小赵是为所长太太到天津办事去了。二位对小赵都有点忌妒。但是不便和老李说。老李是以力气挣钱，不管旁人的事，二位自然不能以他为同调。况且吴先生是正直人，在老李面前特别要显着正直。老李开始办公，心里老有个小赵的影。吴先生挺直腰板，写着酱肘子体的字。邱先生喝茶吸烟，咂着滋味苦闷，眼睛专看着手表。

张大哥不和老李同科，可是特意过来招呼一声。

"啊，老李，回来了？家中都好？"用手指诊了老李手心一下。

老李十分感激张大哥：为人谋永远忠诚到底。果然，邱吴二位的眼神有点改变光度与神气。设若老李接家眷，张大哥必知道一切；可是张大哥也问"家中都好？"小赵的话是造谣，一定。自然，不一定，更好。

236

"今年乡下收成不坏吧？"张大哥对乡下人自然要问乡下话，吴邱二位登时觉得还不够真正北平人的资格。

"不坏，不过民间还是很苦！"老李带着感情说。

"今年就盼着来场大雪，去去瘟毒；麦子也得意。"去去瘟毒，其实是张大哥的注意之点，麦子得意与否，民间苦不苦，都嫌离北平太远；世界上麦子都不得意，北平总有白面吃。

张大哥和老李又敷衍了几句，完全出于诚意，同时不失为敷衍，张大哥自己都佩服这一招儿。诚意的敷衍完老李，又过去和邱吴二位谈了一点来钟。张大哥比他们二位更没事可作，他是庶务科上的，他的职务是调动工友，和买办东西。对调动工友这一项，他是完全无为而治，所以工友们为他的私事能非常的殷勤卖力气，因为在衙门里总是闲着。对于买办一项，自有铺子送来，只要打打电话，过过数目，便完事大吉。至于照例的回扣呢，张大哥决不破例拒绝，也不独吞，该分给谁便分给谁，连工友都大家有份。张大哥是庶务中的圣手。

这样，他永远不忙，除了忙着串各科，而各科的职员一律欢迎他的降临。请医生，雇奶妈，定包厢，买旧地毯，卖灰鼠皮袍再买狐腿的，租房，定打新式桌椅，配丸药……凡是科员所需都要张大哥的指导与建议。批婚书，过嫁礼，更不用说，永远是他一手包办。新从南方来的同事，单找他来练习官话——孙先生便是一个。连美国留学回来的都和他研究相面与合婚。这些差事是纯粹义务，张大哥只落得两句赞美："北平真是宝地，"和"北平人真会办事。"有这两句，张大哥觉得前生定是积下阴功，所以不但住在北平，而且生在北平！"有宰相之才，没有宰相之命。"当他喝下两盅酒才这样叹息，而并非全无自慰的意思；两个"之"字特别的意味深长。

张大哥和邱吴二位谈起来；二位就是盼望有人来闲谈，不然真不好意思把公事都交给老李办，虽然大家深知老李有办事的瘾——科员中的怪物！

吴先生，军队出身，非常正直，刚练好一笔酱肘子体的字，打算娶个妾。他又提起来了："老吴是军人，先生，没别的好处，就是正直，过山炮一样的正直。四十多了，没个儿子，得改变战线，先生！"吴先生的"先生"永远不离口，仿佛是拿这两个字证明自己已经弃武修文了似的。他的腰背永远笔直，脖子与头一齐扭转，不是向左便是向右"看齐"。

这给张大哥一个难题。他并不绝对不管给人买妾，不过假使能推得开，他便不管。假如非叫他管不可，那么，有个基本条件：买妾的人须文过司长，武官至小是团副。妇女应否作妾？那是妇女杂志上的问题，张大哥不便于过问。他专从实际上看男人。一个小科员，或是中学教师，不论持着怎样充足的理由，能不纳妾顶好就不纳。精力，金钱，家庭间的困难，这些都在纳妾项下向科员与教师摇着头。别自己找枷扛。其实买个妾还不是件容易事，只看男人的脑袋是金银铜铁哪种金属作的。吴先生的脑袋，据张大哥的检定，是铁的；虽然面积不小，可是能值多少钱一斤？纳妾是一种娱乐，也许是一种必需，无论怎说，总得以金钱地位作保险费。

可是张大哥不能直接告诉吴先生的头是铁的。他对吴先生和学校的青年都没有办法。这两种人中又以吴先生为更难办。青年们闹恋爱，只好听之而已，张大哥还能替谁去恋爱？而吴先生偏偏要张大哥给帮忙。

拒绝，敷衍，打岔，都等于得罪吴先生。世界上没有不可以作的事，除了得罪人。可是和吴先生讨论？吴先生能立刻请他吃饭；吃了人家的饭，再也吐不出，那便被人家一把抓定！张大哥的左眼闭得几乎有不再睁开的趋势。有了，谈太极拳吧！

吴先生的拳头那么大，据他自己说，完全是练太极拳练出来的，只有提太极拳，他可以把纳妾暂时忘下。太极拳是一切。把云手和倒撵猴运在笔端，便能写出酱肘子体的字。张大哥把烟斗用海底针势掏出来，吴先生立刻摆了个白鹤亮翅。谈了一点来钟，张大哥乘着如封似闭的机会溜了出去。

三

邱吴二先生都没审问老李，老李觉得稍微痛快一点。午时散了衙门，走到大街上，呼吸似乎自由了些。这是头一次由衙门出来不往公寓走，而是回家。家中有三颗心在那儿盼念他，三张嘴在那儿念道他。他觉得他有些重要，有些生趣。他后悔了，早晨不应那样悲观。自己所处的环境，所有的工作，确是没有多少意义；可是自己担当着养活一家大小，和教育那两个孩子，这至少是一种重要的，假如不是十分伟大的，工作。离开那个怪物衙门，回到可爱的家庭，到底是有点意思。这点意思也许和抽鸦片烟一样——由一点享受把自己卖给魔鬼。从此得因家庭而忍受着那个怪物的毒气，得因儿女而牺牲一切生命的高大理想与自由！老李的心又跳起来。

没办法。还是忘了自己吧。忘掉自己有担得起更大的工作的可能，而把自己交给妻，子，女；为他们活着，为他们工作，这样至少可以把自己的平衡暂时的苟且的保持住；多么难堪与不是味儿的两个形容字——暂时的，苟且的！生命就这么没劲！可是……

他不想了。捉住点事实把思想骗开吧。对，给孩子们买些玩艺。马上去买了几个橡皮的马牛羊。这些没有生命的软皮，能增加孩子们多少多少乐趣？生命或者原来就是便宜东西。他极快的走到家中。

李太太正在厨房预备饭。炉子已安好，窗纸又破了一个窟窿。两个孩子正在捉迷藏，小肉葫芦蹲在桌子底下，黑小子在屋里嚷："得了没有?"

"英，菱，来，看玩艺来!"老李不晓得为什么必须这样痛快的喊，可是心中确是痛快。在乡间——不过偶尔回去一次——连自己的小孩都不敢畅意的在一块玩耍；现在他可以自由的，尽兴的，和他们玩；一切是他的。

英和菱的眼睛睁圆了，看着那些花红柳绿的橡皮，不敢伸手去摸。菱把大拇指插在口中；英用手背抹了鼻子两下，并没有任何作用。

"要牛要马?"老李问。

英们还没看出那些软皮是什么，可是一致的说，"牛!"

老李，好像神话中的巨人，提起牛来，嘴衔着汽管，用力的吹。

英先看明白了："真是牛，给我，爸!"

"给菱，爸!"

老李知道给谁也不行，可是一嘴又吹不起两个来。"英，你自己吹，吹那只老山羊。"他不知怎么会想起这个好办法，只觉得自己确是有智慧。

英蹲下，拿起一个来，不知是马还是羊；十分兴奋，头一气便把自己的鼻子吹出了汗。再给他牛，他也不要了，自己吹是何等的美事。

"菱也吹!"她把马抓起来；似乎那头牛已没有分毫价值。

老李帮着把牲口们全吹起来，堵好气管。英手擦着裤腿，无话可讲，一劲的吸气。菱抱着山羊，小肉葫芦上全是笑意，英忽然撒腿跑了，去把妈妈拉来。妈妈手上挂着好些白面。"妈，妈，"英叫一声，扯妈妈的大襟一下，"看爸给拿来的牛，马，羊，妈，你看哪!"又吸了一回气。

妈笑了。要和丈夫说话，又似乎没什么可说的；不说，又显着有点发秃。她的眼神显出来，她是以老李为家长——甚至于是上帝。在乡下的时候，当着众人她自然不便和丈夫说话，况且凡事有公婆在前，也无须向丈夫要主意；现在，只有他是一切；没有他，北平能把她和儿女全嚼嚼吃了。她应当说点什么，他是为她和儿女们去受苦，去挣钱；可是想不起从哪里说起。

"妈，我拿牛叫西屋老奶奶看看吧？"英问，急于展览他的新宝贝。

妈得着个机会："问爸。"

爸觉得不大安坦，为什么应当问爸呢，孩子难道不是咱们俩的？可是，这样的妇人必定真以我为丈夫，主人。老李不敢决定一切，只感觉着夫妇之间隔着些什么东西。算了吧，让脑子休息会儿吧："不用了，英，先吃饭，吃完再去。"

"爸，菱抱羊一块吃饭饭！"

"好。"老李还有一句，"给老山羊点饭饭吃。"可是打不起精神说。

大家一块吃饭，吃得很痛快。菱把汤洒了羊一身，羊没哭，妈也没打菱。

饭后，妈收拾家伙，英菱与牛羊和爸玩了半天。老李细看了看儿女，越看越觉得他与他们有最密切的关系。英的嘴，鼻子，和老李的一样，特别是那对大而迟钝的眼睛。老李心里说，"大概我小时候也这么黑！"菱的胳臂短腿短，将来也许像她妈妈那样短粗。儿女的将来，渺茫！英再像我，菱再像她？不，一定不能！但是管它呢，"菱，来，叫爸亲亲！"亲完了小肉葫芦，他向厨房那边说，"我说——菱没有件体面的棉袍子呀？"

"那不就挺好看的吗？"太太在厨房里嚷，好像愿叫街上的人也都听见。"她还有件紫的呢，留着出门穿。"

"留着你那件臭紫袍吧!"老李心里说。有给菱作件新袍的必要;打扮上,一定是个可爱的小女孩。希望母亲也来看看菱的新衣裳,虽然新衣裳还八字没有一撇。

"晚上见,菱。"

"爸买发生去?"菱以为爸一出去就得买落花生。

"爸,再带头牛来,好凑一对!"英以为爸一出去必是买牛去。

老李在屋门口停了一停,她没出来。东屋的门开着点缝,老李看见一个人影,没看清楚,只觉得一件红衣那么一闪。

第六

一

一大蒲包果子，四张风景相片，没有上款的中堂与对联，半打小洋袜子，张大嫂全付武装来看李太太。

在大嫂的眼中，李太太是个顶好，一百成的——乡下人儿。大嫂对于乡下人，特别是妇女，十二分的原谅，怜恤，而且愿尽所能为的帮助，指导。她由一进门，嘴便开了河，直说得李太太的脑子里像转疯了的留声机片，只剩了张着嘴大口的咽气。张大嫂可是并非不真诚，更没有一点骄傲。对于乡下妇女这个名词，她更注意到后一半——妇女。妇女都是妇女。不过"乡下"这个形容，表示出说话带口音，一切不在行，可是诚实直爽。这个，只要一经张大嫂指导，乡下妇女便不久会变成一百成的漂亮小媳妇。这是自信，不是骄傲。

英和菱是一对宝贝。大嫂马上非认菱作干女儿不可，也立刻想起家中橱柜里还有一对花漆木碗，连三的抽屉里——西边那个——有一个银锁，系着一条大红珠线索子。非认干女儿不可。现成的木碗与银锁，现成的菱，现成的大嫂，为什么不联结起来呢。

李太太不知道说什么好，只露出牙来，没露任何意见，心里怕老李回来不愿意。

大嫂看出李太太的难处。"不用管老李，女儿是你养的：来，给干娘磕头，菱！"

李太太一想，本来吗，女儿是自己的，老李反正没受过生产的苦楚；立刻叫菱磕头。菱把大拇指放在嘴内，眨巴着眼，想了一会儿；没想好主意，马马虎虎的磕了几个头。磕完头，心中似乎清楚了些，不觉得别的，只觉得有点骄傲，至少是应对英骄傲，因为英没有干妈，她过去拉住干妈一个手指。干妈确是干的，因为脸上笑得都皱起来，像个烤糊了的苹果，红而多皱。

英撅了嘴，要练习练习磕头，可是没有机会。大嫂笑着说，"我不要小子，小子淘气；看我这干女儿多么老实。可是，你等着，英，赶明儿我给你说个小媳妇，要轿子娶，还是用汽车？"

"火车娶！"英还没忘这次由乡间到北平的火车经验。用火车娶媳妇自然无须再认干妈，于是英也不撅嘴了。

因提起小子淘气，大嫂把天真的历史，从满月怎么办事，一直到怎么没说停当太仆寺街齐家的姑娘，一气呵成，说得天翻地覆。最后："告诉你，大妹妹，现在的年头，养孩子可真不易呀！尤其是男孩子，坏透了！大妹妹，你提防着点老李，男子从十六到六十六岁，不知哪时就出毛病。看着他，我说，看着他！别多心，大妹妹，您是乡下人，还不知道大城里的坏处。多了，无穷无尽；男女都是狐狸精！男的招女的，女的招男的，三言两语，得，钩搭上了。咱们这守旧的老娘们，就得对他们留点神！"

李太太似乎早就知道这个，不过没听张大嫂说明之前，不敢决定相信，也不敢对老李有什么设施。现在听了大嫂——况且又是菱的干娘——的一片话，心中另有一个劲儿了。是的，到了北平，她与丈夫是一边儿大的；老李是一家之主，即使不便否认这点，可是她的眼睛须对这一家之主留点神。但是她只有点头，并没发表什么意见；谈作活计与作饭，她是在行的，到大城里来怎么管束丈夫，还不便于猛进。况且，焉知张大嫂不是来试探她呢！得留点神，你当是乡下人就那么傻瓜呢！

"待两天再来，我可该走了？家里撂着一大片事呢！"大嫂并没立起来："干女儿，明儿看干妈去。记着，堂子胡同九——号；说，堂子胡同——九——号；嘻嘻嘻。"

"堂胡同走奥，"菱一点也不晓得这是什么怪物。

"吃了晚饭再走吧，大嫂，"李太太早就预备好这句，从头一天搬来就预备好了。可是忘对张大哥与丁二爷说，招得丈夫直皱眉；这可得到机会找补上了。

"改日，改日，家里事多着呢。我可该走了！"大嫂又喝了碗茶。

最后，大嫂立起来，"干姑娘，过两天干娘给送木碗和锁来。"又坐下了，因为，"啊，也得给英拿点玩艺来呀！是不是，英？"

"我要个——"英想了会儿，"木碗，干妈！"

"干妈是菱的！"

"看，小干女儿多么厉害！唉，我真该走了！"

大嫂走到院中，西屋老太太正在院中添炉子。大嫂觉得应当替李太太托咐托咐，虽然自己也不认识老太太。

"老太太，你添火哪？"

"您可别那么称呼我，还小呢，才六十五！屋里坐着。"老太太添火一半是为在院中旁听，巴不得借个机会加入谈话会。"贵姓呀？"

"张。"

"呕，那天租房的那位——"

"可不是吗，他和这儿李先生同事，好朋友，您多照应着点！"大嫂拉着菱，看着李太太。

"还用嘱咐，近邻比亲！大奶奶可真好，一天连个大声也不出，"

245

老太太也看着李太太。"两个孩儿们多么乖呀！我说，英，你的牛呢？"没等英回答，"我就是爱个结结实实有人缘的小孩。看菱的小肉脸，多有个趣！"

"您跟前有——"

"别提了，一儿一女，女儿出了阁，跟着女婿上南京了，一晃儿十年了，始终也没回来一次。小子呀，唉！"老太太把声音放低了些，"唉，别提了，已经娶——"她向东屋一指。"唉，简直说着羞得慌，对外人我也不说，说了，被人耻笑。"

"咱们还是外人吗？"张大嫂急于听个下回分解。

"唉，已经娶了，这么个又体面又明白的小媳妇！会，会，会又在外边——不用提了！三四个月没回来了！老了老了的给我这么个报应，不知哪辈子造下的孽！这么好个小媳妇，年青青的，叫我看着心焦不心焦？又没有个小孩！菱，你可美呀，认了干娘？"老太太大概把张李二太太的谈话至少听了一半去。

菱笑了，爽性把食指也放在口里。

"改天再说话，老太太，咱们这作妈妈的，一人有一肚子委屈呀！"

"您别那么称呼我，您大！"

"我小呢，才四十九。也忘了，您贵姓呀？"

"马；也没到屋里喝碗茶！"

"改天，改天特意来看您。"

马老太太也随英们把张大嫂送出去，好像张大嫂和李太太都是她的娘家妹妹似的。

二

老李下了衙门，到张大哥家去取对联；一点也不愿意去取，不过张大哥既然说了，不去显着不好意思。老李顶不喜欢随俗，而又最怕驳朋友的面子，还是敷衍一下好吧。他到了张家，大嫂刚从李家回来。

"啊，亲家来了！"

老李一楞，不知怎么会又升了亲家。

大嫂把认干女儿的经过，从头至尾，有枝添叶的讲演了一番。老李有点高兴；大嫂既肯认菱作干女儿，菱必是非常的可爱，有许多可爱的地方他自己大概还没看到。

"大妹妹可真是个俏式小媳妇，头是头，脚是脚，又安稳，又老实！"大嫂讲演完了干姑娘，开始褒奖干姑娘的母亲。从干姑娘的母亲又想到干姑娘的父亲："老李——亲家，你就别不满意啦；还要什么样的媳妇呀？干干净净，老老实实，得了！况且，有这么一对虎头虎脑的小宝贝；放下你们年青小伙子的贪心吧！该得就得，快快乐乐的过日子，比什么也强。看那个马老太太——"

"哪个马老太太？"

"你们西屋的街坊：老太太的命才苦呢？娶来个一朵鲜花似的小媳妇，儿子会三四个月，三——四——个——月，没家来！我要是马老太太呀，不咬那个儿子几口才怪！"

正说到这里，张大哥进来了。"你咬谁几口呀？"他似乎以为是背地讲论他。

她笑了："放心，没人咬你的肉，臭！我们这儿说马家那当子事呢。"

张大哥自然知道马家的事，急忙点上烟斗，左眼闭上，把大嫂的讲演接过来：老李租的房是马老太太的，买过来不久——买上了当，木架不好，工也稀松。老太太还能买得出什么漂亮东西。张大哥顺手把妇人——连张大嫂也在其内——不会办事给证实。买过来之后，马家本是自己住自己的房。搬来不久就办婚事，大概因为有喜事才急于买房，因为急买所以就买贵了——一点也不应当算个上当的原谅，又看了大嫂一眼。马老太太的儿子，那时节，是在中学里教书，娶的是个高小毕业的女学生，娘家姓黄，很美。结婚不到半年——张大哥的眼闭死了——马先生和同事的一位音乐教员有了事，先是在外边同居，后来一齐跑到南边去："三四个月没回来，他，三年也未必回来！"张大哥结束了这段叙述："天平不准！"

因为儿子跑了，所以老太太把上房让出来，租几个钱，加上手里有点积蓄，婆媳可以对付着过日子。

老李知道大嫂已把对联送去，大哥的讲演又告一段落，于是告辞回家。大嫂没留他吃饭："唉，快家去吧；等和李太太一块来的时候，我再给你们弄点什么吃。告诉菱，过两天干妈给送木碗去，别忘了！"

老李心中的红衣人影已有了固定的面目，姓黄，很美，弃妇，可怜虫！爱是个最热，同时又最冷的东西！设若老李跟——谁？不管谁吧，一同逃走，妻，子，女，将要陷入什么样的苦境？不敢想！张大哥对了，俗气凡庸，可是能用常识杀死浪漫，和把几条被浪漫毒火烧着的生命救回。从另一方面说，常识杀死了浪漫，也杀死了理想与革命！老李又来到死胡同里，进是无路，退又不得劲。菱，小丫头片子，可爱，张大嫂的干女儿，俗气！

到了家。

"爸，"黑小子在门口等着他呢，"爸，菱有了干妈，张大嫂子，过两天给送木碗和银锁来。我呢？我认妈妈作干妈得了；你给妈点钱，叫妈给我买木碗，不要银锁，要两只皮马，你给我的那只，我并没使劲，也不怎么破了个窟窿，怎吹也吹不起来了！"

老李一生似乎没这么笑过。

"爸，东屋的大婶，还替我吹了半天，也没吹起来。大婶顶好顶好看啦。大眼睛，像俩，俩，俩——"英直翻白眼，"俩小月亮！那手呀，又软又细，比妈的手细的多。妈的手就是给我抓痒痒好，净是刺儿。"

"妈听见，不揍你！"老李不笑了。

三

星期日。老李带领全家上东安市场，决定痛快的玩一天，早晚饭全在外边吃。

英说对了，妈的手上有刺儿；整天添火作饭洗衣裳，怎能不长刺？应当雇个仆人。一点也不是要摆排场；太太不应当这样受累。可是，有仆人她会调动不会？好吧，不用挑吃挑喝，大家对敷吧。把雇人的钱，每月请她玩两天，也许不错。决定上市场。

李太太不晓得穿什么好，由家中带来的还是出嫁时候的短棉袍与夹裙子。长棉袍只有一件，是由家起身前临时昼夜赶作的，蓝色，没沿边，而且太肥。

"还把裙子带来？天桥一块钱两条，没人要！"

她不知道天桥在哪里，可是听得出，裙子在北平已经一块钱两条，自然是没什么价值。她决定穿那件唯一的长蓝棉袍，没沿边，而且太肥。

老李把孩子们的衣裳全翻出来，怎么打扮，怎么不顺眼。他手心又出了汗。拿服装修饰作美满家庭的广告，布尔乔亚！可是孩子到底是孩子，孩子必须干净美好，正像花草必须鲜明水灵。老李最不喜欢布尔乔亚的妈妈大全，同时要在儿女身上显出爱美——遮一遮自己的洋服在身上打滚的羞。不去！那未免太胆小了。一定走，什么样也得走。可是，招些无聊的笑话即使是小事，怎能叫自己心里稍微舒服点呢？他依着生平美的理想，就着现成的材料，把两个孩子几乎摆弄熟了；还是不像样！走，老李把牛劲从心灵搬运出来，走！和马老太太招呼了一声，托咐照应着点。

"呕，我说，菱，"老太太揉了眼睛一把，"打扮起来更俊了？这双小老虎鞋！挑着点道儿走，别弄脏了，听见没有？来，菱，英，奶奶这儿还有十个大子，一人五个；来，放在小口袋里，到街上买花生吃。"十个大铜子带着热气落在他们的袋中。

老李痛快了一些；不负生平美的理想！

出了门，他的眼睛溜着来往行人，是否注意他们。没有。北平能批评一切，也能接收一切。北平没有成见。北平除了风，没有硬东西。北平使一切人骄傲，因此张大哥特别的骄傲。老李的呼吸不那么紧促了。回头一看，英和妈妈在道路中间走呢，好像新由乡下来的皇后与太子。老李站住了："你们要找死，就不用往边上来！"李太太瞪了眼，往四下看，并没有什么。"你把英拉过来！"她把英拉到旁边来，脸上红了。丈夫的话一定被路上的人听见了。在乡下，爱怎走便怎走！她把气咽下去，丈夫是好意。可是，何必那么急扯白脸的呀！心中都觉得，"今天要能玩的好才怪！"

到了胡同口，拉车的照样的打招呼，并没因李太太的棉袍而轻慢。好吧，车夫既然招呼，不好意思不坐。平日老李的坐车与否是一出街门就决定好的：决定不坐便设法躲着洋车走；拒绝车夫是难堪的事。决定坐车，他永远给大价钱。张大哥和老李一块儿走的时候，张大哥永不张罗坐车。英和妈妈坐一辆，菱跟着爸。一路上英的问题多了，西安门，北海，故宫……全安着个极大的问号。老李怕太太回头问他。她并没言语，而英的问题全被拉车的给回答了。老李又怕她也和车夫一答一和的说起来，她也没有。他心里说："傻瓜，当是妇女真没心眼呢！妇女是社会习俗的保存者。"想到这里，他不得劲的一笑，"老李，你还是张大哥第二，未能免俗！"

一进市场门，菱和英一致的要苹果。老李为了难；买多了吧不好拿，只买两个又怕叫卖果子的看不起。不买，孩子们不答应。

"上那边买去，菱，"太太到底有主意。

老李的眉头好似有皱上的瘾：那边果摊子还多着呢，买就是买，不买就是不买，干吗欺哄孩子呢！丈夫布尔乔亚，太太随便骗孩子，有劲！可是问题解决了问题，菱看见玩艺摊子，好像就是再买苹果也不要了。

"那边还有好的呢，"又是一个谎！

说谎居然也能解决问题，越往里走，东西越多，英们似乎已看花了眼，想不起要什么好了。老李偷眼看着太太，心中老有点"刘姥姥入大观园"的恐怖。太太的两眼好像是分别工作着，一眼紧钉着孩子，一眼收取各样东西与色彩。到必要的时候，两眼全照管着孩子，牺牲了那些引诱妇女灵魂的物件。老李受了感动。

摩登男女们，男的给女的拿着东西与皮包，脸上冬夏常青的笑着，连脚踵都轻而带弹力，好像也在发笑。女子的眼毛刚一看果子，男的脚指便笑着奔了果摊去，只捡包着细皱纸，印洋字蓝戳的挑，不问价钱。老李不敢再看自己的太太，没有围巾，没有小手袋，没有卜——开了，卜——拉上的活扣棉鞋；只是一件棉袍，没沿边，而且太肥。有点对不起太太！决定给她买这些宝贝。自己不布尔乔亚是一件事，太太须布尔乔亚是另一件事；买！也得给孩子买鞋，小绒线帽。"你自己去挑！"他发了命令，心中是一团美意，可是说得十二分难听。进了一家百货店。

太太先挑围巾，红的太艳，绿的太老，黄的当然不行，蓝的不错，可惜太短……老李直向菱说，"等着，等妈妈挑好了，咱们试皮鞋。"这大概足以使全铺子的人都减少些厌恶的心；老李要是当伙计的，早把太太给推出去了！几乎所有的围巾全拿出来了，太太这才问，"你说，要哪条好？"连这点主意都没有，妇女！连什么颜色好看都看不出！老李过来挑了条蓝的。"蓝的很时行，先生。"伙计好像从一生下来就没哭过，而且岁数越大越爱笑。老李放下蓝的，又拿起条紫的来。"玫瑰紫，太太戴正合适。"伙计的脸加紧发笑。老李的脸有点发热，又把蓝的拿起来。"还是这条好，先生，颜色正道，绒头也长。"伙计脸上的笑意要跳起来吻谁一下才好。"还是你自己挑吧，"老李辞职了。伙计的笑脸转向太太去。太太挑了条最不得人心的灰蓝色的，一遇上阳光管保只剩下灰，一点也不蓝。不过，到底是买成了一件，再看别的吧。

"先生请坐，您吸烟！"伙计们张罗。

老李既不吸烟，又不肯坐下；恐怕自己一坐下，叫太太想可以在这儿住一两天也不碍事。

李太太要小孩的饭巾，要男人的卫生衣……所要的全是老李没想到的。可是，饭巾确是比皮鞋还要紧，自己还没有冬季卫生衣。妇女到底是妇女，她们有保卫生命的本能。然后又买花线，洋针，小剪子，这更出乎老李意料之外。家门口就有卖针线的，何必上市场来买？可是太太手中一个钱没有，还不能在门口买任何零杂。他的错儿，应当给太太点钱，她不是仆人，她有她必需的用品。

买了一大包东西，算了算才十五元二角七分，开来账条，上面还贴好印花！

怎么拿着呢？伙计出了主意，"先放在这里，逛完再来拿。"和气，有主意，会拉主顾，一共才十五块多钱！老李觉得生命是该在这些小节目上消磨的，这才有人情，有意思。那些给女的提皮包买果子的人们，不定心中怎样快活呢！

绕到丹桂商场，老李把自己种在书摊子前面。李太太前呼后拥的脚有点不吃力了。看了几次丈夫，他确是种在了那里。英忽然不见了！隔着书摊一望，他在西边，脸贴着玻璃窗看小泥人呢。

"英可上那边去了，"太太的脚确是不行了。

"英，"老李极不满意的放下书，抓着空向小伙计笑了笑。

回到家中，已经快掌灯，菱在新围巾里睡着。英的精神十足，一进院里就喊："大婶，看我的新帽子！"东屋大婶没出来，在屋中说，"真好！"

"北平怎样？"老李问太太。

"没什么，除了大街就是大街——还就是市场好，东西多么齐全哪！"

老李决定不请太太逛天坛和孔庙什么的了。

第七

一

张大哥的"心病"回了家。这块心病的另一名称是张天真。暑假寒假的前四五个星期，心病先生一定回家，他所在的学校永远没有考试——只考过一次，刚一发卷子，校长的脑袋不知怎么由项上飞起，至今没有下落。

天真从入小学到现在，父亲给他托过多少次人情，请过多少回客，已经无法计算。张大哥爱儿子的至诚与礼貌的周到，使托人情和请客变成一种艺术。在入小学第一年的时候，张大哥便托校长的亲戚去给报名，因为这么办官样一些，即使小学的入学测验不过是那么一回事。入学那天，他亲自领着天真拜见校长教员，连看门的校役都接了他五角钱。考中学的时候，钱花得特别的多。考了五处，都没考上，虽然五处的校长和重要的教职员都吃了他的饭，而且有两处是校长太太亲手给报的名。五处的失败使他看清——人情到底没托到家。所以在第六回投考的时候，他把教育局中学科科长恳求得直落泪，结果天真的总分数差着许多，由科长亲自到学校去给短多少补多少，于是天真很惊异的纳闷这回怎会及了格，而自己诅咒命运不佳，又得上

254

学。入大学的时候——不，没多少人准知道天真是正式生还是旁听生；张大哥承认人情是托到了家，不然，天真怎会在大学读书？

天真漂亮，空洞，看不起穷人，倾向共产，钱老是不够花，没钱的时候也偶尔上半点钟课。漂亮：高鼻子，大眼睛，腮向下溜着点，板着脸笑，所以似笑非笑，到没要笑而笑的时候，专为展列口中的白牙。一举一动没有不像电影明星的，约翰巴里穆尔[1]是圣人，是上帝。头发分得讲究，不出门时永戴着压发的小帽垫。东交民巷俄国理发馆去理发，因为不会说英语，被白俄老鬼看不起；给了一块五的小账，第二次再去，白俄老鬼敢情也说中国话，而且说得不错。高身量，细腰，长腿，穿西服。爱"看"跳舞，假装有理想，皱着眉照镜子，整天吃蜜柑。拿着冰鞋上东安市场，穿上运动衣睡觉。每天看三份小报，不知道国事，专记影戏园的广告。非常的和蔼，对于女的；也好生个闷气，对于父亲。

回家了，就是讨厌回家，而又不得不回家来。学校罢了课，不晓得为什么，自然不便参加任何团体的开会与工作。上天津或上海吧，手里又不那么富裕，况且胆子又小，只好回家，虽然十二分不痛快。第一个讨厌的是父亲，第二个是家中的硬木椅子，封建制度的徽帜。母亲无所谓。幸而书房里有地毯，可以随便烧几个窟窿，往痰盂里扔烟卷头太费事。

张大嫂对天真有点怕，母亲对长子理当如是，况且是这么个漂亮，新式吕洞宾似的大儿子。儿子回来了，当然给弄点好吃的。问儿子，儿子不说，只板着脸一笑，无所谓。自己设计吧，又怕不合儿子的口味，儿子是不好伺候的，因为儿子比爸爸又维新着十几倍。高高兴兴的给预备下鸡汤煮馄饨，儿子出去没回来吃饭。张大嫂一边刷洗

---

[1] 约翰巴里穆尔（John Barry more 1882—?），当时的美国电影明星。

傢伙，一边落泪，还不敢叫丈夫看见，收拾完了站在炉前烤干两个湿眼睛。儿子十二点还没回来，妈妈当然该等着门。

一点半，儿子回来了。"喝，妈，干吗还等着我呢?"露了露白牙。

"你看，我不等门，你跳墙进来呀?"

"好了，妈，赶明儿不用再等我。"

"你不饿呀?"妈妈看着儿子的耳朵冻得像两片山楂糕，"老穿这洋衣裳，多么薄薄!"

"不饿，也不冷——里边有绒紧子。妈，来看看，绒有多么厚!"儿子对妈妈有时候就得宽大一些，像逗小孩似的逗逗。

"可不是，真厚!"

"二十六块呢，账还没还;地道英国货!"

"不去看看爸爸? 他还没看见你呢!"妈妈眼中带着恳求的神气。

"明天再说，他准得睡了。"

"叫醒他也不要紧呀，他明天起得早，出去得早，你又不定睡到什么时候。"

"算了吧，明天早早起。"儿子对着镜子向后抹撒头发，光润得像个漆光的槟榔勺儿。"妈，睡去吧。"

妈妈叹了口气，去睡。

儿子戴上小帽垫，坐在床边上哼唧着《一对爱的鸟》，一边剥蜜柑，顺着果汁的甜美，板着脸一笑，想着自己像巴里穆尔。

二

张大哥对于儿子的希望不大——北平人对儿子的希望都不大——只盼他成为下得去的，有模有样的，有一官半职的，有家有室的，一

256

个中等人。科长就稍嫌过了点劲，中学的教职员又嫌低得点；局子里的科员，税关上的办事员，县衙门的收发主任——最远的是通县——恰好不高不低的正合适。大学——不管什么样的大学——毕业，而后闹个科员，名利兼收，理想的儿子。作事不要太认真，交际可得广一些，家中有个贤内助——最好是老派家庭的，认识些个字，胖胖的，会生白胖小子。天真的大学资格是一定可以拿到手的，即使是旁听生，到时候也得来张文凭，有人情什么事也可以办到。毕业后的事情，有张大哥在，不难：教育局，公安局，市政局，全有人。婚姻是个难题。张大哥这四五年来最发愁的就是这件事。自己当了半辈子媒人，要是自己娶个窝窝头样的儿媳妇，那才叫一交摔到西山去呢！不过这还是就女的一方面说，张大哥难道还找不到个合适的大姑娘？天真是块心病。天真的学业，虽然五次没考上中学是因为人情没托到家，可是张大哥心中也不能不打鼓。天真的那笔字，那路白话夹白字的文章，张大哥未免寒心。别的都不要紧，作科员总得有笔拿得出手的字与文章。自然洋文好也能作科员科长，可是天真的洋文大概连白字也写不出几个。人情是得托，本事也得多少有一点，张大哥还不是一省的主席，能叫个大字不识的人作县知事。这是块病。万一天真真不行，就满打找住理想的儿媳妇，又怎样呢？

还有，天真的行为也来得奇。说他是共产党，屈心；不是，他又一点没规矩，没准稿子。说他硬，他只买冰鞋而不敢去滑冰，怕摔了后脑海。说他软，他敢向爸爸立楞眼睛。说他糊涂，他很明白；说他明白，他又糊涂。张大哥没有法子把儿子分到哪种哪类中去，换句话说，天真在他的天平上忽高忽低，没有准分两。心病，没法对外人说；知子莫如父，而今父亲竟自不明白儿子。

天平已经有一端忽上忽下，怎叫那一端不低昂不定？没法给儿子定亲，天下还有比这再难堪的事没有？不给他定婚，万一他……张大哥把两只眼一齐闭上了!

提到财产，张大哥自从二十三岁进衙门，到如今已作了二十七八年的事，钱，没剩下多少，虽然事情老没断过，手头看着也老像富裕。手头看着富裕，正是不能剩钱的原因。架子。架子支到那块是没法省钱的。诚然，他没有乱扔过一个小铜子，张大嫂没错花过一百钱，可是，一顿涮羊肉就是五六块。要请客——作科员能不请客吗？——就得连香菜老醋都买顶鲜顶高的。自然五六块一顿火锅比十二块一桌菜——连酒饭车钱和小账就得二十来块的——省得多了，可是五六块到底是五六块，况且架不住常吃。儿女的教育费是一大宗，儿女又都不是省钱的材料。人情来往又是一大宗，况且张大哥是以出份子赶份子为荣的。他那年办四十整寿的时候，整整进了一千号人情，这是个体面，绝大的体面，可是不照样给人家送礼，怎能到时候有一千号的收入？

北平人的财产观念是有房产。开铺子是山东山西——现在添上了广东佬——人们的事。地亩限于祖产和祖坟。买空卖空太不保险。上万国储金是个道儿，可是也不一定可靠。只有吃瓦片是条安全的路。张大哥有三处小房，连自己住的那处在内。当个科员能置买三处小房，在他同事的眼中，这不亚于一个奇迹。

天真以为父亲是个财主。对秀真提到父亲的时候，他的头一歪——"那个资本老头"。他不知道父亲有多少钱，也不探问。父亲不给钱，他希望共产。父亲给钱，他希望别共了父亲的产，好留着给他一个人花。钱到了手，他花三四块理个发，论半打吃冰激凌，以十个为起码吃橘子，因为听说外国的青年全爱吃冰激凌与水果。这些经常费外，还有不言不语，先斩后奏的临时费；先买了东西，而后硬往家里送账条；资本老头没法不代偿，这叫作不流血的共产法。

女儿也是块心病，不过没有儿子的那样大。女儿生就是赔钱货，从洗三那天起已打定主意为她赔钱，赔上二十来年，打发她出嫁，出嫁之后还许回娘家来掉眼泪。这是谁也没办法的事。老天爷赏给谁女儿，谁就得唱出义务戏。指着女儿发财是混账话，张大哥不能出售女儿，可是凭良心说，义务戏谁也是捏着鼻子唱。到底是儿子，只要不是马蜂儿子。天真是不是马蜂儿子？谁敢断定！

天真回来的那天，资本老头一夜没睡好。

三

天真的特点：懒，懦。

和妈妈定好第二天早起；爸爸上了衙门，他还正作着最好的那个梦呢。十点半才起来，妈妈特意给定下的豆浆，买下顶小顶脆的焦油炸果，洋白糖——又怕儿子不爱喝甜浆，另备下一碟老天义的八宝酱菜。儿子起来了，由打哈欠到擦完雪花膏，一点四十分钟的工夫。

妈妈去收拾屋子，爸爸是资本老头，妈妈是奴隶。天真常想到共爸爸的产，永远没想到释放奴隶妈妈。没人能信这是那么漂亮的人的卧室：被子一半在地上，烟卷头——都是自行烧尽的——把茶碟烧了好几道黄油印，地上扔满了报纸，报纸上扔着橘子皮，木梳，大刷子，小刷子。枕头上放着篦子，拖鞋上躺着生发油瓶。茶碗里有几个橘子核。换下的袜子在痰盂里练习游泳。妈妈皱了眉。天真是地道出淤泥而不染，和街坊家王二嫂正是一对儿。王二嫂的被子能整片往下掉泥，锅盖上清理得下来一斤肥料，可是一出门，脸擦得像个银娃娃，衣裳像些嫩莲花瓣儿。自腕以上，自项而下，皆泥也。妈妈最不佩服王二嫂，可是恰好有这么个儿子。

可是妈妈闻着儿子睡衣上的汗味，手绢上的香水与烟卷味，仿佛得到些安慰。这么大，这么魁梧，而又大姐儿似的儿子！妈妈抱着枕头，想了半天女儿。女儿的小苹果脸，那一笑！妈妈的眉头散开了，看满地的乱七八糟都有些意思。只盼娶一房漂漂亮亮的儿媳妇，可不要王二嫂那样的。

妈妈收拾完了，儿子已早把豆浆等吃了个净尽。

"妈，老头这几天手里怎样？"天真手插在裤袋里，挺着胸，眼看着棚，脚尖往起欠，很像电影明星。

"又要钱？"妈妈不知是笑好，还是哭好。

"不是；得作一身礼服；我自己不要钱。有个朋友下礼拜结婚，请我作伴郎，得穿礼服。"

"也得二三十块吧？"

天真笑了，板着脸，肩头往上端，"别叫一百听见，这还是常礼服。"

"那——和爸爸说去吧。据我想，为别人的事不便——"

"不能就穿一回不是？！"

"你自己说去吧！"

妈妈不肯负责，儿子更不愿意和爸爸去交涉。

"您和爸爸有交情，给我说说！"儿子忽然发现了妈与爸有交情，牙都露出来。

"臭小子，我不和他有交情，和谁有——"妈拿笑补足后半句。儿子又露了露牙，继而一想，妈妈大概是肯代为交涉了，应当把笑扩大一些，张了张嘴，吸进些带着豆浆味的空气。

四

晚上，爷儿俩见着面。天真吸烟，没话可讲。张大哥吸烟，没话可讲。天真看着蓝烟往上升，张大哥斜眼看着烟斗。好大半天，张大哥觉得专看烟斗是办不了事的："天真，你还有多少日子就毕业了？"

"至多一年吧，"天真一点也不准知道什么时候毕业。

"毕业后怎样呢？"

"顶好上西洋留学。"天真正了正洋裤裤缝。

"哼——"张大哥又看上了烟斗。待了老大半天，"去学什么呢？"

"到外国再说。也别说，近来很喜欢音乐，就研究音乐也不坏。"

"学音乐将来能挣多少钱呢？"

"艺术家也有穷的，也有阔的，没准儿。"

"没准儿"是张大哥最忌讳的三个字。但是不便和儿子辩论。又待了半天，"据我看，不如学财政好。"

"财政也行；那么您一定送我留洋了？"天真立起来。

"我并没么说！上外洋一年得多少钱？"

"还不得两三千？"天真约摸着说。记得李正华在巴黎一年花六千。可是他养着三个法国姑娘，设若养一个的话，三千也许够了。

张大哥不便于再说什么。儿子敢向这样家境的老子一年要三千，定不是个明白儿子，也就不必费话。

天真也不便再说，给父亲一个草案，以后再慢慢进行，资本老头的钱不能像流水那么痛快。

"水仙好哇，今年，还是您自己晒的？"天真一阵明白，知道讨资本老头的喜欢是要去留洋的第一步，而夸奖老头自己晒的水仙是讨喜欢的捷径。

"不算十分好，"资本老头的眼从烟斗上挪到儿子的脸部，然后沉着气立起来，"不算十分好。"走到水仙花那里，用手在花苞的下面横着一比，"去年的才这样矮；今年的长荒了；屋子还是太热。"

"您没养洋水仙花，今年？"天真心里直暗笑自己。

"太慢，非到阴历二月初开不了，而且今年也真贵，四毛五分钱

261

一头；玩不起！可是好哇，上面看花，下面看根，养好了根子这么长。前天才听说，洋水仙开过之后，等叶子干了，把包儿头朝下挂在不见阳光，干松的地方，到冬天就又能开花。事就奇怪，怎么倒挂着，"烟斗头朝了下，"就又能拔尖子呢？其中必有个道理！"张大哥显出爱用思想的样子。

"把小孩子倒栽葱养着，大了准能作高官。"天真觉得自己非常的幽默，而且对父亲过度的和气。

爸爸觉得儿子真俏皮，聪明，哈哈的笑起来。

妈妈听见父子的笑声，进来向他们眨巴眼。

"你看，我说洋水仙倒挂起来，能再开花，天真说小孩子倒养着能作大官！哈哈哈……"

妈妈的笑声震下棚顶一缕塔灰，"咱们可该扫房了，看这些灰！"

一家子非常的欢喜。

临睡的时候："天真还要留洋呢，一年两三千！志向不错呀，啊——"一个哈欠，"可是也得供给得起呀！"

"还要作礼服呢，得个整数，给人家作伴郎去。"妈妈也陪了个哈欠。

"一百？"

老两口谁也没再言语。

第八

一

小赵回来了。老李知道自己的罪名快判定了，可是心中反觉得痛快些，"看看小赵的，也看看太太的，"他心里说。生命似在薄雾里，不十分黑，也不十分亮，叫人哭不得笑不得。应当来些日光；假如不能，来阵暴风也好吹走这层雾；"看看小赵的！"

小赵是所长太太的人，可是并不完全替所长守着家庭间的秘密。可以说的他便说些给同事们听，以便博得大众的羡慕与尊敬。就是闹到所长耳中去，小赵也不怕：不但是所长的官，连所长的命，全在所长太太手里拿着：小赵是所长太太的人，所谓办公便是给她料理私事，小赵不怕。他回来了，全局的人们忽的一齐把耳朵立起来，嘴预备着张开，等着闻所未闻，而低声叹气。说真的，所谓所长太太的私事，正自神秘不测的往往与公事有关系，所以大家有时候也能由小赵的口中讨得些政治消息。小赵回来的前两天中，都被大众这种希冀与探听给包围住：虽然向老李笑了笑，歪了歪头，可是还没得工夫正式来讨伐。老李等着，好似一个大闪过去，等着霹雳。

应当先警告太太一声不呢？老李想：矫正她的鞠躬姿式，教给她

263

几句该说的话？他似乎没有这种精神去教导个三十出头的大孩子。再说，小赵与其他同事的一切全是无聊，何必把他们放在心上呢？爱怎样怎样：没意义！他看着太太作饭，哄孩子，洗衣裳，觉得她可怜。自己呢，也寂寞。她越忙，他越寂寞。想去帮助她些，打不起精神。小赵还计划着收拾她！她可怜：越可怜越显着不可爱，人心的狠毒是没办法的！他只能和孩子们玩。孩子们教给他许多有奇趣的游戏法。可是孩子们一黑便睡，他除了看书，没有别的可作。哼哼几句二黄，不会。给她念两段小说？已经想了好几天，始终没敢开口，怕她那个不了解，没热力，只为表示服从的"好吧"。

"我念点小说，听不听？"他终于要试验一下。

"好吧。"

老李看着书，半天没能念出一个字来。

一本新小说，开首是形容一个城，老李念了五六页，她很用心的听着，可是老李知道她并没能了解。可笑的地方她没笑。老李口腔用力读的地方，她没任何表示。她手放在膝上，呆呆的看着灯，好像灯上有个什么幻象。老李忽然的不念了，她没问为什么，也没请求往下念。楞了一会儿，"哟，小英的裤子还得补补呢！"走了，去找英的裤子。老李也楞起来。

西屋里马老太太和儿媳妇咯啰咯啰的说话。老李心里说，我还不如她呢，一个弃妇，到底还有个知心的婆婆一块儿说会子话儿。到西屋去？那怎好意思！这个社会只有无聊的规禁，没有半点快乐与自由！只好去睡觉，或是到四牌楼洗澡去？出去也好。"我洗澡去，"披上大衣。

她并没抬头，"带点蓝线来，细的。"

老李的气大了：买线，买线，买线，男人是买线机器！一天到晚，没说没笑，只管买线，哪道夫妻呢！

洗澡回来，眉头还拧着，到了院中，西屋已灭了灯，东屋的马少奶奶在屋门口立着呢。看见他进来，好像如梦方醒，吓了一跳的样子，退到屋里去。

老李连大衣没脱，坐在椅子上，似乎非思索一些什么不可。"她也是苦闷，一定！她有婆母，可是能安慰她吗？不能。在一块儿住，未必就能互相了解。"他看了太太一眼，好像为自己的思想找个确实的证据。"夫妇还不能——何况婆媳！"他不愿再往下想，没用。喝着酒，落着泪，跟个知己朋友畅谈一番，多么好！谁是知己？没有。就是有，而且畅谈了，结果还不是没用？睡去！

一夜的大风，门摇窗响，连山墙也好像发颤。纸棚忽嘟忽嘟的动，门缝一阵阵的往里灌凉气。什么也听不清，因为一切全正响。风把一切声音吞起来，而后从新吐出去，使一切变成惊异可怕的叫唤着。刷——一阵沙子，呕——从空中飞过一群笑鬼。哗啷哗啦，能动的东西都震颤着。忽——忽——忽——，全世界都要跑。人不敢出声，犬停止了吠叫。猛孤丁的静寂，院中滚着个小火柴盒，也许是孩子们一件纸玩具。又来了，呕——，呼——屋顶不晓得什么时候就随着跑到什么地方去。老李睡不着。乘着风静的当儿，听一听孩子们，睡得呼吸很匀，大概就是被风刮到南海去也不会醒。太太已经打了呼。老李独自听着这无意识的恼人的风。伸出头来，凉气就像小锥子似的刺太阳穴。急忙缩回头去，翻身，忍着；又翻身，不行。忽——风大概对自己很觉得骄傲，浪漫。什么都浪漫，只有你——老李叫着自己——只有你不敢浪漫。小科员，乡下佬，循规守矩的在雾里挣饭吃。社会上最无聊最腐臭的东西，你也得香花似的抱着，为那饭碗；更不必说打碎这个臭雾满天的社会。既不敢浪漫，又不屑于作些无聊的事。既要敷衍，又觉得不满意。生命是何苦来，你算哪一回？老李在床上觉得自己还不如一粒砂子呢，砂子遇上风都可以响一声，跳一下；自己，头埋在被子里！明天风定了，一定很冷，上衙门，办公事，还是那一套！连个浪漫的兴奋的梦都作不到。四面八方都要致歉，自己到底是干吗的？睡，只希望清晨不再来！

二

"老李，你认什么罚吧？"小赵找寻下来。

不必装傻，认罚是最简截的，老李连说：请吃饭，请吃饭！

邱先生们的鼻子立刻想象着闻见菜味，把老李围上，正直的吴太极要了个云手，说，"在哪儿吃？"

老李想了会儿："同和居。"心里说："能用同和居挡一阵，到底比叫太太出丑强的多！"

小赵的眼睛，本来不大，挤成了两道缝。"不过，我们要看太太！偷偷的把家眷接来，不到赵老爷这里来报案，你想想吧！"

老李看着吴太极问："同和居怎样？"好像同和居是此时的主心骨似的。

吴太极是无所不可，只要白吃饭，地方可以不拘。可是小赵不干："谁还没吃过同和居？不经我批准，连大碗居谁也不用打算吃上！"吴太极咽了一口气。邱先生——苦闷的象征——和小赵嘀咕了两句，小赵羊灯似的点了点头，然后对老李说："这么办，请华泰大餐馆吧。明天晚六点。吃完了，我们一齐给嫂夫人去请安。这规矩不？有面子不？"

老李连连点头，觉得这一出不至于当场出彩了。

"张顺——给华泰打电定座！几个？"小赵按着人头数了数，"还有张大哥，就说六七位吧。明天晚六点。提我；不给咱们好房间，不揍死贼兔子们！"嘱咐完张顺，拍了老李的肩膀一下："明天见，还得到所长家里去，"然后对大家，"明天晚六点，不另下帖啦。"想了想，似乎没有什么可操心的了，"张顺，找老王去，拉我上所长家里去。"

"没想到小赵能这样轻轻的饶了我，"老李心中暗喜，"大概他也看人行事，咱平日不招惹他，他怎好意思赶尽杀绝！"

三

五点半老李就到了华泰。

六点半吴先生邱先生来到。吴先生还是那么正直："我替约了孙先生，一会儿就来。我来的太早了，军人，不懂得官场的规矩。茶房，拿炮台烟。当年在军队里，炮台烟，香槟酒；现在……"吴太极挺着腰板坐下追想过去的光荣。想着想着，双手比了两个拳式子，好像太极拳是文雅的象征，自己已经是弃武修文，摆两个拳式似乎就是作文官考试的主考也够资格。

张大哥和孙先生一齐来了，张大哥说，"干吗还请客？"孙先生是努力的学官话，只说了个"干吗"，下半句没有安排好，笑了一笑。

小赵到七点还没来。

邱先生要了些点心，声明：先垫一垫，恐怕回头吃白兰地的时候肚子太空。老李连半点要白兰地的意思也没有，可是已被邱先生给关了钉儿，大概还是非要不可。

"我可不喝酒，这两天胃口又——"张大哥说。

老李知道这是个暗示，既然有不喝的，谁喝谁要一杯好了，无须开整瓶的；到底是张大哥。

外面来了辆汽车。一会儿，小赵抱着菱，后面跟着李太太和英。菱吓得直撇嘴。见了爸，她有了主心骨，拧了小赵的鼻子一把。

"诸位，来，见过皇后！"小赵郑重的向大家一鞠躬。

她不知怎好，把鞠躬也忘了，张着嘴，一手拉着英，一手在胸下拜了拜。小赵的笑往心中走，只在眉尖上露出一点，非常的得意。

"李太太，张罗张罗烟卷，"小赵把烟筒递给她。她没去接，英顺手接过来，菱过来也抢，英不给，菱要哭。拍，李太太给英一个脖儿拐，英糊里糊涂的只觉头上发热，而没敢哭，大家都要笑，而故意不笑出来。李太太的新围巾还围着，围得特别的紧；还穿着那件蓝棉袍，没沿边，而且太肥。她看看大家，看看老李，莫名其妙。

"李太太，这边坐！"小赵把桌头的椅子拉出，请她入坐。她看着丈夫，老李的脸已焦黄。

救恩又来自张大哥，他赶紧也拉开椅子，"大家请坐！"

李太太见别人坐，她才敢坐。小赵还在后边给拉着椅子，而且故意的拉得很远，李太太没留神，差点出溜下去。除了张大哥，其余的眼全钉着她。

大家坐好，摆台的拿过菜单来。小赵忙递给李太太。她看了看，菱——坐在妈旁边——拿过去了；"哟，还有发呢，妈，菱拿着玩吧？"她顺手把菜单往小口袋里放。小赵觉得异常有趣。"开白兰地！"酒到了，他先给李太太斟满一杯，李太太直说不喝不喝，可是立起来，用手拢着杯子。

"坐下！"老李要说，没说出来，咽了口吐沫。

小吃上来，当然先递给李太太，她是座中唯一的女人。摆台的端着一大盘，纸人似的立在她身旁。她寻思了一下："放在这儿吧！"

小赵的笑无论如何憋不住了。

张大哥说了话："先由这边递，茶房；不用论规矩，吃舒服了才多给小账。"他也笑了笑。

菱见大盘子拿走，下了椅子就追，一交摔在地上，妈妈忙着过来，一边打地，一边说："打地，打，干吗绊我们小菱一交啊?!"菱

268

知道地该打，而且确是挨了打，便没放声哭，只落了几点泪。

老李的头上冒了汗。他向来不喝酒，可是吞了一大口白兰地。李太太看人家——连丈夫——全端起酒来，也呷了一口，辣得直缩脖子，把菱招得咯咯的笑起来。

菱用不惯刀叉，下了手。妈妈不敢放下刀叉，用叉按着肉，用刀使劲切，把碟子切得直打出溜；爽性不切了，向着没人的地方一劲咽气。

小赵非常的得意。

吴先生灌下两杯酒，话开了河，昔日当军人的光荣与现在练太极拳的成绩，完全向李太太述说一番。她的脸红一阵白一阵，不知说什么好。幸而张大哥问了她几句关于房子与安洋炉的事，她算是能找到相当的答对。孙先生也要显着和气，打着他自己认为是官话的话向她发问，她是以为孙先生故意和她说外国话，打了几个岔，脸红了几阵，一句也答不出。孙先生心中暗喜，以为李太太不懂官话。

老李像坐着电椅，混身刺闹得慌。幸而小英在一旁问这个问那个，老李爽性不往对面看，用宰牛的力气给英切肉。

小赵要和老李对杯，老李没有抬头，两口把一杯酒喝净。小赵回头向李太太："李太太。先生喝净了，该您赏脸了！"李太太又要立起来。

"李太太别客气，吃鬼子饭不论规矩。"张大哥把她拦住。

她要伸手拿杯子，张大哥又发了话："老吴你替李太太喝点吧；白兰地厉害，她还得照应着孩子们呢。"

吴太极觉得张大哥是看得起他，"老吴是军人，李大嫂，喝个一瓶两瓶没关系。"一口灌下去一杯，哈了一声，打了个抱虎归山，用手背擦了擦嘴。还觉得不尽兴，"老李，咱替了李太太一杯，咱俩得对一杯，公道不公道？请！"没等老李说什么，他又干了一杯，紧跟着，"开酒！"

老李没说什么，也干了一杯。

四

怎么到了家，老李不知道，白兰地把他的眼封上了。一路的凉风叫他明白过来，他看见了家，也看见了张大哥。看见张大哥，他的怒气借着酒气冲了上来。但是他无论如何不能向张大哥闹气，张大哥不能明白他——没有人能明白他！怒气变为伤心，多少年积蓄下的眼泪只待总动员令。他咧着大嘴哭起来。英和菱吓得不知道怎好，都藏在妈妈的身旁。妈妈没吃饱，而且丢了脸，见丈夫哭，自己也不由的落泪。

张大哥由着老李哭，过去劝李太太："大妹妹，不用往心里去，这算不了什么！那群人专会捣坏，没有正经的。再遇上他们的时候，我告诉您，大妹妹，不管三七二十一，和他们嘴是嘴，眼上眼，一点别饶人，他们管保不闹了；您越怕，他们越得意。"

"不是呀，大哥，您看我，我不惯那么着呀，我哪斗得过几个大老爷们呀！"她越想越觉伤心，也要哭出声来。

"大妹妹，别，看吓着孩子们！"

李太太一听吓着孩子，赶紧把泪往肚子里咽。醒了把鼻子，委委屈屈的说："大哥您看，那个姓赵的来了，我不认识他，怎能和他走呢？可是他同丁二爷一块来的，我——"

"呕，丁二爷？"

"是呀，我认识丁二爷。小赵说什么，丁二爷都点头，我干吗再多心呢？他又都说得有眉有眼！他说您大兄弟又请了女客，叫我去陪陪，我心里就想，要是不去，岂不叫您大兄弟不愿意？我还留了个心眼，到西屋问了问马老太太，老太太也认识丁二爷，说，去就去吧。及至到了那里，我一看并没有女客，就瞪了眼！没看见过这么坏的人，没看见过！"

张大哥觉得她说了这一片，也当够解气的了，又过来劝老李："老李，你睡去吧，这不算什么，小赵的坏，何必跟他生气？！"

老李连大气也没出；不便于说什么，张大哥不懂。

这个工夫，马老太太进来了。李太太走后，婆媳们又不放心了，念叨了一晚上。可是他们回来了，老李又哭起来，老太太莫名其妙。听见老李住了声才敢过来。"张先生，怎回事呀？"

"老李被同事们起哄灌醉了；您还没歇着哪，老太太？"

"没哪，她们娘儿三个走后，我又不放心了，直提心吊胆的一大晚上！"

"老李呀，你睡去，我该走了，明天见。"张大哥似乎有把这一案交给马老太太撕掳的意思。

老李没有要送出张大哥的意思，可是似乎是出于习惯，不由的立起来。张大哥怕他再晃摇得吐了，拦住了他。

马老太太和李太太说了几句也回到西屋去。李太太抱着菱上床去落泪。

老李坐在火旁，喝了一大壶开水，心中还觉得渴。头发紧，一声不语，心中烧着个没有火苗的闷火。他没有和李太太闹气的意思，虽然她是出了丑。他恨自己。为什么请小赵们吃饭？只为透着和气？不，为是避免太太出丑；可是终于是出了丑，而且是花了许多的钱！为什么怕太太出丑？跟小赵硬硬的，不请客，不请！小赵能把我怎样了？我的太太就是那样，就是那样！干什么想回避藏躲？自己，自己根本是腐朽社会意见的化身，不敢和无聊，瞎闹，硬碰一碰，自己不算个人，没有人气！为什么不端起酒杯，对准了泼在小赵脸上？或是捏着小赵的鼻子灌他一杯醋？只会自己生闷气，不敢正眼看自己的太太！老觉得自己是个新人物，有理想，却原来是地道的怯货，不敢向小科员们说半个错字，不敢不给他们作开心的材料！

老李恨小赵不似恨张大哥那么深。对小赵，他只恨自己为什么不当场叫他吃点亏，受点教训，对张大哥，他没办法。这场玩笑，第一个得胜的是小赵，第二个是张大哥。看张大哥多么细心圆到，处处替李太太解围，其实处处是替小赵完成这个玩笑。为什么张大哥不直接的拦阻小赵？或是当场鼓动我或太太和小赵，嘴是嘴，眼是眼？张大哥哪敢那么办！他承认小赵的举动是对的，即使不是完全有分寸的。他承认李太太是该被人戏弄的，不过别太过火。那位二妹妹的丈夫，托人情考中了医生，还要托人情免了庸医杀人的罪名，这是张大哥的办法！任着小赵戏弄英的妈，而从中用好像很圣明的方法给她排解，好叫她受尽嘲笑，这是他的办法！他叫我接来家眷！

张大哥不敢得罪任何人，可是老李——他叫着自己——你自己呢？根本是和他一个模子刻出来的！你自己总觉得比张大哥高明，其实你比他还不济！假如有人戏弄张大嫂？张大哥也许有种不得罪人的办法替她解围。老李你呢？没有任何办法！小赵是什么东西？可是你竟自不敢得罪他。小赵替狗粪样的社会演活动电影，你自己老老实实的给他作演员！还说什么理想，革命，打倒无聊的社会规俗！哈，哈！

太太，自然是不高明。为什么把她接来，那么？谁把她接来的？就不敢像马老太太的儿子那样浪漫，连那样想想也不敢！你一辈子只会吃社会的屎！既然接来，为什么要藏藏躲躲？为什么那件蓝棉袍就不宜于上东安市场？为什么她就见不得小赵？

老李的闷火差不多把自己要烧裂了。越想头越疼，渐渐的他不能再清楚的思想了。

第九

一

老李醒得很早，不敢再睡。起来，用凉水抹了抹脸，凉得透骨，可是头觉得轻松些。好歹穿齐了衣裳，上了街。街上清冷，有几个行人都缩着脖子，揣着手，鼻子冒着热气，走得很快。上哪里去？随便走吧。不思索什么，张大哥，小赵，吴太极，全不值得一想；在街上走，好了，走到哪儿是哪儿。几片胭脂瓣色的薄云横在东方，颇有些诗意：什么是诗意？呕，到了单牌楼。一家小牛奶铺已经挂出招牌，房沿那溜微微有些不很明的阳光。进去，吃了碗牛奶，半块点心，胃中有些发痛。再绕几步，干脆上衙门去，早早的，倒叫小赵看看我并不怕他。昨天为什么不惩治他一顿？绕了个大圈，腿已有些发酸，到了那个怪物衙门。办公室里还没有升火，坐下等着，老李是不会张顺李顺瞎喊的，好在科员们不喊，工友也不来，正好独自静坐一会儿。

坐了好久，连个鬼魂也没露面。忽然工友们像见了妖精，忙成一团，所长到了。"有人来了没有？有人没有？"所长连喊。

"二科的李先生来了，"七八个嘴一致的回答。

"请，请，到所长室去！"

273

老李到了所长室，所长似乎并不认识他，虽然老李在他手下已经小二年。所长有件十万火急的公事要顿时办好，他自己带到天津去。老李对公事很熟习，婆婆慢慢的开始动笔。所长在屋里喝茶，咳嗽，擦脸，好像非常的忙，而确是不忙。所长的脸像块加大的洋钱，光而多油，两个小豆眼。一匹极大的肚子，小短腿，滚着走似乎最合适。

老李把公事办好，递给了所长，所长看完公事，用小豆眼像检定钞票似的看了老李一眼。"李先生为什么来这么早？"老李自然不好意思说在家中闹了气，别的话一时也想不起，手心发了汗。工友们平日对老李正如所长对他那么冷淡，今天见李科员在御前办了公事，立刻增了几倍敬意，一个资格较老的代老李回答："李科员先生天天来得很早，是。"

所长转了转小豆眼，点了点头，"好吧，李先生回来告诉秘书长，我到天津去，有要事打电话好了，他知道我的地点。"所长说罢，肚子似有动意，工友们知道所长要滚，争着向外飞跑。衙门外汽车嘟嘟的响起来，给清冷的早晨加上一点动力。所长滚出来，爬进车去，呼——一阵尘土，把清冷的街道暂时布下个飞沙阵。

小赵预备着广播李太太的出丑，一路上已打好了草稿，有枝添叶必使同事们笑得鼻孔朝天。哪知道，工友们也预备下广播节目：所长怎么带着星光就来了，而李科员一手承办了天大的公事，所长和李科员谈了好大好大半天，一边说一边转那对豆眼——谁也知道所长转眼珠是上等吉卦。小赵刚一进衙门，他的文章还没出口，已经接到老李的好消息。他登时改了态度，跑到科里找老李。"我说，老李，所长真是带着星星就来了吗？"

"不过早一点罢了。"老李不便于说假话，可是小赵不十分相信，而且觉得老李的劲儿有点傲慢。

"办什么公事来着？"

老李告诉了他，并且拿出原稿给他看。小赵看不出公事有多大重要，可是觉得老李的态度很和平日不同。"说，老李，你和所长怎么个认识？"

"我？所长没到任，我就在这儿：他来了不知为什么没撤我的差。"

"呕！"小赵心里说："天下还有那么便宜的事！单说所长太太手里就还有三百多人，会无缘无故的留下你！老李这小子心里有活，别看他傻头傻脑的。"然后对老李，"我说，老李，所长没应下你什么差事呀？"

"办一件公事有什么了不得的？"老李心中非常的讨厌小赵，可是到底不能不回答他。

"老李，大嫂昨天回家好呀，没骂我？"

"哪能呢？她开了眼，乐得直并不上嘴！"老李很奇怪自己，居然能说出这样漂亮话来。

小赵心里更打了鼓；老李不但不傻，而且确是很厉害。同时：他要是和所长有一腿的话，我不是得想法收拾他，就得狗着他点：先狗他一下试试。"老李，今天晚上我还席，可得请大嫂子一定到。我去请几位太太们：谁瞎说谁是狗！"

老李讨厌请客，更讨厌被请。不过，为和小赵赌气，登时答应了。心里说，"小子，你敢再闹，不剥了你的皮！"

回家和太太一说，她登时瞪了眼。她本来预备着老李回来和她大闹一场，因为虽然自己确是没吃过洋饭，可是出丑到底是出丑：丈夫一清早就出去了！丈夫回来，并没向她闹气，心中安顿了一些，虽然是莫名其妙。听到又有人请客，而且还是小赵，泪当时要落下来——这一定是丈夫想用这种方法惩治我，再丢一回脸，而后二归一，和我总闹一回！

老李是不惯于详细的陈说，话总是横着出来，虽然没意思吵嘴。于是两下不来台。

"我不能再去，还是那群人，昨晚上还没把人丢够，再找补上点是怎着？"李太太的脸都气白了。

"正是因为那个，才必须去，叫他们看看到底那些坏招儿不能把谁的鼻子擦了去！"

"自然不是你的鼻子！"

"我叫你去，你就得去；还有太太们呢！"

"不去定了，偏不去！"

老李知道这非闹一阵不可了。可是有什么意思呢？况且，犯得上和小赵赌气吗？赌过这口气又怎样？算了吧，爱去不去，我才不在乎呢！正在这么想着，小英发了话：

"妈，咱们去！今个要再吃那大块肉啊，我偷偷的拿回把叉子来，多么好玩！"

老李借这个机会，结束了这个纷争："好了，英去，菱去，妈妈也去。"

太太没言语。

"我五点回来，都预备好了。"

太太没言语。

五点，老李回来，心里想，太太准保是蓬着头发散着腿，一手的白面渣儿。还没到街门，看见英，菱，马老太太都在门口站着呢。两个孩子都已打扮好。

"老太太，昨个晚上没——"老李找不到相当的字眼向她致歉。

"没有，"老太太的想象猜着他应当说什么，"今天又出去吃饭？"

"是，"老李抱起菱来，"没意思！"

"别那么说，这个年头在衙门里作事，还短得了应酬？我那个儿——"老太太不往下说了，叹了口气。

李太太也打扮好了，穿着件老李向来没看见过的蓝皮袍，腰间瘦着一点，长短倒还合适，设若不严格的挑剔。

"马大妹妹借给我的，"李太太说，赶紧补了一句，"你要是不——我就还穿那件棉袍去。"

"那天买的材料为什么还不快做上？"

问题转了弯，她知道不必把皮袍脱下来，也没回答丈夫的发问，大概不是三言两语所能说明的。

她的头梳得特别的光，唇上还抹了点胭脂，粉也匀得很润，还打得长长的眉毛，这些总合起来叫她减少了两岁在乡间长成的年纪。油味，对于老李，也有些特别。

"东屋大妹妹给我修饰了半天。"李太太似乎很满意。

为什么由坚决不去赴宴，改为高高兴兴的去，大概也与大妹妹有关系：老李想到，不便再问。

"马奶奶看家，大婶看家，我们走了。"李太太不但和气，语声都变得委婉了些，大概也是受了大妹妹的传染。

小赵请的是同和居。他们不必坐车，只有那么几步！可是这么几步，英也走了一脚尘土，一边走一边踢着块小瓦片：被爸说了两句，不再踢了，偷偷的将瓦片拾起藏在口袋里。

二

怪不得吴太极急于纳妾。吴太太的模样确是难以为情：虎背熊腰，似乎也是个练家子，可是一对改组脚，又好像不能打一套大洪拳——大概连太极都得费事。横竖差不多相等，整是一大块四方墩肉，上面放着个白馒头，非常的白，仿佛在石灰水里泡过三天，把眼皮鼻尖耳唇都烧红了，眉毛和头发烧剩下不多。眉眼在脸上的布置就好像男小孩画了个人头轮廓，然后由女小孩把鼻眼等极谨慎的密画在一处，四围还余着很宽的空地，没法利用。眼和耳的距离似乎要很费些事才能测定。说话儿可是很和气，像石灰厂掌柜的那样。

吴太极不敢正眼看太太，专看着自己的大拳头，似乎打谁一顿才痛快。

邱先生的夫人非常文雅，只是长像不得人心。瘦小枯干，一槽上牙全在唇外休息着。剪发，没多少头发。胸像张干纸板，随便可以贴在墙上。邱先生对太太似乎十分尊敬，太太一说话，他赶紧看众人的脸上起了什么感应。太太说了句俏皮话，他巡视一番，看大家笑了，他赶快向太太笑一笑，笑得很闷气。

孙先生的夫人没来。他是生育节制的热烈拥护者，已经把各种方法试行了三年，太太是一年一胎，现在又正在月子里。作科员而讲生育节制，近于大逆不道。可是孙先生虽"讲"而不伤于子女满堂，所以还被同事们尊敬，甚至于引起无后的人们的羡慕："子女是天赐的，看人家孙先生！"

倒还是张大嫂像个样子，服装打扮都合身分与年纪。

小赵的太太没来——不，没人准知道他有太太没有。他自己声明有个内助，谁也没看见过。有时她在北平，有时她在天津，有时她也在上海，只有小赵知道。有人说，赵太太有时候和赵先生在一块住，有时候也和别人同居；可是小赵没自己这样说，也就不必相信。

有太太们在座，男人们谁也不敢提头天晚上的事，谁也没敢偷着笑李太太一下；反之，大家都极客气的招待她和两个小孩。

老李把各位太太和自己的比较了一下，得到个结论：夫妻们原来不过是那么一回事，"将就"是必要的；不将就，只好根本取消婚姻制度。可是，取消婚姻制度岂不苦了这些位夫人，除了张大嫂，她们连一个享受过青春的也没有，都好像一生下来便是三十多岁！

方墩的吴太太，牙科展览的邱太太，张大嫂，和穿着别人衣裳的李太太，都谈开了。妇女彼此间的知识距离好似是不很大：文雅的大

278

学毕业邱太太爱菱的老虎鞋，问李太太怎样作。方墩太太和张大嫂打听北平的酱萝卜属哪一家的好。张大嫂与乡下的李太太是彼此亲家相称。所提出的问题都不很大，可是彼此都可以得些立刻能应用的知识与经验，比稣格拉底一辈子所讨论的都有意思的多。据老李看，这些细小事儿也比吴先生的太极拳与纳妾，小赵的给所长太太当差，张大哥的介绍婚姻，更有些价值。而且女人们——特别是这些半新不旧的妇道们——只顾彼此谈话，毫不注意她们的丈夫，批评与意见完全集中在女人与孩子们，决牵涉不到男人身上；男人们一开口就是女的怎样，讨厌！老李颇有些羡慕与尊敬女人的意思，几乎要决定给太太买一件皮袍。

饭吃得很慢，谁也没敢多喝酒，很有礼貌。吴太极虽然与张大哥坐一处，连一个"妾"字也没敢说。孙先生也没敢宣传生育节制的实验法，只乘着机会练习了些北平的俗语，如"猪八戒照镜子，里外不是人"之类。小赵本想打几句哈哈，几次刚一张嘴，被文雅的邱太太给当头炮顶了回去。邱先生本要给太太鼓掌，庆祝胜利，被太太的牙给吓老实了——邱太太用当头炮的时候，连下边一槽牙也都露出来，颇有些咬住耳朵不撒嘴的暗示。老李觉得生命得到了平衡，即使这几位太太生下来便是三十多岁，也似乎没大关系。

饭后，太太们交换住址，规定彼此拜访的日期，亲热得好似一团儿火。

三

过了两天，老李从衙门回来，看太太的脸上带着些不常见的笑容，好像心中有所获得似的。"吴太太来了，"她说。

他点点头，心里说，"方墩！"

279

"吴太太敢情也不省心呀?"她试着路儿说。

"怎么?"

"吴先生敢情不大老实呢!"

老李哼了一声。男人批评别人的太太,妇人批评自己的丈夫!

"他净闹娶姨太太呢,敢情!吴太太多么和气能干呀,还娶姨太太干吗?!"

老李心中说,"方墩!"

"你可少和吴先生在一块打联联。"

啊,有了联盟!男人不专制,女人立刻抬头,张大哥的天平永远不会两边同样分量,不是我高,便是你低,不会平衡!"我和他有什么关系呢?"

"我是这么说;吴太太说男人们都不可靠。"

"我也不可靠?"

"没你的事,她不过那么说说,你就值得疑心?"话虽然柔和,可是往常她就不敢这样说。

老李想嘱咐她几句,不用这么拉老婆舌头,而且有意要禁止她回拜方墩太太去,可是没说出来。对于尊敬妇女的意思,可是,扫除了个干干净净。男女都是一样,无聊,没意义,瞎扯!婚姻便是将就,打算不将就,顶好取销婚姻制度。家庭是个男女,小孩,臭虫,方墩样的朋友们的一个臭而瞎闹的小战场!老李恨自己没胆气抛弃这块污臭的地方!只是和个知己——不论是男是女——谈一谈才痛快;哪里去找?家庭是一汪臭水,世界是片沙漠;什么也不用说,认命!

四

李太太确是长了胆子。张大嫂,吴方墩,邱太太,刚出月子的孙

280

太太，组成了国际联盟；马家婆媳也是会员国。她说话行事自然没有她们那样漂亮，那样多知多懂，那样有成见，可是傻人有个傻人缘。况且因为她，她们才可充分表示怜爱辅助照管指导的善意，她是弱小国家，她们是国联行政院的常务委员。她们都没有像英和菱这样的孩子，张大嫂的儿女已长大，孙太太的又太小，邱太太极希望得个男孩，可是纸板样的身体，不易得个立体的娃娃；只就这两个小孩发言立论，李太太就可以长篇大论，振振有词。邱太太虽是大学毕业，连生小孩怎样难过的劲儿都不晓得，还得李太太讲给她听。还有，她来自乡间，说些庄稼事儿，城里的太太觉得是听瞽儿词。邱太太就没看见过在地上长着的韭菜。

依着马少奶奶的劝告，李太太剪了发，并没和丈夫商议。发留得太长，后边还梳上两个小辫。吴方墩说，有这一对小辫可以减少十岁年纪；老李至少也得再迟五年才闹纳妾。可是老李看见这对小辫直头疼，想不出怎样对待女人才好；还是少开口的为是，也就闭口无言。可是夫妻之间闭上嘴，等于有茶壶茶碗，而没有茶壶嘴，倒是倒不出茶来，赶到憋急了，一倒准连茶叶也倒出来，而且还要洒一桌子。老李想劝告她几句："修饰打扮是可以的，但是要合身分，要素美；三十多岁梳哪门子小辫？"这类话不好出口，所以始终也没说，心里随时憋得慌。况且，细咂这几句的味道，根本是布尔乔亚；老李转过头来看不起自己。看不起自己自然不便再教训别人。

对于钱财上，她也不像原先那样给一个就接一个，不给便拉倒，而是时时向丈夫咭唧着要钱。不给妻子留钱，老李自己承认是个过错，可是随时的索要，都买了无用的东西，虽然老李不惜钱，可也不愿看着钱扔在河里打了水漂儿。谁说乡下人不会花钱？张家，吴家，李太太常去，买礼物，坐来回的车……回来并不报告一声都买了什么，而拉不断扯不断的学说方墩太太说了什么，邱太太又作了什么新衣裳。老李不愿听，正和不愿听老吴小赵们的扯淡一样。在衙门得听着他们扯，回家来又听她扯，好像嘴是专为闲扯长着的。况且，老李开始觉到钱有点不富裕了。

更难堪的是她由吴邱二位太太学来些怎样管教丈夫的方法。方墩太太的办法是：丈夫有一块钱便应交给太太十角；丈夫晚上不得过十点回来，过了十时锁门不候。丈夫的口袋应每晚检查一次，有块新手绢也当即刻开审——这个年月，女招待，女学生，女理发师，女职员，女教习，随时随处有拐走丈夫的可能。邱太太的办法更简单一些，凡有女人在，而丈夫不向着自己太太发笑，咬！

果然有一天，老李十一点半才回来，屋门虽没封锁，可是灯熄火灭，太太脸朝墙假睡，是假睡，因为推她也不醒吗！老李晓得她背后有联盟，劝告是白饶，解释更显着示弱，只好也躺下假睡。身旁躺着块顽石，又糊涂又凉，石块上边有一对小辫，像用残的两把小干刷子。"训练她？张大哥才真不明白妇女！'我'现在是入了传习所！"老李叹了口气。有心踹她一脚，没好意思。打个哈欠，故意有腔有调的延长，以便表示不困，为是气她。

老李睡不着，思索：不行，不能忍受这个！前几天的要钱，剪发，看朋友去，都是她试验丈夫呢；丈夫没有什么表示，好，叫她抓住门道。今个晚上的不等门是更进一步的攻击，再不反攻，她还不定怎么成精作怪呢！在接家眷以前，把她放在糊涂虫的队伍中；接家眷的时候，把她提高了些，可以明白，也可以糊涂；现在，决定把她仍旧发回原籍——糊涂虫！原先他以为太太与摩登妇女的差别只是在那点浮浅的教育；现在看清，想拿一点教育补足爱情是不可能的。先前他以为接家眷是为成全她，现在她倒旗开得胜，要把他压下去。她的一切都讨厌！半夜里吵架，不必：怕吓住孩子们。但是不能再和这块顽石一块儿躺着。他起来了摸着黑点上灯，掀了一床被子，把所有的椅子全搬到堂屋拼成一个床。把大衣也盖上。躺了半天，屋里有了响动。

"菱的爹，你是干吗呀？"她的声音还是强硬，可是并非全无悔意。

老李不言语，一口吹灭了灯，专等她放声痛哭：她要是敢放声的嚎丧，明天起来就把她送回乡下去！

太太没哭。老李更气了："皮蛋，不软不硬的皮蛋！橡皮蛋！"心里骂着。小说里，电影里，夫妇吵架，而后一搂一吻，完事，"爱与吵"。但是老李不能吻她，她不懂：没有言归于好的希望。爱与吵自然也是无聊，可是到底还有个"爱"。好吧，我不爱，也不吵：顽石，糊涂虫！

"你来呀，等冻着呢！"她低声的叫。

还是不理，只等她放声的哭。"一哭就送去，没二句话！"老李横了心，觉得越忍心越痛快。半夜里打太太的人，有的是；牛似的东西还不该打！

"菱的爹，"她下了床，在地上摸鞋呢。

老李等着，连大气不出。街上过去两次汽车，她的鞋还没找着。

"你这是干吗呢？"她出来了："我有点头疼，你进来我没听见，真！"

"不撒谎不算娘们！"他心里说。

"快好好的去睡，看冻着呢！洋火呢？"她随问随在桌子上摸，摸到了洋火，点上灯，过来掀他的被子。"走，大冷的天！"

老李的嘴闭得像铁的，看了她一眼。她不是个泼妇，她的眼中有点泪。两个小辫撅撅着，在灯光下，像两个小秃翅膀。不能爱这个妇人，虽然不是泼妇。随着她进了屋里，躺下。等着她说话，她什么也没再说。又睁了半天眼，想不出什么高明招数来，赌气子睡了。

283

第十

一

旧历年底。过年是为小孩，老李这么想，成人有什么过年的必要？给英们买来一堆玩具，觉得尽了作父亲的责任，新年自然可以快乐的过去。

李太太看别人买东道西，挑白菜，定年糕，心里直痒痒，眉头皱得要往下滴水。

老李看出来，成人也得过年；不然，在除夕或元旦也许有悬梁自尽的。给了太太二十块钱。"你爱买什么就买什么，把钱都给了狗也好，"心里说。

赶上个星期天，他在家看孩子，太太要大举进攻西四牌楼。

马老太太也提着竹篮，带着十来个小罐，去上市场收庄稼。

老李和英们玩开了。菱叫爸当牛，英叫爸当老虎。爸觉得非变成走兽不可，只好弯着身来回走，菱粗声的叫着。

"菱，"窗外细声的叫，"菱，给你这个。"

"哎——"菱像小猫娇声低叫似的答应了声，开开门。

老李急忙恢复了原形。马少奶奶拿着一个鲜红的扁萝卜，中间

284

种好一个鹅黄的白菜心，四围种着五六个小蒜瓣，顶着豆绿的嫩芽。"呕，大哥在家哪？大嫂子呢？"她提着那个红玩艺，不好意思退回去。

"她买东西去了，"老李的脸红了，咽了口气，才又说出来："您进来！"

她不愿进去，可是菱扯住她不放，英也上来抱住腿。

老李这才看明白她，确是好看！不算美；好看。混身上下没有一处不调匀，不轻巧。小小的身量，像是名手刻成的，肩头，腿肚，全是圆圆的。挺着小肉脊梁，项与肩的曲线自然，舒适，圆美。长长的脸，两只大眼睛，两道很长很齐的秀眉。剪着发，脑后也札了两个小辫——比李太太的那两个轻俏着一个多世纪！穿着件半大的淡蓝皮袍，自如，合适，露着手腕。一些活泼，独立，俊秀的力量透在衣裳外边，把四围的空气也似乎给感映得活泼舒服了，像围着一个石刻杰作的那点空气。不算美；只是这点精神力量使她可爱。

老李把她看得自己害了羞！她往前走了两步，全身都那么处处活动，又处处不特别用力的，不自觉而调和的，走了两步。不是走，是全身的轻移。全身比那张脸好看的多。"我把这个挂在哪儿，英？"她高高的提着那个萝卜。"不是拿着玩的；挂起来；赶明儿白菜还开小黄花呢。"她对英们说，可是并没故意躲避着老李。

"叫爸顶着！"英出了主意。

老李笑了。马少奶奶看了看，没有合适的地方，轻轻把萝卜放在桌上，"我还有事呢，"说着就往外走。

"玩玩，玩玩！"菱直央告。

老李急于找两句话说，想不出。忽然手一使劲，来了一句："您娘家贵姓呀？"不管是否显着突乎其来，反正是一句话。她没吓一跳，唇边起了些笑意，同时："姓黄，"那些笑意好似化在字的里边，字并

285

不美；好听。

"不常回娘家？"他似乎好容易抓到一点，再也不肯放松。

"永远不回去，"她拍着菱的头发说，"他们不许我回去。"

"怎么？"

她又笑了笑，可是眉头皱上了些，"他们不要我啦！"

"那可太——"老李想不出太怎么来。

"菱，来，跟我玩去。"她拉着菱往外走。

"我也去！"英抱起一堆玩物，跟着往外走。

她走到门口，脸稍微向内一偏，微微一点头。老李又没想起说什么好。

他独自看着那个红萝卜，手插在裤袋里，"为什么娘家不要她了呢？"

二

李太太大胜而归。十个手指头没有一个不被麻绳杀成了红印的，双手不知一共提着多少个包儿。鼻尖冻得像个山里红，可是威风凛凛，屋门就好似凯旋门。二十块只剩了一毛零俩子儿，还没打酱油，买羊肉，和许多零碎儿。老李不便说什么，也没夸奖她。她专等丈夫发问，以便开始展览战利品，他始终没言语。她叹了口气，"羊肉还没买呢！"他哼了一声。

老李心中直责备自己：为什么不问她两句，哪怕是责备她呢，不也可以打破僵局吗？可是只哼了一声！他知道他的心是没在家，对于她好像是看过两三次的电影片子，完全不感觉趣味。

丁二爷来了，来送张家给干女儿的年礼。英们一听丁二大爷来了，立刻倒戈，觉得马婶娘一点也不可爱了，急忙跑过来，把玩艺全放在丁二大爷的怀里。丁二爷在张大哥眼中是块废物，可是在英们看，他是无价之宝。

老李对丁二爷没什么可说的。可是太太仿佛得着谈话的对手。她说的，丁二爷不但是懂得，而且有同情的欣赏。

"天可真冷！"她说。

"够瞧的！滴水成冰！年底下，正冷的时候！"他加上了些注解。

"口蘑怎那么贵呀！"李太太叹息。

"要不怎么说'口'蘑呢，贵，不贱，真不贱！"丁二爷也叹息着。

老李要笑，又觉得该哭。丁二爷是废物，当然说废话，可是自己的妻子和废物谈得有来有去的！打算夫妇和睦，老李自己非也变成个丁二爷不可：可是谁甘于作废物，说废话！"您坐着，我出去有点事，"老李抓起帽子走了出去。他走后，太太把买来的东西全和丁二爷研究了一番，他给每件都顺着她的口气加上些有分量的形容：很好，真便宜，太贵……李太太越说越高兴，以为丁二爷是天下唯一能了解她的人。英们也爱他。英说，"二大爷当牛！"二大爷立刻说，"当牛，当牛，我当牛！"菱说，"二大，举菱高高！"二大立刻把她举起来，"举高高，举菱高高！"把二大爷和爸比较起来，爸真不能算个好玩的人。英甚至于提议："二大爷，叫爸当你的爸，你呀当我们的爸，好不好？"二大爷很高兴，似乎很赞成这种安排法。妈妈也不由的这样想：设若老李像丁二爷，那要把新年过得何等快活如意！可惜，丁二爷不会挣钱，而老李倒是个科员——科员自然是要难伺候一些的。

老李没回来吃午饭。太太心中嘀咕上了。莫非他还记恨着那天晚上的碴儿？也许嫌我花银太多？还是讨厌丁二爷？她看见那个扁红萝卜。"这是哪儿来的？"

"东屋大婶给送来的，"英说。

"我上街的时候，她进来了？"

菱抢在英的前面："妈去，婶来，爸当牛。"

"呕！"天大的一个"呕"！一夜夫妻百日恩，他不能还记恨着我。丁二爷是好人。花钱，男人挣钱不给太太花，给谁？给养汉老婆花？其中有事！人家老婆不在家，你串哪家子门儿呀？你的汉子不要你，干吗看别人的汉子眼馋呀？李太太当时决定，把东屋的野老婆除名，不能再算国联的会员国，而且想着想着出了声："英，菱，"声音不小，含有广播的性质。"英，少上人家屋里去！自己没有屋子吗？听见没有？小不要脸的！撞什么丧，别叫我好说不好听的胡卷你们！"

英和菱瞪了眼，不知妈打哪里来的邪气。

李太太知道广播的电力不小，心中已不那么憋得慌。把种着鹅黄色菜心的红萝卜一摔，摔在痰盂里，更觉得大可以暂告一段落。

三

老李是因为躲丁二爷才出去，自然没有目的地。走到顺治门，看了看五路电车的终点，往回走。走到西单商场又遇上了丁二爷。丁二爷混身的衣裳都是张大哥绝对不想再留着的古玩，在丁二爷身上说不清怎么那样难过，棉袍似秋柳，裤子像莲篷蒌，帽子像大鲜蘑菇，可是绝对不鲜。老李忽然觉得这个人可怜。或者是因为自己觉得饿与寂寞，他莫名其妙的说了句："一块去吃点东西怎样？"

丁二爷咽了口气，而后吐出个"好！"

在商场附近找了家小饭馆。老李想不起要什么好，丁二爷只向着跑堂的搓手，表示一点主张也没有。

"来两壶酒？"跑堂的建议。

"对，两壶酒，两壶，很好！"丁二爷说。

其余的，跑堂建议，二位饭客很快的通过议案。

老李不大喝酒，两壶都照顾了丁二爷。他的脸渐渐的红上来，眼光也充足了些，腮上挂些笑纹，嘴唇咂着酒味动了几次，要说话，又似乎没个话头儿。看了老李一眼，又对自己笑了笑，口张开了："两个小孩真可爱，真的！"

老李笑着一点头。

"原先我自己也有个胖男孩，"丁二爷的眼稍微湿了点，脸上可是还笑着。"多年了，"他的眼似乎看到很远的过去，"多年了！"他拿起酒盅来，没看，往唇上送；只有极小的一滴落在下唇上。把盅子放下，用手捂着，楞了半天，叹了口气。

老李招呼跑堂的，再来一壶；丁二爷连说不喝了，可是酒到了，他自己斟满。呷了一口，"多年了！"好像他心中始终没忘了这句。"李先生，谢谢你的酒饭！多年了！"他又喝了一口。"妇女，妇女，"他脸上的笑容已经不见，眼直看着酒盅，"妇女最不可靠，最不可靠，您不恼丁二，没出息的丁二，白吃饭的丁二，这么说？"

老李觉着不大得劲，可是很愿听听他说什么，又笑了笑，"我也是那么看。"

"啊！丁二今天遇见知己：喝一口，李先生！我说妇女不可靠；看我这个样，看！都因为一个女人，多年了！当年，我也曾漂亮过，也像个人似的。娶了亲，哼！她从一下轿就嫌我，不知道为什么，很嫌我！我怎么办？给她个下马威；哼！她连吃子孙饽饽的碗都摔了。闹吧，很闹了一场：归齐，是我算底①：丁二是老实人，很老实！她看哪个男人都好，只有我不好！谁甘心当王八呢？但是——喝一口，

———————————
① 算底，被压在下面，失败者的意思。

289

李先生。但是，我是老实人。三年的工夫，我是在十八层地狱里！一点不假，第十八层！打，我打不了，老实，真老实！我只能一天到晚拿这个，"他指了指酒盅，"拿这个好歹凑合着度过一天，一月，一年，一共三年！很能喝点，一斤二斤的，没有什么，"他笑了笑，似乎是自豪，又像是自愧。

老李也抿了一口酒，让丁二爷吃菜，还笑着鼓舞着丁二往下说。

"事情丢了；谁要醉鬼呢？从车上翻出来，摔得鼻青脸肿；把刚关的薪水交给要饭的，把公事卷巴卷巴当火纸用；多了，真多，都是笑话。可是醉卧在洋沟里，也比回家强！强的多！自己的胖小子，就不许我逗一逗，抱一抱；还有人说，那不是我丁二的儿子！她要是把孩子留下，她自己干脆跑了，丁二还能把酒一断，成个人。她不跑，及至她把我人和钱全耗净，我连一件遮身的大衫都没有了，她跑了，带着我的儿子！我还有什么活头呢？有人送给我一件大衫，我也把它卖了，去喝酒。张大哥从小店里，把我掏了出来，我只穿着半截裤子，腊月天，小店里用鸡毛蒜皮烧着火！我忘不了她，忘不了我的儿子。她在哪儿呢？干什么呢？我一天到晚，这么些年了，老盼望有封信来——不管是打哪儿来的——告诉我个消息。邮差是些奇怪的人，成天成年给人家送信，只是没有我的。儿子。唉！完了，我丁二算是完了！妇女要是毁人，毁到家，真的！李先生，谢谢你的酒饭！见了张大哥别说我喝酒来着，一从一入他的家门，没喝过一滴酒。李先生，谢谢你！"

"你还没吃饱呢？"老李拦住了他。

"够了，真够了，遇见了知己，不饿。多年了，没人听我这一套。天真，秀真，小的时候，还爱听我说；现在，他们长大了，不再愿听。谢谢。李先生！我够了；得上街去溜一溜嘴里的酒味；叫张大嫂闻见，了不得，很了不得！"

四

老李心中堵得慌。一个女人可以毁一个，或者不止一个，男子；同样的，男人毁了多少妇女？不仅是男女个人的问题，不是，婚姻这个东西必是有毛病。解决不了这样大的问题，只好替自己和丁二爷伤心。丁二爷不那样讨厌了。世上原没讨厌的人，生活的过程使大家不快活，不快活自然显着讨厌：大概是这么回事，他想。假如丁二爷娶了李太太，假如自己娶了——就说马少奶奶吧，大概两人的生活会是另一个样子？可也许更坏，谁知道！他上了天桥，没看见一个讨厌的人，可是觉得人人心的深处藏着些苦楚。说书的，卖艺的，唱蹦蹦戏的，吆喝零碎布头的，心中一定都有苦处。或者那听书看戏捧角的人中有些是快活的，可是那种快活必是自私的，家中有几个钱，有个满意的老婆，都足以使他们快活，快活得狭小，没意义，像臭土堆上偶尔有几根绿草，既然不足以代表春天，而且根子扎在臭土堆上，用人生的苦痛烦恼不平堆起来的。

回到家中，孩子们已钻了被窝。太太没盘问他，脸上可是带着得意的神气。

李太太确是觉着得意，指槐骂柳的卷了马少奶奶一顿，马少奶奶连个大气也没出：理直的气壮，马少奶奶的理不直，怎能气壮？李太太越想越合理。丈夫回来了，鼻子耳朵都冻得通红，神气也不正，都是马家的小娘们的错儿！丈夫就是有错也可以原谅：那个小不要脸的是坏东西。对丈夫不要说穿，只须眼睛长在他身上，不要叫那个小坏东西得手。况且已经骂了她一顿，她一时也未必敢怎样。保护丈夫是李太太唯一的责任。她想得头头是道，仿佛已经争服了砖塔胡同和西四牌楼一带。对丈夫，所以，得拿出老大姐的气派，既不盘问上哪儿去了一天，并且脸上挂出欢迎他回来的神气：叫他自己去想！

老李以为太太的得意是由于和丁二爷谈得投缘。由她去。可是太太要跟了丁二爷去，自己该怎样呢？谁知道！丁二是可怜的废物。

李太太急于要知道的是马少奶奶有什么表示。设若她们在院中遇见，而马少奶奶的鼻子不是鼻子，眼睛不是眼睛，那便有点麻烦。决不怕她，不过既然住着人家的房，万一闹大发了，叫人家撺着搬家，事儿便闹明，而自己就得面对面的和丈夫见个胜负。虽说丈夫也没什么可怕的，可是男人的脾气究竟是暴的，为这个事挨顿打，那才合不着呢！李太太不怕；稍有点发慌。不该为嘴皮子舒服而惹下是非。再说捉奸要双；哪能只凭一个红萝卜？就是捉奸要双的话，也还没听说过当媳妇的一刀两个把丈夫和野娘们一齐杀死！哪个男人是老实的？可是谁杀了丈夫不是谋害亲夫？越想越绕不过花儿来，一夜没有睡好，两次梦见野狗把年糕偷了走。

第二天，她很想和马少奶奶打个对面。正赶上天很冷，马少奶奶似乎有不出屋门的意思：李太太自己也忙着预备年菜，一时离不开厨房。蒸上馒头之际，忽然有了主意："英，上东屋看看大婶去。"

"昨儿不是妈不准我再去吗？"黑小子的记忆力还不坏。

"那是跟你说着玩呢；你去吧。"

"菱也去！"她早就想上东屋去。

"都去吧：英，好好拉着菱。"

两位小天使在东屋玩了有一刻来钟，李太太在屋门口叫，"英啊，该家来吧，别紧自给大婶添乱，大年底下的！"

"再玩一会儿！"英喊。

"家来吧，啊？"李太太急于听听马少奶奶的语气。

"在这儿玩吧，我不忙。"马少奶奶非常的和气。

"吃过了饭，大妹妹？"李太太要细细的化验化验。

"吃过了，您也吃了吧？"非常的和蔼，好听。

一块石头落了地："莫非她昨天没听见？"李太太心里说。然后大声的："你们都好好的，不许和大婶训脸，听见没有？"

看着蒸锅的热气，李太太心里那块小石头又飞来了。"她不能没听见。也许是装蒜呢，嘴儿甜甘心里辣！也许是真不敢惹我？本来是她不对，就是抓破了脸，闹起来，也是她丢人。二十来岁的小媳妇，没事儿上街坊屋里去找男人！"这么一想，心中安顿下去，完全胜利！

五

年底末一次护国寺庙会。风不小，老李想庙上人必不多，或者能买到些便宜花草什么的；买些水仙，或是两盆梅花，好减少些屋中的俗气。所谓俗气，似乎是指着太太而言，也许是说张大嫂送来的那付对联，未便分明的指定。

庙上人并不少，东西当然不能贱卖，老李纳闷人们对过年为什么这样热心。大姑娘，小媳妇，痰喘咳嗽的老头子，都很勇敢的出来进去；有些个并不买东西，仿佛专为来喝风受冻吃土看大姑娘。生命大概是无聊，老李想，不然——刚想到这儿，他几乎要不承认他是醒着了，离他不远，正在磁器摊旁，马少奶奶！他的脸忽的一下热起来。

"走哇！大年底下的别发呆呀！"一个又糟又偪的老头子推了老李一把。

他机械的往前挪了两步，不敢向她走去，又愿走过去。他硬着胆子，迷迷糊糊的，假装对他自己不负责任的，向她走了去。怕他自己的胆气低降，又怕她抽身走开，把怕别的事的顾虑都压下去；不管一切了，去，去，鼓舞着自己；别走，别走，心中对她祷告着！今天就是今天了，打开一切顾忌，作个也还敢自由一下的人！

她仿佛是等着他呢，像一枝桃花等着个春莺。全世界都没有风，没有冷气，没有苦闷了，老李觉得，只有两颗向一处拧绕的心。他们谁也没说什么，一同往庙外走。老李的心跳得很厉害，生命的根源似乎起了颤动，在她的身旁走！她低着头，可是腰儿挺着，最好看的一双腿腕轻移，肩圆圆的微微前后的动，温美的抵抗着轻视着一切。

他们并没有商议，进了宝禅寺街，比大街上清静一些。老李不敢说话——一半是话太多，不能决定先说哪一句；一半是不肯打破这种甜美的相对无语。

可是她说了话："李大哥，"她的眼向前看着，脸上没有一点笑意。"以后你，啊，咱们，彼此要回避着点。我真不愿说，您知道大嫂子骂了我一顿吗？"

"她——"

"是不是！"她还板着脸，"设若你为这个和她吵架，我就不说了！"

"我不吵架，敢起誓！她为什么骂你？"

"那个红萝卜。好啦，事情说明了，以后我们——呕，我要雇车了。"

"等等！告诉我一件事，为什么你的娘家不要你了？"

她开始笑了笑。"我一气都说了，好不好？'他'是我的家庭教师，给我补习英文算术，因为我考了两次中学都没考上。后来我跟他跑出来，所以家里不准我再回去。其实，央告央告父母，也没有什么完不了的事，不过，求情，不干！婆母对我很好，也不愿离开她。没什么！"她好似是赶着说，唯恐老李插嘴。说完，她紧了紧头纱，向前赶了几步，"我雇车回去了。"她加紧的走，胸更挺得直了些。忽然回过头来，"别吵架！"

她雇上了车。世界依然是个黑冷多风，而且最恼人的。老李整个的一个好梦打得粉碎！他以为这是浪漫史的开始；她告诉他的是平凡而没有任何色彩的话。她没拿他当个爱人，而是老大姐似的来教训他，拒绝他。她浪漫过，她认为老李是不宜于浪漫的人，老李是废物，是为个科员的笨老婆而活着的——别吵架！一枝桃花等着春莺？一只温美的鸽儿躲避着老鹰！老李的羞愧胜过了失望。失望中还可以有希望；自惭，除了移怒于人，只能咒诅自己速死。在庙中用了多少力量才敢走向她去，结果，最没起色的一块破瓦把自己打倒在粪堆上。恨她便是移怒，老李不肯这样办；只好恨自己吧！自己一定是个平庸恰好到了家的人——平庸得出奇也能引人注意，没人注意老李。就是丁二爷大概也比我强，他想。不敢浪漫，不敢浪漫，自己约束了这么些年了；及至敢冒险了，心确是跳了——只为是丢人！两颗心往一处拧绕？谁和你拧绕？老李的头碰在电线杆上，才知道是走错了路。

再说，太太竟自敢骂人，她也比我强！她的坏招数也许就是马少奶奶教给的，而马少奶奶是商鞅制法，自作自受。可是这个小妇人不去反抗，而来警告我；她也许是好意——为维持我的身分。臭科员，老李——他叫着自己——你这一辈子只是个臭科员，张大哥与马少奶奶都可怜你，善意的，惨酷而善意的，想维持你。你只在人们的怜悯中活着，挣点薪水，穿身洋服，脸上不准挂一点血色，目不旁视，以至于死！老李想上城外，跳了冰窟窿；可是身不由己的走回家去。别吵架！

第十一

一

年节到了，很热闹。人人对于新旧岁换班的时节有些神秘的刺激与感应。只是老李觉不出热闹来。太太作年菜，还张大嫂等的礼物，给小孩子打扮。他虽然也有时候帮着动动手，可是手只管动，或是嘴只管吃，心并没在这些上面。在院中遇上马少奶奶两回，他故意的低了头；等她过去，狠命的看她的背影。她是个谜，甚至于是个妖怪；他是个平凡到家的东西；越爱她的高傲独立的精神，越恨他自己的懦弱没出息。吃着太太作的年菜，脸上竟自瘦了些。在无可如何之中，自己硬找出安慰的药品：这就是爱的滋味吧？脸上瘦，手上烫，心中渺茫，希望作好梦而梦中常是哭泣与乱七八糟？

除夕。太太与小孩们都睡了，他独自点起一双红烛，听着街上的人声与爆竹响。街上越乱他越觉得寂寞。似乎听见东屋有些低悲的哭声，可是她正在西屋与老太太作伴呢。

炉火的爆炸，烛光的跳动，使他由寂寞而暴燥。他听着西屋里婆媳们说话，想听到一两个字，借此压下他的暴燥去；听不清，心中更不知如何是好了。

296

她由西屋里出来。老太太咳嗽了一阵，熄了灯。

他隔着窗子看看东屋，今晚也点的是蜡烛，因为窗上的影子时时跳动。他轻轻开了门，立在阶上。天极黑，星比平日似乎密得加倍。想起幼时的迷信——三十晚上，诸神下界。虽然不再相信这个，可是除夕的黑暗确有一种和平之感，天尽管黑冷，而心中没有任何恐怖；街上的爆竹声更使人感到一点介乎迷信与清醒之间的似悲似欢的心情。他对着星们叹了口气，泪在眼中。又加了一岁，白活！他觉着有点冷，可是舍不得进去。她的影子在窗上移动了两次，她嗑瓜子呢。街上放了极大的几个麻雷子。他有些摸不清他是干什么呢，这个世界干什么呢。他又看了看星们，越看越远越多，恨不能飞入黑空，像爆竹那样响着，把自己在空中炸碎，化为千万小星！她出来了，向后院走去，大概没有看见他。他的心要跳出来。随着一阵爆竹声，她回来了。门外来了个卖酪的，长而曲转的吆喝了两声。她到了屋门，楞了楞，要拉门，没有拉，走出去。他的心里喊了声，去，机会到了！可是他像钉在阶上，腿颤起来，没动。嗓子像烧干了似的，眼看着她走了出去。街门开了。静寂。关街门。微微有点脚步声。她一手端着一碗，在屋前又楞了会儿。屋内透出的烛光照清她手内的两个小白碗。往西走了两步，她似乎要给婆母送去，又似乎不愿惊动了老太太，用脚尖开开了门，进去。

老李始终没动。她进了屋中，他的心极难堪的极后悔的落下去；未泄出的勇气自己销散，只剩下腿哆嗦。他进到屋中，炉火的热气猛的抱住他，红烛的光在满屋里旋转。他奔了椅子去，一栽似的坐下，似乎还听见些爆竹声，可是很远很远，像来自另一世界。

二

老李因为不自贵，向来不肯闹病。头疼脑热任其自来自去。较重的病才报告张大哥，张大哥自有家藏的丸散膏丹——连治猩红热与白喉，都有现成的药。老李总不肯照顾医生。

这次，他觉得是要病。他不怕病，而怕病中泄露了心里的秘密。他本能的理会到，假若要病，一定便厉害——热度假如到四十八，或一百零五，他难免要说胡话。只要一说胡话，夫妻之间就要糟心。

他勉强支持着，自己施行心理治疗。假装不和病打招呼，早晨起来到街上走一遭。街上是元旦样的静寂，没有什么人，铺户还全关着；偶尔有个行人，必是穿着新衣服，脸上带着春联样的笑意。老李刚走出不远便折回来了，头上像压着块千斤石；上边越重，下边越轻，一步一陷，像踩着棉花。他咬着嘴唇，用力的放脚，不敢再往远处去。回到家中，他照了照镜子，眼珠上像刚抹了红漆，一<u>丝</u>一<u>丝</u>的没有抹匀。他不肯声张，穿着大衣坐下了。

忽然的立起来，把帽子像练习排球似的一托一接。

"爸，你干什么玩呢？"英问。

他打了个冷战，赶紧放下帽子。他说了话，可是不晓得说什么呢。又把帽子拿起来，赶紧又放下。一直奔了卧室去，一头栽倒床上。

新年的头几天，生命是块空白。

到了初五，他还闭着眼，可是觉出有人摸他的脑门，他知道那是太太的手。微微睁开眼：她已变了样，像个久病的妇人：头发像向来没有梳过，眼皮干红，脸上又老了二年。她的眼神，可是，带着不易测量的一股深情，注视着他的头上。他又闭了眼，无力思索，也不敢思索。他在生死之际被她战败！他只能自居病人，在她的看护下静卧着，他和婴儿一样的没能力。他欠着她一条性命的人情。

他愿永远病下去，假如一时死不了的话。可是他慢慢的好起来。她还是至少有多半夜不睡。直到他已能起来了，她仍然不许他出去方便。她好似不懂什么是干净，哪是污浊，只知道有他。她不会安慰他，每逢要表示亲爱的时候只会说："年菜还都给你留着呢，快好，好吃一口啊！"这个，不给老李什么感动。可是有一天夜间，他恰好是醒着，她由梦中惊醒："英的爸！英的爸！"老李推了她一下，她问："没叫我呀？好像听见你喊了我一声。"

"我没有。"

"我是作梦呢！"她不言语了。

老李不能再睡，思想与眼泪都没闲着。

太太去抓药，老李把英叫来："菱呢？"

"菱叫干妈给抱走了。"

"干妈来了？"

"来了，张大哥也来了。"

"哪个张大哥？"老李想不起英的张大哥是谁，刚要这么问，不由的笑了，"英，他不是你的大哥，叫张伯伯。"

"妈老叫他张大哥，嘻嘻，"黑小子找到根据。

老李没精神往下辩论。待了半天："英，我说胡话来着没有？"

"那天爸还唱来着呢，妈哭，我也哭了。"英嘻嘻了两声，追想爸唱妈哭自己也哭的情景，颇可笑。"菱哭着叫干妈给抱走了。我也要去，妈把我拦住了，嘻嘻。"英想了会儿；"东屋大婶也哭来着，在东屋里。妈不理我，我就上东屋去玩，看见大婶的大眼睛——不是我说像俩星星吗？——有眼泪，好看极了，嘻嘻。"

"马奶奶呢？"老李故意的岔开。

"老奶奶天天过来看爸，给爸抓过好几次药了。妈妈老要自己去，老奶奶抢过药方就走，连钱也不要妈妈的。那个老梆子，嘻嘻。"

"说什么呢，英？"

"干妈净管张大——啊，伯伯，叫老梆子；我当是老人都叫老梆子呢。"

"不准说。"

黑小子换了题目，"爸，你怎么生了病？嘻嘻。"

爸半天没言语。英以为又说错了话，又嘻嘻了两声。

"英，赶明儿你长大了，你要什么样的小媳妇？"老李知道自己有点傻气。

"要个顶好看的，像东屋大婶那么好看。我戴上大红花，自己打着鼓，咚，咚咚，美不美？"

老李点点头，没觉出英的话可笑。

三

病中是想见朋友的。连小赵似乎也不讨厌了。张大哥是每两天总来望看一次，一来是探病，二来是报告干女儿的起居，好像菱是位公主。丁二爷正自大有用处：与李太太说得相投，减少她许多的痛苦，并且还能帮忙买买东西——丁二爷好像只有两条腿还有些作用，而且他的腿永远是听着别人的命令而动作。老李至少是欢迎丁二爷的腿。丁二爷怎样丢了妻子与职业，怎样趴小店，连英都能背诵了。相距最近的是最难相见的，而是老李最想见的——她。她不肯来，他无法去请；他觉得病好了与否似乎都没大关系。继而一想，他必须得好了，为太太，他得活着，为责任，他得活着，即使是不快乐的活着，他欠着她的情。他始终想不到太太的情分是可以不需要报酬的；也许是因为不自私，也许是因为缺少那么一股热力，叫他不能不这么想。他只能理智的称量夫妻间互相酬报的轻重。东屋的——没有服侍过他，但是，他能想到他能安心的接收她的服务，而不想任何义务与条件。这也许是个梦想，但是他相信。因此，一会儿他愿马上好了，去为太太

300

挣钱，为太太工作。一会儿他又怕病好了，病好了去为太太工作，为太太挣钱——一种责任，一种酬劳。只足证明是不自私，只能给布尔乔亚的社会挣得一些荣誉；对自己的心灵上，全不相干！

他想菱，又怕菱回来更给太太添事，他不肯再给太太添加工作。似乎应当找个女仆来。"我说，得找个老妈子。"

李太太想了会儿，心中一向没有过这个观念。四口人的事，找老妈子？工钱之外，吃，喝，还得偷点？再说，有了仆人，我该作什么，仆人该作什么？况且，我的东西就不许别人动：我的衣裳叫老妈子粗枝大叶的洗，洗两回就搓几个窟窿？我的厨房由她占据着……她的回答很简单："我不累！"

"我想菱，"他说。

"接回来呀，我也怪想的呢！"

"菱回来，不又多一份事？"

"人家有五六个孩子的呢，没老妈子也没吃不上喝不上！"

"怕你太累！"

"不累！"

老李再没有话说。

"要是找老妈子，"李太太思索了半天，"还不如把二利找来呢。"

二利是李太太娘家的人，在乡下作短工活，会拉吕宋烟粗细的面条，烙饼，和洗衣裳，跑腿自不用提。

老李还没对这个建议下批评，小赵来了，找老妈一案暂行缓办。

小赵很和气，并且给买来许多水果。

所长太太已经知道老李和他的病势，因为小赵的报告。不仅是报告，小赵还和所长太太讨论过——而且是不止一次——对待老李的办法。老李没有得罪过小赵，因此小赵要得罪老李。小赵对所长太太这么说："老李这小子，在所长接任的时候，没被撤差；他硬说和所长没关系，谁信！咱们手里三百多人全挤不上去，他和所长没关系，没一点关系！前者所长单单挑他给办了件要紧的公事，连我和秘书长全不知道！不乘早儿收拾他，他不成精作怪才怪。收拾他！他现在病了。跟所长说，撤他！"

所长太太手心直痒痒，被手里那三百多人给抓弄的。她和所长开了谈判。所长不承认他和老李认识。及至谈到那天早晨老李替他办了件公事，他才想起有这么个姓李的。赶到提及老李生病，所长给了不能撤换老李的理由——晨星不明。撤换谁都可以，晨星是换不得的。可是衙门中的人，除了老李，似乎都直接间接与所长太太和小赵有关系：要撤只能撤老李，而所长决定不肯撤换晨星。所长向来怕太太，现在他要决定还是服从太太呢，还是服从吕祖。他觉得服从太太的次数比服从吕祖的次数太不调匀了，这次他应当服从吕祖一回。他竟自和太太叫上了劲。太太告诉了小赵，小赵恨不能揍吕祖一顿。

所长是崇信吕祖的。对于吕祖的教训，他除了财色两项未便遵照办理，其余的是虔守神谕。在上天津的前夕，吕祖下坛，在沙盘上龙飞凤舞的写了四个大字——晨星不明。第二天早晨，所长到了衙门，遇上了老李。李科员必是晨星了！老李请病假，应验了晨星不明。恰巧所长又贪了点赃，虽然只是五六万块钱，究竟在给吕祖磕头的时候觉得有不大一点难过，正好用遵行晨星不明来将功赎罪。保护晨星是种圣职。不惜与太太小有冲突，虽然太太有时候比吕祖还厉害。神与太太都当敷衍，暂时决不撤换晨星。万一太太长期抵抗，决不让步，到时候再说。比如说过两个月再撤换李科员，岂不是吕祖，太太，大家的脸面上都过得去？

小赵要把这颗晨星摘下来，扔在井里。一时既摘不下，不免买些水果祭一祭病星，借机会套套老李的实话。假如老李说了实话，晨星自然不能再有作用，便马上收拾他。假如他自认为晨星，那就得另想主意，设法运动吕祖，叫吕祖说，比如晨星"过"明一类的话，所长自会收拾他手下过明的星星。小赵非常的和气，亲弟兄似的和老李谈了四十多分钟。不得要领。小赵一出屋门把牙咬上了，一出街门骂上了："不收拾了你不姓赵！"

老李觉得自从一病，人类进步了许多，连小赵都不那么讨厌了。

四

从正月到二月初，胜利完全是李太太的。

张大嫂把菱送回来，好一顿夸奖干女儿。"有什么妈妈，有什么女儿，这个得人心劲儿的，小嘴多么甜甘哪！"

老李向来没觉出太太的嘴甜甘。

吴方墩太太来了，扑过老李去："李先生，多亏大妹妹呀，你这场病！一个失神呀，好——"她闭上了眼，大概是想象老李死去该当什么样式。

邱太太来了，扑过老李去："李先生，还是旧式的夫人！昨天听说，一位大学教授死在传染病医院，他的夫人始终就没去看他一次，怕传染！什么话！"文雅的邱太太有意把李太太加入"列女传"里去。

张大哥又来了，连皱眉带咳嗽都显然的表示出："我叫你接家眷，有好处没有？这场病不幸亏有她？一来闹离婚，两来闹离婚，到底是结发夫妻！"口中虽没这么明说，可是更使人难过，老李只好设法躲着张大哥的眼睛与眉毛。

张大哥近来特别的高兴，因为春天将到，男婚女嫁自应及时举办，而媒人的荣耀也不减于催花的春雨。张大哥说了许多婚姻介绍的趣事，老李似乎全没注意去听，最后张大哥的烟斗指着窗外，说，"老李，衙门里这两天要出人命！"老李正欣赏着张大哥的衣裳：净蓝面缎子的灰鼠皮袍，宽袖窄领。浅蓝的薄绸棉裤，散裤角，露着些草黄色的毛袜。黑皮鞋。"人命？"他重了这两个字，因为只听到这么一点话尾。

张大哥的左眼闭死，声音放低，腔调改慢，似乎要低唱一部史诗："吴太极和小赵！"

"吴太太前两天还来了呢，"老李说。

"她当然不便告诉你。吴太极惹了祸，小赵又不是轻易饶人的人，事情非闹大了不可！"

老李静候着张大哥往下说。

"你知道吴太极没事就嚷嚷纳妾？"

老李点了点头。

"练太极练的，精力没地方发泄！方块太太大概也管束得太严。事情可就闹糟了。你知道小赵常提到太太，可是没人见过赵太太？"张大哥笑了，大概是觉出自己过于热心述说，而说得有点乱了。

正在这个当儿，丁二爷疯了似的跑进来。

"您快回家，天真叫巡警拿去了！"

第十二

一

无论怎么说，老李是非出去不可。病没全好而冒险出去，是缺乏常识。但是为别人牺牲至少是有意思的。自从生下来到现在，他老是按步就班的活着，他自己是头一个觉到这么活着是空虚的。张大哥虽然是瞎忙，到底并不完全为自己忙。人与人的互助是人生的真实，不管是出于个人情愿，还是社会组织使人能相助相成。谁也再不拦住他到张大哥家中去。他的腿还软着，可是心意非常坚定：雇了辆车去赶张大哥。

张大嫂已哭得像个泪人——天真是五花大绑捆了走的。

没看见过张大哥这么难受，也想不到他可以这么难看。脸上一点血色也没有了，左眼闭着，下眼皮和嘴角上的肉一齐抽动，一声不发，嗓子里咯咯的咽气。手颤着，握着烟斗。

老李进了屋中便坐下了，只觉得自己没有能力，自己是废物，连一句话也说不出。

张大哥看见老李进来，并没立起来，楞了好大半天，他忽然睁开左眼，眨巴了几下，用力咽了口气。猛的立起来，叫了声，"老

305

李!"没有再说别的，往外走；到了屋门，看了张大嫂一眼："我找儿子去！"

张大嫂除了说天真是被绑走的，其余一概不知。

丁二爷在院中提着一笼破黄鸟，来回的走，一边走一边落泪，"小鸟，小鸟！你叫一声，叫一声！你要是叫一声，天真就没危险！叫！叫！"小鸟们始终不叫。

二

第二天，老李决定上衙门，虽然还病病歪歪。

吴太极已经撤了差，邱先生，张大哥，都请假。熟人中只见了孙先生。孙先生是初次到北平，专为学习国语，所以公事不会办，学问没什么，脑子不灵敏，而能作科员，因为学习国语是个人的事，作科员是为国家效劳，个人的事自然比国事要紧的多。孙先生打着自创的国语向老李报告：

"吴太极儿，"他以为无论什么字后加上个"儿"便是官话，"和小赵儿，哎呀，打得凶！压根儿没完，到如今儿没完，哎哟，凶得很！"

"为什么呢？"连慢性的老李也着了急。

"小赵儿呀，有个未婚妻儿，压根儿顶呱呱，呱呱叫！"

"他还没娶过，那么？"

"压根儿没娶过，压根儿也娶过，瘸子的屁股儿，斜门！"孙先生非常得意用上一句。"怎么讲呢？他娶过，娶过之后，哎呀，小赵儿凶得咧，送给别人。那么，压根儿他是娶过，可又压根儿没娶过，凶！你我老老实实，规规矩矩，作勿来，作勿来。小赵儿到处会骗，百八十块，买一个儿来，然后，擦胭脂抹粉儿，送了出去，油滑鬼儿，压根儿的！"孙先生见神见鬼的把声音放低："你晓得，他在所长家里？所长的——是他的人儿，哎哟，漂亮得很！小赵儿和她把所长儿给，怎么说？对，抬起来；将来，小赵儿自己有市长儿的希望，凶！这回又弄了一个儿，刚刚十九岁儿。他想调教好，送出去，送给团长旅长儿，说不定。呕，对，是个旅长儿，姓王的，练得好拳脚儿，猴子拳，梅花掌，交关好。小赵儿，官话有的说，狗熊的舅舅，猩猩儿，精得咧。把她交给了吴太极儿，叫老吴儿教给她点拳术儿，十三妹，凶！旅长儿爱十三妹，凶！"孙先生的吐沫溅了老李一脸。喘了口气，继续的说，"哎呀，吴太极儿吃了密哉！肥猪拱门，讲北平的话，三下两下，噗，十九岁的大姑娘儿！小赵儿正上了天津，压根儿作梦。前几天儿回来了，一看，哎呀，煮熟的——什么，北平的讲话，鹅，还是鸭儿？"

"鸭子！"

"对，煮熟的鸭子儿又飞了！压根儿气得脖子有大腿粗，凶！小赵儿，吴太极儿，是亲戚哟！吴太极儿是吴太急儿。小赵儿哪里放得过，拍，拍，两个嘴巴子，哎呀，打得吴太极儿好不伤心儿！吴，工夫是好的，拳头这么大，可是，莫得还手，差得咧，没面目！小赵儿打出——什么？嗜好？有了，打出瘾来了。对吴太极讲，姓吴的，你来等兹我，我去约一百一千一万人来揍你！可是，方墩儿太太动了手，樊梨花上阵儿，一下子，哎呀，把小赵儿压在底下，压根儿几几乎压死，大方墩儿，三百多斤，好家伙的很！要不是吴太极儿拉开，小赵儿早成大扁杏仁儿。哎呀，小赵儿爬起来，不敢再讲打，压根儿的！不讲武的，讲文的，登报纸，打官司，凶，吴太极儿撤了差！"

"小赵呢？"老李问。

"小赵儿？大家都说他呱呱叫。老吴儿，他们讲，不是东西。"孙先生看了看表，"哎呀，先去一会儿，得闲再讲。"摆好科员的架式，孙先生走了出去。

老李急于打听张大哥的事，可是孙先生走了。科里只剩下他自己，不好意思也出去。他思索开孙先生的一片官话。男人是要不得的，他想：女人的天真是女人自作的陷阱，女人的姿色是自然给女人的锁镣，女人的丑陋是女人的活地狱，女人怎么着也不好，都因为男子坏！

不对，这还不仅是男女个人的事；而是有个更大的东西，根本要不得。老李不便往远处想，衙门里这群人就是个好例子。所长是谁？官僚兼土匪。小赵？骗子兼科员。张大哥？男性的媒婆。吴太极？饭桶兼把式匠。孙先生？流氓兼北平俗语搜集者。邱先生？苦闷的象征兼科员。这一堆东西也可以组成一个机关？

再看那些太太们，张大嫂，方墩，孙太太，邱太太，加上自己的那一位，有一个得样的没有？

这些男女就是社会的中坚人物，也要生儿养女，为民族谋发展？笑话！一定有个总毛病，不然，这群人便根本不应当存在。既然允许他们存在，除了瞎闹，叫他们干什么？

老李闻到一股臭味。他嘱咐自己：不必再为自己那一点点事伤心了。在臭地方不会有什么美满生活，臭地方不会出完好的女子，即使能恋爱自由又能美到哪儿去？他心中有了些力量。往大处看，往大处看，真正的幸福是出自健美的文化——要从新的整部的建设起来：不是多接几个吻，叫几声"达儿灵"就能成的。

他决定不再关心吴太极的事！最自然的事，最值不得大惊小怪的事。吴太极和小赵谁胜谁败有什么关系呢。得杀了小赵们的文化，人生才能开香的花，结真的果。小赵，吴太极，不值一提。

自己那位太太，何必再想，她与千千万万的妇女一样的可怜。东屋的——也不再想，她也不值得一顾，一片烧焦草原上的一棵草。

那么，干什么呢？帮助张大哥把天真救出来？为什么？只为张大哥好娶个儿媳妇，请上一千号人来贺喜？

但是，人情，人情。张大哥到底不是坏人。

假如决定不去管张大哥的事，又该作什么呢？

又到了死葫芦头！这个社会是和老李开玩笑呢，他动也不是，不动也不是。他没法安排自己。他要在一个臭水沟儿里跑圆圈，怎能跑得圆？他的头疼起来，回家！科里只有他一个人；谁管，空三年也没关系。

三

"苦闷的象征"出头给吴赵调解，以便减少苦闷。吴太极依然很正直，怎么说都行。小赵摇头。赶到邱先生和后补十三妹过了话，他知道小赵输了。十三妹愿意跟吴太极！她原来绝对不是孙先生所形容的那个"十九岁的大姑娘"。十九岁，或者还不假；大姑娘，她自己说在十四岁上已变成妇人。从十四到十九，她已经过好几道手：只要一听见洋钱响，她便知道又要改姓。吴太极教她白鹤亮翅的时候，因为教得细腻，连"我永远爱你"也附带着说了，而且起下血誓。她以为跟谁也好，只要不再过手，所以决不再跟小赵去。小赵的头摇得不那么有把握了。他要求赔偿。吴太极没钱。方墩太太手里有点积蓄，她叫小赵亲自去取：小赵没有作大扁杏仁的志愿，不敢去。邱先生非常得意："小赵丢了个人，老吴丢了官，两不饶。大家的面子，何必太认真。"小赵虽不甘心，可是方墩太太确是厉害；况且万一把吴太极逼急了，那一对拳头！邱先生也指破此点："小赵，等老吴真还敬你两个嘴巴，你可吃不了兜着走！得了，你打了他，他没还手，他的理短。知道什么时候大家又在一处混事，得留情处且留情，是不是，

309

小赵?"小赵追想自己的手在吴太极脸上拍拍,也总得算过瘾;可是方墩那一压,深幸自己有些骨力,不然……

不过,既不能直接由吴家得到赔偿,设法由别处得些是当然的。吴太极的缺还没补上。想到这里,小赵让步了,不再和老吴捣乱:"让他享受去,我慢慢的惩治他。老邱,看你的面子,我暂时不再和他闹气。"邱先生十分高兴,小赵开始计划怎样谋吴太极的缺。

邱先生打着得胜鼓向老李报告。老李看邱先生肯代吴赵调停,灵机一动:"邱先生,我们是不是应当联名具保,保天真一下呢?"

"哪个天真?"

"张大哥的少爷,他就是这么一个儿子!"老李想打动邱先生的同情心。

邱先生没言语。

老李应当改换题目。可是他把邱先生看得太高了,他又追了一句:"你看怎样?"

"什么?"邱先生翻了翻白眼。

老李只听见"什么",没看见白眼,"保天真哪。"

"那,对不起,没我。"

老李的心凉了。等邱先生出去之后,老李的心又热起来:哼,臭事有人管,好事没人作!咱老李作定了!

老李原来并不以为保释天真是好事,或是有什么意义。经邱先生一拒绝,他叫上了劲。平日张大哥是大家的好朋友,一旦有事,大家袖手旁观!吴赵的事比起张家的是臭事,张大哥是丢了儿子!老李马上草了一个呈文,每个字都斟酌了三四遍,然后誊清,拿着去找孙先生。心里说,不能人人都像邱先生吧?!

"哎呀,老李儿,好文章,呱呱叫,"孙先生接过保状,一边看一边夸赞。凡是有孙先生不识的字的文章都是好文章,所以他连呼"好文章，呱呱叫！"看完，他递给老李，"好，压根儿好！"

"签个字吧？"老李极和气的说。

"我呀？叫我签字呀？哎呀，等下看，等下看。文章是好的，呱呱叫！"

老李拿起笔来，自己签上了名："我先把自己写在前面，等正式誊录的时候，再商量一下谁领衔好。"

"好，好的很。我还等一下，等一下。"

老李在各科转了一遭，还就是邱先生痛快，其余的人全是先夸奖他的文笔，而后极谦恭和蔼的，绕着圈的，不"说"不签字，而不签字。保状被大家已揉得不像样子，上边只有老李一个人的名字。

老李倒不生气了，他恨不能替张大哥哭一场。张大哥的整个生命消磨在维持人；现在，他自己有事了……设若张天真死了，张大哥为他开吊请客，管保还进一千号人情。这群人们的送礼出份资是人情的最高点，送礼请客便是人道。救救天真？退一步说，安慰安慰张大哥的心？出了他们的人道范围！老李对着那张保状发楞。忽然抓起来，撕得粉碎，扔在地上。

四

老李回到家中，方墩太太正和李太太鼻一把泪一把的谈。见他进来，她的泪更有了富裕："李先生，这些朋友里还只有你这么一个好人，给我出个主意！那个小妖精，我受不了，受不了！"

老李一时想不到小妖精是谁：或者吴宅这两天闹妖精？及至吴太太又说了几句，他才明白过来：十三妹又变成小妖精。也许她还是后补十三妹，不过在方墩的眼中她变了形。老李心中慢慢找到了一条清楚的路线：小赵与方墩太太有亲属的关系，因此吴太极才能在财政所找着个差事。在小赵与老吴吵闹的时节，方墩太太一定是左右为难，帮助娘家人欺侮丈夫，不好；帮助丈夫和小赵干，也不好。赶到小赵动了手，而且声言去搬兵征讨，她决定了帮助丈夫，于是把小赵压在地上。打退了小赵，再把那个贱丫头撵出去，吴太太岂不是大获全胜？合计着闹来闹去，只是老吴丢了差事，而她自己毫无损失：差事搁下再去谋，衙门里不出铁杆庄稼。谁知道那个贱人跟定了老吴，又被邱先生这一调停给关了钉，盘大拳头的丈夫，硬被个小妖精缠住！方墩太太脸上减了半斤多肉。

李太太完全同情于方墩，可是她没好主意，而且没把事情的内容听清楚。她很恨小赵，并不因为这件事。她也恨吴太极：放着好好的方墩不要，单要小妖精，不要脸！

老李把事里的钩套圈全看清楚，但是从心中不爱管这种事，况且刚在衙门生了一肚子气，更没有心肠安慰吴太太，他三言两语给搪出去了："吴太太，去和老邱要主意：他也许有高明办法。"心里说，"什么人会办什么事，老李管不着尊府上的臭事！"然后对她说，"要不然，爽性离婚！"老李要不是心中有气，决不肯为别人出这种极端的办法。现在，他是被那口气逼着，他觉得破坏是必需的。老邱会敷衍：要敷衍，找老邱去；咱老李的办法是离婚，要不然，你自己去另找位男人，假如有人愿要块大方墩的话。这个，叫他心中痛快了些，破坏！我老李还不定跟谁跑了呢！

"离婚？"吴太太似乎没想到过，"你是什么话呀，李先生？这还不够丢人的，再闹离婚？"

老李没说什么。

吴太太的眼睛找了李太太去。

李太太一时聪明，想起个主意来："你偷偷的把那个小东西给小赵送回去，不就完了吗？"

"这倒是个主意，大妹妹，是个主意，"方墩因为脖子太粗不能点头，一劲儿眨巴眼。"我回去再想想，啊——想起来了，我找邱太太去，看她有主意没有。"吴太太似乎决定不再向男人们要主意。

五

邱太太赞成离婚。"我们没儿没女，丈夫不讲情理，何必一定跟他呢！"

方墩连头带脖子一致的摇了摇。"说着容易呀，离婚：吃谁去？"

"难道咱们就不会找个事作？我没结婚的时候就不想出嫁；及至结了婚，事事得由我作主。丈夫向我摇头，好，咱马上还去作事；闲气，受不着！"

"可是你有那个本事，我没有呀！"方墩含着泪说。

邱太太忘了，妇女不都是大学毕业。可是既然这么说了，不便再改口——她是以"个性强"自命的。"那也没关系，叫他给你生活费呀。真凭实据，他是对你不忠，叫他拿钱！"

"他也得有哇！"方墩心里更难过了："当初他作军官的时候，钱来得容易去得快。军队解散了，他一闲就是二年，大吃大喝的惯了，叫他省俭，不会。入了财政所之后，我是一把死拿，能把过一块是一块，一毛是一毛。可是薪水是有一定的，任凭怎么省吃俭用，还能都剩下；就说都能剩下，一共能有几个钱？哎！都是我命苦，谁叫没个儿子呢！设若有个儿子，他管保不敢闹娶小；我并不是不跟他闹死闹活的吵哇，可是咱们妇人任凭怎么精明，没儿子到底堵不住丈夫的嘴！其实没儿子能都怨我吗？他年青的时候，胡逛八扯：哎，什么也不用说，命苦就结了！"吴太太叹了口长气。

谈到没儿子，邱太太心中也不好受了。可是为显出个性强，不便和方墩一同叹气。"我也没儿子，我也极愿意得个小孩，可是结婚这么几年也没有过喜，没有就没有吧，我才不在乎！我知道邱先生也盼着有个小孩，可是他，他连对我皱下眉也不敢，哼！"

方墩和纸板对坐不语。方墩没得着一点安慰，纸板心中也不十分舒服。

第十三

一

老李去看张大哥。张大哥已经不像样子了，头发好像忽然白了许多，眼陷在坑儿里。关于媒人的一切职务全交给了丁二爷。丁二爷的办法很简单：有人来找媒人——"没在家"。老李不敢告诉张大哥，同事们怎么拒绝在保状上签字；他只觉得来安慰朋友是一种使心里舒坦的事，因为并没有多少用处。张大哥还始终没见着天真，虽然已跑细了腿。

"老李！"张大哥拉住友人的手，"老李！"嘴唇颤起来，别的话没有说出，只剩了落泪。

老李理会到张大哥是怎样的难过。使张大哥在五十来岁丢了儿子，生命已到了尽处。但是他不会安慰人。除了能代张大哥作有效的奔走，再说，安慰的话，即使说得好听，又有什么用。他决定去设法营救天真，只来看看张大哥是没意义的。

以张大哥的人缘与能力，他只打听到：天真是被一个全能的机关捕了去，这个机关可以不对任何人负责而去办任何事。没人知道它在哪里，可是人人知道有这么个机关。被它捕去的人，或狗，很少有活着出来的。张大哥在什么机关都有熟人，除了在这个神秘得像地府的地方。人情托遍了，从众人的口气中他看出来，天真至少是有共产党的嫌疑，说不定已经作了鬼。张大哥已经筋疲力尽，只剩了把自己哭死，微微有点光明，他是不会落泪的；他现在已完全走进雾阵中。设若天真死在他眼前，他只要痛哭一阵就够了。现在他是把自己终身的一切全要哭出来，平生一句得罪人的话没说过，一个场面没落后过，自己是一切朋友的指导师；临完，儿子是共产党！天真设若真这么死了，张大哥没法再往下活。平日，张大哥永远留着神，躲着革命党走，非到革命党作了官，决不给送礼，而儿子……

老李看出来，张大哥只有两条路，除了哭死便是疯了。拿些硬话激动他？没用。张大哥的硬气只限于狠命的请客，骂一句人他都觉得有负于社会的规法。老李没的说。

衙门的人，他只剩下没见所长与小赵。见所长？或者还不如见小赵。央求小赵是难堪的事，可是为朋友，无法。

找到了小赵。

"啊，老李，"小赵先开了口，"正找你呢！有事没有？洗澡去？"

老李心里说，这小子一定有什么故典。跟他走！

一进澡堂的大门，小赵就解衣裳，好像洗澡与否无关紧要，上澡堂专为脱光眼子。到了客座单间，小赵已经全光，觉得才与澡室内的一切调和，点上香烟，拍着屁股，非常写意。

"老李，抖哇……"小赵的眼珠又在满脸上跳舞了一回："拿着保状各科走走，真有你的！知道要升头等科员了，叫全衙门的得瞻丰采？有你的，行！"

"什么头等科员？"

"还装傻不是?！老李你也太厉害了，谁不知道吴太极的缺是由你补！还跟我装傻，真有心打你俩脖儿拐！吴是头等科员，我给他运动上的。那小子吃里爬外，咱把他请出了。你和他同科，又是所长的人，又恰好是二等科员，不由你补由谁补？还用装傻！老李，吃点东西好不好？"小赵在澡堂什么也想着，除了洗澡。

"我不吃什么。我告诉你，小赵——"

"对了，这就对了，叫我小赵。什么李先生赵先生，官话；小赵，老李，多么痛快，多么自己。还非是小赵老李不行，不信换换个，老赵小李就不大好听。"

老李确是头一次当着小赵管他叫"小赵"，因为讨厌他。"我告诉你，小赵，不用给我造谣言。我与所长没关系，更无意作头等科员。据我看，倒是维持维持老吴有点意思。老吴与我也没关系，他可是你的亲戚，何必——"

"咱们可不准再提吴太极！"小赵的眼珠跳回原位，"亲戚？亲戚霸占人家的未婚妻！我跟他没完！咱小赵是有恩的报恩，有仇的报仇，男子汉大丈夫！就拿你说，老李，自从我一和你见面，心里就说，这是个朋友：惺惺惜惺惺，好汉爱好汉！"眼珠又跳出去。"告诉我，老李，吴太极的缺怎样了？要是落在你手里，我没话可讲，你是个朋友。万一落在别人手里，比如说那个老孙，咱小赵就不能好好咽这口气。所长太太手里人还多着呢，不过真落在个好朋友手中，我自有向所长太太给美言几句的，决不给破坏；虽然我'能'从中给破坏！看这像句话不像，老李？"

"我还是那句话，不知道。我今天找你是为求你点事。"

"求？把这个字收起去！你不会说，小赵，给我办点事去！求？什么话！说你的，老李。"

"我说完，只要你痛快的'行'，或是'不行'，不准来绕弯的！"老李心里舒服了许多，今天可敢和小赵旗鼓相当的干了。"还是那回事，救张天真。衙门里没一个人肯伸伸手，我是有心无力；你怎样？"

"我？行！不为天真，还不为张大哥？行！你说怎办吧？"小赵拍着屁股说。

"我没办法。张大哥连天真拘在哪里也还不知道。你要能给打听出来就是天大的善事，大哥眼看着快疯了。打听出来，咱们再想办法，是不是？"

"一点也不错。我去打听，容易的很；小赵没别的好处，就是眼皮子杂点儿。"小赵的眼珠改为连跳带转，转了几遭，他的脸板起来，"可有一样，老李，你得答应我一件事！"

"说吧！"

"好！你真没有谋老吴的缺？"

"对天起誓，我没有！"

"好！假如我给你运动，你干不干？"

"没意思！"

"好！你没意思，咱对张家的事也没意思，吹！"

"我干呢？"

"我去营救天真。"

"行了！"

"我的办法与步骤是——"

"不必告诉我！"

"好！我怎办怎好？"

"只要你能帮助张大哥。"

"好！事情都交给我了？"

"都交给你了。对于我，牺牲也好，耍弄也好。对于张大哥，只准帮忙，不准掏一点坏。"

"好！"

二

　　老李非常的痛快。帮助张大哥，没有什么了不得。跟小赵说得强硬，也算不得什么，小赵原是不要脸的货。可喜的是居然敢把自己押给小赵，任凭他摆布，浮士德！心里说，"看小赵的，看他把我怎样了！"生命开始有些味道。回到家中，不由的想和太太谈一谈。她不懂；衙门里那群人当然也不懂：不懂又有什么关系呢。且自己享受着：大侠，神秘，浪漫。黑暗的社会是悲剧的母亲，在悲剧中敢放胆牺牲的是个人物。老李不知不觉的多吃了一碗饭。

　　李太太心中，这两天，只有两件事：给孩子们拆洗春衣，和惦记着方墩太太。不放心方墩正是不赞成丈夫——给人家出主意离婚！谁说老李老实？老实人叫方墩离婚？她对离婚是怎回事不大清楚，在她的心目中离婚就是散伙；夫妻俩可以散伙？老李厉害！看他不言不语的，心里有数！李太太这两天加工梳脑后的小辫，一边梳着一边想：吴太太要是和丈夫散了伙，第二个就该轮到我了：老李心里要没憋着跟我散伙的意思，怎会给吴太太出那个主意？加工的梳小辫，脸上多拍了半盒儿粉。也不敢再和他要钱，他病那么一场，多花了许多钱，别叫他翻了狗脸说我花张了！本应当上张家去看看，他病着，人家张大哥夫妇跑前跑后，赶到人家出了事，怎好不去看看。她心中的天真被捕和家中有个三天满月是一样，去看看——至多不过给买点东西——也就够了。可是一出门又得要钱，算了吧，等张家儿子出来再说。

　　对于马少奶奶似乎应当恢复邦交。马老奶奶可真不错，老李病着，人家给跑东跑西。马少奶奶当然是没和婆婆讲究过我：那么，马少奶奶心眼也不错。也许都是老李的坏，男人哪有老实的，看那位吴先生，四五十的人了，霸占小赵的；可是小赵也该，该！得和她套近乎，我越在中间岔糊着，他们越是俩打一个儿。倒得和马少奶奶拉近，把她拉到我这边来，丈夫也得说我好，她也就不好意思再……李太太把乡下的逻辑咂摸一个透。然后，当着丈夫拿起给小菱裁好的一条小裤子："我求马婶给做做去，她会作活，手巧着呢。"

老李点了点头，没说什么。等太太出了屋门，他笑了笑，这也是位女侠。把人生当个笑话看也很有意思。

三

衙门里这几天大家的耳朵都立起来，特别是二三等科员。对于吴赵战争的趣味已经低降得快到零度，大家不提吴太极便罢，提起来便是与他那个"缺"有关系。有希望高升一等的人很多，而且全努力的尽所能为想把这个希望实现，甚至于因为希望相同而引起些暗潮。老李是个最不热衷的，可是自从那天到各科请求为张大哥帮忙以后，人们都用另一种眼神看他。每逢他从外面进来，或是散班后出去，随着他的后影总引起几阵嘀咕。可是对于张大哥，大家这几天连说"几张纸"好似都有改成"几篇纸"的必要。"张"字犯禁！"他的儿子，共产党！"大家都后悔曾经认识这么一个人。因此对于老李越发的觉得神秘不测，甚至于是有点可怕："就是准有升头等科员的把握，也无须这么狂呀！"大家偷偷的用手指向老李的脊背说。有的人，极不甘心的看出自己没有高升的希望，为宽心起见，造出一种新消息："共产党的父亲也要搁下！所长还能留着他?!"张大哥虽然不是头等科员，可是差事肥，庶务上，回扣……这两种消息与希冀使科员级的空气十二分紧张，好似天下兴亡与这个有极密切的关系。科长与秘书的耳旁也一天到晚是嗡嗡着这个——大家还有个不各显神通的运动？请

320

客的知单总继续在科长室与秘书处巡行。科长们也对老李怀疑，他有多大人情呢，竟自看不见他的帖？！

老李反倒接着两三个请帖，而且有人过来预先递个口话：李先生荣升的时候，请分神维持个好友，补您的缺；明天晚上千万请赏光！老李虽然有时候也能欣赏幽默，但是对这种过度的滑稽还不会逢场作戏。他把请帖轻轻的放在纸篓里。

命令下来了，果然是老李。补他的缺的是位王先生。没有人认识王先生。大家一边向老李道喜，一边打听王先生是谁；老李也不认识，大家以为老李太厉害：何必呢，你的人情大，也不必这么狂啊；不告诉我们拉倒！大家一面这样不满意老李，一面希望着张大哥的免职令下来。

"哎呀，老李，恭喜恭喜！"孙先生又得着练习官话的机会。"几时请客？吾来作陪呀，压根儿的。猪八戒掉在泔水桶里，得吃得喝！"

老李决定不请客。大家对他完全失望。"苦闷的象征"特别的觉得老李不懂交情。邱先生本是头等科员，对老李的升级原来不必忌妒，可是心中苦闷，总想抓个碴儿向谁要要刺才痛快。他敲着撩着说开了闲话，把公事完全堆给老李。原先本来也是老李一个人受累，可是邱先生交过公事来的时候很客气；现在他老嫂子使唤新媳妇似的直接命令老李，鼻子尖上似乎是说，我是老资格！老李的气不打一处来。呆坐了半天，他想出来了："跟这群东西一块儿，要不随着他们的道走，顶好干脆离开他们。"他决定不妥协，跟他们来硬的，反正我已经把自己押给了小赵，知道他的肚子里是闹什么狗油呢？干！他原封的把公事全给邱先生送回："出去看个人，你先办着！"可是他知道他的嘴唇有点颤：不行，到底是没玩惯这种使人难堪的把戏。他去看张大哥。

张大哥免职的谣传是否应当报告呢？谣传，可是在政界里谣言

321

比真实还重要。怎好告诉张大哥呢？他心中正那么难受。不告诉吧，万一成了事实，岂不叫他更苦痛？张大哥不那么难看了，可是非常的倦怠。老李似乎看出些危险来。张大哥是蚯蚓式的运用生命，软磨，可是始终不懈：没看见他放任或懒过。现在他非常的安静，像个跑乏了的马，连尾巴也懒得动。危险！老李非常的难过。不管张大哥是怎样的人，老李看他是个朋友。

"大哥，怎样了？"

"坐下，老李，"张大哥又顾到客套与规矩了，可是话中没有半点平日那种火力，似乎极懒得说话而不得不说。还表示出天真的事是没什么希望，因关切而改成不愿再提。"坐下。没什么消息。小赵来了一次，他正给我跑着，据他说，没危险。"

张大哥只为说这么几句，老李看出来，一点信任小赵的话的意思也没有。

"我托咐他来着，"老李决不是为表功，只为有句话说。

"对了，他眼皮子宽，可不是。"

二人全没了话。

无论说点什么也比这么楞着好，老李实在受不住了："大哥，衙门里有人说——啊——你上衙门看看去。这个社会不是什么可靠的。"

"啊，没什么，"张大哥听出话中的意思，脸上可是没有任何表情，"没什么，老李，"他仿佛反倒安慰老李呢。"什么都没关系了，儿子已经没啦，还奔什么！"他的语声提高了些，可是仍似乎没精神多说，忽然的止住。

"我看不能有危险，"老李善意的敷衍了一句。

"也许。"

张大哥是整个的结束了自己。科员都可以扔弃了！

丁二爷提着一笼破鸟进来："大哥，二妹妹来了。我告诉她，您不见人，她非要进来不可。大概又是为二兄弟的事。"

"叫她快滚，"张大哥猛的立起来，"我的儿子还不知道生死呢，没工夫管别人的臭事，滚！"瞪了丁二爷一眼，坐下了。丁二爷出去，他好像跟自己说："全不管了，全不管了！我姓张的完了，前世造下了什么孽！"

老李也立起来，他的脸白了，在大衣上擦了擦手心的汗，不敢再看张大哥，扭头说，"大哥，明天再来看你。"

张大哥抬起头来，"走啊，老李，明天见。"没往外送。

走到门口，丁二爷拉住了他，"李先生，明天还来吧，大哥还就是跟你不发脾气，很好。明天来吧，一定来！"

四

老李什么也没想，一直走回衙门。思想有什么用呢。他看见张大哥，便是看见小人物的尽端：要快乐的活着得另想办法，张大哥的每根毫毛都是合着社会的意思长的，而今？张大哥，社会，空白，什么也没有；还干吗再思索。

进了衙门，他想起邱先生。管他呢，硬来，还是硬来；张大哥倒软和呢，有什么用？

邱先生低着头办公呢，眉毛皱得要往下落毛。及至看见老李，他的眉头反倒舒展开了，放下笔，笑着："老李，请不要计较我啊。告诉你实话，我是精神不好，无心中可以得罪了人。不是有意！你看，"他把声音放低了些，"邱太太，这就是对你说，不便和别——生人提。她个性太强，太强。一天到晚和我别扭着。我一说，夫妇得互相容让呀。她来了：当初不是我追求你，是你磕头请安追求我吧？好了，我就得由性儿爱怎着怎着。老李，你看这像什么话。前几天，我好心好

323

意为吴赵们调解，回家又挨了她一顿：好哇，不帮助吴太太把那个野丫头赶出去，反助纣为虐?! 你们男人都没好心眼。再不许你到吴家去！老李，你看，这是何苦！我也看明白了，逼急了我，跟她离婚！娶谁也别娶大学毕业生，来派大多了。其实，大学毕业生净是些二十八九的丑八怪，可是自居女圣人。你看着，早晚我跟她离婚。"

老李点头说"是"之外不便参加意见。邱先生绕了个大圈，又往回说："因为这个，心中老不痛快，未免有得罪人的地方。老李你不用计较我。朋友就得互助，焉知你升不了科长，或是我作了秘书——要不是家里成天瞎嘈嘈，我也不能到如今还是个科员——到那时节，我们不是还得相互照顾吗?"

老李没好意思笑出来。

"老李，我已约好老孙老吴，一同吃个便饭，不是请客。一来为你贺喜，二来为约出老吴谈一谈。准去啊！"邱先生把请帖递过来。

老李不知是哭好，还是笑好。把请帖接过来，爽性和邱先生谈一谈。在张大哥眼中，邱先生是极新的人物。老李要细看看这个新人物。

"老邱，你看咱们这么活着有意思没有?"

邱先生楞了半天，笑了笑："没意思！生命入了圈，和野鸟入了笼，一样的没意思。我少年的时候是个野驴；中年，结了婚，作了事，变成个贼鬼溜滑的皮驴；将来，拉到德胜门外，大锅煮，卖驴肉。我不会再跳出圈外，谁也不能。我现在是冷一会热一会，热的时候只能发点小性，冷的时候请客赔情；发疟子的生活。没办法。我不甘心作个小官僚，我不甘心作个好丈夫，可是不作这个作什么去呢?我早看出，你比我硬，可也没硬着多少，你我只是程度上的差别，其实是一锅里的菜。完了，谈点无聊的吧；只有无聊的话开心。"

老李又摔破了一个人蛋，原来老邱也认识自己。二人成了好朋友，老李没把请帖又放在字纸篓里。

回到家中，李太太正按着黑小子打屁股呢。老李抹回头来又上了街，找个小饭馆要了三十猪肉韭黄饺子，一碗三仙汤。"我也发回疟子试试！"

第十四

一

北平春天的生命是短的。蜂蝶刚一出世，春似乎已要过去。春光对于老李们似乎不大有作用：他们只随时的换衣服，由皮袍而棉衣，由棉衣而夹衫，只显出他们的由拥肿而削瘦。他们依旧上衙门，上衙门，上衙门；偶尔上一次公园都觉得空气使他们的肺劳累得慌，还不如凑上手打个小牌。

张大哥每年清明前后必出城扫墓，年中唯一的长途旅行，必定折些野草回来，压在旧书里。今年他没去。天真还在狱里。丁二爷虽然把石榴树，夹竹桃，仙人掌等都搬到院中，张大哥可是没有惠顾它们一点点水，他已与春断绝关系。张大嫂也瘦得不像样了。丁二爷的小黄鸟们似乎受了什么咒诅，在春雨初晴的时节，浴着金蓝的阳光，也不肯叫一声。后院的柳树上来了只老鸦，狂嚎了一阵，那天张大哥接到了免职的公文。他连看也没看。他似乎是等着更大的恶耗。

吴太极为表示同情来看张大哥，张大哥没有见他。

他只接待老李。

老李家中也没有春光；春光仿佛始终就没有到西四牌楼去的意

思。除了一冬积蓄下的腥臊味被春风从地下掀起，一切还是那么枯丑。马老太太将几盆在床底下藏了一冬的小木本花搬在院中，虽然不断的浇水，可是能否今年再出几个绿叶便很可怀疑。李太太到了春天照例的脱头发，脑后的一双小辫十分棘手，用什么样的梳子也梳不到一处。黑小子脸上的癣经春风一吹，直往下落鳞片。合院之中，只有马少奶奶不知由哪里得到一些春的消息。脸上虽瘦了些，可是腮上的颜色近于海棠。她已经和李太太又成了好友；老李在家的时候她也肯到屋中来。小菱的春衣都是马婶给做成的，做得非常的合适好看。菱好像是个大布娃娃，由着马婶翻过来掉过去的摆弄，马婶是将领子袖子都在菱的身上绷好，画了白线，而后拆下来再缝成的。袖口上都绣了花。马婶的大眼睛向菱的身上眨巴着，菱的眼睛向马婶的海棠脸蛋眨巴着。

老李看着她们，心中编了一句诗——一点儿诗意孕着春的宇宙。他不敢再看太太那对缺乏资本的小辫，唯恐把这点诗意给挤跑了。

李太太心中暗喜，能把马少奶奶征服。可是还不满意老李，因为方墩太太一趟八趟的来，而口口声声是已快离婚——老李的主意。还有呢，方墩太太虽然与李太太成为莫逆，可是口气中有点不满意老李——他顶了吴先生的缺，不够面子！李太太一点也不晓得丈夫升了官，因为老李没告诉她。升了官多挣钱，而一声不发，一定是把钱私自掖着，谁知道作什么用？！邱太太也常来，说的话虽文雅，可是显然的是说邱先生近来对太太颇不敬。四位太太遇在一块，几乎要把男人们全拴起来当狗养着。大家都把张大嫂忘了。菱几次要看干娘去，李太太也倒还无所不可，可是方墩太太拦住她们：还上张家去呢？共产党！结果，老李带着菱去看干娘。直到父女平安的回到家中，李太太才放下心去。她以为共产党必是见了小孩就嚼嚼吃了的。

衙门里，吴太极与张大哥的缺都有人补上，大家心里开始安顿下去。可是对于补缺的人，多少心中有点忌恨，特别是对老李。"看着平日那么老实，敢情心里更辣；补吴太极的缺，焉知不是他给顶下去的呢?!"起初，大家拿吴太极当个笑话说，现在改成以他为殉难者，全是老李一个人的坏。老李一声不出，在衙门，在家里，任凭那群男女嘈嘈，只在大街上多吸几口气。

二

丁二爷来了："李先生，张大哥请你呢。"

到了张家，大哥正在院中背着手走遛，他的背弯着些。见了老李，他极快的走进屋中，好像又恢复了些素日的精神。老李还没坐下，张大哥就开了口：

"小赵来了，说天真可以出来。可是我得答应他一件事。"他楞住，想了会儿："他说，他是听你的话这么办，一切有你负责。"他看着老李。

"我把自己押给了他!"老李心里说，然后对张大哥："得答应他什么呢?"

张大哥立起来，几乎是喊着："他要秀真! 要我的命!"

老李一句话没有。

张大哥在屋中走来走去，嗓子里咯咯的咽气："救出儿子，丢了女儿，要我的命! 这是你出的主意? 老李! 这是你给张大哥出的主意? 我的女儿给小赵? 强买强卖? 你是帮朋友呢，还是要朋友的命呢?"

老李只剩了哆嗦了。他忽然立起来，往外就走："我找小赵去!"刚走到门口，被大嫂给截住了。

"老李，你先别走，"张大嫂命令着他，她眼中含着泪，可是神气

328

非常的坚决，"咱们得把事说明白了。你叫小赵这么办来着？"

"我托他帮助营救天真来着，没叫他干别的。"老李又坐下了。

"我想你也不是那样的人。大哥是急疯了，所以信了小赵的话。咱们商量商量怎办吧。"她向张大哥说，"你坐下，和老李商量个办法。"

"我没办法！"张大哥还是嚷着，可是坐下了："我没办法！我帮了人家一辈子的忙，到我有事了，大家看哈哈笑！要我的儿女，为什么不干脆要我的老命呢！我得罪过谁？招惹过谁？我的女儿给小赵？也配！"他发泄了一顿，嘴唇倒不颤了，低着头，手扶着磕膝，喘气。

老李等了半天，张大哥没再发作，他低声的说："大哥，咱们有办法。你事事有办法，我就不信办不动这回事。"

张大哥点了点头。

"咱们大家想主意，好不好，大哥？"

张大哥抬起头来，看了看老李，叹了一口气。"老李，张大哥完了！一辈子，一辈子安分守己，一辈子没跟人惹过气，老来老来叫我受这个，我完了。真动了心的没工夫再想办法。叫我去杀人放火革命，我不会，只好听之而已。活着为儿女奔忙，儿女完了，我随着他们死。我不能孤孤单单的活到七老八十，没味儿！"

老李知道张大哥是失了平衡，因为他的生命理想根本的被别人毁坏，而自己无从另起炉灶，他只能自己钻入黑暗里，想不起别的方法。但是老李不便和他讨论这个，更不能给他出激烈的主意——张大哥是永远顺着车辙走的人，得设法再把他引到辙迹上去。"大哥，不必伤心了，还是办事要紧。告诉我，小赵说什么来着？"

张大哥的脸上安静了。"他说，天真并不是共产党，是错拿了。他可以设法把他放出来。"

"咱们自己不能设法，既是拿错了？"老李问。

张大哥摇头："小赵就不告诉我，天真在哪里圈着。我是老了，对于这些新机关的事，简直不懂。假如他是因在公安局，我早把他保出来了。我平日总以为事事有办法，敢情我已经是老狗熊了，耍不了新玩艺！"

"非小赵不行，所以他提出条件？"

"就是。他说，你给他出的主意。"

"我求他来着。"老李很安静的说。"求他的时候，我是这么和他说好的——要牺牲，牺牲我老李，不准和张大哥掏坏。他这么答应了我。"

"为什么单求他？"

老李不能不说了："衙门里可有谁愿意帮助你？再说，谁有他那样眼杂？我早知道他不可靠，所以才把自己押给他。"

"押给他？"

"押给他了。我不知道为什么他恨我，时时想收拾我。也许只因为他看我不顺眼；谁去管。我给他个收拾我的机会，他自要能救出天真来，对我是怎办怎好。"

张大哥的泪在眼圈里，张大嫂叫了声："老李！"

"我不是上这儿来表功，事实挤成了这么一步棋；我所没想到的是他又背了约，我还是太诚实。不过，管它呢，先谈要紧的。事情是一步一步的办，先叫小赵把天真放出来。"

"不答应给他秀真，他肯那么办吗？"张大嫂问。

"答应他！"

"什么？"夫妇一齐喊。

"答应他，我自有办法，决不叫秀真姑娘吃亏。就是咱们现在有别人来帮忙，也不行。小赵不是好惹的。假如甩了他，另想方法，他会从中破坏，天真不用想再出来了。不如就利用他，先把天真放出来再讲。"

　　老夫妇楞了半天，张大哥先开口："老李，你说怎办就怎办吧。我不行了。先把天真放出来。我一共有三处小房，叫小赵挑吧，他爱要哪一处，我双手奉送，只求他饶了秀真！"张大嫂接了下去，"老李，我只有那么一个姑娘，不能给个骗子手！不能！能保住我的一对眼珠，他说要什么也行。都给了他，我们娘儿几个要饭吃去，甘心！"

　　"要饭吃去也甘心！"张大哥重了一句。

　　张大哥确是下了决心，老李看出来。牺牲房产就是牺牲张大哥一生的心血，可是儿女比什么也更贵重。他还是看不起张大哥，可是十二分的可怜他。"事情也许不至那么坏，放心吧，大哥，我老李拿这条命去换回秀真来。"

　　"老李，你可别为我们的事动——凶啊！给小赵钱！"张大哥看着老李的脸。

　　张大哥至死也是软的！老李不便再吓嚇他："我瞧事办事，要是钱有用的话，就给他钱。"

　　"给他钱，老李，给他钱，"张大嫂好像以为事情已经办妥了似的。"你还有一家老小呢，别为我们——"她没说出，用手弹去一个泪珠。

三

　　在无聊中寻些趣味：老李很得意，能和小赵干一干。

　　"喂，小赵，"叫狗似的叫，"张家的事怎样了？"

　　"有希望，天真不日就可以出来。"

　　"张大哥问我，怎样酬报你。我来问你，原谅我不会客气一些。"老李觉得自己也能俏皮的讽骂，心里说："谁要是不怕人了，谁就能

331

像耶稣似的行奇迹。"

"要不我怎么爱和你交往呢，"小赵的眉毛转到眼睛底下来，"客气有什么用？给我报酬？怎好意思要老丈人的礼物？半子之劳，应当应分！"

"谁是老丈人？"

"张大哥难道没告诉你？现在的张大哥，过两天就升为老丈人。"

"你答应了我，不和他掏坏！"

"掏坏是掏坏，婚姻是婚姻，张大哥一生好作媒，难道有人要他的女儿，他不喜欢？"小赵指着鼻梁："看看小赵，现在是科员，不久便是科长，将来局长所长市长部长也还不敢一定说准没我的份儿！将来，女婿作所长，老丈人少不的是秘书，不仅是郎才女貌，连老丈人也委屈不了！"

老李的闷火又要冒烟，可是压制住自己。"小赵，说脆快的，假如张大哥送给你钱，你能饶了他的女儿不能？"

"老李，你这怎说话呢？什么饶了饶了的，该打！可是，你说说，他能给多少钱？"

"一所房子。"

小赵把头摇得像风扇："一所小房，一所？把个共产党释放出来，就值一所小房？"

"可是天真并不真是共产党！"

"有错拿没错放的，小赵一句话可以叫他出来，一句话也可以叫他死。随张大哥的便；他的话是怎么说都可以。"

"你要多少呢？"

"我要多少，他也得给得起呀！他有多少？"

老李的脸紫了。咽了一口毒气，"他一共有三所小房，一生的心血！"

"好吧，我不能都要了他的，人心总是肉长的，我下不去狠手，给我两所好了。"小赵很同情的叹了口气。

"假如我老李再求你个情，看我的面上，只要他一所，我老李再自己另送给你点钱，怎样？"

"那看你能送多少了！"

"我只能拿二百。二百之外，再叫我下一跪也可以！"

"我再说一句，二百五，行不行？"

"好了，张大哥给你一处房，我给你二百五十块钱：你把天真设法救出来，不再提秀真一个字，是这样不是？"

"好吧，苦买卖！小赵不能不讲交情！"

"好了，小赵，拿笔写下来！"

"还用写下来？这点屁事？难道我的话不像话是怎着？"

"你的话是不算话，写下来，签上字！"

"有你的，老李，越学越精，行，怎写？"

"今天收我二百五十；天真活着到了家那天，张大哥交你一张房契；以后永不许你提秀真这两个字。按这个意思写吧！"

小赵笑着，提起笔来，"没想到老李会这么厉害，早就知道你厉害，没想到这么厉害：这点事还值得签字画押，真，不用按斗迹呀？"

字据写好。各存一张。签字的时候，老李的手哆嗦得连自己的名字全写不上来了。他恨不能一口吃了小赵，可是为张大哥的事，没法不敷衍小赵。小赵是当代的圣人，老李，闹了归齐，还是张大哥的一流人物！老李把二百五十元的支票摔在桌上。

小赵拿起支票，前后看了看，笑着放在小皮夹里："银行里放着钱，老李？资本家，早知道，多花你几个！积蓄下多少了，老李？"

老李没理他。

他拿着字据去给张大哥看，张大哥十分感激他。越发使他心中难堪。本想在灰色的生活里找些刺激，作个悲剧里的人物，谁知作来作去，只是上了张大哥所走的辙迹，而使小赵名利兼收的戏弄他！

"为什么小赵这样恨我呢？"只有这一句话在老李心中有点颜色。"莫非老李你还没完全变成张大哥？所以小赵看你不顺眼？即使是这样。还不是无聊？"老李低着头回家，到家里没敢说给了小赵二百五十块钱，对太太也得欺哄敷衍！

四

夏天已经把杏子的脸晒红，天真还是没放出来。端阳是多么热闹的节令，神秘的蒲艾在家家门外陪伴着神符与判官。张大哥的家中终日连一声笑语也听不见，夫妇的心中与墙上的挂钟，日夜响着天真，天真！丁二爷的破鸟们全脱了毛，越发的不大好看。院中的石榴，因为缺水，只有些半干的黄叶，静静的等着下雨。

老李找了小赵几次，小赵的话很有道理："就是人情托到了，也不能顿时出来不是？这么重的案子！我不比你着急？他一天不出来，房子一天到不了我手里！我专等着有了房子好结婚呢！"

老李没有精神再过五月节：李太太心中又嘀咕起来："又怎么了？连节也不过？莫非又——"又钉上了马少奶奶，一眼也不放松。菱和英又成了自用的侦探。

节后，方墩太太带着一太平水桶的泪来给李家洒地，"完了，完了，离婚了！我没地方去，就在这块吧！大妹妹，咱俩无仇无怨，我是跟老李！他不叫我好好的过日子，我也不能叫他平安了！"

李太太的脸白了："他怎么了？"

"怎么了？我打听明白了，是他把我的丈夫给顶了，要不是他，我的丈夫丢不了官；我打听明白了，有凭有据！这还不算，他还把自

334

己的缺留着，自己拿双份薪水，找了个姓王的给遮掩耳目，姓王的一月只到衙门两天，干拿十五块钱，其余全是老李的。不信，他前者给了小赵二百五，哪儿来的？你知道不知道？"

"我不知道呀！"李太太直咽气。

"你怎能知道，我的傻妹妹！这还不足为奇，前两天他托小赵给吴先生送了五十块钱来。我本想把小赵打出去，可是既是老李托他去的，我就不便于发作了。小赵一五一十都对我说了。怎么老李要买张大哥的房子，怎么鼓动吴先生和我离婚，怎么老吴要是离了婚，老李好借此吓嚇你，李太太，把你吓嚇住，老李好买个妾。老吴没心没肺没骨头，接了那五十块钱，口口声声把我赶出去！他娶了小老婆，我不跟他吵，他反倒跟我翻了脸！都是老李，都是老李！我跟他不能善罢甘休！我上衙门给他嚷去；科员？他是皇上也不行！我不给他的事闹掉了底，我算白活！"

一片话引出李太太一太平水桶的眼泪。"吴大嫂，你先别跟他闹，不看别的，还不看这俩孩子？把他的事弄掉，我们吃谁去？你先别跟他闹，看我的，我审问他：我必给你出气！"又说了无数的好话？算是把方墩太太劝走了。

吴太太走后，李太太像上了热锅台的蚂蚁。想了好大半天，不知怎办好。最后，把孩子托咐给马少奶奶，去找邱太太要主意。

邱太太为是表示个性强，始终不给客人开口的机会，专讲自己的事："老邱是打定了主意跟我过不去，我看出来了！回到家来东也不是，西也不是，脸上就没个笑容。什么又抱一个儿子吧，什么又辞职不干了吧，生命没有意思。这都是故意的指槐说柳。他是讨厌我了，我看的明明白白。早晚我是和他离婚，拿着我的资格，我才不怕！"

李太太乘机会插入一句："老李也不老实呢！"

邱太太赶紧接过来："他们没有老实的！可是有一层，你有儿有

335

女，有家可归。我更困难，我虽然可以独立，自谋生活，可是到底没个小孩；自己过得天好，究竟是空虚，一个人恐怕太寂寞了，是不是？这么一想，我又不肯——不是不敢——和老邱大吵特吵了。困难！可是，我要不和他闹，又怕他学吴先生，硬往家里接姨太太！以我这个身分，叫人说我不能拴系住男人的心，受不了！真离婚吧，他才正乐意。困难！"

"我怎么办呢？"李太太问。

"跟老李吵！你和我就不同了；我被文学士拘束住，不肯动野蛮的。你和他吵，我作你的后盾！"

李太太运足了气回家预备冲锋。

五

不在太太处备案而把钱给了别人，是个太太就不能忍受这一手儿。李太太越想越生气。自己真是一心一意的过日子，而丈夫一给小赵就是二百五十，够买两三亩地的！还帮着吴先生欺侮吴太太！跟他干！邱太太的话虽然不好懂，可是她明明的说了，管我的后顿；有人管后顿，前顿还不好说？跟他吵。后盾改成后顿，李太太精神上物质上都有了倚靠。从乡下到大城里来，原想和和气气的过日子，谁想到他会这么坏；他的错，跟他干。一进屋门便把脑后的小辫披散开了，换上了旧衣裳，恐怕真打起来的时候把新衣撕了。饭也不去作，不过了！

老李刚走到院中，屋里已放了声哭起来。哭的虽然是"我的娘呀！"可是骂的都是老李。他看出事儿来得邪。听着她哭，不便生气。可是越听越不是味儿，不由的动了气。揍她！怎好意思？扯着头发，连踢带打？作不出。在屋里转了个圈，想把孩子们带出去吃饭，留下她一个人由着性儿哭。这是个主意。正要往外走，太太哭着过来了：
"你别走，咱们得说开了！"有意打架。太太把吴邱两位太太所说的，
从头至尾质问了一番。老李连哼也没有哼一声，不理。太太下不了台
阶，人家不理。两张嘴都动作才能拌嘴，老李阴透了，只叫街坊听我
一个人闹，他不言语！阴毒损坏！太太无法，只好自己打自己的嘴巴
吧，拍，拍，自己抽了两个好的："你个不知好歹的，没皮没脸，没
人答理，你个臭娘们！"拍，拍，自己又找补上两个。

马家婆媳都跑过来，马老太太奔了李太太去："我说，李太太，
这是怎么了？别吓住孩子们呀！"

李太太看有人来解劝，更要露一手儿，拍，拍，又自己扯了两
个："不过了！不过了！没活头了！"

马少奶奶抱住菱，看了老李一眼。老李向她一惨笑，嘴唇颤着：
"马婶你给菱点吃的，我带英出去。"向来没和她这么说过话，他心中
非常的痛快。"英，走！"黑小子拉着爸的手，又要落泪，又要笑，吸
了两口气。

第十五

一

　　旱莲初开，桃子刚染红了嘴唇。不漂亮的人也漂亮了些，男的至少有个新草帽，女的至少穿上件花大衫，夏天更自然一些，可以叫人不富而丽。小赵穿上新西服，领带花得像条热带的彩蛇。新黄皮鞋，底儿上加着白牙子。不得人心的响着。绸手绢上洒了香水，头发加了香蜡。一边走一边笑，看见女的立刻把眼珠放风筝似的放出去，把人家的后影都看得发毛咕。他心中比石榴花还红着一些，自己知道是世上最快乐的人。

　　到了北海。旱莲在微风里张开三两个瓣儿，叶子还不密，花梗全身都清洁挺拔，倚风而立，花朵常向晴天绿水微微的点头。小赵立在玉石桥上，看一眼荷花，看一眼自己的领带，觉得花还没有他那么俊美。晴天绿水白莲，没有一样值得他欣赏的，他自己是宇宙的中心。他的西服，特别是那条花领带，是整个人类美与幸福的象征。他永不能静立看花，花是些死东西；看姑娘是最有趣的。你看她，她也看你；不看你也好，反正她不看你也得低低头；她一低头，你的心就痒痒一下！设若只有花没姑娘，小赵的心由哪里痒痒起？

他将全身筋肉全伸展到极度，有力而缓缓的走，使新鞋的声响都不折不扣的响到了家，每一声成了一个不得人心的单位。这样走有点累得慌，可是把新西服的棱角弯缝都十足的展示出去，自觉的脊背已挺得和龟板一样硬；只有这样才配穿西服；穿西服天然的不是为自己舒服，而是为美化社会。走得稳，可是头并不死板：走一步，头要像风扇似的转一圈，把四围值得看的东西——姑娘——全吸在自己眼中去。看见个下得去的，立刻由慢步改成快步，过去细看。被人家瞪一眼，或者是骂一句，心中特别的畅快——不虚此行。

不过，今天小赵的运动头部，确是有一定的目的。虽然也看随时遇见的姑娘，可是到底是附带的。小赵在把一个姑娘弄到手之前，只附带的看别的妇女。"爱要专，"他告诉自己。不过，遇到"可以"同时并举弄两个或三个姑娘的时候，他也不一定固执，通权达变。今天小赵的爱特别的专，因为这次弄的是个纯洁的女学生。往日，他对妇女是像买果子似的，捡着熟的挑；自要熟，有点玷儿也没关系，反正是弄到手又不自己存着，没有烂在手里的危险。今天他的确觉得应当兴奋一些，即使一向不会兴奋。这回是弄个刚红了个嘴的桃。小赵虽然不会兴奋，究竟心中不安定。他立在一株大松树下，思索起来："这回是完全留着自己吃呢，还是送给人？刚红了嘴的桃，中看不中吃，送人不见得合适。特别是送给军人们，他们爱本事好的，小桃不见得有本事。自己留着？万一留个一年半载，被人看见而向我索要，我肯给不肯呢？我会忌妒不会呢？两搭着，自是个好办法，可是万一她硬呢？不能，女人还硬到哪里去！这倒完全看咱小赵的了，"小赵，有人要你自己的太太，不是买来预备送人的，是真正的太太，你肯放手不肯呢？"他不能回答自己。

来了，她从远处走来！连小赵的心也居然跳得快了一些。往日买卖妇女是纯粹的钱货换手，除非买得特别便宜，是用不着动感情的。

现在，是另一回事，没有介绍人从中撮合，而是完全白得一件宝贝，她笑着来找他，小赵觉出一点妇女的神秘与脆弱——不花钱买，她也会找上门来！容易！后悔以前不这样办，更微微有些怕这样得来的女子或者不易支配，心里可又有点向来没经验过的欣喜。

她像一朵半开的莲花，看着四围的风景，心里笑着，觉得一阵阵的小风都是为自己吹动的。风儿吹过去，带走自己身上一些香味，痛快，能在生命的初夏发出香味。左手夹着小蓝皮包，蓝得像一小块晴天，在自己的腋下。右手提着把小绿伞。袖只到肘际，一双藕似的胳臂。头发掩着右眼，骄慢的从发下瞭着一切。走得轻俏有力，脚大得使自己心里舒展，扁黑皮鞋，系着一道绊儿。傲慢，天真，欣喜，活泼，胖胖的，心里笑着，腮上的红色润透了不大点的一双笑涡。想着电影世界里的浪漫故事，又有点怕，又不肯怕；想着父母，头一仰，把掩着右眼的黑发——卷得像葡萄蔓上的嫩须——撩上去，就手儿把父母忘掉，甚至于有点反抗的决心。端起双肩，又爱又怕又虑又要反抗的叹了一口气，无聊，可是痛快些。热气从红唇中逃出，似乎空虚，能脸对脸的，另有些热气吻到自己的唇上，和电影世界里的男女一个样，多么有趣！是，有趣！没有别的！一个热吻，生命的溪流中起了个小水花，不过如此，没别的。放出自己一点香味，接收一点男性的热力，至多是搂着吻一下，痛快一下，没别的。别的女友不就是这样么？小说里不是为接吻而设下绿草地与小树林么？电影里不是赤发女郎被吻过而给男人一个嘴巴么？不怕！看着自己的大脚，舒展，可爱，有力气，有什么可怕？

每次由学校回家的时候，总有些破学生在身后追着，破学生，袜子拧着花，一脖子泥！他和破学生不同了，多么有趣，什么也知道，也干净，告诉我多少事！况且，他还和善呢，救出哥哥来，必是哥哥的好朋友。可怜的天真哥哥，在狱里，洋服都破了，没有香烟吸，可怜！他的女朋友到狱里看过他没有？又想起一篇电影，天真在屋里，女的在外边，握着手狠命的吻手背！有趣！

"秀真妹，笛耳！"小赵的脑门与下巴挤到一块，只剩下两只耳朵没有完全扁了，用力纵着鼻子，所以眼珠没有掉出去。"我可以叫你笛耳吧？"

"随便，"秀真笑涡上那块红扩大了一些，撩了一下头发，看了松树上的山喜鹊一眼，向小赵一笑。

"那么，我就再叫一声，"小赵的唇在她耳前腮上那溜儿动，热气吹着了她的笑涡，"笛耳！"

她眼珠横走，打在他的鼻尖上，向自己一笑。

小赵知道不少英国字，在火车饭厅里时常和摆台的讨教，黄油，苏打水，冰激凌等都能不用中国话而要了来。"不用留洋去喝洋墨水，咱也会外国话！"他常向同事们这样说。他的穿西服，吃洋饭，也下过一番工夫，"你必得下工夫，"他劝告四十以上的人们，"连跳舞也得学着，这是学问！现在连军官里都有留学欧美的，不会还行？！"他所以胜过张大哥就在这一点上。张大哥并不比小赵笨，只是差着这么点新场面。张大哥会的小赵也会，小赵会的张大哥不会。张大哥没有前途，而小赵正自前程远大。秀真虽然不懂什么，也能看到这个：在家里，一切都守旧，拘束，虽然父亲给预备下新留声机片，可是不准跳舞；连买双皮鞋都得闹一场气。小赵呢，新旧都懂，什么事也知道。小赵接过她的小伞，两人并肩沿着"海"岸往北走。秀真的梦实现了一半。还想不到结婚，可是假如能和小赵结婚，大概也不错，什么都懂，多么会说话，笑得多到家！有点贫气；可是看惯了或者也就觉不出来了。

秀真和小赵的身量差不多，或者还许比他高一点。从身体上看，他是年青的老头儿，她是个身体比年岁大的孩子。秀真还没有长成一定的模像，可是自己愿意显出成年的样子。圆脸，大眼睛，唇和笑涡显出无意的肉感的诱感。四肢都很大，微微驼着背，大概是怕被人说个子太高。旗袍是按着胡蝶扮演阔小姐时那种风格作的；大扁皮鞋保持着中学生的样子。腿很粗，长于打篮球。头发烫成卷毛鸡，留下一大缕长的挡着右眼。设若天真是女的，秀真是男的，张大哥或者更满意一些。

"天真几时能出来？"她问。

"快，我已经给说妥了；公事不能十分快了，可是也慢不了。他太大意了，为人总得谨慎一点！"小赵郑重的说："你看我，笛耳，自幼没人管，可是我始终没有堕落，也没给过人机会陷害我，虽然受苦与困难是免不了的。"他眼中含着泪。"少年要浪漫，也要老成。咱们的家庭都是旧式的，咱们自己又都是摩登的，我们就得设法调和这个，该浪漫的浪漫，该谨慎的谨慎，这才能有成功的希望，有真正的快乐。笛耳，以你说吧，还在求学时期，何必穿高跟鞋？你不穿，我一看就明白你有尺寸有见识。我自己，何必说我自己呢，以后你自会知道。"

秀真找不到话讲了，心里只剩了佩服小赵。想起接到男学生们的信，真是可笑，一脖子泥的小鬼们！不讲别的，只夸我几句，然后没结没完的述说他们自己，老说反抗家庭，其实没见过世面！看这个人，新的懂，旧的懂，受过苦，而没堕落！不，她不仅想和他游戏游戏了，她本能的觉到姑娘必有朝一日变成妇人，必定结婚。设若自己想结婚，必是要这么一个可靠的人，不要那一脖子泥专写情书的学生们。她越发觉得自己的大脚可爱了，他说这扁鞋好！他多么明白！但是不要和他往下说这个，说不过他；自己连世界上的最简单的事也不知道！学校里学过的功课，怎好说，一点意思也没有。家中的事，又不大知道。没的可说；他大概什么也会说！自己是个会打篮球的学生，他是个人物！呕，还说天真吧。"我不能再去看哥哥一回呀？"

"上次咱们去已经招他们不愿意，再去，不大合适，反正他快出来了。"

"我想给他送点口香糖去！"

"我设法给他送进去就是了，口香糖，"小赵向天想了想，"再添上点水果？都交给我了，我想法子找人送进去，咱们自己不便于再去。"

二

坐在五龙亭的西头那一间里。小赵要了汽水，鲜藕，鲜核桃。秀真不好意思吃，除了有时吃女同学们的水果，还没吃过男朋友的东西。写情书的小泥鬼们只能送给一个书签，或是把一朵干花夹在信里；没这么大大方方坐在一处过，所以又觉得不好意思不吃。虽然和父母逛过北海，喝过茶，可是那是什么味，这是什么味？这一次的吃东西似乎是有无穷无尽的意味，由这一次也许引起一百次，一千次，一辈子，在一块吃喝说笑！平日逛北海，就不愿意到五龙亭来，西边的破大殿里的破神像多么可怕！今天坐在这里也不觉得那么可怕了；赵先生多么殷勤可喜，和他在一块什么也不可怕。捏起块雪白的嫩藕，放在唇边，向他笑了笑，没的可说。

小赵给她个机会："学校快考试了吧？我现在要是在学校里，要命也考不上；功课全忘了！"

她心里舒服了，他也有比不上我的地方！他的功课都忘了，我在这一点上比他强。她说起学校的事来，一边说一边吃东西，顺手的往口中放，也不觉得不好意思了。他又要点心；不，不能再吃点心；应当请一请他；请他什么呢？不知道，也不好开口。不吃点心，不饿！

况且，也该回学校了，快考试了！被熟人看见，再说，也不好意思。可是，他是我父亲的好朋友，我来是和他商议天真的事，就是被父母看见，也有的说。又舍不得走了，呆呆的坐着，脸上不由的发热。看着水边上的小蜻蜓，飞了飞，落在莲花瓣上；落了会儿，又飞起来。南边的大桥上，来来往往不断的人马，像张活动的图画。桥下有几只小船，男的穿白，一躬一躬的摇桨，女的藏在小花伞下面，安静，浪漫；一阵风带着荷香，从面上吹过。她收回神来，看他一眼，他的眼正钉着她的笑涡，两人的眼遇到一块，定了一定，轻轻的移开，茶房来收拾汽水瓶子。

"我们划船去？"

"我该回去了！"

"咱们不赁这小破船，上董事会去借好的！"

她未置可否，可是由他拿着小伞。

船停在柳阴下，她还打着小伞，看水中的倒影，正在自己的面部上浮着几个小鱼。

船上玩了半天，决定回学校去，可是小赵拦住她，非去一同吃饭不可。不好意思。可是赵先生决不拿自己当个小学生看，而是用成人对成人的那种客气劝留，所用的话正是父亲留客吃饭时用的那些。又不好意拒绝。人家拿成人待我，怎好和人家要孩子脾气。去吧。

要菜要饭，给饭钱与小账，小赵的神气与态度都那么老到，自然：决不像中学生那样羞羞愧愧的从小口袋里掏钱。秀真觉得处处比不上他，他懂得一切。吃完饭，无论怎样该回学校了，赵先生也不再拦阻，并且依着她的主张，二人在园内就分了手，她往南，他往北；他没坚决的要求陪她一同出去。大方，体谅。

一离开他，秀真觉得身上轻了好些，走得很快，似乎由成人又回到欢蹦乱跳打篮球的女学生。可是心里并没忘了他，有点怕他，又说不上他的毛病在哪块。一块儿吃汽水，划船，吃饭，一个梦境的实现，心里确是受了刺动。他不可怕，为什么怕他呢！他没说一句错话，他没偷偷的拉我的手，他不是坏人。他多么温柔！一边走一边思索，走着走着忽然立住，恍忽似乎丢了什么东西。摸了摸身上，想了想，什么也没丢，水里的影儿现出自己的伞：蹲下照了照脸，还是那样，胖胖的，笑涡旋着点红色。跟他在一块是没危险的。妈妈老嘱咐小心男人，那要看是哪个男人。跟好男人一块玩玩，有什么损害呢？立起来，向后撩了撩头发。身后走着一对夫妇，男的比女的大着许多，男的抱着个七八个月大的胖娃娃。秀真爱这个胖娃娃，愿意过去把娃娃接过来，抱一会儿。结婚一定是很有趣的。看了看那个女的，不见得比自己岁数大，小细手腕，可是乳部鼓鼓着；小妈妈，胖娃娃，好玩！胖娃娃转过脸向秀真笑了笑，跟着嘴里"不，不，"了两声。她又不好意思了，向前抢球似的跑了几步。跑到白塔的土基上，找了块大石，坐下，心里直跳，也有点乱。口中发渴，跑下来，喝了两碗酸梅汤。

三

小赵心中也没闲着，眼珠在心上炒豆儿似的直跳，觉得自己的那颗心确是有用，眼力也不差！"老眼，赶明儿真该给你配付眼镜，真有你的！"可是，"太嫩，恐怕中看不中吃！"管它呢，先玩一玩！买熟货起码就得二百出头，还得费工夫调教。这个货太嫩点，可是只费两瓶汽水与一顿饭呢！不用训练，自来美。时代是他妈的变了，女学生是比陈货鲜明：无论妓女怎打扮也赛不过学生们去。白布小衫也好，旗袍也好，总比窑姐儿们好看。小赵你得尝口鲜的，不要落伍，不要辜负了时代！衙门中那群玩艺，哪懂得这个？！小赵你是聪明，

345

凡事无师自通，买陈货，吊姨太太，你会；玩女学生，你也会了！谁教给你的？妈的，赶明儿不上交民巷钓个洋妞才怪！用心，没有不成的事！

叫老吴玩那个破货去，小子，至多再叫你玩上一月，我要不把你送到五殿阎王那儿去，我是头蒜！我叫你先和方墩离了婚，然后再把那个破货弄回来，卖出去，哪怕赔几块钱卖呢，赌得是口气！你等着，小子，不叫你家破人亡连根儿烂，算小赵白活！

至于老李那小子，比吴太极更厉害点：可是你还能比小赵霸道，我的笛耳？我叫你不和赵先生，赵老爷，赵大人，合作！敢和我碰碰？真，瞎了你的狗眼！敢不在赵科员面前打招呼，而想在财政所作事？真？临完还成心找寻我，不许我弄张秀真？我看看你的！秀真笛耳，已经到了手；你的二百五十元，咱正花着；张大哥的房子，不久也过来！你？叫你吃不了兜着走！先叫方墩上衙门跟你闹个底儿掉，然后叫她上你那儿住个一年半载。你有所长的门子，哼，咱看看到底谁行。等你免了职，咱才和秀真结婚，给你个请帖！跟小赵叫劲？不知好歹！你知道小赵，赵老爷，将来有什么发展哪？就凭秀真一个人，我就能作所长，你大概不信？那么，你也许不知道，市长凭着什么作市长？你哪能知道，我的宝贝！你等着看小赵一手吧！谢谢你的二百五十块钱，专等再谢谢你来送婚礼，别只写付喜联呀，伙计！

小赵去吃了两杯冰激凌，心里和冰一样舒服。

第十六

一

老李带着英在外面足玩了半日，心中很痛快。也没向衙门里请假，也不惦记着家里，只顾和英各处玩耍。他看明白了：在这个社会里只能敷衍，而且要毫没出息的敷衍，连张大哥那种郑重其事的敷衍都走不通。他决定不管一切，只想和英痛快的玩半天。吃过了晚饭，英已累得睁不开眼。老李不想回家，可是又没法安置英；回去，她爱怎闹怎闹；把小孩子放在家里再说；闹得太不像样，我还可以出来，住旅馆去；没关系。

马少奶奶拉着菱在门口立着呢。太阳落后的余光把她的脸照得分外的亮，她穿着件长白布衫，拉着菱，菱穿着个小红短袖褂子。像一朵白莲带着个小红莲苞，老李心里说。菱跑过来拉爸，英扑过马婶去。"你们上哪儿啦，一去不回头？"她问英，自然也是问老李。他抱起菱来，"我们玩去了；家里不平安，就上外面玩去。"他的语气中所要表示的"我才不在乎"都被眼睛给破坏了。她正看着他的眼睛，他的眼神决不与语气一致。他也承认了这个，不行，不会对生命嬉皮笑脸；想敷衍，不在乎，不会！他知道她也明白这个。"菱，妈妈还闹

347

不闹了？"他问，勉强的笑着，极难堪。

"妈嘴肿，不吃饭饭！"菱用小手打了爸脸两下："打爸！菱不气妈，爸气妈！臭爸！臭呕——"菱用小手捂上鼻子。

老李又笑了，可是不好意进街门。

"您进去吧，没事啦。"马少奶奶淘气的一笑，好像逗着老李玩呢。

老李出了汗，恨不能把孩子放下，自己跑三天三夜去，跑到座荒山去当野人。可是抱着菱进了门。英也跟进来，剩下马婶自己在门外立着。老李回头看了一眼，她脑后的小辫不见了，头发剪得很齐，更好看了些。

李太太在屋里躺着呢。英进去报告一切，妈也不答理。

"爸，你给我买好吃没有？"菱审问着爸。

爸忘了。忽然的想起来："菱你等着，爸给买好吃去。"放下菱，跑出来。跑到门洞，马少奶奶把门对好，正往里走。

"您又上哪儿？"她往旁边一躲。

"我出去住两天，等她不犯病了我再回来。受不了这个！"

"这才瞎闹呢。"

"怎么!？"他的声音很低，可是带着怒气，好像要和她打架似的。

她楞了一会，"为我，您也别走。"

"怎么？"这个比它的前人柔和着多少倍。

"马有信来，说，快回来了。一定得吵。"

"怎么？"

"他一定带回那个女的来。"

"信上说着？"

"不是。"

"你——您怎么知道？"

"我心里觉出来，他必把她带回来：还不得吵？"门洞虽然黑，可是看见她笑了——也不十分自然。

"我不走好了，我专等和谁打一通呢！你不用怕。"

"我有什么可怕的？不过院里有个男的，或者不至于由着马的性儿反。"

"他很能闹事？"

她点了点头。"好吧，您还出去不？"

"出去给菱买点吃的，就回来。"他开开门，进了些日落后的软光。门外变了样，世界变了样，空气中含着浪漫的颜色与味道。

二

财政所来了位堂客，身子是块，项上顶着个白球，像刚由石灰水里捞出来。要见所长。传达处的工友问什么事，白球不出声。工友拒绝代为通报，脸上挨了个嘴巴。工友捂着脸去找所长，所长转开了眼珠："叫巡警把她撵开！"继而一想，男女平权的时代，不宜得罪女人，况且知道她是谁？"请赵科员代见。"小赵很高兴的来到会客厅，接见女客，美差？及至女客进来，他瞪了眼，吴太太！

"好了，你叫我来闹，我来了，怎么闹吧？你说！"方墩太太坐下了。工友为是保护科员，在一旁侍立，全听了去。

"李顺，走！"赵科员发了令。

"嗻！"李顺很不愿意出去，可是不敢违抗命令。

"大姐，你算糟到家了！"小赵把李顺送了出去，关上门，对方墩说："不是叫你见所长吗？"

"他不见我，我有什么法儿呢？"

"不见你，你就在门口嚷啊。姓李的，你出来！你把吴科员顶下

349

去，一人吃两份薪水！还叫我们离婚！我跟你见个高低！就这么嚷呀。嚷完，往门框上就拴绳子，上吊！就是所长不见你，你这么一嚷还传不到他耳里去？他知道了，全所的人都知道了；就是所长不免他的职，他自己还不滚蛋？你算糟透了；见我干吗呀！？"

"我没要见你呀！你干吗出来？"

"嘿！糟心！你赶紧走，我另想办法。反正有咱们，没老李；有他，没咱们！走吧。家中等我去。"

小赵笑着，规规矩矩把方墩太太送到大门，极官派的鞠躬："再会，吴太太；回来我和所长详说，就是。"转过脸来："李顺，这儿来！你敢走漏一个字，我要你的命！"

小赵非常的悲观。成败倒不算什么，可气的是人们怎么这么饭桶。拿方墩说，就连衙门外嚷嚷一阵都不会，怎么长那身方肉来着呢！头一炮就没响。要不怎么这群人不会成功呢，把着手儿教，到时候还弄砸了锅。小赵很愿意想出一种新教育来，给这群糟蛋一些新的训练。"你等着，"他告诉自己，"等小赵作了教育总长再说！"

三

老李和太太没正式宣战而断绝了国交。三天，谁也没理谁。他心中，可是，并没和太太叫劲。他一心一意的希望着马先生快回来，看看人家这会浪漫的到底是长着几个鼻子；心中有所盼望，所以不说话也不觉得特别的寂寞。除了这件事，他还惦记着张大哥。到底小赵是卖什么药呢？天真还没有放出来！张大哥太可怜了，整天际把生命放在手里捧着，临完会像水似的从指缝间漏下去！单单的捉去他的儿子；哪怕一把火烧了他的房呢，连硬木椅子都烧成焦炭呢，张大哥还能立起来，哪怕是穿着旧布衫在街上去算命合婚呢，他还能那么干净和气，还能再买上一座小房；儿子，另一回事。奇怪，那么个儿子会使张大哥跌倒不想往起爬！假如英丢失了，我怎样？老李问自己。难过是当然的，想不出什么超于难过的事。时代的关系？夫妻间的爱不够？张大哥比我更布尔乔亚？算了吧，看看张大哥去。

自迁都后，西单牌楼渐渐成了繁闹的所在，虽然在实力上还远不及东安市场一带。东安市场一带是暗中被洋布尔乔亚气充满，几乎可以够上贵族的风味。西单，在另一方面，是国产布尔乔亚，有些地方——像烙饼摊子与大碗芝麻酱面等——还是普罗的。因此，在普通人们看，它更足以使人舒服，因为多着些本地风光。它还没梦想到有个北京饭店，或是乌利文洋行。咖啡馆的女招待，百货店的日本货，戴一顶新草帽或穿一双白帆布鞋就可以出些风头的男女学生，各色的青菜瓜果，便宜坊的烧鸭，羊肉馅包子，插瓶的美人焦与晚香玉，都奇妙的调和在一处，乱而舒服，热闹而不太奢华，浪漫而又平凡。特别是夕阳擦山的前后，姑娘们都穿出夏日最得意的花衫，卖酸梅汤的冰盏敲得轻脆而紧张，西瓜的吆喝长而多颤；偶尔有一阵凉风；天上的余光未退，铺中的电灯已亮；人气车声汗味中裹着点香粉或花露水味，使人迷惘而高兴，袋中没有一文钱也可以享受一些什么。真正有钱的人们只能坐着车由马路中心，擦着满是汗味的电车，向长安街的沥青大路驰去，响着车铃或喇叭。

老李永不会欣赏这个。他最讨厌中等阶级的无聊与热闹。可是在他的灵魂的深处，他有点贵族气。他沿着马路边儿走，不肯和两旁的人群去挤。快到了堂子胡同，他的右臂被人抓住。丁二爷。

"啊，李先生——"丁二爷的舌头似乎不大利落，脸上通红，抓着老李的右臂还晃了两晃，"李先生，我又在这儿遛酒味呢！又喝了点，又喝了点。李先生，上次你请我喝酒，我谢谢你！这是第二次，记得清楚，很清楚。还能再喝点呢，有事，心中有事。"他指了指胸口。

老李直觉的嗅出一点奇异的味道，他半拉半扯的把丁二爷架到一个小饭铺。

又喝了两盅，丁二爷的神色与往日决不相同了，他居然会立起眉毛来。"李先生，秀真！"他把嘴放在老李的耳边，可是声音并没放低，震得老李的耳朵直嗡嗡。"秀真！"

"她怎么了？"老李就势往后撤了撤身子，躲开丁二爷的嘴。

"我懂得妇女，很懂得。我和你说过我自己的事？"

老李点了点头。

"我会看她们的眼睛，和走路的神气，很会看。"他急忙吞了一口酒。"秀真回来了，今天。眼睛，神气，我看明白了。姑娘们等着出阁是一样，要私自闹事又是一个样，我看得出。秀真，小丫头，我把她抱大了的，现在——"丁二爷点着头，不言语了，似乎是追想昔年的事。

"现在怎样？"老李急于往下听。

"哎！"丁二爷的叹气与酒盅一齐由唇上落下。"哎！她一进门，我就看出来，有点不对，不对。她不走，往前摆，看着自己的大脚微笑！不对！我的小鸟们也看出来了，忽然一齐叫了一阵，忽然的！我把秀真叫到我的屋里；多少日子她没到过我屋里了！小的时候，一天到晚找丁叔，小丫头！我盘问她，用着好话：她说了，她和小赵！"

"和小赵怎着？"老李的大眼似乎永远不会瞪圆，居然瞪圆了。

"一块出去过，不止一次了，不止。"

"没别的事？"

"还没有；也快！秀真还斗得过他？"

"嘿！"

"哎！妇女，"丁二爷摇着头，"妇女太容易，也太难。容易，容易得像个熟瓜，一摸就破；难，比上天还难！我就常想，左不没事吧，没事我就常想，我的小鸟们也帮着我想，非到有朝一日，有朝一日男女完全随便，男女的事儿不能消停了。一个守一个，非捣乱不可。我就常这么想。"

老李很佩服丁二爷，可是顾不及去讨论这个。"怎办呢？"

"怎办？丁二有主意，不然，丁二还想不起喝酒。咱们现在男女还不能敞开儿随便：儿女一随便，父母就受不了。咱们得帮帮张大哥。我准知道，秀真要是跟小赵跑了，张大哥必得疯了，必得！我有主意，揍小赵！他要是个好小子，那就另一回事了，秀真跟他就跟他。女的要看上个男的，劝不来，劝不来，我经验过！不过，秀真还太小，她对我说，她觉得小赵好玩。好玩？小赵？我揍他！廿年前我自己那一回事，是我的错，不敢揍！我吃了张大哥快廿年了，得报答报答他，很得！我揍小赵！"

"揍完了呢？"老李问。

"揍就把他揍死呀！他带着口气还行，你越揍他，秀真越爱他，妇女吗！一揍把他揍回老家去，秀真姑娘过个十天半月也就忘了他，顶好的法儿，顶好！劝，劝不来！"

"你自己呢？"老李很关切的问。

"他死，我还想活着？活着有什么味！没味，很没味！这廿年已经是多活，没意思。喝一盅，李先生，这是我最后的一盅，和知己的朋友一块儿喝，请！"

老李陪了他一盅。

"好了，李先生，我该走了。"丁二爷可是没动，手按着酒盅想了会儿："啊，我那几个小黄鸟。等我——的时候，李先生，把它们给英养着玩吧。没别的事了。"

老李想和他用力的握握手，可是愣在那里，没动。

丁二爷晃出两步去，又退回来："李先生，李先生，"脸更红了，"李先生，借给我俩钱，万一得买把家伙呢。"

四

老李不想去看张大哥了；丁二爷的言语像胶在他的脑中，他不知道是钦佩丁二爷好，还是可怜他好。可是他始终没想起去拦阻丁二爷，好像有人能去惩治小赵是世上最好的一件事。他觉得有点惭愧，为什么自己不去和小赵干？唯一的回答似乎是——有家小的吃累，不能舍命，不是不敢。但是，就凭那样一位夫人，也值得牺牲了自己，一生作个没起色，没豪气的平常人？自己远不如丁二爷，自己才是带着口气的活废物。什么也不敢得罪，连小赵都不敢得罪，只为那个破家，三天没和太太说话！他越看不起自己，越觉得不认识自己，"到底会干些什么？"他问自己。什么也不会。学问，和生活似乎没多大关系。在衙门里作事用不着学问。思想，没有行为，思想只足以使人迷惘。最足以自慰的是自己的心好，可是心好有什么标准？有什么用处？好心要是使自己懦弱，随俗，敷衍，还不如坏心。他低着头在暮色中慢慢的走，街上的一切声音动作只是嘈杂紊乱，没有半点意义。一直走到北城根，看见了黑糊糊的城墙，才知道他是活着，而且是走到了"此路不通"的所在。他立住，抬头看着城墙上的星们。四外没有什么人声了，连灯光也不多。垂柳似乎要睡，星非常的明。他入了另一个世界。一个没有人，没有无聊的争执，连无聊的诗歌也没有的世界：只有绿柳伴着明星，轻风吹着小萍，到静到连莲花都懒得放香味的时候，才从远处来一两声鸡鸣，或一两点由星光降下的雨点，叫世界都入了个朦胧的状态。呆立了许久，他似乎醒过来。叹了口气，坐在地上。

地上还有些未散尽的热气，坐着不甚舒服，可是他懒得动。南边的天上一团红雾，亮而阴惨。远处，似乎是由那团红雾里，来的一些声音，沙沙的分辨不清是什么，只是沙沙的，像宇宙磨着点儿什么东西，使人烦恼而又有些希冀，一些在生死之间的响声。他低下头不再看。想起幼年在乡间的光景。麦秋后的夏晚，他抱着本书在屋中念，小灯四围多少小虫，绿的，黄的，土色的，还有一两个带花斑的蛾子，向灯罩进攻。别人都在门外树下乘凉。"学生"，人们不提他的名字，对他表示着敬意。十四五岁进城去读书，自觉的是"学生"了，家族，甚至全国全世界的光荣，都在他的书本上；多识一个字便离家庭的人们更远一些，可是和世界接近一点。读了些剑侠小说也没把他的"学生"的希冀忘掉了，虽然在必不得已的时候也摩仿着剑侠和同学们打一架，甚至于被校长给记过一次，"学生"的耻辱。

到北平去！头一次见着北平就远远看见那么一团红雾，好像这个大城是在云间，自己是往天上飞。大学生，还是学生，可是在云里，是将来社会国家的天使，从云中飞降下来，把人们都提起，离开那污浊的尘土。结了婚：本想反抗父母，不回家结婚，可又不肯，大学生的力量是伟大的，可以改革一切：一个乡下女子到自己手里至少也会变成仙女，一同到云中去。毕了业，戴上方帽子照了像，嘴角上有点笑意，只是眼睛有点发呆。找事作了，什么也可以作，凭着良心作，总会有益于人的。只是不能回乡间去种地，高粱与玉米至高不过几尺高，而自己是要登云路的。有机会去革命，但是近于破坏；流血也显着太不人情，虽然极看不起社会上的一切。我不入地狱？谁入地狱？于是入了地狱，至今也没得出来，鬼是越来越多，自己的脸皮也烧得乌黑。非打破地狱不可！可是想打破地狱的大有人在，而且全是带走一批黑鬼，过了些日子又依旧回来，比原先还黑了三倍，再也不想出去。管自己吧，和张大哥学。张大哥是地狱中最安分的笑脸鬼。接来家眷，神差鬼使的把她接来，有了女鬼，地狱更透着黑暗，三天谁也不理谁！就着鬼世界的一切去浪漫吧，胆子不知为什么样小，或者是傲慢不屑？谁知道！又看见了那团红雾，北平没在天上，原来；是地狱的阴火，沙沙的，烧着活鬼，有皮有肉的活鬼，有的还很胖，方墩，举个例说。

不敢再想！没有将来，想它作甚？将来至好不过像张大哥——闭门家中坐，祸从天上来。地狱的生活本是惩罚。小赵应当得意；丁二爷是多事，以鬼杀鬼，钢刀怎会见血?!自己抓不到任何东西，眼前是那团红雾，背后是城墙；幸而天上有星——最没用的大萤火虫们！好像听见父亲叱牛的声音。父亲抓住了一块地，把一生的汗都滴在那里。可是父亲那块地也保不住，假如世界是地狱的话。收庄稼的时候，地狱的火会烧得更痛快，忽，一阵风，十里百里一会儿燎尽！连根麦杆也剩不下！

极慢的立起来，四围没有一个人，低着头走。向东沿着河沿走，地上很湿软，垂柳像摇篮似的轻摆，似乎要把全城摇入梦境。柳树后出来一个黑影，极轻快的贴住他的肩，一股贱而难过的香味。"家去坐坐，不远；茶钱随意。"一个女的声音，可是干裂，难听，像是伤风刚好的样子。老李本能的躲了躲，她紧往前跟。他摸了摸袋中，只剩了几角钱的票子，抓了出来，塞在她的手中。"不家去呀?"她说着把手放下去。他的嗓中堵块石子，深一脚浅一脚的快走。又找到大街，他放慢了脚步。"地狱里的规矩人！"他叫着自己。回去，她一定还没走呢，把手表也给了她。没敢回去。一个手表救不了任何人。借着路灯看了看，已经十二点半。

五

他两天没到衙门去，一来是为在家中等着那个浪漫的马先生，二来是打不起精神去作事。连丁二爷都能成个英雄，而老李是完全被

"科员"给拿住，好像在笼里住惯的小鸟，打开笼门也不敢往出飞；硬不去两天试试，散了就散了，没关系！在他心的深处，他似乎很怕变成张大哥第二——"科员"了一辈子，以至于对自己的事都一点也不敢豪横，正像住惯了笼子的鸟，遇到危险便闭目受死，连叫一声也不敢：平日的歌叫只为讨人们的欢心。他怕这个。他知道他已经被北平给捆起来，应当设法把翅膀抽出来，到空中飞一会儿。绝对的否认北平是文化的中心，虽然北平确是有许多可爱的地方。设若一种文化能使人沉醉，还不如使人觉到危险。老李不喜欢喝咖啡，一小杯咖啡便叫他一夜不能睡好。现在他决定要些生命的咖啡，苦涩，深黑，会踢动神经。北平太像牛乳，而且已经有点发酸。

跟太太还不过话，没关系。"科员化"的家庭，吵嘴都应低声的；不出一声岂不更好？心中越难过，越觉得太太讨厌。她不出声，正好，省得时时刻刻觉到她的存在。将来死了埋在一处，也不过是如此，一直到俩人的棺材烂了，骨头挨着骨头，还是相对无言，至于永久；好吧，先在活着的时候练习练习这个。就怕有朋友来，被人家看破，不好意思，"科员"！管它呢，谁爱来谁来，说不定连朋友也骂一顿；有什么可敷衍的？

邱太太来了。纸板似的，好像专会往别人家的苦恼里挤。老李想把她撵出去，可是不敢：得陪着说话，无论如何无聊！

"李先生，我来问你，你看邱真有意学学吴先生吗？"两槽牙全露出来。

"不知道。"

"哼！你们男人都互相的帮忙，有团体！我才不怕，离婚，正好！"

"干吗再说，那么？"老李心中说。

邱太太到屋里去找李太太。老李看出，自己应该出去遛遛；科员不便和另一科员的太太起什么冲突。拉着英出去了。

上哪儿去？想起北城根那个女人。哪能那么巧又遇上她。遇上，也不认识呀；在半夜里遇见的。可怜的姑娘，也许是个媳妇。她为什么不跳在河沟里？谁肯！老李你自己肯把生命卖给那个怪物衙门，她为什么不可以卖？焉知她不是为奉养一个老母亲，或是供给一个读书的弟弟？善心与黑暗遇上便是悲剧。

找张大哥去？不愿意去，也不好意思去，天真还没出来。到底小赵是怎回事？为什么不去提着小赵的耳朵，把实话揍出来？饭桶，糟蛋，老李！

买了个极大的三白香瓜，堵上英的嘴，没目的而又非走不可的瞎走。

第十七

一

半夜里，张大哥把大嫂推醒，"我作了个梦，我作了个梦，"他说了两遍，为是等她醒明白了再往下说。

"什么梦？"她打了个哈欠。

"梦见天真回来了。"

"梦是心头想。"

张大哥楞了一会儿。"梦见他回来了，顶喜欢的。待了一会儿，秀真也来了。秀真该来了，不是应当放暑假了吗？"

"七月一号才完事呢，还有两三天了。"

"啊！我梦见她回来了，也挺喜欢的。待了一会儿，仿佛咱们是办喜事，院子里搭起席棚，上着喜字的玻璃，厨子王二来了，亲友也来了，还送来不少汽水。秀真出门子，给的是谁？你猜！"

"我怎会猜着你的梦？"

张大哥又楞了一会儿。"小赵！给的是小赵！他穿着西服，胸前挂着大红花，来迎亲。我恍忽似乎看见吴太极，邱先生，孙先生们都在西屋外边立着，吸着烟卷。他们的眼睛，我记得清楚极了，都钉着

359

我，好像在万牲园里看猴子那样，脸上都带着点轻视我的笑意。我看见小赵进来，又看见他们大家那样笑我，我的心要裂了。我回头看了看，秀真在堂屋立着呢，没有打扮起来，还穿着学校的制服。她不哭也不笑，就是在那儿立着，像傀儡戏里的那个配角，立在一旁，一点动作没有。我找你，也找不到。我转了好几个圈。你记得咱们那条老黄狗？不是到夏天自己咬不着身上的狗蝇就转圈，又急又没办法？我就是那个样。我想揍小赵；一生没打过架，胳臂抬也抬不起，净剩了哆嗦了。小赵向我笑了。我就往后退，挡住了秀真。我想拉起她往外跑，小赵正堵住门。吴太极们都在他身后指着我笑。我拉着她往后退。正在这个当儿，门外咚——响了一声，震天震地的，像一个霹雳。我就醒了。什么意思呢？什么意思呢？"

"没事！横是天真快出来了。我明个早晨给他的屋子收拾出来。"张大嫂安慰着丈夫，同时也安慰着自己。

"梦来得奇怪，我不放心秀真！"

"她，没事！在学校里正考书，还能有什么事？"大嫂很坚决的说，可是自己也不相信这些话。

张大哥不言语了。帐子外边有个蚊子飞来飞去的响着。待了好大半天，他问："你还醒着哪？"

"睡不着了；蚊子也不是在帐子里边不是？"

他顾不到蚊子的问题。"我说，万一小赵非要秀真不可呢？"

"何必信梦话呢！不是老李和他说好了吗？"

"梦不梦的，万一呢！老李这两天也没来！"

"衙门也许事儿忙，这两天。"

"也许。我问你，万一小赵非那么办不可，你怎着？"

"我？我不能把秀儿给他！"

"不给他，天真就出不来呢？"张大哥紧了一句。

"那——"

"哎！"张大哥又不言语了。

夫妻俩全思索着，蚊子在帐子外飞来飞去的响。

大嫂先说了话："我的女儿不能给他！"

"儿子可以不要了？"

"我也不是不爱儿子，可是——"

"他要是明媒正娶的办；自然这口气不好受，可是——"

"命中没儿子就是没儿子；女儿是可以不——"

"不用说了，"张大哥有点带怒了，"不用说了！命该如此就结了！我姓张的算完了；拿刀剁小赵个兔崽子！"

多少多少年了，张大哥没用过"兔崽子"。"拿刀剁"？只能说说。他不能再睡。往事一片一片的落在眼前。自己少年时的努力，家庭的建设，朋友的交往，生儿女的欣喜，作媒的成功，对社会规法的履行，财产购置……无缘无故的祸从天降！自从幼年，经过多少次变乱，多少回革命，自己总没跌倒，财产也没损失，连北京改成北平那么大的变动都没影响到自己，现在？北京改名北平的时节，他以为世界到了末日，可是个人的生活并没有摇动。现在！不明白，什么也不明白；小赵比他小着二十多岁。小赵是飞机，张大哥是骡车；骡车本不想去追飞机，可是飞机掷下的炸弹是没眼睛的。骡车被炸得纷碎。他想起前二年在顺治门里，一辆汽车碰死一匹老驴。汽车来到跟前，老驴双腿跪下了，瘫了，两只大眼睛看着车轮轧在自己的头上，一汪血，动也没动，眼还睁着！那匹老驴也许是在妙峰山的香会上，白云观神路上，戴着串铃，新鞍鞑，毛像缎子似的，鼻孔张着，飞走，踢起轻松的尘沙，博得游人的彩声。汽车来了，瞪着眼，瘫在那里！张大哥听见远处的鸡鸣，窗纸微微发青，不能睡，不能！自己是那个老驴，跪到小赵的身前，求他抬手，饶了他；必不得已，连秀真饶上也

361

可以；儿子的价值比女儿高。大嫂也没睡。

二

大嫂来找老李，到底小赵是怎回事？她拿出有小赵签字的纸条，告诉老李，张大哥作了个恶梦。

李太太看见亲家来了，不得不和丈夫一同接见。丈夫的眼神非常的可怕，像看见老鼠的猫，全身的力量都运到眼上。老李还不出话来。大嫂的脸，虽然勉强笑着，分明带着隔夜的泪痕。她不但关心天真，而且问老李："秀儿是不是准没危险？"老李回答不出。他的唇白了，脑门上出了热汗，眼睛极可怕。生平不爱管闲事，虽然心中愿意打个抱不平；一旦自动的给人帮忙，原来连半点本领也没有，叫小赵由着性戏弄；自己是天生来的糟蛋！什么事都由着别人，自己就没个主张？穿衣服，结婚，接家眷，生，死，都听别人的。连和太太大声嚷几句都不敢。地道糟蛋。只顾了想自己的事，张大嫂又说了什么，没听见。自己要说点什么，说不出，嘴唇只管自张自闭，像浅木盆里的挣扎性命的鱼！

大嫂还勉强笑着逗一逗干女儿，摸着菱的胖葫芦脸。摸着摸着哭起来，想起秀真幼时的光景。李太太也陪着落泪，自己一肚子的冤屈还没和大嫂诉说。丈夫的眼神非常的可怕，不敢多哭，而且得劝住张大嫂。

正在这个时节，吴太太来了，进了屋门就哭。方墩的脸上青了好几块，右眼上一个大黑圈。"我活不成了，活不成了！"看见张大嫂也在这里，更觉得势力雄厚些："老李，你不叫我活着，我也叫你平安不了。吴小子虽然厉害，向来没打过我；现在，你看看，看看！"她指着脸上的伤。"都是你，你把他顶下来，你叫他和我离婚；今天就

362

是今天了，咱们俩上当街说去！"

李太太为这个自己打过一顿嘴巴，可是始终没和丈夫闹破。自然哪，丈夫心里有病；不说，他自己还不明白？他心里明白，假装糊涂，好几天不理我？吴太太来得好，跟他闹，看他怎样！白给小赵二百五十块钱，够买两三亩地的！

老李莫名其妙。一句话没有。嘴一张一闭。汗衫贴在背上，像刚被雨淋过的。

张大嫂问了方墩几句。把自己的委屈暂放在下层，打住了泪，为老李辩护。"这是小赵写的，我不都认识，我明白其中的意思。老李为我们给了他二百五十块钱。为我们把他自己押给小赵。老李会顶了吴先生？老李会叫吴先生跟你离婚？我家里闹了事，你们连问也不问，就是老李是个好人，我告诉你吴太太！买房子？老李买我们的房子？小赵要的报酬！小赵是你们家的人，不是个东西！"大嫂把几个月的怨气恨不能都照顾了方墩，心中痛快了些。

方墩不言语了。可是泪更多了："反正我挨了打！"心里头说："不能这么白挨！"

李太太瞪了眼，幸而没向大嫂说这回事。丈夫的眼神非常的可怕，吴先生可以揍吴太太，焉知老李不拿我杀气？

老李一声也不响，虽然大嫂把方墩说得闭口无言，可是心中越发觉得无聊。这群妇人们，小赵！自己是好人，没用！

张大嫂又给方墩出了主意，"找小赵去！跟他拼命，你要是治服了他，吴先生再也不敢打你。我的当家子的也把差事搁下了，难道也是老李的坏？"

"小赵还叫我上衙门闹去呢！"方墩心里说。待了会儿对两位太太说："我谁也不怨，只怨我不该留下那个小妖精！我没挨过打，没挨过！"她觉得一世的英名付于流水。"没完，我家去，我死给他们看看，我谁也不怨，"她设法张开带黑圈的眼看了老李一下，似乎是道歉，"我走了。我死后，只求你姐们给我烧张纸去！"

方墩走后，李太太乘着张大嫂没走，设法和丈夫说话，打开僵局。有客人在座，比较的容易些，可是老李还是没理她。

三

小赵第一没有任何宗教信仰，第二没有道德观念，第三不信什么主义，第四不承认人应有良心，第五不向任何人负任何责任，按说他可以完全无忧无虑，而一人有钱，天下太平了。不过，人心总是肉长的，小赵的心不幸也是肉长的，这真叫他无可如何的自怜自叹自恨。对于秀真，他居然有一点为难！本来早就可以把她诱到个地方，使她变成个妇人；可是不知为了什么，他还没下手。人的心不能使人成为超人；小赵恨自己。她比别的妇人都容易弄到手，别的妇女得花钱，定计，写契证；她完全白来，一瓶汽水，几声笛耳，带她看了趟天真，行了。可是他不敢下手，他不认识了自己。

他向来不为难，定计策是纯粹理智的，用不着感情：成功与失败是凭用计的详密活动与否，也不受良心的责备与监视。成功便得点便宜，失败就损失点；失败了再干，用不着为难。秀真有点与众不同，简单得像个大布娃娃，不用小赵费半点思想。也许是理智清闲起来，感情就来作怪，小赵像拿惯了老鼠的猫，这回捉住了个小的，不肯一口吞下，而想逗弄着玩，明知道这是不妥，甚至于是不对，可是不肯下手。假如这么软弱下去，将来也许有失去捕鼠能力的可能！小赵没了主意。她的眼睛鼻子笑涡，连那双大脚，都叫他想到是个"女子"，不是"货物"。他常想他的母亲和他的父亲也不过是那么一回事，但是他不肯随便骂自己的亲娘。对于秀真也有这么点。他觉得秀真应当和他有点人与人的关系，不是人与货物的关系。一向他拿女的当作机器，或是与对不很贵的磁瓶有同等的作用与价值。秀真会使他的心动了动。他非常奇怪的发现了自己身上有种比猫捕鼠玄虚一些的东西。他要留着秀真，永远满足他的肉欲，而不随手的扔了她。这便奇怪的很。这是要由小赵而变成张大哥——张大哥有什么出息？！这是要由享受而去负责任，由充分的自由而改成有家有室，将来还要生儿养女。因此得留着秀真的身子，因为小赵是要为自己娶太太。他觉着非常的可笑，同时又觉着其中或者另有滋味，她确是与众不同。但是，为了这点玄虚的东西而牺牲了个人的事业，上算不上算？把秀真送出去，至少来几千，先不用说升官。小赵为了难。思想还是清楚的，不过这一回每当一思索就有点别的东西来裹乱。性欲的问题，在小赵本不成问题。现在生要为这个问题而永远管一个女子叫笛耳，太不上算；吃着他，喝着他，养了孩子他喂着，还得天天陪上几声笛耳，糊涂！可是秀真有股子奇怪的劲，叫他想到，老管她叫笛耳是件舒服事，有一个半个小小赵，她养的，也许有趣味。他是上了当。不该钩搭这么个小妖精。后悔也不行，他极愿意去和她一块走走逛逛，看看她的一双大脚。那双大脚踩住了他的命，仿佛是。妇女本来都是抽象的，现在有一个成为具体的，有一定的笑涡，大脚，香气，贴在他的心上，好像那年他害肚子疼贴的那张回春膏。虽然贴着有些麻烦，可是还不能不承认那是自己身上的一部分，它叫肚皮发痒，给内部一些热气；一贴膏药叫人相信自己的肚子有了依靠。一块钱一贴；在肚子上值一万金子，特别在肚子正疼的时候。秀真是张贴心房的膏药。可是小赵不承认心中有什么病。为难！

丁二爷找到小赵。

"赵先生，"丁二爷叫，仿佛称呼别人"先生"是件极体面的事，

"赵先生！"

"丁二吗？有什么事？"小赵是有分寸的，丁二爷只是"丁二"，无须加以客气的称呼。

"秀姑娘叫我来的。"

"什么？"

"秀姑娘叫我来的。"

"哪个秀姑娘？"小赵的眼珠没练习着跳高，而是死鱼似的瞪着丁二爷。他最讨厌别人知道了自己的事。

"秀真，秀真，我的侄女秀真。"丁二爷好像故意的讨厌。

"你的侄女？"小赵真似乎把秀真忘了，丁二的侄女，哼！

"我把她抱大了的，真的，一点不假。我的事她知道，她的事我知道。您和她的事我也知道。她叫我找您来了。"

小赵非常的不得劲，很有意把丁二枪毙了，以绝后患。"找我干吗？啊，别人知道不知道？"

"别人怎能知道，她就是和我说知心话，我的嘴严，很严，像个石头子。"

"不要你的命，你敢和别人说！"

"决不说，决不说，丁二都仗着你们老爷维持。那回您不是赏了我一块钱？忘不了，老记着。"

"快说，到底有什么事？"小赵减了些猜疑，可是增加了些不耐烦；丁二是到梆到底的讨厌鬼。

"是这么回事！"

"快着，三言两语，别拉锯，赵先生没工夫！"

"秀真一半天就搬回家来，出入可就不大方便了，叫您快想主意。她说，顶好您设法先把天真放出来，然后您向张大哥要求这回婚事。成也得成，不成也得成。秀姑娘说了，她自己也和父亲母亲要求；父母不答应，她就上吊。可是天真得先出来，不然她没话向父母说。"

"好啦，去你的，我快着办。给你这块钱，"小赵把张钱票扔在地上。"留神你的命，自要你一跟别人提这个，噗，一刀两断，听见没有？"

丁二爷把票子拾了起来。"谢谢，赵先生，谢谢！决不对别人说！您可快着点！秀姑娘真不坏，真不坏。郎才女貌！赵先生，丁二等吃喜酒！以后您有什么信传给秀姑娘，找我丁二，妥当，准保妥当！"

小赵心里怎么也不是味。不肯承认自己是落在情网中；赵先生被个蜘蛛拿住？赵先生像小绿蝇似的在蛛网上挣扎？没有的事！可是丁二的末几句话使他心中痒了痒——吃喜酒，郎才女貌！人还不易逃出人类的通病，小赵恨自己太软弱。可是洞房花烛夜，吻着那双大脚，准保没被别人吻过的；她脸上红着，两个笑涡像两朵小海棠花！以前经历过的女人都像木板似的，压在她们身上都觉不出一点弹性！小赵没办法，没法把心掏出来，换上块又硬又光的大石卵。

四

丁二爷一辈子没撒过谎，这是头一次。他非常的兴奋。说了谎，而且是对大家所不敢惹的小赵说的！还白捡了一块钱，生命确是有趣的。大概把小赵揍死，也许什么事没有？谁知道！天下的事只怕没人作；作出来不一定准好或是准坏，就怕不作。丁二爷想起过去的事；假如少年的时候，遇上事敢作，也许不至成为废物？他有点后悔。好吧，现在拿小赵试试手。小赵一点也没看起咱，给他个冷不防！丁二爷没想到自己是要作个英雄，他自己知道自己，英雄与丁二联不到一处。只是要试试手，试好了便算附带的酬报了张大哥，试不好——谁知道怎样呢！过去是一片雾，将来是一片雾，现在，只有现在，似乎在哪儿有点阳光。秀真，小丫头，也确是可爱！要是自己的儿子还跟着自己，大概还许和她定婚呢！儿子哪儿去了？那个老婆哪儿去了？他看着街上的邮差；终年的送信，只是没有丁二的！去喝两盅，谁叫白来一块钱呢！

第十八

一

老李的苦痛是在有苦而没地方去说。李太太不是个特别泼辣的妇人，比上方墩与邱太太，她还许是好一些的。可是她不能明白老李。而老李确又不是容易明白的人。他不是个诗人，没有对美的狂喜；在他的心中，可是，常有些轮廓不大清楚的景物：一块麦田，一片小山，山后挂着五月的初月。或是一条小溪，岸上有些花草，偶然听见蛙跳入水中的响声……这些画境都不大清楚，颜色不大浓厚，只是时时浮在他眼前。他没有相当的言语把它们表现出来。大概他管这些零碎的风景叫作美。对于妇女，他也是这样，他有个不甚清楚的理想女子，形容不出她的模样，可是确有些基本的条件。"诗意"，他告诉过张大哥。大概他要是有朝一日能找到一个妇女，合了这"诗意"的基本条件，他就能像个女神似的供养着她，到那时候他或者能明明白白的告诉人——这就是我所谓的诗意。李太太离这个还太远。

那些基本条件，正如他心中那些美景，是朴素，安静，独立，能像明月或浮云那样的来去没有痕迹，换句话说，就是不讨厌，不碍事，而能不言不语的明白他。不笑话他的迟笨，而了解他没说出的那

369

些话。他的理想女子不一定美，而是使人舒适的一朵微有香味的花，不必是牡丹芍药；梨花或是秋葵就正好。多嗜他遇上这个花，他觉得他就会充分的浪漫——"他"心中那点浪漫——就会通身都发笑，或是心中蓄满了泪而轻轻的流出，一滴一滴的滴在那朵花的瓣上。到了这种境界，他才能觉到生命，才能哭能笑，才会反抗，才会努力去作爱作的事。就是社会黑得像个老烟筒，他也能快活，奋斗，努力，改造；只要有这么个妇女在他的身旁。他不愿只解决性欲，他要个无论什么时候都合成一体的伴侣。不必一定同床，而俩人的呼吸能一致的在同一梦境——一条小溪上，比如说——里呼吸着。不必说话，而两颗心相对微笑。

现在，他和太太什么也不能说。几天没说话，他并不发怒，只觉得寂寞，可不是因为不和"她"说笑而寂寞。她不是个十分糊涂的妇人；反之，她确是要老大姐似的保护着他，监督着他，像孤儿院里的老婆婆。他不能受。她的心中蓄满了问题，都是实际的，实际得使人恶心要吐。她的美的理想是梳上俩小辫，多擦上点粉，给菱作花衣裳。她的丈夫会挣钱，不娶姨太太，到时候就回家。她得给这么个男人洗衣服，作有肉的菜。有客人来她能鞠躬，会陪着说话，送到院中，过几天买点礼物去回拜，她觉得在北平真学了些本事。跟丈夫吵不起来的时候自己打嘴巴，孩子太闹或是自己心中不痛快，打英的屁股；不好意思多打菱，菱是姑娘，急了的时候只能用手指戳脑门子。她的一切都要是具体的。老李偏爱作梦。她可是能从原谅中找到安慰：丈夫不爱说话，太累了；丈夫的脸像黑云似的垂着，不理他。老李得不到半点安慰。越要原谅太太越觉得苦恼，他恨自己太自私，可是心中告诉自己——老李你已经是太宽容，你是整个的牺牲了自己。

马少奶奶有些合于他的条件，虽然不完全相合；她至少是安静，独立，不讨厌。她的可怜的境遇补上她的缺欠。可是她也太实际，她只把老李看成李太太的丈夫。老李已经把心中的那点"诗意"要在她的身上具体化了，她像门外小贩似的，卖什么吆喝什么，把他的梦打碎。无论怎么说，可是老李不能完全忘了她，她至少是可以和他来得及的。

老李专等着看看她怎样对付那位逃走的马先生。衙门不想去，随便，免职就免职，没关系！张家的事，想管，可是不起劲，随便，大家都在地狱里，谁也救不了谁。

李太太有点吃不住了。丈夫三四天不上衙门，莫非是……自己不对，不该把事不问清楚了就和丈夫吵架。她又是怕，又是惭愧，决定要扯着羞脸安慰他，劝告他。

"今天还不上衙门呀？"好像前两天不去的理由她晓得似的。"放假吧？"把事情放得宽宽的说，为是不着痕迹。

他哼了一声。

二

下了大雨。不知哪儿的一块海被谁搬到空中，底儿朝上放着。老李的屋子漏得像漏勺，菱和英头上蒙着机器面口袋皮，四下里和雨点玩捉迷藏，非常的有趣。刚找着块干松地方，头上吧哒一响，赶紧另找地方；最后，藏桌儿底下，雨点敲着桌上的铜茶盘，很好听，可是打不到他们的头上。"爸！这儿来吧！"爸的身量过大，桌下容不开。

一阵，院中已积满了水。忽然一个大雷，由南而北的咕隆隆，云也跟着往北跑。一会儿，南边已露出蓝天；北边的黑云堆成了多少座黑山，远处打着闪。跑在后边的黑云，失望了似的不再跑，在空中犹疑不定的东探探头，西伸伸脚，身子的四围渐渐由黑而灰而白，甚至于有的变成一缕白气无目的的在天上伸缩不定。

371

院中换了一种空气，瓦上的阳光像鲜鱼出水的鳞色，又亮又润又有闪光。不知道哪儿来的这么些蜻蜓，黄而小的在树梢上结了阵，大蓝绿的肆意的擦着水皮硬折硬拐的乱飞。马奶奶的几盆花草的叶子，都像刚琢过的翡翠。在窗上避雨的大白蛾也扑拉开雪翅，在蓝而亮的空中缓缓的飞。墙根的蜗牛开始露出头角向高处缓进，似乎要爬到墙头去看看天色。来了一阵风，树上又落了一阵雨，把积水打得直冒泡儿；摇了几次，叶上的水已不多，枝子开始抬起头来，笑着似的在阳光中摆动。英和菱从桌下爬出来，向院中的积水眨巴眼——呕！

并没有商议，二位的小手碰到一处，好像小蚁在路上相遇那么一触，心中都明白了。拉着手，二位一齐下了海。英唱开了"水牛，水牛，先出犄角后出头。"菱看天上的白云好像一群羊，也唱着"羊，羊，跳花墙……"把水踢起很高。英的大拇指和二指一捻，能叫水"花啦"轻响一声，凑巧了还弄起个水泡。菱也得那么弄，胖脚离了水皮，预备捻脚指头；立着的那只脚好像有人一推，出溜——脊背也擦了水皮；英拉不住她，爽性撒了手，菱的胖脊背找着了地，只剩了脑袋在外边，"妈！"英拼命的喊。菱要张口，水就在唇边，一大阵眼泪都流入海里。"妈！妈——"

全院下了总动员令。爸先出来了，妈在后边。东屋大婶是东路司令，西路马奶奶也开开了门。爸把小葫芦捞出来，像个穿着衣服的小海狗。大红兜肚直往下流水，脊背上贴了几块泥。脸也吓白，葫芦嘴撇得很宽，可是看着妈妈，不敢马上就哭出声来。"不要紧的，菱，快擦擦去！"马奶奶知道菱是不敢哭，不是不想哭。马婶也赶紧的说："不要紧的，菱！"菱知道是不能挨打了，指着红兜肚，"新都都，新都都！"哭起来，似乎新兜肚比什么也重要。或者是因为这样引咎自责可以减少妈妈的怒气。妈妈没生气，可是也没笑着，"看看，摔着了没有吧！"菱有了主心骨，话立刻多了："没摔着！菱没动，水推菱，吧唧！"她笑了，大家都笑了。妈把菱接过去。英早躲到南墙去，直到妈进了屋才敢过来，拉住了马婶，一劲的嘻嘻，他的裤子已湿了半截。

马奶奶夸奖雨是好雨，老李想起乡下——是，好雨；可是暴雨浇热地，瓜受不了。马婶不晓得瓜也是庄稼，她总以为菜园子才种瓜呢，可是不便露怯，没言语。老李想起些雨后农家的光景，有的地方很脏，有的地方很美，雨后到日落的时候，在田边一伸手就可以捏着个蜻蜓。"英，咱们出西直门看看去！"很想闻闻城外雨后新洗过的空气，可是没说，因为英正和马婶在墙根找蜗牛。马婶没穿着袜子，赤足穿着双小胶皮靴，看不见脚，可是露着些腿腕。阳光正照着她的头发，水影在她头上的窗纸上摇着点金光，很像西洋画中的圣母像。英不怕晒，她也似乎不怕，跟着英在阶上循着墙根找蜗牛，蹲着身，白腿腕一动一动往前轻移。马奶奶进了屋。老李放胆的看着她的背影，她的白腿腕，她的头发，她头上的水光。他心中的雨后村景和她联在一气，晴美，新鲜，安静，天真，他找到了那个"诗意"。

菱换好了干衣服，出来拉住爸的手，"英，给我一水牛！"英没答应。菱看了看爸的鞋，"爸，鞋湿！爸鞋湿！"爸始终也没觉鞋湿，笑了笑，进屋去换鞋。

三

院中的水稍微下去了些，风一点也没有了，到处蒸热，蝉像锥子似的刺人耳鼓。屋中的潮味特别难闻，似乎不是屋子了，而像雨天的磨房，在哪儿有些潮马粪似的。老李想出去走走，又怕街上的泥多。正在这个当儿，英和菱又全下了水，因为在阶上看见丁二爷进来，俩孩子在水中把他截住，一边一个拉住他的手。丁二爷的脚上粘着不晓得有几斤泥，旧夏布大衫用泥点堆起满身的花，破草帽也冒着蒸气，好像刚从水里捞出来。他拉着两个孩子一直的淌进来，仿佛是在海岸避暑的贵人们在水边上游戏呢。

"李先生，李先生，"丁二爷顾不得摘帽子，也不管鞋上带进来多少水。"天真回来了，天真回来了！张大哥找你呢！"他十分的兴奋，每个字仿佛是由脚根底下拔起来的，把鞋上的水挤出，在地上成了个小小的湖。

老李本想替张大哥喜欢喜欢，可是不知道为什么非常的冷淡，好像天真出来与否没有半点意义。

"李先生，去吧，街上不很难走！"丁二爷诚恳的劝驾。

老李只好答应着，"就去。"

英看出了破绽："二大，街上不难走？你看看！"指着地上的小湖。

"呕，马路当中很好走；我是喜欢得没顾挑着路走，我一直的淌，花啦，花啦！"丁二爷非常的得意，似乎是作下一件极浪漫的事。

"二大，"英的冒险心被丁二大爷激动起，"带我上街淌水去！咱们都脱了光脚鸭？"

"今天可不行，丁二还有事呢，还得找小赵去呢！"他十二分抱歉，所以对英自称"丁二"。

英撅了嘴。老李接过来问："找他干吗？"

"请他到张家吃饭，明天；明天张大哥大请客。"

"啊，"老李看出来，张大哥复活了。可是丁二爷有些神秘，他不是要揍小赵吗？他的神气一点不像去揍人的，难道……管他们呢，一群糟蛋；没再往下问。

丁二爷往外走，孩子们都要哭，明知丁二大爷是淌水玩去，不带他们去！

"英，我带你们去！"爸说了话。

"脱了袜子？"英问。

"脱！"爸自己先解开了皮鞋。

"脱鸭鸭来脱鸭鸭，"英唱着，"菱，你不脱肥鸭？"

"妈——菱脱鸭鸭！"

老李一手拉着一个，六只大小不等的光脚淌了出去，大家都觉得痛快，特别是老李。

四

第二天早晨，天晴得好像要过度了似的。个个树叶绿到最绿的程度，朝阳似洗过澡在蓝海边上晒着自己。蓝海上什么也没有，只浮着几缕极薄极白的白气。有些小风，吹着空地的积水，蜻蜓们闪着丝织的薄翅在水上看自己的影儿。燕子飞得极高，在蓝空中变成些小黑点。墙头上的牵牛花打开各色的喇叭，承受着与小风同来的阳光。街上的道路虽有泥，可是墙壁与屋顶都刷得极干净，庙宇的红墙都加深了些颜色。街上人人显着利落，轻松，连洋车的胶皮带都特别的鼓涨，发着深灰色。刚由园子里割下的韭菜，小白菜，带着些泥上了市，可是不显着脏，叶上都挂着水珠。

老李上衙门去。在街上他又觉出点渺茫的诗意，和乡下那些美景差不多，虽然不同类。时间还早，他进了西安门，看看西什库的教堂，图书馆，中北海。他说不上是乡间美呢，还是北平美。北平的雨后使人只想北平，不想那些人马住家与一切的无聊，北平变成个抽象的——人类美的建设与美的欣赏能力的表现。只想到过去人们的审美力与现在心中的舒适，不想别的。自己是对着一张，极大的一张，工笔画，楼阁与莲花全画得一笔不苟，楼外有一抹青山，莲花瓣上有个小蜻蜓。乡间的美是写意的，更多着一些力量，可是看不出多少人工，看不见多少历史。御河桥是北平的象征，两旁都是荷花，中间来往着人马；人工与自然合成一气，人工的不显着局促，自然的不显着荒野。一张古画，颜色像刚染上的，就是北平，特别是在雨后。

老李又忘了乡间，他愿完全降服给北平。可是到了衙门，他的心意又变了。为什么北平必须有这样怪物衙门呢？想想看，假如北京饭店里净是臭虫与泔水桶！中山公园的大殿里是厕所！老李讨厌这个衙门。他不能怨北平把他的生命染成灰色；是这个衙门与衙门中的无聊把他弄成半死不活——连打小赵一个嘴巴，或少请一回客，都不敢，可怜！

同事们逐渐的来到，张大哥在他们的唇上复活了。张家已不是共产的窝穴，已不是使人血凝结上的恐怖。大家接到了张大哥的请帖——天真原来不是共产党。大家开始讨论怎样给大哥买礼物压惊，好像几个月里他没惊过一回似的。买礼物总得讨论，讨论好大半天，一个人独自行动是可怕的，一定要大家合作，买些最没有用的东西，有实用东西便显着不官样，不客气：礼物庄上的装着线似的半根挂面的锦匣，和只有点杏仁粉味儿而无论如何也看不见一钉星杏仁粉的花盒子，都是理想的礼品。讨论完礼物，大家开始猜测张大哥能否官复原职。意见极不一致。张大哥，有的说，到处有人，不必一定吃财政所。可是，另一位提出驳议，不回到财政所来，为什么请财政所的人们吃饭？那是因为小赵是首座，不能不请旧同事作陪，第三位自觉的道出惊人的消息。假如，假如他回来，是回原缺呢，还是怎样？讨论的热烈至此稍为低减。人人心中有句："可别硬把我顶了呀！"不能，不能还回财政所，也许到公安局去，张大哥的交往是宽的。这样决定，大家都心中平静了些。

老李听着他们咕唧，好像听着一个臭水坑冒泡，心中觉得恶心。

孙先生过来问："老李儿呀，给张大哥送点什么礼物儿呢？想不起，压根儿的！"

"我不送！"老李回答。

"呕！"孙先生似乎把官话完全忘了，一句话没再说，走了出去。

老李心中痛快了些。

五

儿子到了家。张大哥死而复活，世界还是个最甜蜜的世界，人类还是万物之灵，因为会请客。请客，一定要请客。小赵是最值得感激的人，虽然不能把秀真给他，可是只就天真的事说，他是天下最好的人。请小赵自然得请同事们作陪。他们都没看过他一趟，可是不便记恨他们，人缘总要维持的；况且，也难怪他们，设若他们家中有共产党，张大哥自己也要躲得远远的，是不是？无论怎说吧，儿子是回来了，不许再和任何人为难作对，儿子是一切，四万万同胞一齐没儿子，中国马上就会亡的。

几个月的愁苦使张大哥变了样，头发白了许多，脸上灰黄，连背也躬了些。可是一见儿子，心力复原了，张大哥还是张大哥，身体上的小变动没关系；人总是要老的，只怕老年没儿子；很想就此机会留下胡子。灰黄的脸上起了红色，背躬着，可是走得更快，更有派儿，赶紧找出官纱大衫，福建漆的扇子，上街去定菜。还得把二妹妹找来帮忙：前者得罪了她，没关系，给她点好饭吃，交情立刻能恢复的。天气多么晴，云多么蓝！作买卖的多么和气！北平又是张大哥的宝贝了。定了菜，买了一挑子鲜花，给儿子加细的挑了几个蜜桃，女儿也回来了，也得给她买些好吃的，鲜藕和鲜核桃吧，女儿爱吃零碎儿。没有儿子，女儿好像不存在；有了儿子，儿女是该平等待遇的。

回到家中，官纱大衫已湿了一大块，天气热得可以；老没出去，腿也觉得累得慌，可是心中有劲，像故宫里的大楠木柱子，油漆就是剥落了些，到底内里不会长虫。叫理发的，父子全修容理发，女儿也得烫头。花吧，有能力再挣去；挣钱为谁，假如没有儿子？剪下的头发有不少白的，没关系；作大官的多半是白胡子老头。天真将来结了婚，有了子女，难道作祖父的不该是个慈眉善目的白发翁？

二妹妹来了，欢迎。"大哥您这场——可够瞧的！"

"也没什么！"张大哥觉得受了几个月的难，居然能没死，自己必是超群出众："二兄弟呢？"

"我上次不是找您来吗，您不是——正——没见我吗？"二妹妹试着步说，"他出来是出来了，可是不能再行医，巡警倒没大管哪，病人不来，干脆不来。您说叫他改行吧，他又手不能提篮，肩不能担担，作个小买卖都不会，这不是眼看着挨饿吗？他净要来瞧您，求求您，又拉不下脸来。大哥，您好歹给他凑合个事儿，别这么大睁白眼的挨饿呀！您看，他急得直张着大嘴的哭！"二妹妹的眼泪在眼眶里转。

"二妹您不用着急，咱们有办法；有人就有事。我说，您的小孩呢？正闹着天真的事，我也没给您道喜去！"

"两多月了，奶不够吃的，哎！"

张大哥看了看她，她瘦了许多：没饭吃怎能有奶？没奶吃怎能养得起儿子？决定给二兄弟找个事作；不看二兄弟，还不看那个吃奶的孩子？

"好吧，二妹妹，您先上厨房吧。"结束了二妹妹。

几个月的工夫耽误了多少事？春际结婚的都没去贺，甚至于由自己为媒的也没大管，太对不起人了！逐家得道歉去。不过，这是后话，先收拾院子，石榴会死了两棵！新买来的花草摆上，死了的搬开，院子又像个样子了，可惜没有莲花，现种是来不及了，买现成的盆莲又太贵；算了吧，明年再说，明年的夏天必是个极美的，至少要有三五盆佛座莲！

六

西房的阴影铺满了半院。院中的夜来香和刚买来的晚香玉放着香味，招来几个长鼻子的蜂，在花上颤着翅儿。天很高，蝉声随着小风忽远忽近。斜阳在柳梢上摆动着绿色的金光。西房前设备好圆桌，铺着雪白的桌布。方桌上放着美丽烟，黑头火柴，汽水瓶；桌下两三个大长西瓜，擦得像刚用绿油漆过的。秀真拿着绿纱的蝇拍，大手大脚的在四处瞎拍打，虽不一定打着苍蝇，可确有打翻茶杯的危险。她的脸特别的红，常把瓜子放在唇边想着点什么，鼻子上的汗珠继续把香粉冲开，于是继续扑扑的去拍，拍的时候特意用小圆镜多照一会儿笑涡——向左偏偏脸，向右偏偏脸，自己笑了。

张大哥躬着点背，一趟八趟的跑厨房，嘱咐了又嘱咐，把厨子都嘱咐得手发颤。外面叫来的菜，即使菜都新鲜，都好，也不能随便的饶了厨子。自己打来的"竹叶青"，又便宜又地道，看着茶房往壶里倒；不能大意，生活是要有板有眼，一步不可放松的：多省一个便多给儿子留下一个。沏上了"碧螺春"，放在冰箱里镇着，又香又清又凉，省得客人由性开汽水：汽水两毛一瓶，碧螺春，喝得过的，才两毛一两：一两茶叶能沏五六壶！汽水，开瓶时的响声就听着不自然！

张大嫂的夏布半大衫儿贴在了脊背上，眼圈还发红，想起儿子所受的委屈，还一阵阵的伤心；可是看着丈夫由复活而加紧的工作，自己也不愿落后，虽然很想坐在没人的地方再痛哭一场。女儿大手大脚的只会东一拍西一拍的找寻苍蝇，别的什么也不能帮忙；谁叫女儿是女学生呢；女学生的父母就该永远受累的，没法子，而且也不肯抱怨；不为儿女奔，为谁？姑娘的头烫了一点半钟，右眼上还掩着一块，大热的天；时兴，姑娘岂可打扮得像老太太。幸而有二妹妹来帮忙，可是二妹妹似乎只顾发牢骚，干事有些心不在焉；没法子，求人是不能完全如意的；二妹妹也的确是可怜，有上顿没下顿的，还奶着个孩子！偷偷的给了二妹妹一块钱，希望孩子赶快长大，能孝顺父母，好像一块钱能养起个孩子似的。

客人来了。都早想来看张大哥，可是……都觉得张大哥太客气，又请客，可是……都觉得买来的礼物太轻，可是……都看出张大哥改了样，可是……结果：张大哥到底是张大哥，得吃他，得求他作点事，有用的人，值得一交往，况且天真不是共产党。瓜子的皮打着砖地，汽水扑扑的响着，香烟烧起几股蓝烟，一直升到房檐那溜儿，把蚊阵冲散。讲论着天气，心中比较彼此的衣料价格，偷眼看秀真的胳臂。

孙先生许久没和张大哥学习官话，一见面特别的亲热，报告孙太太大概又有了，没办法；生育节制压根儿是"破表，没准儿！"

邱先生报告吴太极近来穷得要命，很想把方墩太太撵出去，以便省些粮食。十三妹还好，一心一意的跟老吴，就是有一样毛病，敢情吃白面！关于邱先生自己，语气之中带出已经不怕牙科展览的太太，而她反有点怕他。自然邱先生的话不免有些夸大，可是有旁人作证，他确是另有了个人，而邱太太以离婚恫吓他，她自己又真怕离婚；恐怕要出事，大家表面上都夸赞邱科员的乾纲大振，可是暗中替他担忧。大家摇头，家庭是不好随便拆散的，不好意思！

其他的朋友陆续来到，都偷眼看着天真，可是不便问他究竟为什么被捕，不好意思。

天真很瘦，对大家没话可讲，勉强板着脸笑，自以为是个英雄，坐过狱。就凭这坐过一次狱，白吃父亲一辈子总可以说得下去了。为什么被捕？不晓得。为什么被释？不知道。可怕是真的。五花大绑捆了走！真可怕；可是对这群人应当骄傲，他们要是五花大绑捆了走，说不定到不了狱里就会吓死。不过，自己也真得小心点，暂时先不要出去；五花大绑可别次数多了。父母看着好似老了许多，算了吧，也不用挤钱留学去了，留着钱在北平花也不坏。父亲一定是有不少财产，还把房子送给小赵一所呢！对父亲得顺从一些，这回误被当作共产党拿去，大概是平日想共父亲的产的报应。摩登孝子也许和"妹妹我爱你"可以联成一气的。想法得讨老头——把资本老头的"资本"特意的免去，表示自己决非共产党——的欢心，好死吃他一口。当着父亲把桌上的空汽水瓶挪开了两个，表示极愿和父亲合作。对妹妹也和气了许多，哥哥坐过狱，妹妹懂得什么，所以得格外的善待她。

大家都到齐，只短小赵和老李，大家心中觉得不安。小赵是首座，大家理当耐心的等着：老李怎么也不来？凭什么不来？近来大家对老李很不满意，于是借着机会来讨论他，嘴都有些撇着。

"老李儿是不想来的，"孙先生撇着嘴说。"昨天我对他讲，送张大哥什么礼物，哎呀，'我不送！'他说的。狂，狂得不成样儿！莫名其妙！"

张大哥想叫丁二爷去请他们，丁二爷也不见了。

第十九

一

政治的变动，对于科员们，是饭碗又要碎破的意思；无力制止，可是听着头疼。也有喜欢换一换局面的，假如风儿是向着自己吹来，而且吹得带着喜气，可是这究竟是极少数的。小赵是永远察看风向的人。但是每逢他特别的喜欢，别人不免就害头疼。

他两天没露面，大家心中又打开了鼓。"小赵上哪儿啦？张大哥请客他都没到！"大家不但心中这么嘀咕着，也彼此的探问。有的更进一步的猜测："听说市长又要换人。小赵准是又上了天津。说不定，他还许来个局长呢！"老李也许晓得，问他去。"老李，张大哥请客怎么没去？小赵也没去！"给老李一个暗示。自从吴太极免职，老李和小赵很那个。老李没说什么，大家越觉得他知道；好厉害的老李，嘴和蛤壳似的那么严紧！

小赵没影儿了，可是有人看见张大哥上科长家里去。大家又有点不安。所里是没有缺的，张大哥回来就得有人出去。大家都很不满意那个顶了张大哥的人。张大哥到底是老资格；那个新来的科员懂得什么？可是他既能顶了张大哥，他的力量一定不小；张大哥未必就能再

382

顶下他去；那么，不定谁被顶呢！

张大哥确是下了决心恢复地位，自己定好期限，一个月内要接到委任状。好吗，丢了一所房子，不赶紧抓弄抓弄还行？对于媒人的事业也开始张罗着，男人当娶，女的当聘，不然便没有人生。再说，张大哥要是放弃说媒的工作，不亚于把自己告下来——张某不行了，头发白了，没用了！这根本和谋差事有关系，被人认为老朽无能还能找到差事？不，张大哥不能服这口气——"叫你们看看姓张的，至少还能再跳动二十来年！"去看看老李，请吃饭他怎没来呢？老李是好人；够个朋友，不过，对于谋差事，老李并没有多少用处。老李都好，就是差事当得太死板，太死板。也别说，他升了头等科员，大概也有点劲，可是，别人要是有他那点学问，那笔文章，还早作了科长呢；到底是太死板。

老李没在家，张大哥和李太太谈起来，婆婆慢慢的谈得十分相投，张大哥仿佛是有点女性。李太太自从自己打了顿嘴巴之后，脸上由肿而削瘦，心里老憋着一大下子眼泪。见了张大哥好像见了叔公，把委屈都倒了出来。张大哥像慰劳前线将士似的，只夸奖她的好处，并不提老李有什么缺欠。激起她的勇气比咒骂敌人强的多。李太太的来到北平，原是张大哥的力量与主张，自然不能因为帮助李太太而说老李不好；老李要真是不好，张大哥岂不担着把她接到虎口里来的"不是"？李太太听了一片奖励自己的话，不由的高兴起来，觉得自己到底是比丈夫大着两岁，应当容让他，虽然想起丈夫的一天到晚撅着嘴，徐庶入曹营一语不发，也确是心里堵得慌。李太太决定留张大哥吃饭；张大哥决定不吃，可是觉得李太太已经受了"教育"，北平的力量！

二

羊肉西葫芦馅的饺子，李太太原想用以款待张大哥。大哥不肯赏脸，李太太有点失望。可是大哥刚走了不大一会儿，丁二爷来了。三句话过去，李太太抓住吃饺子的主儿。

"很好，很好，丁二最爱吃羊肉馅！"说着，他脱了那件不大有灵魂的夏布衫，就要去和面。

当然不能叫客人去和面，李太太拦住了他，两个孩子也抱住他的腿。他把夏布衫很郑重的又穿上，然后举了菱高高，给他们开始说他早年的故事，两个孩子对这个故事已能答对如流。

"听着，英，我从头儿说。"

"打摔碗说吧，什么碗来着？"英问。

"子孙饽饽的碗，就由这儿说吧。她一下轿子就嫌我，很嫌我！给她个下马威；哼！她——"

"她连子孙饽饽的碗都摔了！"英接了下去。

"拍，摔了！"菱的嘴慢，赶不上英，只好给找补上点形容，俩手拍了一下。

"闹吧，很闹了一场；归齐，是我算底；丁二——"

"是老实人，很老实！"因为句子简单，这回菱也赶上了。

"你们说的一点也不错，真对！"丁二爷以为英们非常的聪明。"丁二是老实人——"

英们极注意的等插嘴的机会，忽然丁二爷加了一个旁笔，"我说，英，有酒没有哇？要是没有，叫妈妈给咱们钱，咱们打点去。喝点酒，我能说得更好听！"

英和妈要来一毛钱；丁二爷挑了个大茶杯，"咱们走呀！"一齐上了街。

一出胡同东口，遇上了老李，英晃着手里的毛钱票儿喊："爸，我们打酒去，跟妈要的一毛钱。"

老李笑了。丁二爷拉着菱，拿着茶碗，黑小子拿着一毛钱，不知为什么很可笑。

"我正给他们讲故事，想喝点酒——"

英又接了过去，"喝完了酒，讲得更好听。我们刚说到摔了——什么铮铮来着？"他拉了丁二爷夏布衫一下。

老李不笑了。他觉得他也须喝点酒。他跟着他们走，到了油酒店，他拦住了英，"上那边买去。"

进了姜店，他买了一瓶莲花白，几个桃，和两把极绿可是没很长足的莲蓬。把酒交给丁二爷。菱看准了莲蓬，非抱着不可。英没张罗着拿什么，只看着手里的一毛钱。出了店门，他奔了香瓜挑子去："拿一毛钱的香瓜，要好的！"蹲下了，大黑眼珠围着瓜们乱转。老李过去挑了三个，又添了一毛钱，英乐得不知怎好，又拉了丁二爷一把："二大，我也得喝点酒。"

妈妈看见大家都拿着东西回来，乐了，加劲的包饺子。菱无论如何也不放下莲蓬，谁要也不给。老李出了主意，爬在菱的耳根说了些话。菱还是不放手，可是忽然似乎明白过来，放下一把，告诉英："别动菱绿——"说不上这些绿玩艺叫什么。然后抱着一把儿，鼓着肚子走了。一出屋门："马婶——给你这绿——"马婶跑出来，"给我送来的，菱？"

"爸说给婶这绿——"还抱着不肯放手。

"留着给菱吃吧，婶不要。"马婶笑着。

菱眨巴了半天眼睛，又把莲蓬抱回来了。

全院的人忽然的都笑了，只有李太太在厨房里不知怎回事。老李已把瓜洗了一个，给菱一大块，算是把"绿——"换过来。他拿着莲蓬出来，马老太太也在屋门口笑呢。他左右看了看，心中一狠，还是送到东边去，马婶笑着接了过去。马老太太发了话："留着给孩子们吃吧！"老李答了句："还有呢。"彼此都笑着。他心中十二分痛快。

385

"你们喝酒吧，饺子就得。"李太太也很喜欢，看着她创造的那群白饺子，好像一群吃圆了肚子的小白猫。

英和菱拿着瓜，和妈要了块生面，一边吃瓜一边捏小鸡玩。

老李和丁二爷喝着酒，丁二爷的夏布衫还不肯脱。老李还没喝多少，脸已经红了，头上一劲儿冒汗。丁二爷喝过了三杯，嘴唇哆嗦上了，咽了好几口气才说上话来：

"李先生，李先生，事情办妥了，敢情很容易，很容易！李先生，原来事情就怕办，一办也不见得准不成。"

老李猜出是什么事，他看看丁二爷，那件夏布大衫好像忽然变得洁白发光。"原来事情就怕办"这几个字在他耳中继续的响着，轻脆有力，像岩石往深潭里落的水珠。小赵是生是死，他倒不大注意，他只觉出丁二爷是个奇迹。连丁二爷都能作出点异于吃饭喝茶上衙门的事！他拿起酒杯来，本想大大的吞一口，不行，还是呷了一点在嗓子上贴住不往下走！

"李先生，"丁二爷的手伸入夏布大衫，摸了半天，手有点颤，摸出张折着的厚桑皮纸，递给老李："这是那张房契。张大哥不容易，很不容易，请你交给他吧。咱们喝一杯；小赵打算娶秀姑娘，得下辈子了！请！"

老李看着丁二爷灌下一杯去，自己只举了举盅儿。

丁二爷辣得直仰脖子，可是似乎非常的得意："小赵算完了。您看，很容易。我约他上后海，说秀姑娘在那儿等他。他来了，不用提多么喜欢了。妇人有多么大能力！我懂得。天并不十分黑，可巧四下就会没一人。我早在苇子里藏好了，蚊子真多，咬得我身上全是大包，我一动也不敢动。他来了，越走越近，嘿，我的心要跳出来，真的！容他走过一步去，我就像拉替身的鬼，双手对准他的脖子一锁。我似乎要昏过去，我只知道我有两只手，没有别的。他，我听见了，听得真真的，小狗睡着了有时候呕呕两声，他就是那么呕了两声。没有别的。他连踢踢土都没顾得，很老实，比丁二还老实！我一拉，就把他拉进苇子里去。搜了搜他身上搜到这张房契；钱包，表，我没敢动。完了事，我软了，不敢出来了。连迈步都不能了。他仰着身，虽然看不清他的脸，可是我知道他是看着我呢，怕极了！苇叶一动，我一惊，以为有人来掐我的脖子！"丁二爷又吞了一口酒，摸了摸脖子，似乎很怀疑脖子的完整。"一耗，耗了一个多钟头，身上就像水洗过的一样，汗很多。我急了，往外迈了一步，正迈在他的腿上！我跳了，什么也不顾了，跳出来，头也没回，我一直走到天桥！为什么？不知道！天桥是枪毙人的地方。枪毙丁二，我似乎听见！在天坛的墙根我忍了一夜，没睡，一会儿没睡，星星一劲儿对我眨巴眼，好像是说，明天就枪毙丁二！"他又端起酒盅来。

李太太把饺子端来，两大盘，油汤挂水的冒着热气。他们俩都没动筷子。

三

市长换了。各局各所的空气异常紧张。市长就职宣言，不换人，不用私人。各局各所的空气更加紧张。谁都知道市长是对报纸说的那几句话；"一朝天子一朝臣"是永不能改的真言。第二天，教育局换了局长，连听差的一律更换。财政所的胖所长十万火急的找小赵，秘书科长找小赵，科员们找小赵，夫役们找小赵，找不到。大家因急而疑，暗中嘀咕：莫非小赵要把胖所长顶了？这一嘀咕，小赵的价值增高了十倍。在另一方面，就是所长最亲信的人也觉得倒戈的必要。于是大家分头去奔走，没有两个人守一路战线的，全是各自为战，能保持住个人的地位什么事也可以作。老李是大家的眼中钉。只有他，不慌不忙，好像心中有个小冰箱——"这小子真他妈的有准！"大家不能不骂了。孙先生虽然心里也吃了凉柿子似的，可是不招大家妒恨，人家孙先生走哪路门子，自己就和大家声明，不像老李那么骄傲厉害，听人家孙先生："哎呀，新市长儿是乡亲哟！老孙是猪八戒掉在泔水桶里，得其所哉！说不定，还来个秘书儿当当。"孙先生多么直爽可爱！孙宅接到了多少礼物，单说果藕和莲花就是三挑子！

小赵尸身被个粪夫找到了。报纸上用小碟子大小的字登出来，把尸身的臭味如何强烈都加细的描写。疑案。因为是疑案，所以人们各尽想象的所能猜测与拟构其中的故典。财政所的人们立刻也运用想象，而且神速的想出：政治作用。小赵，据他们想，是要顶胖所长的，所以他必定与新任市长有深切的关系。市长到任声言不更动各局的人，可是教育局连个夫役也没留下。小赵必定已经运动好重要的地位，自然另一批人又要失业，所以……这个逻辑的推断在科员们看是极合理而大快人心的。科员们杀只鸡都要打哆嗦，现在居然有位剑侠——至少会飞檐走壁的——把要使一批人失业的小赵杀死！小赵活着的时候是个人物，可是这一死使他的价值减到零度。因为这样的推测，慢慢的胖所长变成了谋杀的主使人。虽然没人敢明说，可是意思是那样。说到归齐，大家谁不晓得所长太太与小赵的关系，谁不知道所长是又倚仗而又怕小赵，谁看不出小赵要是不谋阔事则已，要是想干的话能不谋财政……越想越对！大家这样想，慢慢的思想也不知怎么在言语上表现出来，虽然都不敢首先这样宣传。及至说出来了，正是英雄所见略同，于是在低声交换意见的工夫，已像千真万确的果有其事，成了政界一段最惊人最有色彩的历史。一个衙门里这样相信，别的衙门里也跟着低声的吵吵。这一吵吵使新任的教育局长将已免职的陈人又叫回来几个；因为事情闹到局长们的耳朵里，杀人的已不是剑侠或刺客，而是有组织的暗杀团。局长们身高树影儿大，不能不谨慎一些，明哲保身是必须遵守的古训。消息传到市长的耳朵里，暗杀团不但是有组织，而且里面有日本浪人。市长太太登时上了天津。一来是为避难，二来是为跳舞去。市长没法不和各局所的长官妥协了：市长交派下一批人，由各局所分用，不便全体更动。各局所的领袖暂不更换，可是市长给大家一个暗示——接任的花销太大。于是各局所的经费收支报告又都改造了一次。

张大哥的奔走，连天真都动了心："得包个车吧？天太热！"张大哥很感激儿子，儿子自从狱里出来确是明白多了。可是，"包车干吗？走得差不离，再搭点脚，一天我也花不过八十子儿的车钱！"张大哥大概至死也想不起论"毛"雇车的。他的奔走确是不善，可是已经有了眉目：新市长手下一位秘书先前与他同过事，而且这位秘书的弟妇是张大哥给说的，秘书不但答应了给他帮忙，而且问他愿到哪个机关去。平日维持人，好交往，你看到时候有多大用处，多大面子，由自己指定机关！张大哥几乎得意的要落泪。自要家里不出共产党，事情是不难的。人心不古，谁说的？秘书叫我自己挑定机关！到底哪个机关好呢？这倒为了难。在哪儿作事也是一样，事在人为；不过，既有自选的机会，也别辜负了人家秘书的善意。闭死了左眼，吸了两袋烟，决定了，还是回财政所。人熟地灵，衙门又比较的阔绰。

张大哥随着一批新人，回了财政所。所里的陈人其实是没有什么变动，因为所长是讲面子的人，而且各位都有人给说情，所以旧人没十分动，而硬添上一批新人；羊毛出在羊身上，有的是老百姓纳供，多开点薪水也用不着所长自己掏腰包。况且，市长与局长们的妥协究竟是暂时的，知道哪时就搁车，干吗裁员得罪人！于是所里十分热闹，新旧交欢，完全是太平景象。连夫役也又添了两名，因为打手巾把和沏茶的呼唤接二联三，已无法应付。张大哥利用机会把爱用石膏的二兄弟荐上，暂时当着夫役，等空气变换了些再去行医；不过，再行医的话可千万"少"下——不是不可以下——石膏。此外，张大哥对于新到的一群山南海北的科员们特别的照应：有的不会讲官话，张大哥教。有的不会吃西餐，张大哥带着去练习。有的要娶亲，张大哥吃了蜜。

四

老李又没被撤差，他自己也笑了。衙门更像怪物了；他想逃都逃不了。混吧！大家都是混，不过别人混得兴高采烈，他混得孤寂无聊。对新同事们他不大招呼；旧同事们对他非常不满意，孙先生已经把刚学来的一句加在老李的身上——"乡下人不认识仙人掌，青饼子！"

把房契给张大哥送了去。张大哥楞了。老李想吓嚇张大哥一下；不好意思，没说什么。张大哥似乎不大敢收那张契纸；看见它，也就看见了小赵，这是玩的？！

"大哥把它收起来好了，没事！"

张大哥想起《七侠五义》来；没有除暴安良的侠义英雄，这是不可能的！

"把丁二爷那笼子小鸟给我吧，"老李岔开了话。

"丁二在哪儿呢，好几天没见他的面，家里越忙，他越会耍玄虚，真正的废物！"张大哥不满意丁二爷。

"他在我那儿呢，啊——帮几天忙。"老李没敢说丁二爷天天梦见天桥枪毙人，不敢出来。

"呕，在你那儿呢，那我就放心啦。"张大哥为客气起见，软和了许多；可是丁二在老李家帮什么忙呢？

老李提着一笼破黄鸟走了。张大哥看着房契出神，怎回事呢？

第二十

一

　　老李唯一值得活着的事是天天能遇到机会看一眼东屋那点"诗意"。他不能不承认他"是"迷住了，虽然他的理智还强有力的管束着一切行动。既不敢——往好了说，是不肯——纯任感情的进攻，他只希望那位马先生回来，看她到底怎样办，那时候他或者可以决定他自己的态度。设若他不愿再欺哄自己的话，他实在是希冀着——马回来，和她吵了；老李便可以与她一同逃走。逃出这个臭家庭，逃出那个怪物衙门；一直逃到香浓色烈的南洋，赤裸裸的在赤道边上的丛林中酣睡，作着各种颜色的热梦！带着丁二爷。丁二爷天生来的宜于在热带懒散着。说真的，也确是得给丁二爷想主意——他一天到晚怕枪毙，不定哪天他会喝两盅酒到巡警局去自首！带他上哪儿？似乎只有南洋合适。他与她，带着个怕枪毙的丁二爷，在椰树下，何等的浪漫！

　　"小鸟儿，叫吧！你们一叫，就没人枪毙我了！"丁二爷又对着笼子低声的问卜呢！

　　逃，逃，逃，老李心里跳着这一个字。逃，连小鸟儿也放开，叫他们也飞，飞，飞，一直飞过绿海，飞到有各色鹦鹉的林中，饮着有各色游鱼的溪水。

他笑这个社会。小赵被杀会保全住不少人的饭碗，多么滑稽！

二

正是个礼拜天，蝉由天亮就叫起来，早晨屋子里就到了八十七度，英和菱的头上胸前眼看着长一片一片的痱子，没有一点风，整个的北平像个闷炉子，城墙上很可以烤焦了烧饼。丁二爷的夏布衫无论如何也穿不住了；英和菱热得像急了的狗，捉着东西就咬。院子里的砖地起些颤动的光波，花草全低了头，麻雀在墙根张着小嘴喘气，已有些发呆。没人想吃饭，卖冰的声音好像是天上降下的福音。老李连袜也不穿，一劲儿扑打蒲扇。只剩了苍蝇还活动，其余的都入了半死的状态。街上电车铃的响声像是催命的咒语，响得使人心焦。

为自己，为别人，夏天顶好不去拜访亲友，特别是胖人。可是吴太太必须出来寻亲问友，好像只为给人家屋里增加些温度。

老李赶紧穿袜子，找汗衫，胳臂肘上往下大股的流汗。

方墩太太眼睛上的黑圈已退，可是腮上又加上了花彩，一大条伤痕被汗淹得并不上口，跟着一小队苍蝇。

"李先生，我来给你道歉，"方墩的腮部自己弹动，为是惊走苍蝇。"我都明白了，小赵死后，事情都清楚了。我来道歉！还有一件事，我得告诉你。吴先生又找着事了。不是新换了市长吗，他托了个人情，进了教育局。他虽是军队出身，可是现在他很认识些个字了；近来还有人托他写扇面呢。好歹的混去吧，咱们还闲得起吗？"

老李为显着和气，问了句极不客气的，"那么你也不离婚了？"

方墩摇了摇头，"哎，说着容易呀；吃谁去？我也想开了，左不是混吧，何必呢！你看，"她指着腮上的伤痕，"这是那个小老婆抓的！自然我也没饶了她，她不行；我把她的脸撕得紫里套青！跟吴先生讲和了，单跟这个小老婆干，看谁成！我不把她打跑了才怪！我走了，乘着早半天，还得再看一家儿呢。"她仿佛是练着寒暑不侵的工夫，专为利用暑天锻炼腿脚。

老李把她送出去，心里说，"有一个不离婚的了！"

刚脱了汗衫，擦着胸前的汗，邱太太到了；连她像纸板那样扁，头上也居然出着汗珠。

"不算十分热，不算，"她首先声明，以表示个性强。"李先生，我来问你点事，邱先生新弄的那个人儿在哪里住？"

"我不知道，"他的确不知道。

"你们男人都不说实话，"邱太太指着老李说，勉强的一笑。"告诉我，不要紧。我也想开了，大家混吧，不必叫真了，不必。只要他闹得不太离格，我就不深究；这还不行？"

"那么你也不离婚了？"老李把个"也"字说得很用力。

"何必呢，"邱太太勉强的笑，"他是科员，我跟他一吵；不能吵，简直的不能吵，科员！你真不知道他那个——"

老李不知道。

"好啦，乘着早半天，我再到别处打听打听去。"她仿佛是正练着寒暑不侵的工夫，利用暑天锻炼着腿脚。

老李把她送出去，心里说，"又一个不离婚的！"

他刚要转身进来，张大哥到了，拿着一大篮子水果。

"给干女儿买了点果子来；天热得够瞧的！"随说随往院里走。

丁二爷听见张大哥的语声，慌忙藏在里屋去出白毛汗。

"我说老李，"张大哥擦着头上的汗，"到底那张房契和丁二是怎回事？我心里七上八下的不得劲，你看！"

老李明知道张大哥是怕这件事与小赵的死有关系，既舍不得房契，又怕闹出事来。他想了想，还是不便实话实说；大热的天，把张大哥吓晕去才糟！"你自管放心吧，准保没事，我还能冤你？"

张大哥的左眼开闭了好几次，好像困乏了的老马。他还是不十分相信老李的话，可是也看出老李是决定不愿把真情告诉他："老李，天真可是刚出来不久，别又——"

老李明白张大哥；张大哥，方墩，邱太太，和……都怕一样事，怕打官司。他们极愿把家庭的丑恶用白粉刷抹上，敷衍一下；就是别打破了脸，使大家没面子。天真虽然出来，到底张大哥觉得这是个家庭的污点，白粉刷得越厚越好；由这事再引起别的事儿，叫大家都知道了，最难堪；张大哥没有力量再去抵挡一阵。你叫张大哥像老驴似乎戴上"遮眼"去转十年二十年的磨，他甘心去转；叫他在大路上痛痛快快的跑几步，他必定要落泪。"大哥，你要是不放心的话，我给你拿着那张契纸，凡事都朝着我说，好不好？"

"那——那也倒不必，"张大哥笑得很勉强，"老李你别多心！我是，是，小心点好！"

"准保没错！丁二爷一半天就回去，你放心吧！"

"好，那么我回去了，还有人找我商议点婚事呢。明天见，老李。"

老李把张大哥送出去，热得要咬谁几口才好。

丁二爷顶着一头白毛汗从里间逃出来："李先生，我可不能回张家去呀！张大哥要是一盘问我，我非说了不可，非说了不可！"

"我是那么说，好把他对付走；谁叫你回张家去？"老李觉得这样保护丁二爷是极有意义，又极没有意义，莫名其妙。

三

张大哥走了不到五分钟，进来一男一女，开开老李的屋门便往里走。老李刚又脱了袜子与汗衫。

"不动，不动！"那个男的看见老李四下找汗衫，"千万不要动，同志！马克同，马克司的弟弟。这是，"他介绍那位女的，"高同志，与马同志同居。记得这屋是妈同志的，同志你为何在此？"

老李楞了。

马同志提着个皮包，高同志提着个小竹筐，一齐放在地上，马同志坐在皮包上，高同志自己找了把椅子坐下。

老李明白过来了，这是马老太太的儿子。他看着他们。

马同志也就是三十多岁，身量不高，穿着黄短裤，翻领短袖汗衫，白帆布鞋。脸上神气十足，一条眉毛挑着天，一条眉毛指着地，一只眼望着莫斯克，一只眼瞭着罗马。鼻孔用力的撑着，像跑欢了的马那样撑着，嘴顺势也往上兜着，似乎老对自己发笑，而心里说着，"你看我！"

高同志也就是三十多岁，身量不高。光脚穿着大扁白鞋，上身除了件短袖白夏布衫，大概没什么别的东西，露着一身的黑肉。脸上五官俱全，嘴特别的大，不大有精神，皱着眉，似乎是有点头疼。

丁二爷，李太太，英，菱都来参观，把两位同志围得风雨不透。马同志顺手把丁二爷的芭蕉扇夺过去搧着，高同志拿起桌上一个青苹果——张大哥刚给送来的——刚要放嘴里送，被英一把抢回去。

"看这个小布尔乔亚！"马克同指着英说，"世界还没多大希望！"

李太太看丈夫不言语，挂了气："我说，你们俩是干吗的呀？"

"我俩是同志；你们是干吗的？"马同志反攻。

李太太回答不出。有心要给他个嘴巴，又不肯下手。

屋门开了，马老太太进来："快走，上咱们屋去！"

"妈同志！"马克同立起来，拉住老太太的手，"就在这儿吧，这儿还凉快些。"

马太太的泪在眼里转，用力支持着，"这是李先生的屋子！"然后向老李，"李先生，不用计较他，他就是这么疯疯颠颠的。走！"他朝着高同志，"你也走！"

马同志很不愿意走，被马老太太给扯出来。丁二爷给提着皮箱。高同志皱着眉也跟出来。老李看见马少奶奶立在阶前，毒花花的太阳晒着她的脸，没有一点血色。

四

大家谁也没吃午饭，只喝了些绿豆汤。老李把感情似乎都由汗中发泄出来，一声不出，一劲儿流汗。他的耳朵专听着东屋。东屋一声也没有；他佩服马婶，豪横！因为替她使劲，自己的汗越发川流不息。他想象得到她是多么难堪，可是依然一声不出。

丁二爷以为马同志是小赵第二，非和李太太借棒槌去揍他不可，她也觉得他该揍，可是没敢把棒槌借给丁二爷。

英偷偷的上东屋看马婶，门倒锁着呢，推不开，叫马婶，也不答应。英又急了一身的痱子。

西屋里喀啰喀啰的成了小茶馆，高声的是马同志，低声的是老太太，不大听见高同志出声。

马老太太是在光绪末年就讲维新的人，可是她的维新的观念只限于那时候的一些，"五四"以后的事儿她便不大懂了。她明白，开通，相当的精明，有的地方比革命的青年还见得透彻，有的地方她毫不退步的守旧。对于儿女，她尽心的教育，同时又很放任。马与黄的自由结婚，她没加半点干涉。她非常疼爱马少奶奶。可是，儿子又和高同志同居了，老太太不能再原谅。她正和马同志谈这个。儿子要是非要高同志不可呢，老太太愿意自己搬出去另住；马少奶奶愿跟着丈夫或婆婆，随便，儿子要是可以牺牲了高同志呢，高同志马上请出。老太太的话虽然多，可是立意如是，而且很坚决。

马同志是个不得意的人，心中并没有多少主意，可是非常的自傲。他愿意作马克司的弟弟，可是他的革命思想与动机完全是为成就他自己。对于富人他由自傲而轻视他们，想把他们由天上拉到尘土上来，用脚踩住他们的脸。对于穷人他由自傲而要对他们慈善，他并不了解他们，看不出为他们而革命的意义。他那最好的梦是他自己成为革命伟人，所以脸上老画着那个"你看我！"他没有任何的成功。对于妇女，他要故意的浪漫，妇女的美与妇女的特性一样的使他发迷。对于黄女士，他爱她的美；可是她太老实，太安静，他渐渐的不满意了。对于高女士，他爱她的性格活泼好动敢冒险；可是她又太不美了，太男性了，他渐渐的不满意了。可是，他不能决定要哪个好，他自己说，"我掉在两块钢板中间！"他也不要解决这个，他以为一男多妻，或是一妻多男，都是可以的，任凭个人的自由，旁人不必过问。况且他既摆脱不开已婚的黄女士，又摆脱不开同居的高同志，而她们俩又似乎不愿遵行他的一男多妻的办法，就是想解决也解决不了。他没主意。

他还有个梦想——现在已证实了是个梦想：他以为有了心爱的女子在一块，能使他的事业成功。娶了一个自己心爱的，没用。再去弄个性格强而好动的，还是没用。他以为女子是男人成功的助手；结果，男人没成功，而女子推不开撵不掉，死吃他一口。不错，高女士能自己挣饭吃；可是自己挣饭与帮助他成功离得还很远。况且两个常吵架，她有时候故意气他。自从与她同居，他确是受了许多苦处，他不甘于受苦。根本就没想到受苦。他总以为革命者只须坐汽车到处跑跑，演说几套，喝不少瓶啤酒，而后自己就成了高高在上的同志。结果，有时候连电车也坐不上。由失望而有些疯狂，他只能用些使普通

397

人们打哆嗦的字句吓唬人了，自傲使他不甘心失败。"你看我！到底比你强点！四十以上的都要杀掉！"使老实人们听着打战，好像淘气的孩子故意吓唬狗玩。

西屋的会议开了两点多钟。马克同没办法。老太太不能留高同志。最后，高同志提起小竹筐，往外走。马同志并没往外送她。

老太太上了东屋。东屋的门还倒锁着。"开开吧，别叫我着急了！"老太太说。屋门开了，老太太进去。

老太太进了东屋，马同志遛达到北屋来。英与菱热得没办法，都睡了觉。三个大人都在堂屋坐着，静听东西屋的动静。马同志自己笑了笑。"你们得马上搬家呀，这儿住不了啊！你革过命没有？"他问老李。"你革过命没有？"他问丁二爷。"你革过命没有？"他问李太太。

大家都没言语。

"啊！"马同志笑了。"看你们的脑袋就不像革命的！我革过命，我得住上房，你们赶快滚！"

李太太的真正乡下气上来了，好像是给耕牛拍苍蝇，给了马同志的笑脸一个顶革命的嘴巴——就恨有俩媳妇的人！

"好！很好！"丁二爷在一旁喝彩。

马同志捂着脸，回头就走，似乎决定不反抗。

五

李太太的施威，丁二爷的助威，马同志的惨败，都被老李看见了，可是他又似乎没看见。他的心没在这个上。他只想着东屋：她怎样了？马老太太和她说了什么？那个高同志能不能就这么善罢甘休？他觉不到天气的热了，心中颤着等看个水落石出。马同志的行为已经使他的心凉了些，原来浪漫的人也不过如此。浪漫的人是以个人为宇

398

宙中心的，可是马同志并没把自己浪漫到什么地方去，还是回到家来叫老母亲伤心，有什么意义？自然，浪漫本是随时的游戏，最好是只管享受片刻，不要结果，更不管结果。可是，老李不能想到一件无结果的事。结果要是使老母亲伤心，不能干！

到了吃晚饭的时候，他的心已凉了一半：马少奶奶到西屋去吃饭！虽然没听见她说话，可是她确是和马家母子同桌吃的！

到了夜晚，他的心完全凉了：马同志到东屋去睡觉！老李的世界变成了个破瓦盆，从半空中落下来，摔了个粉碎。"诗意"？世界上并没有这个东西，静美，独立，什么也没有了。生命只是妥协，敷衍，和理想完全相反的鬼混。别人还可以，她！她也是这样！或者在她眼中，马同志是可爱的，为什么？忌妒常使人问呆傻的问题。

起初，只听见马同志说话，她一声不出。后来，她慢慢的答应一两声。最后，一答一和的说起来。静寂。到夜间一点多钟——老李始终想不起去睡——两个人又说起来，先是低声的，渐渐的语声越来越高，最后，吵起来。老李高兴了些，吵，吵，妥协的结果——假如不是报应——必是吵！可是他还是希望她与他吵散了——老李好还有点机会。不大的工夫，他们又没声了。老李替她想出她的将来。高同志一定会回来的。马少奶奶既然投降了丈夫，就会再投降给高同志，说不定马少奶奶还会被驱逐出去。他看见一朵鲜花逐渐的落瓣，直到连叶子也全落净。恨她呢，还是可怜她呢？老李不能决定。世界是个实际的，没有永远开着的花，诗中的花是幻象！

老李的希望完了，世界只剩了一团黑气，没有半点光亮。他不能再继续住在这里，这个院子与那个怪物衙门一样的无聊，没意义。他叫醒了丁二爷，把心中那些不十分清楚而确是美的乡间风景告诉了丁二爷。

"好，我跟你到乡下去，很好！在北平，早晚是枪毙了我！"丁二爷开始收拾东西。

六

张大哥刚要上衙门，门外有人送来一车桌椅，还有付没上款的对联，和一封信。

他到了衙门，同事们都兴奋得了不的，好像白天见了鬼："老李这家伙是疯了，疯了！辞了职！辞！"这个决想不到的"辞"字贴在大家的口腔中，几乎使他们闭住了气。

"已经走了，下乡了，奇怪！"张大哥出乎诚心的为老李难过。"太可惜了！"太可惜的当然是头等科员，不便于明说。

"莫名其妙！难道是另有高就？"大家猜测着。不能，乡下还能给他预备着科员的职位？

"丁二也跟了他去。"张大哥供献了一点新材料。

"丁二是谁？"大家争着问。

张大哥把丁二爷的历史详述了一遍。最后，他说："丁二是个废物！不过老李太可惜了。可是，老李不久就得跑回来，你们看着吧！他还能忘了北平？"